*fine*BOOKS

Impressum

2., aktualisierte Auflage

© 2021 fineBooks Verlag Alexander Broicher. All rights reserved.
www.fineBooksVerlag.com

Umschlaggestaltung: Mo Tapprogge
www.mo-creation-design.com

Lektorat: Eva-Maria Kempe

Die Deutsche Nationalbibliothek verzeichnet diese Publikation in der Deutschen Nationalbibliografie.

ISBN: 978-3-948373-32-0

Sebastian Kapp

Die Kaiserin von Essen

Roman

Die Welt, wie Emma sie kannte, gab es nicht mehr. Von jetzt auf gleich hatte sie das wohl schlimmste Wechselbad der Gefühle erlebt, das einem Menschen widerfahren konnte. Für genau zwei Stunden hatte sie eine Familie gehabt. Und damit zum ersten Mal in ihrem Leben grenzenloses Glück empfunden. Nun stand sie vor einer unmenschlichen Wahl und den Trümmern ihrer Existenz.

Der Regen tropfte ans Fenster ihrer kleinen 20-Quadratmeter-Wohnung. Das heißt: Eigentlich war es nur ein Zimmer mit einem Bad. Mehr konnte sie sich als mittellose Studentin nicht leisten. Den Großteil des Zimmers nahmen ihr schlichtes Bett und der Ikea-Kleiderschrank ein, in dem sie genau drei Blusen hängen hatte. Außerdem besaß sie noch einen Schreibtisch, auf dem sich zahlreiche Bücher türmten.

Ihr Blick blieb an den Büchern hängen. Kunstgeschichte. Wer studierte schon so etwas, wenn er über kein sicheres Einkommen verfügte? Emma hatte sich vor dem Beginn ihres Studiums darüber keine Gedanken gemacht. Mit einer Mischung aus Optimismus und Naivität war sie in die Welt hinausgegangen, hatte geglaubt, das Universum gehöre ihr und habe nur auf sie gewartet. Taten das denn nicht alle Abiturienten? Und stimmte es nicht sogar bei den meisten von ihnen?

Emma vergrub ihr Gesicht in ihren dunkelblonden Locken und schluchzte. Wie sollte sie nur aus dieser Lage wieder herauskommen? Sie konnte ja schlecht noch einmal „etwas Richtiges" anfangen zu studieren, dazu war sie als Viertsemestlerin mit ihren 21 Jahren auch schon etwas zu weit in ihrem Studium.

Zwischen den Fingern hindurch starrte sie auf die weißgoldenen Ohrringe, die auf ihrem Schreibtisch lagen. Der Schmuck war vielleicht das Wertvollste, das sie besaß. Und doch wollte sie ihn am liebsten einfach aus dem Fenster werfen. Sie konnte nicht. Sie durfte nicht. Martin hatte ihn ihr doch geschenkt. So wie zwei der drei Blusen in ihrem Schrank. Und dann war da noch der Ring. Sie hatte ihn noch immer nicht abgenommen, so als klammere sie sich mit aller Macht an die Illusion, die ihr soeben genommen worden war.

Ihr Blick wanderte weiter durch das Zimmer und blieb auf einem länglichen, weißen Gegenstand aus Plastik liegen, der sich an der magentafarbenen Spitze verengte. Plötzlich hatte Emma einen Kloß im Hals. Sie starrte und starrte auf dieses Objekt, so als würde sich die Zahl der Streifen auf der Anzeige durch diesen intensiven Blick wie durch Zauberhand verändern. Aber das geschah nicht. Stattdessen stand dort noch immer schwarz auf weiß, dass sie schwanger war.

„Ich habe wundervolle Neuigkeiten", hatte sie Martin heute Morgen verkündet. Vor einem Monat hatte er ihr den Ring geschenkt und gesagt, es würde für ihn nur sie in seinem Leben geben. Zugegeben, ein richtiger Heiratsantrag war das nicht gewesen – aber doch zumindest ein halber. So etwas Kitschiges wie eine Hochzeit war in diesen modernen Zeiten doch gar nicht mehr notwendig, hatte Martin gesagt. Man müsse nicht heiraten, um sich ewige Liebe zu schwören, hatte Martin gesagt. Und ihr dann den Ring geschenkt. „Dies ist ein Zeichen meiner Liebe zu dir", hatte Martin auch noch gesagt.

Was hatte das denn bitte sonst heißen sollen?

In dieser Nacht hatten sie zum ersten Mal das Kondom weggelassen. Und viele Versuche hatte es nicht gebraucht, um nun in diese Lage zu geraten. Nur: Martin war nicht sonderlich gewillt, Vater zu werden.

Das hatte er ihr klipp und klar gesagt. „Dann mach es halt weg", hatte er ihr gesagt. „Da ist doch heutzutage nichts dabei", hatte er gesagt.

Emma war geschockt gewesen. Musste sie sich wirklich so etwas von Martin sagen lassen? „Ich kann doch unser Kind nicht grundlos abtreiben", war alles, was sie erwidern konnte. Da hatte sich Martin umgedreht und plötzlich Dinge getan, von denen sie nie gedacht hätte, dass das möglich sei. Zumindest hätte sie ihm das niemals zugetraut. Als erstes hatte Martin ihr eine gescheuert. Die Schmerzen auf ihrer linken Wange spürte sie noch immer. Dann hatte er sie regelrecht angebrüllt: „Was redest du da von unserem Kind? Wenn du es unbedingt kriegen willst, dann ist es dein Kind und nur deines. Du siehst von mir dafür keinen Cent."

„Ich ... verstehe nicht. Wir ... sind doch ...", hatte sie noch gestottert, unfähig, zu begreifen, was sich da anbahnte. Da hatte Martin schon seinen Entschluss in Worte gefasst: „Nichts sind wir. Und von heute an wirklich gar nichts. Wenn du dieses Kind unbedingt behalten willst, dann ohne mich", waren Martins letzte Worte an sie gewesen.

Ja, das wollte sie, unbedingt. Da konnte Martin noch so sehr eine Abtreibung fordern und all diese Kämpfer für das Recht am eigenen Bauch einwenden, was sie wollten: Es fühlte sich für Emma einfach nicht richtig an, ein Leben auszulöschen. Das konnte doch nicht richtig sein? Vor allem, wo sie doch eigentlich schon fast eine Familie ...

Wieder wurde Emma von einem Weinkrampf überwältigt.

Wie sollte sie nur weitermachen? Eine eigene Familie, die sie unterstützen konnte, hatte Emma schließlich nicht. Ihr Vater lebte irgendwo in Mexiko mit seiner neuen Familie, Emmas Mutter litt mit ihren 50 Jahren schon an Burnout und forderte eher, dass sich ihre einzige Tochter um sie kümmerte, als andersherum. Sie in dieser Situation anzurufen, wäre Emma nicht einmal im Traum eingefallen. Sie konnte sich die Vorwürfe und dieses „Hast du jemals an deine arme, kranke Mutter gedacht?" ausreichend gut vorstellen. Das musste sie nicht auch noch physisch hören. Es war niemand da, der ihr unter die Arme greifen konnte. Mit einem Kind weiter zu studieren, war schwierig genug. Und ohne ein abgeschlossenes Studium würde sie keine Chance haben, sich und das Kind durchzufüttern.

Emma bekreuzigte sich. Sie schaute zur Wohnungstür und dem Kruzifix darüber. Eigentlich hing es dort mehr aus Dekorationsgründen denn aufgrund ihres katholischen Glaubens, der sich in den vergangenen Jahren doch sehr ausgehöhlt hatte.

Emma faltete dennoch die Hände zusammen und betete – das hatte sie seit Jahren nicht mehr getan. „Lieber Jesus, ich weiß, ich habe mich in letzter Zeit nicht häufig bei dir gemeldet. Aber bitte: Zeige mir einen Ausweg aus diesem Leid."

Sie erwartete nicht wirklich eine Antwort. In ihrer Verzweiflung griff sie eben nach jedem Strohhalm, der ihr zur Verfügung stand – und war es auch ein noch so veralteter wie der Glaube an den „lieben Gott". Von dem doch jeder gebildete Mensch ihrer Generation zu wissen glaubte, dass es ihn gar nicht wirklich gab. Auch Emma hatte da ihre Zweifel.

Der Wind heulte draußen noch etwas lauter. Es war Anfang Dezember und eine erste, leichte, matschige Schneedecke lag über Straßen und Bordsteinen. Es war die Zeit, in der sich die Menschen mit ihren Familien zusammenkuschelten, um die düsteren Gedanken zu vertreiben, die der nahende Winter mit sich brachte. Es war auch die Zeit, in der diejenigen, die eine solche Familie nicht hatten, über den finalen Ausstieg nachdachten. Insbesondere Studenten der Ruhr-Uni Bochum. Das lag weniger daran, dass die Uni Bochum besonders viele ihrer Angehörigen in den Selbstmord trieb, sondern an einem Missverständnis. Die Uni hatte als eine der ersten Universitäten überhaupt einst über Suizid an der eigenen Hochschule berichtet. Weil die anderen Hochschulen in Deutschland clever genug gewesen waren und dazu geschwiegen hatten, galt die Ruhr-Uni seitdem als „Selbstmorduni" – und jeder Erstsemestler kam durch diesen Mythos dann gleich mit dem Thema Suizid in Kontakt.

Zugegeben: Es wäre ja auch leicht gewesen, sich von diesem Campus in den Tod zu stürzen. Immerhin wirkte der wie ein dreidimensionales Labyrinth, auf dem sich genügend Vorsprünge und andere

Gelegenheiten finden ließen, wenn man nur danach Ausschau halten wollte.

Emma jedenfalls dachte intensiv darüber nach, den fragwürdigen Ruf ihrer Uni in dieser Hinsicht zu untermauern. Sie wollte nicht mehr leben.

Mitten in ihre düsteren Gedanken hinein ertönte plötzlich die Stimme von Herbert Grönemeyer. „Tief im Westen", grölte es aus ihrem Handy. Emma war ein großer Fan des Ruhrpott-Poeten und hatte seit ihrer Immatrikulation „Bochum" als Klingelton für Anrufer eingespeichert, die sie von der Uni her kannte. Ein Blick auf das Display zeigte: Es war Katha.

Emma schloss die Augen. Das hatte sie ja vollkommen vergessen in ihrem Leid!

„Katha?", meldete sie sich mit verheulter Stimme.

„Hey, Süße! Also ich fahre jetzt los. Bist du schon unterwegs? Du, ich muss dir unbedingt was erzählen. Du kennst doch den Michi von den Hiwis. Wusstest du, dass der in Wirklichkeit ..."

Emma hörte gar nicht richtig hin, sondern atmete tief ein. Sie hatten sich ja zum Shoppen in Essen verabredet. Was meistens darauf hinaus lief, dass Katha sich irgendetwas kaufte und Emma davon träumte, was sie sich wohl alles gekauft hätte, herrschte in ihrem Portemonnaie nicht wieder einmal Ebbe. Sie war jetzt nicht gerade in der Stimmung für einen Mädels-Abend oder die Frage, was mit diesem Michi von den Hiwis los war. Doch statt Katha das zu sagen, schluchzte sie nur leise in sich hinein.

„Süße, was ist los? Da stimmt doch was nicht", fragte Katha und unterbrach ihren Redefluss. „Was hat Martin denn gesagt?"

Das Schluchzen wurde heftiger.

„Oh je."

Nach ein paar Sekunden hatte sich Emma wieder gefasst. „Nenn. Diesen. Namen. Nicht. Mehr", flüsterte sie und sprach jedes Wort wie einen Messerstich aus. Daraufhin herrschte erst einmal Schweigen.

„Was hat er denn gemacht?", fragte Katha schließlich.

„Schluss gemacht."

„Was?! Deswegen? Das glaube ich nicht. Das ... er war doch immer so ein Netter."

Emma fühlte blanke Wut in sich aufsteigen. „Oh ja, Mister Perfect macht nie was falsch, Mister Perfect ist ja alles andere als ein mieses, kleines und feiges Arschloch. Willst du mir das jetzt sagen?"

„Nein, nein, es ist nur – ich hätte niemals gedacht, dass ..."

„Danke, ich auch nicht! Hat er aber", bellte Emma patzig zurück.

„Das heißt, du kommst dann eher nicht mit zum Limbecker Platz?" Dort stand das große Einkaufszentrum im Herzen der Stadt Essen – wenn ein Haufen von Arbeitervierteln mitten im Ruhrgebiet denn so etwas wie ein Herz haben konnte.

„Nein", sagte Emma, die für einen Moment hoffte, dass Katha ihr anbieten würde, zu kommen. Da zu sein für sie. Nur, damit sie, stolz wie sie war, das ablehnen konnte. Aber es gäbe ihr doch ein bisschen Halt.

„Dann sehen wir uns wohl morgen in der Uni. Kopf hoch, Kleines. Das wird schon wieder", sagte Katha und legte auf.

Das wird schon wieder? DAS WIRD SCHON WIEDER?, dachte Emma in Caps – zumindest wenn man denn in Großbuchstaben wie in einem Chat denken konnte. Was war das denn nur für ein billiger Glückskeks-Tipp? Und das von ihrer besten Freundin. Na, schönen Dank auch, Katha. Sie wollte ihr die Worte hinterher brüllen. Doch alles, was sie hörte, war das Tut-Tut-Tut einer beendeten Telefonverbindung.

Emma starrte das Telefon für eine lange Zeit stumm und wie abwesend an. Sie hatte davon gehört, dass einige Menschen auf Distanz zu solchen gingen, die ins Unglück stürzten. Aber, dass es so schnell ging?

Wieder schaute sie hinaus aus dem Fenster. Ihr Zimmer befand sich im zweiten Stock. Wenn sie jetzt sprang, überlebte sie das mit Pech vielleicht – mit viel Pech sogar mit schlimmen Schäden wie Lähmungen. Dann konnte sie den Fehler nicht einmal im Nachhinein korrigieren, sondern hätte mit den Folgen noch Jahre oder Jahrzehnte zu leben. Nein, sich aus dem Fenster zu stürzen, das kam nicht infrage, zumindest nicht aus diesem Fenster.

Noch einmal wanderte Emmas Blick ihr Zimmer entlang und hin zu dem Schwangerschaftstest. Sie war so glücklich gewesen, als sie das Ergebnis gesehen hatte. Und nun sollte sie abtreiben? Das Kind töten? Einfach so?

Gut, letztendlich würde auch ein Selbstmord zu diesem Ergebnis führen. Aber was konnte sie dem Kind denn schon bieten? Wenn sie es jetzt wegmachte, dann würde zumindest alles so bleiben, wie es war.

Natürlich wusste Emma, dass das nicht unbedingt stimmte. Sie hatte genügend Artikel darüber gelesen, was eine Abtreibung für psychologische Folgen für die Mutter haben konnte. Alles Propaganda der sogenannten Lebensschützer, sagten die einen. Eine große Gefahr, sagten die anderen. Wer von beiden nun recht hatte, vermochte Emma nicht zu beurteilen. Martin jedenfalls würde bestimmt nicht zurückkommen.

Ihr fehlte etwas, um sich festzuklammern. Noch einmal schaute sie zum Kruzifix hoch. „Du bist mir auch keine Hilfe", schrie sie, als würde sie direkt mit Jesus reden und als sei der an allem schuld. „Du erklärst immer, was alles Sünde ist. Aber wie man aus solchen Situationen rauskommt, ohne welche zu begehen, da sagst du auch nichts zu!"

Die folgende Heulattacke endete erst, als Emma entkräftet eingeschlafen war.

Emma hatte einen unruhigen Traum. Sie lief mit Martin händchen-haltend durch einen Park, die Sonne schien und ihre weiße Kleidung strahlte ein helles Licht aus, so als wären sie Engel oder Heilige. Dann zog plötzlich eine Wolke auf und Emma bekam Bauchschmerzen. Als sie nach unten schaute, sah sie eine große, blutrote Pfütze – und es kam immer mehr nach aus ihrem Unterleib. Eine regelrechte Flut brach sich Bahn und Emma spürte eine Angst, wie sie sie noch nie zuvor erlebt hatte.

Sie versuchte mit den Händen, den Blutstrom aufzufangen, doch es wurde immer mehr und mehr. Als sie sich panisch zu Martin umdrehte, war der verschwunden. Alle Menschen um sie herum waren verschwunden. Sogar der Park war verschwunden. Alles war irgendwie ... weiß. Weiß auf weißem Grund gewissermaßen.

Mit Ausnahme eines dunklen Punkts. Als sie näher hinsah, erkannte Emma einen bärtigen Mann mit braunschwarzem Haar, dessen Teint ihn arabisch oder türkisch aussehen ließ und der nun seine Arme ausbreitete.

„Emma", sagte der Mann und das Wort jagte ihr einen solchen Schauer über den Rücken, dass sie einen Moment brauchte, um sich zu sammeln.

„Wer bist du?", fragte sie zögerlich, als die Gestalt näherkam. Jetzt erkannte sie die Kleidung – es waren ein paar Lagen Tuch, seltsam unmodisch übereinandergeworfen, so als sei diese Figur vor ihr ... Aber das konnte nicht sein. Sie kannte diese Darstellung aus ihrem Studium, es gab ganze kunsthistorische Vorlesungen nur zu den Darstellungen dieser einen Person, die jetzt vor ihr zu stehen schien. Aber der konnte sie nicht wirklich begegnen. Nun gut, das ist ja ein Traum, dachte Emma, ohne einen Gedanken daran zu verschwenden, wie ungewöhnlich es war, während eines Traumes zu erkennen, dass man träumte.

„Jesus?"

Die Gestalt nickte.

„Höre mich an, Emma. Du wundervolle Frau. Habe Mut!"

Emma schüttelte ungläubig den Kopf. Und wie durch Zauberhand hatte sie plötzlich ihre Starre überwunden. Dafür war ihr Zorn wieder da.

„Ach ja? Ich soll Mut haben? So einfach ist das also?"

„So einfach ist das."

„Ich dachte, du bist ein Gott oder zumindest Gottes Sohn und nicht einfach so ein ...", Emma suchte nach dem richtigen Ausdruck, fand stattdessen einen anderen, „so ein chauvinistisches Arschloch, das Glückskekse verkauft! So etwas sagt sich ganz leicht, wenn man ein Mann ist, weißt du?"

Jesus lächelte und stand weiterhin einfach so da, während Emma das Gefühl hatte, einmal ihren ganzen Frust rauslassen zu müssen. Immerhin war das ja nur ein Traum, oder etwa nicht? Da war alles erlaubt!

„Und außerdem, Freundchen, wo wir schon dabei sind. Hast du nicht auch Maria Magdalena schwanger sitzen lassen, um dich kreuzigen zu lassen? Ihr Typen seid doch alle gleich", schimpfte Emma weiter.

Zugegeben, dass Maria Magdalena wirklich schwanger gewesen war, stand nicht in der Bibel, sondern nur in den großen Verschwörungsromanen von Dan Brown. Aber der Versuch konnte ja wohl kaum schaden.

Jesus sagte zunächst weiterhin nichts, schließlich wandte er sich aber doch an sie.

„Emma, ich verstehe deinen Zorn. Aber ich sage dir: Mein Vater wird dich tausendfach belohnen im Himmelreich."

„Oh toll!", spöttelte Emma. „Na, und da kommt mein Kind noch schneller hin als ich, wenn es verhungert oder verwahrlost, weil seine Mutter drei Minijobs gleichzeitig machen muss und sich nicht mehr kümmern kann. Außer, mein verwahrlostes Kind kommt dann doch wegen seiner kriminellen Karriere in die Hölle – und zwar im Jenseits wie auf Erden."

Emma war noch lange nicht fertig, sondern kam nun richtig in Fahrt: „Das Problem mit Gott und dir, Jesus, ist ja nicht, dass an euch keiner mehr glaubt. Sondern, dass ihr ein bisschen billig seid, sorry!"

Jesus war der Messias. Ein Heiland wurde aus Prinzip nicht wütend – abgesehen von diesem einen Mal in diesem Tempel, aber das war eine andere Geschichte. Würde er allerdings wütend, dann hätte er wohl das Gleiche getan, was er nun auch tat.

Zunächst ging Jesus ein paar Schritte auf Emma zu. Dann öffnete er seine Lippen. „Und du, Emma Koslowksi, glaubst also, dass du die schlimmsten aller Probleme überhaupt hast, die ein Mensch erdulden muss? Dass dich die ganze Welt dafür nun bedauern und beweinen muss und die ganze Welt deine Probleme für dich lösen muss? Und jetzt glaubst du, dass ich, Jesus von Nazareth, die Probleme der Frauen nicht kenne oder sie mir nicht wichtig genug sind? Sehe ich das richtig?"

„Allerdings."

Jesus schüttelte den Kopf. „Das ist das Problem mit euch Menschen, gerade mit denen des 21. Jahrhunderts. Ihr meint immer, ihr wäret der Mittelpunkt der Welt. Wenn ihr glücklich seid, dann hat das jeden zu interessieren. Und wenn ihr unglücklich seid, dann gibt es niemanden, der mehr leidet als ihr. Deshalb glaubt ihr auch immer gleich, dass es keinen Ausweg gibt – weil ihr nur in Hollywood-Happy-End-Szenarien denken könnt."

„Beweis mir erst einmal das Gegenteil", blaffte Emma den Sohn Gottes an, wenngleich sie ein wenig davon überrascht war, dass sich Jesus mit Hollywood auskannte.

„In Ordnung", sagte Gottes Sohn und zeigte ihr dabei ein für einen Heiland fast schon diabolisches Lächeln.

*

Als Emma erwachte, lag sie nicht mehr in ihrem Bett. Sie lag nicht einmal mehr in ihrem Zimmer. Das erkannte sie, noch bevor sie die Augen aufschlug. Denn dieser Gestank war einfach überwältigend. Es roch nach Ausscheidungen. Nach Urin, nach Kot, nach Schweiß – so als sei sie mitten in der Kanalisation gelandet. Außerdem war da, wo einmal ihr weiches Bett mit den Kuscheltieren gewesen war, nun eine Lage kratzigen Strohs. Darunter konnte sie den harten Boden spüren – und zwar viel zu gut, um keine Rückenschmerzen zu bekommen.

Als sie versuchte, sich aufzurappeln, hörte sie Schreie. Es waren die Schreie einer Frau. Eine andere, ebenso junge Frauenstimme wie die der Schreienden, brüllte etwas, das verdächtig klang wie „bloody hell". Emma spürte Angst in sich aufsteigen. Die Augen öffnen wollte sie lieber nicht. Träumte sie noch? Emma spürte, wie sich ihr vor lauter Gestank der Magen umdrehte. Das konnte doch nicht echt sein.

„Wo ... wo bin ich?", fragte sie in die Finsternis.

Die Frauenstimme antwortete in einer harten Mischung aus Englisch, Irisch und Taverne: „Who are ya? Dutch, ey? Or German? How came ya her'?", wobei sie das „R" besonders stark rollte.

Emma rang noch einen Moment mit sich und hoffte, dass sie doch noch aus diesem bösen Traum aufwachen würde. Als das aber nicht geschah, öffnete sie schließlich doch die Augen.

Alles um sie herum blieb zunächst schwarz. Allmählich konnte sie einen schwachen Kerzenschein ausmachen, der ihr Loch zumindest ein wenig erhellte. Doch auf dieses wenige Licht mussten sich ihre Augen erst noch einstellen.

Als Emma sich schließlich an die Dunkelheit gewöhnt hatte, bereute sie den Entschluss gleich wieder, einen Blick riskiert zu haben. Was da nach Kot und Urin stank, waren tatsächlich Kot und Urin. Dazu war das Stroh schon halb verschimmelt und einige der Fäkalien mussten von wesentlich kleineren Lebewesen stammen als von Menschen. Emma tippte auf Ratten.

Wie benebelt antwortete sie: „Yes, yes. German."

„Far awaj from home, arn'tya?"

Ob sie weit weg von zu Hause sei? Es schien zwar so, aber Emma hatte keine Ahnung, wo genau sie eigentlich war.

„Where … where am I?", fragte sie daher.

„Rats' Palace. Resort of da Unfortune."

Ah, das sagte ihr nun alles, dachte sie spöttisch. Hatte das Mädel da gerade etwas von Ratten gesagt? Sie hatte es doch geahnt! Emma schaute sich weiter um. Nun erkannte sie die dicken Eisenstäbe, die in die Mauern eingelassen waren. Ihr Raum wirkte verdächtig wie eine Gefängniszelle. Das Herz rutschte Emma in die Hose. Was war das hier? Und wie war sie hierhergekommen?

Ihr Blick schweifte weiter, hin zu der Stimme. Sie erkannte schemenhaft eine Gestalt mit feuerroten Haaren, nicht unbedingt groß.

„Muss ja 'ne wilde Zeche gewesen sein, dass de dich nich' erinnern kannst, eh?", sagte die Frauenstimme. Sprach sie jetzt plötzlich deutsch? Oder hatte Emmas Gehirn nur auf Autoübersetzung geschaltet – sogar mit Theken-Akzent? Emma war jenseits ihrer Grundverwirrung nun noch zusätzlich irritiert. Dafür gab es sicherlich eine logische Erklärung. Ganz bestimmt.

„Weißt nee nich' mehr, wie de hergekommen bist, he? Musst du dicht sein! Blutige Hölle!"

Nein, das wusste Emma in der Tat nicht. Aber sie hatte noch immer den Verdacht, ein Deutsch übersetztes Englisch zu hören. Wer sagte schon „Blutige Hölle" anstatt „bloody hell" oder „nee nich'"?

Vielleicht funktionierte das ja auch umgekehrt?

„Ich habe keine Ahnung, wo ich bin und wie ich hierhergekommen bin", sagte Emma auf Deutsch – zumindest hielt sie das für Deutsch.

Das tiefe, von Rum und Whiskey gehärtete Lachen ihres Gegenüber deutete darauf hin, dass sie verstanden hatte.

„Oh, Schätzchen. Hast nich' mehr viel Zeit, dich zu erinnern, schätz' ich, eh? Bist hier in den heiligen Hallen vom Gouverneur von Jamaika. Quasi im Gästezimmer. Is' nur was für die echt besonderen Gäste. So wie du un' ich, Süßherz."

Emma versuchte, die Flut an neuen Informationen, die nun auf sie einprasselte, zu ordnen. Da war zum einen diese Frau, auf die nun auch ein Lichtschimmer gefallen war. Sie hatte ein recht hübsches Gesicht unter den tatsächlich feuerroten Haaren. Naturhaar, ganz ohne Zweifel. Das erklärte vielleicht auch den etwas irischen Einschlag in der Sprache und die Überbetonung des „R". Sie trug Kleidung, die wohl seit mindestens 300 Jahren aus der Mode war, wenn nicht noch länger. Es war ein einstmals weißes Hemd und darüber eine schwarze Weste – wenn man das denn Weste nennen konnte und nicht, nun ja, ein Wams. Dazu kamen lange Hosen aus Leder und Stiefel, die fast bis zu den Knien gingen. Selbst in der Zeit, als das noch modern war, trugen so etwas eigentlich nur Männer, wusste die Kunsthistorikerin Emma Koslowski.

Und dann erzählte sie auch noch etwas von Jamaika? Wie, zum Henker, kam Emma denn nun in die Karibik? Blutige Hölle! Und dann gab es hier auch noch einen Gouverneur? Auf Jamaika? Dem Land von Bob Marley und Usain Bolt?

Irgendetwas stimmte hier ganz und gar nicht. Stand nicht auf dem Gesicht dieser seltsamen Frau, die vielleicht Anfang 20 sein mochte, also auch nicht älter als Emma selbst, eindeutig das ungeschriebene Wort „Pirat"? Zumindest für einen Historien-Romantiker des 21. Jahrhunderts, der keine Ahnung davon hatte, wie ein Pirat im goldenen, karibischen Zeitalter wirklich ausgesehen hatte. Aber eine Frau als Piratin, in einem Gefängnis auf Jamaika – und sie mitten drin?

Was sollte das? Und welche dieser vielen Fragen sollte sie nun zuerst stellen?

„Wer bist du?", hatte schließlich gewonnen.

„Oh, Verzeihung. Tat mich gar nich' vorstellen." Die Frau machte einen Schritt auf Emma zu und deutete nun eine – männliche – Verbeugung an. „Man fürchtet mich als Anne Bonny, Erste Maat der William unter Kapitän Calico Jack Rackham. Aber für dich, Schätzchen, bin ich einfach Anne, aye?"

Anne Bonny? Emma konnte gerade so einen hysterischen Lachanfall unterdrücken. Das konnte doch alles nur ein schlechter Scherz sein. Den Namen hatte Emma natürlich schon einmal gehört. Anne Bonny war die vielleicht berühmteste Piratin der Geschichte, zumindest der westlichen. Aber sie war auch schon seit 300 Jahren tot, so ungefähr jedenfalls.

„Jaja, von wegen. Anne Bonny, alles klar", sagte Emma und lachte drauf los. „Und ich bin die Kaiserin von China."

„Alles klar, Kaiserin", sagte die Frau, die partout darauf bestand, Anne Bonny sein zu wollen.

Wieder erfüllte ein Schrei die Finsternis des Kerkers. „Wer schreit denn da, um Himmels Willen?", fragte Emma.

„Mit dem Himmel hat das nix nich' zu tun. Das is' Mary", sagte die angebliche Anne Bonny in einem besorgten Ton. „Bist de gläubig? Dann bete für sie, aye?"

„Mary-wer?"

„Ja klar, kannst de ja nee nich' wissen. Wusst' ja außer mir un' Jack keiner nich'. Mary Read. Sie is' von der William, genau wie ich. Un' sie is' schwanger, genau wie ich."

„Und wie ich", platzte es aus Emma heraus, noch bevor sie darüber nachdachte.

„Dann, schätz' ich, is' heut' dein Glückstag, Schätzchen!", sagte Anne. „Weißt de, die hängen dich nich', solang' de schwanger bist. Is' gegen Gott oder so. Musst de den Rotröcken nur rechtzeitig sagen. Aye?"

Emma sah die seltsame Frau mit einer Mischung aus Faszination und Abscheu an. Kostüm, Sprache, Stimme und die Art und Weise, wie diese nicht gerade konventionelle Frau redete, passten jedenfalls verblüffend gut. Emma beschloss, sich erst einmal auf dieses verrückte Spiel einzulassen, wo auch immer es sie hinführen mochte. Was hatte sie schon für eine Alternative?

„Was bedeutet rechtzeitig?"

„Na, weißt de, Mary un' ich ham echt bis zum letzten Moment damit gewartet. Das war vielleicht ein Spaß, aye. Die hättest de mal sehen sollen. Waren echt traurig, dass se uns nee nich' hängen durften, kannst de mir glauben. Den armen Jack und die andern Jungs aber ham se gekillt. Nur uns beide halt nee nich'. Na ja, waren se auch selbs' schuld, diese verdammten Suffköpfe. Hätten se ma' wie Männer gekämpft, statt sich zu besaufen, dann hätten se jetz' nee nich' wie die Hunde hängen müssen. Für uns beide hatten die auch schon die Stricke geholt. Da hatten wir dann schnell gesagt, dass wir Weiber sind – un' schwanger noch dazu!"

Emma musterte die Frau, die von sich behauptete, Anne Bonny zu sein. Und tatsächlich erkannte sie nun unter dem Wams einen leicht gewölbten Bauch. „Bei Mary kommt das Baby nur was schneller als bei mir. Nämlich genau jetz'. Deshalb bete, eh?"

„Wofür soll ich beten?", fragte Emma.

„Na, dass se bei der Geburt verreckt. Sonst hängt se nämlich morgen über der Bucht, un' halb Jamaika guckt dabei zu."

Emma atmete tief ein. „Und was ist mit dir?"

„Geht mir bald auch so, schätz' ich. Dauert nur noch was länger. Aber is' ja auch egal. Viel wichtiger is': Was machst de jetz' eigentlich hier in meiner Zelle, Kaiserin von China, eh? Wusst' gar nich', dass ich heut' 'ne Audienz krieg bei 'ner Blaublütigen."

Tja, das hätte Emma gern selbst gewusst. „Keine Ahnung. Gerade saß ich noch in meiner Wohnung in Essen – und plötzlich bin ich hier."

„In Essen? Nie davon nich' gehört."

„Ja, in Essen. Das ist eine Stadt in Deutschland."

„Deutschland? Das in Europa? Is' aber weit weg. Mary hat mir davon erzählt. Also von Flandern, aber das is' ja fast das Gleiche, eh? Is' mir viel zu kalt da. Un' die Leute sind da viel zu arm, eh? Die ham da ja kein Meer dort nich'. Un' auch keinen Rum nich'!" Die Rothaarige knuffte Emma mit dem Ellenbogen und ließ wieder dieses Sabine-Töpperwien-Gedächtnis-Lachen hören, das in Emma seltsame Heimatgefühle weckte.

„Dafür haben wir Bier, das man auch trinken kann", konterte Emma. Ihren Pott machte so schnell niemand schlecht. Vor allem keine Frau, durch deren Venen scheinbar mehr Rum als Blut floss.

Anne lachte. Und auch Emma traute sich schließlich, in das Lachen mit einzusteigen. „Aye, da is' was dran. Wenn die Jungs sich mit Bier besoffen hätten statt mit Rum, dann wären wir jetz' nee nich' hier, Mary un' ich."

Wieder durchdrang ein lauter Schrei die Mauern des Gefängnisses. „Das klingt nicht gut ... Anne. Meinst du, sie schafft es?"

„Das will se doch gar nich' tun."

„Aber sie wird sterben."

„Besser hier beim Versuch sterben, Leben zu schenken. Als morgen im Hafen hängen, dass es jeder sehen kann. Un' dann noch als Leiche da tagelang hängen, wie se das mit Jack un' den Jungs gemacht ham. Weißt de, die nennen die Bucht deshalb schon Rackham-Bucht. Glaub mir, Schätzchen, das will keiner nich'."

Emma dachte darüber nach. Sie hatte von der Geschichte schon einmal dunkel gehört. Nachdem Rackham und seine Crew – bis eben auf die beiden Frauen – hingerichtet worden waren, hatte man ihre Leichen in Käfigen am Hafen tagelang als Mahnung ausgestellt. Damit wollte man Seeleuten gegenüber ein klares Warnzeichen setzen, was man auf Jamaika mit Piraten anstellte. Die ganze Geschichte war zu Emmas Zeit Inspiration für die Fluch-der-Karibik-Filme und die Figur Jack Sparrow gewesen.

Nur hatte die wahre Geschichte kein Happy End. Nein, das wollte wohl wirklich keiner, befand Emma. Sie bekam Mitleid mit Mary und auch mit Anne – bis sie sich daran erinnerte, warum die beiden überhaupt hier waren.

„Na ja, ist ja jetzt nicht so, dass ihr beide da ganz unschuldig hineingeraten seid, nicht wahr?", fragte Emma und bereute im gleichen Moment, was sie soeben gesagt hatte. Würde die Piratin sich angegriffen fühlen?

Ganz im Gegenteil. Anne lachte wieder ihr tiefes Lachen von drei leeren Rumfässern. „Nee, das kann man echt nee nich' sagen."

„Aber warum habt ihr das dann überhaupt gemacht, wenn die hier so massiv Jagd auf Piraten machen?"

„Pah. Also, du musst erstmal eins wissen, Süße: Wir sind stolze Bürger der Republik von Nassau. Von der hast de doch sicher schon ma' gehört, eh?"

Emma hatte keine Ahnung, wovon Anne da sprach. „Ist das eine Piratenrepublik, oder wie?"

Anne lachte. „So ein bisschen. Gehört offiziell der britischen Krone, aber als noch Krieg gegen die Spanier war, war's denen egal, wenn da ma' ein, zwei Piratenschiffe landeten."

„Ein, zwei?"

„Na gut, vielleicht auch zwei, drei mehr."

Emma schaute Anne kritisch an.

„Also gut, waren schon so ziemlich alle Schiffe da Piratenschiffe", sagte Anne mit einem schelmischen Grinsen.

„Und was ist passiert?"

„Och, die wollten den Gouverneur absetzen un' selbst Gouverneure werden."

„Die Piraten?"

„Aye. Blackbeard. Dieser Verräter Rogers hat ihn dann abgesetzt un' uns wieder auf's Meer getrieben. Aber Blackbeard war auch nee nich' besser, kann ich dir sagen. Selbst schuld sagst de, eh? Wir holen uns nur, was wir zum Leben brauchen."

So wirklich überzeugt war Emma nicht von dieser Argumentation. „Aber du bist nicht aus Nassau, sondern aus Irland, oder?"

„Aye! Kam mit meinem Dad als Kind rüber. Der hat in Carolina 'ne Plantage. Lief erst nee nich' gut und war verdammt langweilig."

„Und wie kamst du dann zur See?"

„Da war dieser Kerl, James. Faselte was von Abenteuern. Ich un' Landleben, kannst de dir nee nich' vorstellen. Wollt' was erleben. Wir ham geheiratet un' sind dann ab nach Nassau."

„Was ist aus deinem Mann geworden?"

„Der is' ein Feigling. Nix Abenteuer. War ein Versager. Als er rausfand, dass ich was mit Jack hab', da wollt' das verdammte Schwein mich doch tatsächlich auspeitschen lassen. Selbst hatte er nee nich' die Eier dazu. Jack wollt' mich ihm dann abkaufen."

„Hat er?"

„Niemals! Da hab' ich nee nich' mitgemacht. Bin doch keine Sklavin nich', die man einfach so handelt wie Vieh. Nee, du. Also bin ich abgehauen mit Jack."

Emma hockte sich hin und lehnte sich an die Eisenstäbe. „Na, das hat dir ja viel gebracht."

„Männer, Schätzchen, sind Flaschen. Kannst dich nee nich' auf die verlassen. Erzählen dir was von Ruhm un' meinen dabei nur Rum."

Emma dachte an Martin. „Ich kenne das."

Nun hockte sich auch Anne ins Stroh und schaute ihre neue Gesprächspartnerin interessiert an. „Was is' passiert?"

„Ich war verlobt. Also mehr oder weniger. Und kaum bin ich schwanger, lässt er mich sitzen."

„Feiges Schwein. Das sind se aber alle. Kein Funken Ehre nich' im Leib, aber reden von nix anderem."

Emma runzelte die Stirn.

„Un' was machst de nu', eh?", wollte Anne wissen. „Wenn de wen brauchst, der das Schwein kielholt, sag einfach Bescheid. Tu das für 'nen Freundschaftspreis", bot Anne an. „So Kerle kann ich nee nich' ausstehen."

Sie wisse ja, wovon sie spreche. Und Anne hörte gar nicht mehr auf zu sprechen. „Na, Jack is' Vater geworden. Oder wird's noch. Un' was meinst de, was der machen tut? Lässt sich volllaufen und kämpft nich' ma' um sein Balg. Genau wie der Kerl von Mary. Hauptsache Rum. Alles feige Schweine, sag' ich dir. Wenn de was willst im Leben, dann musst de dir das schon selbst holen!"

Emma schüttelte den Kopf. „Na, wenn ich ein Kind habe, wie soll ich denn dann noch Arbeit finden? Das geht alles nicht."

Anne lachte. „Oh, Mann. Was für 'ne Landratte du bist, Kaiserin. Ich hab' auch ein Baby. Lebt auf Kuba. Besuch' ich so oft, wie das möglich is'. Was glaubst de, wofür ich meine Beute ausgebe? Geht schon alles, wenn man nur will."

Emma verdrehte die Augen. „Du hast ja keine Ahnung."

„Ach, hab' ich nee nich', Frau Kaiserin, aye? Nur weil ich nee nich' so vornehm spreche wie du? Blutige Hölle, ich sag dir jetz' ma' was. Die Frau, die dahinten schreit, hat noch viel mehr durchgemacht als wie ich."

Zur Bestätigung erfüllte ein weiterer Schrei von Mary Read den Raum. „Sie hat in 'ner Armee gekämpft, in Flandern. Dann hat se den Fehler gemacht un' sich 'nen Mann gesucht. Mit dem hat se 'ne Kneipe aufgemacht un' auch vom Leben als Prinzessin geträumt, so wie du jetz'. Die hat sogar Kleider getragen, wie Weiber. Kannst de dir nee nich' vorstellen."

„Was ist passiert?"

„Ihr Mann is' passiert. Einfach tot umgefallen. Sind echt unzuverlässige Leute, diese Männer, sagte ich das schon? Na, da stand se dann allein da un' hat angeheuert, wieder in Männerkleidern."

Emma fügte in Gedanken ein „wie sich das gehört" hinzu, denn das schien gut zu Annes Weltbild zu passen. „Bei euch?"

„Nee, bei 'nem Holländer, den wir dann geentert ham. Na ja, un' da hat se sich uns angeschlossen. Mary hat sich erst ma' versteckt un' niemand wusste nich', dass se 'ne Frau war. Also niemand, außer ich." Anne lächelte Emma verschwörerisch zu. „Wir Mädels erkennen uns ja doch immer."

„Und Jack hat das dann auch irgendwann erkannt?", fragte Emma.

Anne nickte. „Aye. Na ja, weißt de: Die Männer nehmen sich eh immer, was se wollen. So ham Mary un' ich das dann auch getan. Is' ausgleichende Gerechtigkeit, eh?"

Emma wagte ein schiefes Lächeln.

„Da hast du jetzt aber nicht mehr viel von, oder?", fragte sie.

Anne schaute ebenfalls amüsiert. „Lieber so, als 80 werden auf irgend so 'ner verdammten Farm, meinst de nich' auch?"

„Keine Ahnung. Und deine Kinder?", fragte Emma.

Ein Schatten huschte über Annes Gesicht. Emma spürte, dass dieses Thema die Piratin stärker beschäftigte, als die bereit war, einer Fremden gegenüber zuzugeben. „Ich bete, dass mein Vater die Kinder aufnimmt, wenn ich nich' mehr da bin. Aber hey, is' doch immer noch besser, als wenn's se gar nich' erst geben tät, eh? Weil, was hast de davon, wenn de immer tot bist un' niemals nich' lebst?"

Mitten hinein drang die nächste Wehe von Mary Read. Und diese war endgültig. „Oh, mein Gott", rief die Hebamme aus der Entfernung. „Tot. Das Kind ist tot."

Anne wurde kreidebleich. „Wie, tot? Was heißt denn das? Nein!" Sie rannte an die Gitterstäbe und brüllte: „Mary! Mary!"

„Sie glüht ja richtig", rief nun die Hebamme. Anne, gerade noch die Souveränität in Person, fing an zu zittern, hämmerte härter und immer härter gegen die Eisenstangen, bis ihre Hände blutig wurden. Immer wieder schrie sie: „Mary, Mary! Nein!"

Emma erkannte, dass der Piratin Tränen über die Wangen liefen. Und so viel Instinkt hatte sie dann doch, dass sie wusste: Diese Tränen waren gefährlich. Diese Frau war gefährlich.

Emma war bestürzt und fasziniert zugleich. Da stand vor ihr die berüchtigtste Piratin vielleicht aller Zeiten – langsam glaubte sie das auch –, die der Legende nach nicht einmal mit dem hängenden Jack Rackham Mitleid gezeigt hatte – und plötzlich war sie starr vor Angst und kreidebleich.

„Mary, Mary!", schluchzte Anne noch einmal, als sich Emma von den Gitterstäben zurückzog.

Sie wusste noch zu wenig über die Hintergründe, warum sie hier war, um in die Offensive zu gehen und zu brüllen, dass man sie rauslassen sollte. Vielleicht wäre genau das der Fehler gewesen. Irgendjemand hatte sie ja schließlich hier abgeliefert. Und wer wusste schon, wie es die Wachen auffassen würden, dass sie, eine Fremde, hier bei der VIP-Gefangenen Nummer eins war? Nicht, dass man sie deshalb noch für eine Ausbruchshelferin oder so etwas hielt. Sie vertrieb also alle Gedanken an eine schnelle Flucht, auch wenn der Gestank weiterhin bestialisch war. Stattdessen waren ihre Gedanken bei der armen Frau, die dort hinten um ihr Leben kämpfte, und nicht nur um das eigene.

„Sie stirbt", flüsterte Emma leise – so leise, dass sie dachte, Anne würde sie nicht hören.

Doch so war es nicht. Anne drehte sich um: „Sag' das nee nich', klar?"

Wo war die selbstbewusste, heroische Anne Bonny hin, die ja angeblich genau dieses Schicksal für ihre Mary gewollt hatte, fragte sich Emma.

„Sie stirbt, Anne. Wenn sie wirklich die Mary Read ist." Es war Emma wieder eingefallen, was aus Mary Read geworden war. Sie sollte nach der Geburt in der Tat gehängt werden. Doch sie bekam im Kindbett Fieber und starb daran. Im 18. Jahrhundert waren Schwangerschaften noch deutlich gefährlicher als 300 Jahre später, wusste Emma. Anne Bonny hingegen ... Da wusste man gar nichts. Es war ein großes Rätsel, warum sie damals nicht hingerichtet worden war – aber sie wurde es anscheinend nie.

Anne wirkte niedergeschlagen und ließ sich auf das verschimmelte und verfaulte Stroh fallen. „So kann die große Mary Read nee nich' abgehen. Wie irgend so ein beschissenes normales Weib. Jetz' bin nur noch ich über", stellte sie niedergeschlagen fest. „Ich un' die Kaiserin von China."

Emma verstand. Am Ende hatte es also doch etwas gegeben, das der stolzen Piratin Furcht einflößen konnte – die Isolation. Denn mit Mary

Read starb gerade ihre letzte Bezugsperson aus der Welt der Piraten. Anne blieb allein zurück mit nichts weiter als ihrem ungeborenen Kind und der Gewissheit, dass sie Mary Read nachfolgen würde.

„Eben. Ich bin noch da", hörte sich Emma sagen.

„Ich weiß ja nich' ma', wie du wirklich heißt, Kaiserin."

„Emma. Emma Koslowski."

„Was is' denn das für ein Scheiß-Name? Ich dachte, du bist Deutsche? Die heißen doch nich' Kolauski."

Emma musste lachen. Im Ruhrgebiet hieß doch fast jeder Koslowski, Kowalski, Schwankowiak, Mattuschitz oder sonst wie polnisch. Aber klar, für Menschen aus dem frühen 18. Jahrhundert musste das noch ziemlich befremdlich wirken. Preußen war da gerade einmal 20 Jahre alt und das Ruhrgebiet gab es in dieser Form noch nicht.

„Na ja, ich habe polnische Vorfahren", redete sich Emma heraus.

„Ah, un' Polen is' ja irgendwie fast schon China, eh?"

„So ungefähr", sagte Emma und lächelte.

Während sie so mit der Piratin plauderte und versuchte, sie zu beruhigen, machte sich Emma wieder einmal Gedanken um ihr eigenes Schicksal. Wie kam sie hier nur wieder heraus? Und wie war sie überhaupt hierhin gekommen? Vielleicht wusste das ja Anne. Emma fragte.

„Nee du, keine Ahnung nich'. Warst einfach da, so von jetz' auf gleich. Vielleicht ham se dich in der Nacht hergebracht."

Emma wusste nicht so richtig, was sie davon halten sollte. Konnte man einfach so in einer anderen Zeit auftauchen? Wenn sie jemand hier abgelegt hatte, dann würde derjenige sicherlich wiederkommen, um zu sehen, was sie dazu zu sagen hätte, oder um zu sehen, wie es ihr ging. Oder einfach, weil derjenige ein sadistisches Schwein war. Andererseits – von wo hätte man sie denn dann bitte auflesen sollen? Immerhin kam sie aus dem 21. Jahrhundert.

„Du, ich hab' nachgedacht", verkündete Anne schließlich ein wenig feierlich.

Emma drehte sich zu ihr um.

„Wir sind doch beide von den Kerlen verarscht worden. Meiner is' schon hin, da is' nix mehr nich' zu machen. Aber: Wenn ich hier rauskomme, dann helf' ich dir, deinen Kerl fertig zu machen. Un' zwar umsonst. Was sagst de dazu? Tut gut, jemanden zum Reden zu ham."

Nun glaubte Emma tatsächlich, sie sei die Kaiserin von China. Hatte ihr gerade die gefürchtetste Piratin aller Zeiten Handlangerdienste angeboten?

Statt etwas darauf zu antworten, lachte Emma. „Ich glaube wohl kaum, dass das möglich ist. Aber Danke für das Angebot."

*

Es dauerte ein paar Stunden, bis die Aufregung um Mary Read vorbei war. Anne und Emma beobachteten, wie zunächst ein Pfarrer und dann ein paar kräftige Männer kamen, die erst das totgeborene Baby und dann die am Fieber gestorbene Mary Read vorbeibrachten. Anne hatte bitterlich geweint – zum ersten Mal seit langer, langer Zeit, wie die schweigsame Emma von ihr erfuhr. An den Rest ihrer Crew habe Anne zuvor keine Träne verschwendet, als die hingerichtet wurde. Aber mit Mary war es anders und Emma konnte nur mutmaßen, wie nahe sich die beiden Frauen tatsächlich gestanden hatten.

„Weißt de, Kaiserin, sie war wirklich ein tolles Mädchen. Wirklich ein tolles Mädchen. Meine beste Freundin. Un' jetz' soll se einfach so gegangen sein."

Die große Anne Bonny derart leiden zu sehen, gefiel Emma Koslowski überhaupt nicht. Plötzlich erkannte sie die zerbrechliche Frau hinter der jahrelang aufgebauten, harten Fassade. Anne war nicht besonders groß, wenn auch nicht so zierlich wie Emma. Zwar hatte sie sonnengebräunte Haut und für eine Frau überdurchschnittlich gut trainierte Muskeln. Aber wie eine Bodybuilderin oder eine Profi-Schwimmerin sah sie auch wieder nicht aus. Ihre Züge hatten noch immer etwas Mädchenhaftes. Zumindest, wenn sie sich nicht allzu sehr anstrengte, wie ein grimmiger, Rum trinkender Pirat auszusehen.

„Wie viele Menschen hast du eigentlich getötet?", fragte Emma abrupt. Ihr brannte die Frage schon unter den Nägeln, seit sie den Gedanken akzeptiert hatte, dass dies tatsächlich die echte Anne Bonny sein konnte. Und bevor sie sich zu sehr anfreundeten, wollte sie doch einmal wissen, mit wem sie es hier wirklich zu tun hatte.

„Ah, verstehe", sagte Anne bitter. „Ich weiß, was jetz' kommt. Ich kenn' das schon. Du meinst, ich bin 'ne Mörderin un' Mörderinnen ham kein Mitleid nich' verdient. Aye? Stimmt ja auch. Ich will das auch nich', hörst de, Kaiserin? Will kein Mitleid nich', von niemandem." Emma schwieg.

„Das Problem mit dem Nehmen is' – es gibt immer wen, dem is' so 'ne verdammte Schiffsladung Tabak wichtiger als sein eigenes beschissenes Leben", sagte Anne. „Weil die Kerle Ruhm mit Rum verwechseln, das sag ich dir."

„Und deshalb darf man sie umbringen?"

„Na ja, wenn se sonst dich umbringen, was sollst de machen, eh?", antwortete Anne Bonny. „Wir von der William ham nie nich' Leute gekillt, wenn das nich' sein musste. Da gibt's ganz andere Leute hier."

„Wirklich niemals?"

Anne schwieg erst, dann sagte sie doch noch etwas: „Selbst mein Mann lebt noch. Glaub's oder nich'. Un' der wollt' mich auspeitschen lassen, nur weil ich mit Jack, na ja, du weißt schon was. Wenn ich so ein Schwein wie Blackbeard gewesen wär', hätte ich ihm gleich den Bauch aufgeschlitzt, als ich mit Jack davon gesegelt bin."

„Und wenn ihr nicht bei der Arbeit wart?"

Anne lachte. „Tja, in so 'ner Kneipe kann's schon ma' rau zugehen. Wenn de da nee nich' weißt, was de mit 'nem Messer machen sollst, bist de verloren, grad als Mädel. Aber das is' jetz' nich' wirklich Mord, nich'?"

Vermutlich nicht, dachte Emma, aber so ganz sicher war sie sich da nicht. Als unschuldig würde sie Anne Bonny ja nun wirklich nicht bezeichnen. Außerdem konnte man solchen Situationen ja auch bewusst aus dem Weg gehen – aber das war wohl nicht Annes Art.

Emma war sich noch immer unschlüssig, ob sie in der Piratin nun eine Gefahr oder eine neue Freundin sehen sollte. Alles, was sie jenseits der Johnny-Depp-Romantik über die Piraten der Karibik wusste, klang irgendwie blutrünstig, brutal und keinesfalls nach Robin Hood – und schon gar nicht nach Alice Schwarzer. Und doch fasste sie eine Art von Vertrauen zu dieser unberechenbaren Frau, deren moralischer Kompass zwar irgendwie anders funktionierte als bei zivilisierten Menschen, aber der dennoch auf irgendeine unerklärliche Art intakt zu sein schien.

Für einen Moment stellte sich Emma vor, sie würde Martin kielholen. Das klang wesentlich netter, als es im Endeffekt war. Sie würde ihn an ein Seil fesseln, von einem Schiff aus ins Meer stoßen und ihn dann mithilfe dieses Seils an der anderen Schiffsseite wieder hochziehen. Das konnte aus mehrerlei Gründen tödlich enden. Zunächst einmal konnte der Delinquent ertrinken, weil er zu lange die Luft anhalten musste. Es kam also auf das richtige Tempo beim Ziehen an. Und dann schabte er meist mit dem Rücken am Kiel des Schiffes, also seiner Unterseite, entlang. Das mochte am Trockendock noch halbwegs glatt sein, auf hoher See allerdings sammelten sich daran Muscheln und anderes Getier und Gestein, das den Kiel zu einer Mischung aus Rasierklinge und Morgenstern machte und ähnliche Verletzungen zufügen konnte wie 1000 Peitschenhiebe. Wer das überlebte, konnte schließlich immer noch an Wundbrand sterben, immerhin war dies hier das frühe 18. Jahrhundert und solche medizinischen Wundermittel wie Antibiotika oder Desinfektionsmittel waren noch lange nicht erfunden. Die gängigsten Mittel in dieser Hinsicht hießen seinerzeit Rum und Feuer. Es war eine grauenvolle Vorstellung, befand Emma schließlich. So etwas wollte sie dann doch nicht, so groß ihre Wut auf Martin auch sein mochte.

Wieder schaute sie auf Anne. Vermutlich galt es in dieser rauen Zeit tatsächlich schon als fortschrittlich, wenn man nicht dieselben Gräuel vollbrachte wie die Kollegen rund um Blackbeard und die anderen berühmten Piraten der Karibik, die wohl in erster Linie vor allem gewissenlose Mörder gewesen waren – und erst in zweiter Linie Räuber und Diebe.

Es blieb lange still in Anne Bonnys Zelle – zu still nach Meinung von Emma, die wieder einmal einen Weinkrampf hatte.

„Eh, hör auf zu flennen", brüllte sie Anne schließlich an. Aber nicht wirklich überzeugend. „Hör mal, Mary hat's grad erwischt, da will ich nix hören von gar nix, klar? Schon gar nich' von irgendwelchen Typen, die irgendwelche Weiber sitzen lassen. Aye?"

Emma wurde sauer. „Der mich verflixt noch mal hat sitzen lassen, weil ich schwanger bin!"

„Na und? Bin ich auch. Jetz' flenn nee nich' wegen dem Kerl noch rum, eh! Der Vater von meinem Balg is' tot, was anderes als Pirat bin ich niemals nich' gewesen. Un' wahrscheinlich bringen die mich um, gleich wenn es da is'. Un' jetz' kommst du."

Emma dachte über diese Worte nach. Gerade noch hatte sie die stolze, unerschütterliche Piratin erlebt, von der es hieß, sie sei der wahre Kapitän der Crew von „Calico" Jack gewesen. Und plötzlich wirkte sie derart verletzt und doch wieder entschlossen, dass es Emma irritierte.

„Hast du Angst?", fragte Emma schließlich.

„Kümmer' dich um deinen Scheiß!", lautete die Antwort. Also ja.

„Wovor?", fragte Emma weiter, die jetzt nicht lockerließ.

„Blutige Hölle! Was bitte an ‚kümmer' dich um deinen Scheiß' tust de nich' verstehen?"

Emma schaute Anne direkt in die Augen. Es war ein Duell – wer als Erste wegschaute, akzeptierte die Dominanz der Anderen. Emma hatte nicht die Absicht, sich von dieser Piratin in die Schranken weisen zu lassen. Wer wusste schon, wann sie aus diesem Gefängnis wieder herauskam oder wer sie hierhergebracht hatte – und wie lange sie es mit Anne noch aushalten musste. Aus Versehen war sie sicherlich nicht hier, dafür waren einfach zu viele Gesetze der Physik verletzt worden.

Zunächst schaute Anne grimmig, aber Emma hielt dem Blick stand. Schließlich, kurz bevor sie fürchtete, Anne könnte tatsächlich in

Handgreiflichkeiten übergehen, schnitt Emma eine Grimasse und Anne prustete los. Emma hatte gewonnen.

„Du erinnerst mich an Mary", sagte Anne schließlich, als sie wieder die Fassung zurückgewonnen hatte. „Un' du bist stärker, als de glaubst, Emma von China. Aye."

Anne lehnte sich an die kalte, dunkle und auch ein wenig feuchte Mauer. „Ich hab' keine Angst, nie nich'. Aber wenn ich so was hätte, dann um mein Kind. Weißt de, das is' keine Welt, wo so ein Kind alleine überleben kann. Meine Tochter is' sicher in Kuba, das weiß ich. Aber das Baby hier", sie streichelte über ihren Bauch, „das nehmen se mir weg. Das kommt ins Heim. Un' wenn's wie ihre Mutter is', dann wird's sich durchboxen. Aber es wird keine Liebe kennen. Nur Hass."

Emma schwieg.

„Dass se mich auch hängen, is' mir egal. Das tut nur kurz weh. Aber mein Kind ..."

Die Zeitreisende – wenn sie denn so etwas wirklich war – überlegte. Abtreibungen waren zwar erst seit dem 20. Jahrhundert in Teilen der Gesellschaft akzeptiert, wusste Emma. Gegeben hatte es sie aber schon immer, auf die eine oder andere Weise. Und Piraten galten nun nicht gerade als Avantgarde des Erzkatholizismus.

„Und das Kind wegmachen lassen? Hast du darüber schon einmal nachgedacht?"

„Eh, was? Nie im Leben nich'! Tut man so was Krankes in Deutschland? Was soll denn da dran jetz' besser sein? Mal abgesehen davon, dass ich dann nee nich' mehr leben tät, wenn ich nich' schwanger wär'. Was hat denn bitte das Kind davon, wenn's tot is'? Ich kenne Kinder, die tot sin', hab genug davon gesehen. Nee, glaub mir, da is' gar nix gut dran nich'."

Emma war für einen Moment sprachlos. Dann erinnerte sie sich wieder daran, dass Anne Bonny ja Irin war – und damit vermutlich auch Katholikin. „Ich kenne so eine Argumentation nur von Leuten, die fromme Katholiken sind", meinte sie und hielt kurz inne. „Glaubst du an Gott?"

„Pah. Der kann mich ma'. Is' doch auch nur so ein Kerl, der alles immer besser weiß, aber selbst nix gebacken kriegt. Deshalb kann ich aber trotzdem meinen, dass Kinder niemals nich' tot sein sollen."

Emma nickte. Sie selbst sah das ja nicht viel anders. Sie wünschte sich für einen Moment den Stolz und den Mut der Frau, die ihr gegenübersaß. Sie wollte noch etwas sagen, doch da bemerkte sie, dass Anne sich hingelegt hatte – und wimmerte. Emma verstand nicht viel, doch die wenigen Laute, die sie vernahm, klangen verdächtig nach „Mary".

*

Es wurde dunkel – noch dunkler als ohnehin schon. Emma spürte, wie Müdigkeit in ihr aufstieg. Sie dachte noch einen kurzen Moment nach, ob sie nicht doch die Wachen rufen sollte, immerhin war sie schwanger und musste für zwei essen – Anne hatte sich ihre Ration unaufgefordert mit Emma geteilt –, außerdem war sie ja plötzlich in einem Gefängnis gelandet. Doch bei diesem Gestank war ihr der Gedanke an Nahrungsaufnahme nicht möglich. Emma wurde übel. Sie wollte nicht mit ihrem eigenen Erbrochenen ihre Lage noch verschlimmern. Also versuchte sie, etwas zu schlafen, sich auf diese neue Welt einzustellen.

Es dauerte nicht lange, bis Emma eingeschlafen war. Und beinahe wirkte es, als wäre sie wieder in ihrem Traum vom Vortag – wenn es denn wirklich der Vortag gewesen war. Sie hatte jegliches Gefühl für Raum und Zeit verloren.

Wieder sah sie Jesus vor sich, und wieder spürte sie diesen Drang, ihm die übelsten Flüche an den Kopf zu werfen.

„Emma", sagte Jesus erneut. Nur dieses eine Wort. Sie verstummte innerlich.

„Du fragst dich, ob du träumst. Oder ob du wachst. Du fragst dich, ob das real war, was du erlebt hast mit der Piratin in diesem Kerker."

Allerdings, dachte Emma, biss sich aber auf die Lippen, um ihm nicht auch noch recht zu geben. „Warst du das etwa? Was sollte das?"

„Genau genommen war es dein Wunsch. Du wolltest Frauen kennenlernen, die in noch schlimmeren Situationen waren als du", sagte Jesus und ein sehr ungöttliches, fast schon schelmisches Lächeln huschte über sein Gesicht.

„Du meinst also, eine Mörderin und Räuberin bringt mich auf den Pfad der Tugend? Da kannst du lange drauf warten."

„Ich habe Zeit", antwortete Jesus gelassen. „Aber darum geht es hier nicht."

Emma verstand nicht.

„In jeder Nacht, die von heute an vergeht, findest du dich in einer Gefängniszelle wieder, Emma. Immer bei einer anderen Frau. Es sind solche dabei, die die Kirche als Heilige verehrt, aber auch solche, die davon weit entfernt sind. Du wirst sie kennenlernen. Und jeden Morgen wirst du wieder in deinem Bett in Deutschland im Jahr 2019 aufwachen. Mit diesem hier sind es fünf Besuche insgesamt. Zur Erleichterung gebe ich euch beiden die Pfingstgabe, fließend in fremden Sprachen zu sprechen, ohne dass ihr dies erkennt. Danach werdet ihr beide eure Entscheidungen treffen", sagte Jesus in einem feierlichen Ton. Dann verschwand er. So schnell, wie er gekommen war.

„Ihr beide?", fragte Emma noch. Dann wachte sie auf.

Das dreckige, gammelige Stroh war fort. Das merkte Emma, noch bevor sie sich aufrichtete oder die Augen aufschlug. Sie lag wieder in ihrem Bett in Essen, umzingelt von einer Armee von Kuscheltieren und einem großen Haufen durchschnäuzter Taschentücher. Wie ein Maulwurf tastete Emma im Halbdunkeln umher, bis sie erst ihre Brille fand und dann ihre Sehschärfe. Sie war wieder zu Hause, stellte sie voller Erleichterung fest.

Ihr Blick wanderte durch das Zimmer. Sicherlich hatte sie das alles nur geträumt. Dieses verrückte Gespräch mit Jesus, diese seltsame Episode mit Anne Bonny. Es hatte sich alles so real angefühlt. Aber nun war sie ja wieder wach.

Sie schaute hinüber zu ihren Möbeln. Alles war noch an seinem Platz. Der Schwangerschaftstest lag noch immer an seinem Platz auf dem Schreibtisch, draußen ging immer noch die winterliche Welt unter und auf dem Boden vor dem Bett schlief immer noch Anne Bonny.

Emma erschrak. Anne Bonny? In ihrer Wohnung? Sie schaute noch einmal genauer hin. Tatsache. Da lag die Piratin, in ihrem Wams, ihren Stiefeln und in ihrer ledernen Hose, als wäre Rosenmontag. Was war das jetzt schon wieder für ein Trick? Emma fühlte Panik in sich aufsteigen. Zugegeben, sie war ihr nicht gänzlich unsympathisch gewesen, trotz ihrer Gossensprache und der Tatsache, dass sie wohl das eine oder andere Menschenleben beendet hatte. Aber sie war nun einmal eine Räuberin und Mörderin. Und nun mitten in ihrer Wohnung. Blutige Hölle! Emma hielt inne. Jetzt fing sie auch schon an, in diesem seltsamen Denglisch zu denken. Sie musste die Rothaarige irgendwie schnell wieder loswerden, soviel war sicher.

Emmas Verstand mischte sich ein, er kam noch auf einen anderen, pragmatischeren Gedanken: Hast du Waffen hier im Raum? Nur Messer in der Küche, dachte Emma beruhigt – zumindest für einen kurzen Moment. Dann kam ihr in Erinnerung, was eine der Lieblingswaffen von Piraten war – das Entermesser. Leise versuchte sie aufzustehen und das scharfe Fleischmesser in Sicherheit zu bringen. Sie war noch nicht ganz in der Küche angekommen, als sie hinter sich eine Bewegung vernahm.

„Eh, was sind denn das für Kopfschmerzen?", stöhnte Anne, als sie sich aufrichtete. Dann betastete sie langsam den Teppichboden, auf dem sie lag. „Was is' denn das hier?", fragte sie noch halb verschlafen. „Is' flauschig." Dann schaute sie sich um und erkannte Emma vor der Küchenzeile. „Was zum Henker?! Das is' nee nich' mein Knast." Sie schaute aus dem Fenster in das Grau des deutschen Dezemberhimmels. „Das is' hier ganz und gar nich' mein Knast."

Ihr fragender Blick wanderte zurück zu Emma. „Hey, Kaiserin, erklär ma'. Was is' das hier? Wo hast de mich hier hin gebracht? Un' wie hast de das gemacht, eh?"

Wie sie das gemacht hatte, wusste Emma selbst nicht. Stattdessen warf sie ihrem Kruzifix einen bösen Blick zu. Nur weil es Jesus ganz offensichtlich doch gab, hieß das noch lange nicht, dass er auch der Gute war. Sie wusste nur, dass sich plötzlich ein bis zwei Menschen zu viel in ihrer kleinen Studentenbude befanden – je nachdem, ob man ungeborene dazu zählte. Und dass zumindest einer davon erbärmlich stank.

„Ich war das nicht", war der erste Impuls, den Emma hatte. Doch das sagte sie nicht. Sie hatte eine der gefährlichsten Frauen – heute würde man wohl Terroristinnen sagen – der Menschheitsgeschichte in ihrer Wohnung. Und die himmelte sie gerade aus strahlenden, grün-blauen Augen an, weil sie ein Wunder vollbracht hatte. Dieses Momentum sollte sie nicht einfach so aufgeben, befand Emma.

„Kann ich dir nicht sagen", antwortete die Gastgeberin wider Willen daher. „Aber jetzt bist du erst einmal hier bei mir."

Anne lachte dieses rauchige Piratenlachen. „Werd' nee nie wieder an euch zweifeln, hoheitlichste Kaiserin von China", sagte Anne im besten für sie möglichen Englisch – oder war es Deutsch? – und machte einen höfischen Knicks.

Emma erkannte in Annes Gesicht Verwirrung, als diese sich umschaute. Es gab vermutlich im ganzen Raum nichts, was es so auch zu ihrer Zeit gegeben hätte – selbst die Stofftiere waren eine verhältnismäßig junge Erfindung.

„Du bist in Deutschland, in Essen, in meiner Wohnung", sagte Emma daher knapp. „Ich muss dir allerdings etwas erklären. Du bist nicht mehr in deiner Zeit. Dies hier ist nicht das Jahr 1721, sondern das Jahr 2019."

Wieder lachte Anne. „Was soll denn das jetz' heißen, eh? 2019? Das is' ja ma' ein ordentliches Seemannsgarn, das du da erzählst."

„Ich sage die Wahrheit. Dir wird so einiges fremd vorkommen."

Au weia, dachte Emma. Das konnte tatsächlich in einer mittleren Katastrophe enden. Was wusste denn eine Piratin von den Bahamas oder Jamaika von elektrischem Strom, Autos oder dem Grundgesetz der Bundesrepublik Deutschland? Gerade das Letztgenannte konnte ein massives Problem darstellen, fand Emma.

Anne schaute aus dem Fenster und auf die Straße. „Was soll'n denn das für komische Kutschen sein? Da gibt's ja keine Pferde nich'."

„Das nennt sich Auto. Die fahren, ohne dass man Pferde anspannen muss – und deutlich schneller als die Kutschen, die du kennst", sagte Emma, eifrig bemüht, 300 Jahre technologischen Fortschritts so zu erklären, dass ihr Gegenüber nicht in Panik geriet und doch noch zum Küchenmesser griff.

„Fahren von allein, eh?", sagte Anne und lachte spöttisch. „Hey, Kaiserin. Willst die alte Anne hier verarschen, oder? Nix fährt nich' von allein, nich' ma' ein Schiff, im Grunde genommen. Auch das braucht wenigstens Wind."

„Und im Auto wird Öl verbrannt, damit es fahren kann", sagte Emma, auch wenn das nicht ganz stimmte. Aber mit dem Wort „Benzin" wollte sie Anne nun nicht noch zusätzlich überfordern.

„Ah, also so was wie ein Schiff auf Land un' ohne Segel."

So konnte man das durchaus nennen, meinte Emma.

„Un' was sind das alles für Häuser? Die sind ja riesig hoch. Ey, das war nee nich' nur Seemannsgarn mit der Zukunft, oder?"

„Nein", sagte Emma.

Anne brauchte ein paar Sekunden, um diese Erkenntnis sacken zu lassen. Schließlich brachen sich die drängendsten Fragen Bahn. „Also ... bin ich nee nich' mehr in der Karibik?"

„Nein", sagte Emma geduldig.

„Auch nee nich' in England oder irgendwo, wo man mich sucht?"

„Nein, auch das nicht."

„Un' ich bin frei?"

Das war ein schwieriger Aspekt für Emma. Wenn sie jetzt Ja sagte, würde sie wohl doch noch ein mittelgroßes Chaos anrichten. Ein Nein allerdings – nun ja, das da vorne war immer noch eine gefürchtete Piratin und sie, Emma, nicht die britische Marine.

„Sieht so aus", sagte Emma schließlich.

„Ich brauch' ein Schiff", eröffnete ihr Anne Bonny.

„Du brauchst vor allem erst einmal eine Dusche, Frollein!", entschied Emma.

„Ne was?!"

*

Eine Stunde brauchte Emma, um den größten Schmutz aus Annes Haaren zu bekommen und sie halbwegs präsentabel aussehen zu lassen. Annes Einwände wie „niemand rührt mich an" und „ich kann das alleine" perlten an Emma ab wie an Teflon. „Sei mir nicht böse", hatte sie gesagt, „aber du kommst direkt aus dem Kerker. Du stinkst bestialisch. Und da du nicht weißt, was eine Dusche ist, brauchst du meine Hilfe, ob du willst oder nicht. Aber wenn du keine Hilfe willst, bitte, sind ja nicht meine Haare, die dann hinterher total beschissen aussehen."

Anne hatte sich schließlich darauf eingelassen. Wams und Hemd wurden gegen eine der wenigen Blusen getauscht, die Emma in ihrem Schrank hängen hatte. Außerdem erhielt Anne unter anderem noch eine Hose und eine Winterjacke.

„Is' ja nich' grad viel", hatte Anne Bonny geknurrt, als sie den leeren Schrank entdeckt hatte. Ihre Miene hellte sich allerdings auf, als sie ihre neue Kleidung anprobiert hatte. „Die is' gut zum Kämpfen", sagte sie anerkennend. „Ihr tragt sogar Hosen? Als Frauen? Aye, hat was für sich hier."

Als Emma ihre Handtücher von Annes Kopf nahm und sie in den Spiegel blicken ließ, waren beide sichtlich erstaunt.

„Wow", sagte Anne.

„Wow", sagte Emma.

„Ich wusste gar nich', dass ich so geil bin", ergänzte Anne. Der Piratin lächelte eine durchaus sympathische junge Dame entgegen, deren blau-grüne Augen zusammen mit ihren leichten Sommersprossen ihren forschen Charakter unterstrichen. Emma war zufrieden mit ihrem Werk. Annes Haare waren so glatt wie schon lange nicht mehr dank einer asiatisch klingenden Hexensalbe namens „Shampoo", so hatte Emma ihr das zumindest verkauft. Und auch ihre Zähne schienen etwas heller als sonst – Emma hatte sich eine halbe Stunde lang mit der Zahnbürste abgemüht und Anne erst von deren Gebrauch überzeugen können, als sie Worte wie „Zahnausfall" verwendete.

„Kaiserin, bist de 'ne Hexe? Ich verrat's auch nee nich' weiter."

Emma hustete aus Verlegenheit.

„So, un' jetz' hol' ich mir ein Schiff. So eins auf'm Land un' ohne Pferde."

Emma stellte sich unauffällig zwischen Anne und die Tür. „Hey, warte mal. So einfach geht das nicht."

„Wieso? Is' doch ganz einfach. Hier gibt's doch bestimmt so was wie einen Land-Hafen für die Dinger. Dann geh' ich da in 'ne Kneipe un' hol' mir 'ne Crew für das Ding un' Zack..."

Emma ließ nun allen Instinkt fahren und lachte drauf los. „Eine Crew, um ein Auto zu fahren?"

„Wie macht denn ihr das?", fragte Anne.

„Du brauchst nur einen Fahrer. Aber der muss das gelernt haben, in einer Fahrschule."

„Schule? Eh, was is' denn das für ein Mist? Ich weiß ja wohl, wie man ein Steuer hält."

„Lenkrad", verbesserte Emma.

„Also ein Steuer-Lenkrad, sag' ich doch!", entgegnete Anne, die nun ihre Arme verschränkte.

Emma versuchte es mit einer anderen Taktik: Überrumpelung. „Ja, aber weißt du auch, wann du die Kupplung treten musst, wann du in welchen Gang schalten musst, wie du Licht anmachst und wo den Scheibenwischer, wo die Airbags sind und wie die Verkehrsregeln sind?"

„Bah, Regeln brauch' ich nee nich', halten nur auf. Un' was is' das mit diesen Luftkissen?"

„Wenn du die Regeln nicht kennst, dann baust du nach spätestens einer Minute einen Unfall und dabei kannst du sterben", eröffnete ihr Emma.

„Aye, wenn mich einer entern will, dann soll er's mal versuchen." Emma gab es auf. Anne erwartete weiterhin, dass sie den Weg zur Tür freimachte.

„Du weißt ja nicht einmal, wie man ein Auto knackt. Das ist elektrisch gesichert und das fährt nicht einfach los, wenn man nicht den passenden Schlüssel hat."

Das Argument irritierte Anne, die die Augenbrauen hob. „Na", fing Emma an, „stell dir vor, da steht schon ein Schiff, aber irgendjemand hat das Steuerrad, die Segel und das Ruder mitgenommen – und baut sie erst dran, wenn er lossegeln will. Da hilft dir der Rest herzlich wenig."

Anne nickte. „Dann klau ich mir halt das Segel un' das Ruder un' das Steuerrad."

Emma schüttelte den Kopf. „Das geht nur nicht. Da brauchst du schon den Autoschlüssel und den hat der Fahrer."

Anne schnaufte. „Wie holt denn ihr euch die?"

Emma atmete tief durch, ehe sie zur Antwort ansetzte: „Wir kaufen sie uns. Wir bezahlen. Mit Geld."

Anne lachte. „Aye, aye. Aber das können sich doch nur Gouverneure un' Pfeffersäcke leisten, eh?"

„Och, so teuer sind die auch wieder nicht. Kommt immer aufs Modell an."

„Dann hast du eins?"

Emma ahnte die Gefahr, aber ihre Armut schützte sie. „Nein, habe ich nicht. Ich kann es mir tatsächlich nicht leisten."

„Aber dein Kerl hat eins, oder?"

Emma wurde flau im Magen. Ja, Martin hatte ein Auto. Anfangs war es noch der alte Familien-Golf gewesen, den seine Eltern seit gefühlt 300 Jahren hatten und der damit ein Zeitgenosse von Anne sein musste. Damit war Martin mit ihr oft durch die Gegend gefahren. Dort hatten sie auch ihr erstes Mal miteinander gehabt. Irgendwann später hatte Martin den Wagen dann verkauft und ihn durch einen fabrikneuen Audi ersetzt, denn er verdiente ja jetzt Geld als Ingenieur. Natürlich war der Audi schwarz.

„Ja, er hat eins", rutschte es Emma heraus, ehe sie die Konsequenzen dieses Satzes bedacht hatte.

„Braucht er's?"

„Ich glaube schon", sagte Emma, die nun ahnte, worauf das hinauslief.

„Okay. Dann hör zu. Hier is' der Plan: Du bist jetz' meine Crew", erklärte Anne mit einer Bestimmtheit in ihrer Stimme, die nur eine Antwort zuließ, und zwar ein klares „Aye". „Ich brauch' dich als Steuerfrau für sein Autoschiff. Un' wir brauchen einen Plan, wie wir uns das holen. Hast de ein Entermesser?"

Emma versuchte bewusst, nicht zur Küche zu sehen. Das gelang ihr so bewusst, dass es Anne nicht verborgen blieb.

„Willst nee nich', dass ich die Küchenmesser seh', eh? Traust der alten Piratin nich', eh?"

Emma spürte, dass sich ihre Nackenhaare aufrichteten. „Doch, doch. Da drüben sind sie. Nur sind die eigentlich zum Kochen da und nicht zum Entern."

„Hey, Kaiserin. Der Kerl hat's verdient, oder?"

Emma schaute zum Kruzifix hoch. Sie wollte ja widersprechen. Aber eigentlich wollte sie es auch nicht. Emma schwieg und trat einen Schritt beiseite.

„Dann komm mit. Wir müssen ihm seinen Schlüssel klauen."

*

Emma entschied sich, nicht den Aufzug zu nehmen. Wer wusste schon, was Anne damit so alles anstellen würde. Als sie die Tür erreichten, eröffnete sich der Rothaarigen eine neue Welt.

„Boa, da gibt's ja echt viele von den Dingern", sagte sie und schaute dabei auf die Straße. „Un' schnell sind die. Was können die an Geschwindigkeit?"

Emma erklärte: „In der Stadt fahren die 50 km/h, außerhalb auch mal gerne 200."

„Was sind km/h?"

Emma seufzte. Klar, Anne war Irin, da kannte man das metrische System nicht.

„Sin' das 50 Meilen in der Stunde?"

„Nein, nicht ganz, eher so 35 bis 40."

„Ihr solltet echt schnell ma' lernen, alles in Meilen zu sagen. Is' einfacher."

Emma lachte. Martin hatte immer über die Amis und Engländer geflucht, dass sie noch in Meilen, Fuß, Fahrenheit, Yards und all diesen seltsamen Einheiten rechneten, die man als guter kontinentaleuropäischer Ingenieur oder Wissenschaftler nicht gebrauchen konnte. Was Martin ärgerte, konnte ihr nur recht sein.

„Wieso fahren die hier nich' noch schneller?"

„Die Kurven sind zu eng, der Verkehr zu dicht. Wenn du hier rast, dann baust du einen Unfall, knallst irgendwo gegen und das kann ziemlich böse ausgehen. Selbst für Piraten."

Anne nickte. „Naja, sieht ja hier auch aus wie auf 'nem Fluss un' nich' wie auf'm Meer." Sie dachte weiter nach. „Was sin' denn das für Schilder da vorne an den Dingern?"

„Die Kennzeichen? Daran erkennt man, was für ein Auto das ist und wem es gehört", sagte Emma. „Wenn du zum Beispiel eins klaust und der Besitzer meldet das bei der Polizei, dann erkennt die das geklaute Auto am Kennzeichen."

„Poliwas?"

„Polizei. So was wie bei euch die Marine."

„Ah. Un' wie lange brauchen die, um das zu raffen?"

„Na, wenn Martin sieht, dass sein Auto gestohlen wurde, dann ruft er dort an und die geben das über Funk weiter. Dann dauert es nur ein paar Minuten."

„Anrufen?"

Emma resignierte. „Das erklär ich dir später. Jedenfalls geht das schnell."

„Un' die erkennen das an dem Zeichen da?"

„Ja." Außer, da ist eine GPS-Ortung installiert, dachte Emma. Aber sie kannte Martin und den Audi und wusste, wo der kleine Sender war. Sie hatte ihn damals schließlich einbauen müssen. Aber das sagte sie Anne nicht. Ihr nun auch noch zu erklären, was Satelliten waren, das war dann doch ein wenig zu viel des Guten.

Annes Augen funkelten. „Is' doch wie bei uns, wenn wir Schiffe umgetauft ham. Da schreibst de einfach was anderes als Name drauf un' tauschst die Flagge aus. Dann merkt keiner was. Kaiserin, wir brauchen so ein Schild."

Emma fühlte sich unwohl. Wo wurde sie da mit hineingezogen? Jetzt sollte sie ein Auto klauen. Und sie traute sich nicht, Anne vor den Kopf zu stoßen. Die Frau war immerhin Anne Bonny und deren moralischer Kompass mochte keine großen Widerworte. Ein Plan musste her, wie sie die ungebetene Besucherin möglichst schnell wieder loswerden konnte.

Doch Anne war schon wieder bei ganz anderen Themen. „Wo is' jetz' hier so ein Schildermacher, eh?"

Emma dachte nach. „Ich glaube, bei der Zulassungsstelle."

Anne überlegte ebenfalls. „Is' das so was wie ein Hafen?"

Emma lachte. „Eher wie eine Hafenmeisterei."

Anne nickte. „Macht Sinn. Dann kommen wir wieder, wenn's Nacht is'."

Emma schüttelte den Kopf. „Dann haben die schon zu, dann ist da keiner."

Die Piratin ließ ein frustriertes Schnauben hören. „Keiner, der uns ma' so ein verdammtes Schild macht?"

„Zwei."

„Wie zwei?"

„Zwei Schilder, eins für vorne und eins für hinten."

„Dann halt zwei verdammte Schilder."

Emma hatte schon die Hoffnung, Anne würde ihren Plan schnell aufgeben, da erkannte sie in den Augen ihrer Neu-Mitbewohnerin, dass sie sich getäuscht hatte.

„Dann gehen wir eben jetz' da rein, nehmen uns eins von deinen Messern mit un' zwingen den Kerl in der Hafenmeisterei, uns so eins zu machen."

Emma lachte. „Und dann ruft er bei der Polizei an und du kannst die Schilder vergessen."

„Hm ...“, machte Anne. Dieses Anrufen hatte sie noch nicht ganz durchschaut. „Dann anders.“

Plötzlich kam ihr eine Idee: „So ein Schildermacher hat doch bestimmt welche auf Lager. Was meinst du?“

Emma zuckte mit den Schultern. „Ehrlich gesagt: Ich habe keine Ahnung.“

„Das kriegen wir raus. Ich lenk' ihn ab un' du holst die, klar?“

Emma war gar nichts klar. Und sie war sich auch nicht sicher, ob sie da nun mitmachen und eine kriminelle Karriere starten wollte. Andererseits – es ging ja darum, sich an Martin zu rächen. Und was tat sie schon? Ein bisschen Müll mitnehmen. Jesus hat Anne schließlich auf das 21. Jahrhundert losgelassen. „Deus lo vult“ hätten die Kreuzritter im Mittelalter gesagt. Gott will es.

Nachdem sie mit der Straßenbahn zur Zulassungsstelle gefahren waren – Anne hatte gleich ausgerechnet, wie oft man beim Schwarzfahren erwischt werden durfte, damit es sich noch rechnete und war sehr enttäuscht, als Emma ihr eine Karte kaufte – standen sie vor dem Schildergeschäft. „Lass mich ma' machen“, hatte Anne gesagt und stürmte in den Laden.

Der Mann auf der anderen Seite des Schalters wirkte wie das komplette Gegenteil der lebendigen Anne. Sein ausgedünntes Haar ließ ihn wie einen Mann in seinen 50ern wirken. Der grau-braune Pullover passte zur Eintönigkeit seines Daseins. „Formular, bitte“, befahl er mit monotoner Stimme.

„Formular?“, fragte Anne irritiert.

„Ja, das Formular, gnädiges Fräulein. Ich kann Ihnen ja kein Nummernschild machen, wenn ich nicht weiß, welches Sie beim Amt beantragt haben.“

„Oh, da verstehen se was total falsch“, sagte Anne und schaute dem Mann tief in die Augen. Ihr rotes, wallendes Haar hatte sie geöffnet und warf es nun zurück. Außerdem hatte sie den Reißverschluss ihrer Jacke aufgemacht, sodass darunter noch ein bisschen mehr von Anne zum Vorschein kam.

"Mir is' gesagt worden, dass se so viel von Zahlen un' Nummern verstehen un' so", sagte sie mit einer plötzlich zuckersüßen Stimme. „Un' da wollt ich mal fragen, wie das denn so funktioniert." Dabei beugte sie sich ein wenig vor, sodass der arme Tropf auf der anderen Seite gar nicht anders konnte – oder wollte – als in ihr Dekolleté zu starren.

Erwin Maier war seit 30 Jahren unglücklich verheiratet. Zur Scheidung war es nur deshalb nicht gekommen, weil er und seine Frau das partout nicht wollten. Er wusste, dass sie ihn betrog, allerdings mit einem verheirateten Mann. Irgendwann hatten sie sich darauf geeinigt, dass sie eben verhüten solle. Erwin Maier hingegen besuchte als sexuellen Ausgleich des Öfteren den Straßenstrich, der in Essen früher gleich neben der Universität gewesen war. Nachdem die Polizei dort kürzlich eine große Razzia durchgeführt hatte, war die Frustration von Erwin Maier sprunghaft angestiegen. Denn in seinem tristen Alltag beschäftigte sich sonst niemand mit dem Mann, der die Schilder machte. Es war immer nur rein und wieder raus, wie bei jeder anderen Bordsteinschwalbe auch, dachte Erwin Maier. Und nie, wirklich noch nie, hatte sich eine vollbusige, rothaarige Schönheit bei ihm nach seiner Arbeit erkundigt. Vor allem nicht eine, die verräterisch wie die Damen klang, die er nun seit einigen Tagen nicht mehr besuchen durfte. Erwin Maier rechnete blitzschnell eins und eins zusammen und kam dabei auf drei.

„Ich kann Ihnen das gerne zeigen, wie man ein Schild macht, junge Dame", begann er. „Allerdings geht das nicht ganz ohne Stoßstange, wenn Sie verstehen, was ich meine." Anne wusste zwar nicht, was eine Stoßstange war, aber an dem gierigen Blick in den Augen des Mannes erkannte sie, dass der Blusen-Trick funktioniert hatte.

Sie versuchte sich zu erinnern, was ihr die Huren in Nassau an Geschichten erzählt hatten. Vor allem wusste sie noch, dass man als schwangere Hure weniger Kunden hat. Deshalb hatten Emma und Anne alles dafür getan, dass Annes Schwangerschaft nicht allzu offensichtlich war.

„Ich tät' ja wirklich liebend gern deine Stoßstange sehen", sagte Anne also. „Aber können wir nich' irgendwohin gehen, wo wir uns, nun ja, ungestörter deiner Stoßstange widmen können?"

Erwin Maier war sofort einverstanden, nahm sie an die Hand und verschwand mit Anne auf die Toilette. Sie griff mit ihrer rechten Hand noch einmal hinter ihr Ohr, um sich die Haare zurechtzulegen – das war das vereinbarte Zeichen für Emma, die vor dem Eingang stand und wartete.

Jetzt galt es also. Emma zögerte zwar, immer noch im Konflikt mit sich, was sie jetzt tun sollte. Aber die Alternative hieß genau genommen noch immer „Sprung von der Uni Bochum", dachte sie. Also öffnete sie doch die Tür. Ein automatisches Klingeln ertönte. Gott will es!

*

„So ein Mist, Kundschaft", sagte Erwin Maier, als er mit seiner „Beute" in eine Toiletten-Kabine eintrat.

„Die kann doch bestimmt so lange warten, bis wir fertig sind", säuselte Anne Bonny noch einmal zuckersüß, woraufhin sich Erwin Maier an seinem Hosenstall zu schaffen machte.

Emma schaute sich um. Links waren die Toiletten, rechts ging es zum Lager. Sie wählte das Lager. Sie brauchte ja nur zwei gleiche Kennzeichen. Und sie wurde schnell fündig, denn Erwin Maier erledigte seine eintönige Arbeit nicht gerade gewissenhaft. „E-MO 1992" las sie. Da hatte wohl jemand seine wilde Emo-Phase hinter sich und nun ein zivilisierteres Nummernschild geholt. Emma war das gerade recht.

Derweil gab es auf dem Lokus Probleme. „Wie viel?", fragte Erwin Maier geschäftsmännisch, während Anne weiterhin mit ihren Reizen kokettierte.

Anne war zwar vorbereitet auf die Frage – die Erinnerung an Emmas Gesichtsausdruck, als sie sie fragte, wie viel man denn heute für eine Liebesnacht nahm, ließ sie allerdings spontan loslachen.

„Hey, was ist daran so lustig? Du bist doch eine ..." Mit einer Hand griff er nach Annes Brüsten, mit der anderen in ihren Schoß.

Das ging zu weit.

„Eine was?!", fragte Anne und tat erschrocken.

„Wie, eine was?", fragte jetzt Erwin Maier irritiert.

„Du krankes Schwein! Ich dachte, wir reden hier über Nummernschilder", sagte Anne, gespielt wütend und unschuldig. Sie hörte erneut das Klingeln der Tür und wusste damit, dass Emma fertig war. „Nimm deine dreckigen Griffel von mir!"

Doch Erwin Maier war längst jenseits von Gut und Böse. Sein Körper wurde nun von seinem am besten durchbluteten Körperteil gesteuert, und das war nicht sein Gehirn. Er glaubte vielmehr, er habe nun ein Recht auf Sex mit Anne. Er ließ nicht locker. Anne schubste ihn zur Seite und lief in den Verkaufsraum, wo zwar nicht mehr Emma stand, dafür aber ein junges Paar mit Schildern in der Hand.

„Du verfluchtes Schwein", brüllte Anne noch einmal, als Erwin Maier sie an der Hüfte packte.

Gut, ich habe Zeugen, dachte Anne, drehte sich um und verpasste ihrem verhinderten Freier einen rechten Haken, dass dieser nach hinten taumelte und gegen eine Wand prallte.

„Verfluchtes Dreckschwein. Du rührst mich nie nich' wieder an, klar?"

Das junge Paar schaute gebannt auf Anne, die nun triumphierend aus dem Verkaufsraum schritt und sichtlich genoss, mit welcher Verachtung sich die Blicke ihrer Zeugen auf den am Boden liegenden Schildermacher richteten. Man musste die Menschen ja schließlich nicht gleich töten, dachte Anne. Man konnte auch so eine Menge Spaß mit ihnen haben.

*

In der Straßenbahn schwiegen sich Emma und Anne lange an. Emma fühlte sich schlecht, weil sie die Schilder gestohlen hatte. Kreuzritter hin oder her. Andererseits war es, wie Anne gesagt hatte. „Männer taugen doch alle nix. Ich zeig dir das, is' das einfachste von der Welt. Un' am Ende sind wir noch die Guten, eh?"

Der Kerl hätte Anne beinahe vergewaltigt, dachte Emma. „Geht es dir gut?", fragte sie schließlich besorgt.

„Aye, wieso? Wegen dem Strolch?"

„Nun ja, er hätte dich fast ..."

„Schätzchen, hör mal. Weißt de nich' mehr, wer ich bin?"

„Doch, aber ..."

„Da muss schon mehr kommen als so eine Witzfigur, um die alte Anne hier zu stressen. Also mir hat das Spaß gemacht. Blutige Hölle! Allein der Blick von den anderen. Ich hab' dir doch gesagt, der Kerl verdient's bestimmt."

Emma schaute die Piratin an, gleichzeitig froh und verwirrt. So wirklich verstehen würde sie die Frau neben sich wohl nie.

„So, un' jetz' fahren wir zu deinem Kerl", beschloss Anne.

„Aber mit dem machst du nicht wieder die gleiche Nummer", hoffte Emma.

„Nee. Ich bin sicher, der hat 'ne Küche, eh?"

*

Emma war weiterhin irritiert von Anne. Sie stellte sich vor, wie sie sich in ihrer Situation verhalten hätte. Alles war neu, alles war anders und Anne war ja nicht dumm – wenngleich ihre ungebildete Sprache das manchmal kaschierte. Sie wusste ganz genau, dass sie von dieser Welt nicht den Hauch einer Ahnung hatte. Sie hätte ängstlich sein können, sie hätte fragen können, was denn so in ihrer Zukunft alles passiert. Sie hätte auch fragen können, wie sie überhaupt hierhergekommen war. Aber Anne war eben anders. Sie ging einfach forsch drauf los, in Ruhm oder Untergang. Und sie schien das auch nicht so wirklich zu interessieren, dass ihre Weggefährtin eher mit zusammengebissenen Zähnen mitmachte, als freudig erregt. Sie schien auch nicht zu interessieren, dass sie vieles nicht wusste. Sie wollte nur wissen, wie sie weiterhin Piratin sein konnte. „Kaiserin, du hast mich aus dem Loch geholt, wir sind jetz' 'ne Crew", hatte sie gesagt. So einfach war das. Auf Emmas Einwand hin, dass es so etwas wie Piraterie und Crews in ihrer Zeit nicht mehr gäbe, hatte Anne sie ausgelacht.

„Was tut denn Pirat heißen? Wir nehmen uns, was wir brauchen un' wollen. Solche Leute gibt's doch bei euch bestimmt auch."

Emma nickte. „Die nennt man heute Banker."

Anne schüttelte den Kopf. „Nee nee nee, nich' die Pfeffersäcke. Ich meine schon die, die sie ausnehmen."

Die gab es nicht, hatte Emma geantwortet. „Vielleicht ein paar Hacker."

„Was für Leute?"

„Leute, die in Computer eindringen und Daten stehlen."

„Com-was?"

Emma seufzte. Na, das konnte dauern. Mühevoll hatte sie von Computern, Servern, Handys, Notebooks und dergleichen erzählt. Anne hatte andächtig gelauscht.

„Un' wenn ich einfach so ein Compudings klau'? Dann hab' ich die Daten un' bin reich?"

„Nein, du brauchst auch den Zugang. Den Schlüssel."

„So wie bei den Autoschiffen?"

„So ungefähr. Du gibst ein bestimmtes Wort ein oder eine Tastenkombination und der Computer funktioniert dann."

Das war die Kurzversion für barocke Piratinnen.

„Hm ... also klau' ich den Compudings un' klau mir den Wortschlüssel. Is' doch einfach."

„Ach ja?", fragte Emma.

„Aye", sagte Anne. „Aber dafür brauchst de ein Messer."

Emma gab es auf. Nicht, dass sie Anne noch zur Hackerin machte. Außerdem hatten die beiden ja ein anderes Ziel.

Beziehungsweise Anne hatte das Ziel und Emma hatte Bauchschmerzen. Warum folgte sie Anne eigentlich, fragte sie sich.

Warum ließ sie diese Verrückte nicht einfach ziehen? Irgendwie konnte sie das nicht. Aus irgendeinem Grund hatte Jesus – wenn er das denn wirklich gewesen war – diese Frau in ihre Wohnung verfrachtet. Und solange sie keine Erklärung bekam, solange war es wohl ihre Aufgabe, den Schaden in Grenzen zu halten. Ihrem Ex das Auto zu stehlen war jedenfalls deutlich weniger Schaden, als etwa eine Bank auszurauben und schien ein fairer Kompromiss zu sein.

Es dauerte nicht lange, bis sie vor der Wohnung von Martin ankamen. Vor dem Haus stand ein LKW einer der bekannten Mietwagen-Firmen.

„Vorsicht, da drin ist Glas", schrie ein Mann, dessen Stimme Emma nur allzu gut kannte. Neben ihm entdeckte sie eine Frau. War das seine Schwester?

Martin hatte keine Schwester. Emma dachte angestrengt nach. Aber wer sonst konnte das ...

„Schatz, ich freue mich ja so", quiekte die Frau neben Martin und fing nun wild an, auf und ab zu hüpfen.

„Hey, mir wird schlecht. Un' das is' nee nich' wegen dem Baby", sagte Anne.

„Mir auch", bekräftigte Emma.

„Jetz' sag noch, dass die Witzfigur da dein Typ is'."

Emma warf Anne einen finsteren Blick zu. Es mochte ja sein, dass Martin sich als Arschloch entpuppt hatte. Aber ...

„Hey, willst du etwa meinen Geschmack infrage stellen?", fragte Emma empört.

Anne pfiff durch die Zähne. „Hat der für dich auch nur einmal jemanden umgebracht?"

Emma prustete los. „Nein, sicher nicht."

„Tät' der auch nee nich' können. Das is' nämlich nix für Weicheier. Un' der is' eins, das seh' ich von hier aus."

Emma schaute sich Martin genauer an. Er war 1,80 Meter groß, nicht unbedingt der Sportlichste, aber jetzt auch nicht übergewichtig oder so etwas. Sie mochte es, wenn er mit ihr über irgendwelche Forschungen sprach, die die Welt revolutionieren würden. Sie mochte es auch, mit ihm in Konzerte oder ins Theater zu gehen, sich über Gott und die Welt mit ihm zu unterhalten. Er war intelligent, er hatte Humor. Genau das sagte Emma ihrer Begleiterin.

„Na und? Ein Weichei is' der Kerl da trotzdem", beharrte Anne. „Der sagt den Leuten, wo se die Kisten hinbringen sollen. Aber selbst anpacken, das tut der nee nich'."

Emma legte die Stirn in Falten. „Das stimmt. Aber ... was sollen eigentlich diese Kisten. Und wer. Ist. Diese. Frau?"

Anne atmete tief ein und aus. „Oh, Süße. Weißt de das denn wirklich nich'?" Sie nahm Emma in den Arm. „Jetz' mach nix Blödes nich', klar?"

„Wieso soll ich denn was Blödes machen?! Du bist doch die Piratin!"

Anne lachte in sich hinein. „Aye. Un' deshalb bin ich Expe... Expa... na eben erfahren drin, wann Leute Mist bauen un' wann nich'. Un' du stehst kurz davor."

Emma begann zu zittern. Ihre Stimme wurde heiser. „Lass mich, ich will da jetzt hin. Ich will wissen, wer diese Frau ist. Ich will das Martin fragen. Ich."

Die Ohrfeige kam so schnell, dass sie keine Chance hatte, sich zu verteidigen.

„Eh! Jetz' komm wieder klar. Die alte Anne erklärt dir jetz' was. Hör zu! Der Kerl da – Weichei – bumst 'ne andere. Schon lange. Un' jetz' packt er seine verdammten Kisten un' fährt mit seinem Autoschiff weg. Kenn' ich viele von der Sorte. Hab' solche Geschichten oft gehört."

Emma schluckte. „Das nimmst du zurück."

„Nee. Un' weißt de was? Die meisten Kerle, die so was tun, das sind Piraten. Aye! Aber der Knilch da, der kann ja nee nich' mal ein Entermesser halten, ohne dass der sich verletzt."

„Er hat mich betrogen? Nein, das kann nicht sein, nicht Martin. Wir waren doch ..."

„Hey", brüllte Anne Emma nun direkt ins Gesicht. „Lern' von der großen Anne Bonny. Regel Nummer eins: Männer sind Schweine. Wiederhole."

Emma schaute Anne verzweifelt an. Jetzt war die Rothaarige wohl völlig durchgedreht.

„Wiederhole!"

„Nein, wieso, ich ..."

„Wiederhole!"

„Sag mal, tickst du noch ganz richtig?"

„Wiederhole!"

„Nein, ich ..."

Wieder setzte es eine Ohrfeige. „Jetz' hör ma' zu, Kaiserin. Das is' jetz' wichtig. Ich kenn' viele Frauen, die sitzen gelassen wurden wegen 'ner anderen. Die meisten sin' dann Huren im Hafen geworden. Ich will niemals nich', dass du das wirst, verstanden? Un' da kenn' ich nur einen anderen Weg. Also: Wiederhole!"

Emmas Instinkt schaltete sich gerade noch rechtzeitig ein. Diese Frau sollte man lieber nicht wütend machen, bei diesem Vorstrafenregister.

„Also gut, Männer sind Schweine", nuschelte Emma

„Was war denn das jetz' bitte? Nee nee nee, so geht das nich'!"

„Na, ich hab' gesagt, was du willst!", sagte Emma pampig.

„Hey, Schätzchen, es geht hier nee nich' darum, was ich will. Es geht um dich. Un' jetz' krieg' das endlich in deinen verfluchten Schädel: Verlass' dich niemals nich' auf einen Mann. Männer sind Spielzeuge. Wiederhole."

„Männer sind Spielzeuge?"

„Aye. Un' wir spielen mit denen, nich' die mit uns. Aye?"

Emma ging in sich. Eine Hure. Nun, das war eine andere Zeit und eine andere Welt, von der Anne da sprach. Heute gab es Hartz IV. Aber wirklich viel mehr Selbstachtung hatte man dadurch auch nicht, erkannte sie. Und Emma rang im Moment um jedes Fünkchen Selbstachtung. Davon hatte sie nicht mehr viel übrig und sie brauchte jemanden, dem sie vertrauen konnte. Aber Anne? Anne war doch nun wirklich gar nichts heilig. Außer Mary Read. Und jetzt plötzlich Emma Koslowski. Emma spürte mit einem Mal ein sonderbares Gefühl der Verbundenheit zu dieser Frau aus einer anderen Welt.

„Aye!", sagte Emma schließlich.

„Aye!", brüllte Anne jubilierend.

„Ey!", brüllte Martin, der die beiden sich streitenden Frauen entdeckt hatte.

Martin kam näher. Es konnte keinen Zweifel daran geben, dass er Emma erkannt hatte. Ihr Ex-Freund überquerte die Straße und machte ein paar Schritte auf sie zu.

„Lass ihn nicht den ersten Schritt nich' machen", sagte Anne. „Hab die Kontrolle."

Emma nickte. Als Martin nur noch wenige Schritte entfernt war, setzte sie an.

„Hallo, Martin", begann sie, jede Silbe ein Messerstich.

„Emma. Was tust du hier? Ich habe dir doch gesagt, dass ...“

„Ich wollte wissen, ob die Gerüchte stimmen, die man so hört. Dass du mich und das Baby in Wahrheit wegen einer anderen verlassen hast. Wie heißt sie?“

Emma bluffte. Gerüchte hatte sie nie gehört. Aber den Triumph wollte sie ihm nun nicht gönnen, sie auch noch überrascht zu haben.

Martin schluckte. „Emma, das verstehst du falsch, ich ...“

„Wie. Heißt. Sie?“

„Emma, du musst verstehen, dass ...“

„Wie. Heißt. Sie?“

„Wirklich, ich habe ja versucht ...“

„Wie. Heißt. Sie?“

„Du kannst nicht einfach ...“

„Wie? Heißt? Sie? Verdammt noch mal!“

Martin schwieg nur den Bruchteil einer Sekunde. „Herrgott, sie heißt Lena. Scheiße, Emma, ich ...“

„Weiß Lena, was für ein gewissenloser Wurm du bist?“

„Ich ... Wie hast du mich gerade genannt?“, fragte er und baute sich vor Emma auf.

Anne entschied, nun einzuschreiten. Die Nahkampf-Fähigkeiten von Emma kannte sie zwar nicht, aber sie kannte ihre eigenen.

„Tut mir leid, sie is' heut' nee nich' sie selbst. Jeder sieht doch, dass de kein Wurm bis'. Sondern 'ne kleine, schäbige Kakerlake", sagte Anne in einem fast schon liebenswürdigen Ton.

„Wow. Ist das jetzt hier die Selbstfindungsgruppe der Hardcore-Emanzen, oder was? Emma, ich hab' dir gesagt, dass ...“

„Ey, du, Kakerlake. Was für 'ne Flanze soll ich sein?“

Martin schaute Anne übertölpelt an.

„Der Kerl nennt mich 'ne harte Flanze? Na, hart kann er haben.“

Anne machte einen Schritt auf Martin zu.

Emma versuchte, dazwischen zu gehen. „Anne, nicht ...“

„Geh zur Seite, Kaiserin. Jetz' wird's hässlich.“

„Sag mal, bist du verrückt?!“, brüllte nun Emma.

Martin lachte in sich hinein. „Was willst du denn jetzt machen?“

Anne sprach so ruhig und deutlich, wie sie eben nur konnte: „Ich werde dir jeden einzelnen Knochen brechen. Solche Kerle wie dich hol' ich Kiel, drei davon am Morgen, nur zum Warmwerden, bevor die echten Kerle drankommen.“

Martin erkannte in Annes Augen, dass sie nicht scherzte. Dann schaute er zur panischen Emma. Deren Sorge galt nicht ihrer Freundin. Sie galt ihm, merkte er. Dann blickte er wieder zurück in Annes eiskalte Augen.

„Ihr seid ja irre!“, rief er in aufsteigender Panik und rannte zurück, drehte sich dabei in Richtung Lieferwagen. „Hey, ihr da, lasst die Kiste fallen. Da ist Besteck drin.“ Die Umzugshelfer ließen den Umzugskarton fallen, direkt vor Martin.

„Besteck“, flüsterte Anne mit leuchtenden Augen und Emma wünschte sich wieder zurück nach Jamaika. „Siehst de wie der schwitzt? Der hat Angst. Un' bis jetz' war ich noch brav", sagte Anne und lachte ihr Piratenlachen.

Emma beobachtete, wie Martin die Kiste mit dem Besteck öffnete und ein Tranchiermesser herausholte. „Okay, du Irre, komm mir ja nicht näher.“

„Sonst?“, fragte Anne.

„Sonst ... sonst stech' ich dich ab, du Miststück!", brüllte Martin mit schriller Stimme.

„Aye, das will ich sehen, wie du das schaffst. Das kriegst de doch nie nich' hin", pöbelte Anne und lachte spöttisch. „Kleiner Tipp: Halt die Klinge weg von dir."

Emma zog sich in ihre Gedankenwelt zurück. Sie wollte einen Ausweg, wenn schon nicht aus der Situation, dann wenigstens aus den schrecklichen Gedanken an das Massaker, das nun garantiert folgen würde.

Was waren das überhaupt für Kisten?, dachte sie, um sich abzulenken. Und immer nur: Was sind das für Kisten? Einen anderen Gedanken gestattete sie sich nicht, sonst würde sie ja genauso wahnsinnig werden wie Martin.

„Was sind das für Kisten, Martin?", schrie sie schließlich in die aufgeladene Stimmung. Der Angesprochene war für einen Moment verwirrt. Allerdings nur für einen kurzen, dann hatte er das Messer wieder richtig gepackt und richtete es auf Anne, am ganzen Körper zitternd.

„Na, was denkst du wohl? Wir ziehen um, in ein Haus. Unser Haus. Hab's vor ein paar Wochen gekauft."

„Mit ihr zusammen?"

„Ja, klar. Ach, Emma, dachtest du wirklich, das mit uns beiden würde gut gehen? Und jetzt willst du mir auch noch ein Balg unterschieben ... Ich bin hier das Opfer, klar?", sagte er an die Adresse von Anne.

„Richtig", sagte Anne und trat einen Schritt näher an Martin heran. „Du bist das Opfer. Un' zwar meins." Dabei holte sie ganz ruhig und langsam Emmas Fleischmesser hervor, fast schon zärtlich umspielten ihre Finger den Griff, bis Arm und Messer schlagartig zu einer Einheit verschmolzen waren. Der Kunstliebhaberin Emma entging dieser ästhetische Moment nur deshalb, weil sie sich mehr mit der Frage beschäftigte, was Anne mit ihrem Messer nun anstellte. Sie wollte schreien, doch ihre Stimme versagte ihr den Dienst.

Anne war schon beinahe in Reichweite, um zuzustechen. Das bedeutete aber umgekehrt auch, dass sie in Martins Reichweite kam. Sie stellte sich clever etwas hinter dieser imaginären Linie auf, lauerte auf einen Fehler ihres Gegenübers.

„So Typen wie dich kenn' ich. Nur Rum im Kopf, aber nix Gescheites."

„Ich trinke keinen Alkohol", erwiderte Martin.

„Bah, is' ja noch schlimmer. Lass ma' bitte kurz die Hose runter", forderte sie, während sie einen Schritt nach vorne trat.

„Bitte, was?"

„Will ma' eben nachsehen, ob da Eier dranhängen oder ob da nix is'", erklärte Anne und war nun längst in Reichweite, um mit ihrem Messer zuzustechen. Martin hatte keinen Versuch gemacht, sie anzugreifen oder aufzuhalten. Einerseits aufgrund der Ablenkung. Andererseits war er auch einfach zu gelähmt von dem furchteinflößenden Auftreten von Anne, die nun ihrerseits einen Sprung antäuschte.

Martin erschrak und wich zurück. Hinter ihm war allerdings immer noch der Karton, über den er prompt stolperte und zu Boden stürzte. Während Martin nach Halt suchte, ließ er instinktiv das Messer fallen – und das blieb nicht lange herrenlos.

Mit ihrer ganzen Autorität bückte sich Anne, scheinbar in aller Seelenruhe, und hob das Messer auf.

„Das war ein richtig, richtig großer Fehler", sagte sie mit einer Grabesruhe.

Emma lief nun zu ihr. „Nimm das Messer runter, Anne. Ich bitte dich."

„Gleich. Ich muss nur schnell dem Wurm sein Würmchen ..."

Martin schrie vor Angst, während Lena ein paar Schritte dahinter noch immer stocksteif in der Ecke stand. Ihr Hüpfen hatte sie längst aufgegeben.

„Anne, lass das Würmchen dran, Herr Gott noch mal", schrie Emma, die nun wieder aus ihrer Trance erwacht war und alle Vorsicht fahren ließ. „Er hat doch genug."

„Das is' aber heut' dein Glückstag, Kakerlake", sagte Anne zu Martin. „Is' ja ihre Rache, nich' meine. Also, ich mein', wenn jetz' ein Kerl so was mit mir machen würde, dann ... Ach, das willst de gar nich' so genau wissen, was dann is'."

Martin schluckte und war zu geschockt, um noch ein Wort sagen zu können.

Emma hatte nun zu Anne aufgeschlossen. „Jetzt lass uns gehen. Komm schon."

„Gleich, wir ham noch was zu erledigen, du un' ich. Schon vergessen?"

„Haben wir?"

„Na, weshalb wir eigentlich hergekommen sind?"

Emma hatte gehofft, Anne habe ihren Wunsch nach einem Auto vergessen. Aber Anne war nun einmal Anne.

„Du, Weichei! Gib mir den Schlüssel von deinem Autoschiff."

„Autoschiff?", fragte Martin irritiert.

„Sie meint dein Auto, Martin. Und ich rate dir, tu, was sie verlangt. Du wärest nicht der erste Mensch, den sie umbringt, verdammt noch mal."

Martins Hand wanderte langsam und zitternd in seine Hosentasche. „D-da ist er", stotterte er und warf den Schlüssel zu Emma herüber.

„Is' das auch der Richtige?", fragte Anne.

„Nein", erkannte Emma. „Das ist der von dem Lieferwagen hier."

„Du hast doch gesagt, der hat 'nen hübschen schwarzen irgendwas."

„Audi", sagten Emma und Martin unisono.

„Genau, so ein Oh-Ding. Ist das da ein Oh-Ding, Kakerlake?", sie zeigte auf den Lieferwagen.

„Nein", antwortete Emma.

Martin sagte nichts.

„Hast de das gehört? Die Kaiserin sagt Nein. Un' wenn die Kaiserin Nein sagt, dann heißt das, du sitzt richtig tief in der Scheiße un' hast richtig Mist gebaut. Un' was machen wir jetz'? Willst de etwa, dass ich doch noch mal nach dem Würmchen guck'?"

Martin schluckte noch einmal. „Ich ... ich habe wohl den falschen Schlüssel erwischt", sagte er mit aller Mühe und griff noch einmal in seine Tasche. Schließlich fischte er den schwarzen Schlüssel mit dem Logo mit vier Ringen heraus.

„Wo steht der Wagen?", fragte Emma, die es besser fand, wenn Anne nicht die komplette Kontrolle über die Situation hatte.

„In der Parallelstraße. Nimm ihn, er gehört dir."

„Und der Ersatzschlüssel?"

Martin kramte noch einmal und holte zähneknirschend auch den hervor, nachdem Anne noch einmal ihren unheilvollen Blick in Richtung seines Schritts gerichtet hatte.

„Okay. Anne, komm, wir gehen."

Anne schüttelte den Kopf. „Nee, warte ma'. Dieses Anruf-Dingens, von dem du gesprochen hast. Wie tut das genau gehen?"

„Na, mit einem Telefon ruft man an und ...", sagte Emma.

„Dann will ich noch sein Feleton haben", sagte Anne. „Un' das von ihr auch."

„Das ist in der Kiste drin. Ich müsste es holen", erklärte Martin.

„Hey, sie meint dein Handy", mischte sich nun Emma ein, die verstanden hatte, was Anne meinte. Sie sollten nicht gleich die Polizei anrufen, ehe die Schilder montiert und der GPS-Sender nicht mehr in Funktion waren. Lena und Martin warfen ihre Handys herüber.

„Dann gehe ich halt zu den Nachbarn", sagte Martin in einer Mischung aus Übereifer und Dummheit.

Anne war schon einen Schritt zurückgewichen, da drehte sie sich noch einmal um. „Kaiserin, vielleicht sollt' ich ihn doch töten? Oder wenigstens so ein bisschen anritzen?"

„Anne, nein!", schrie Emma und zu Martin sagte sie: „Versuch's doch. Wir sind hier in Essen. Wenn du Nachbarn findest, die dir aufmachen, dann hast du es auch verdient. Aber ich wette mit dir, keiner wird dir helfen. Die haben alle ihre eigenen Probleme."

„Darf ich nich' mal ein bisschen ritzen? Auch nur ganz leicht?"

Emma drehte sich zu Anne um, die spitzbübisch grinste.

„Nein! Wir haben, was du wolltest. Komm, wir gehen."

„Aye", sagte Anne, als sie davon gingen. Natürlich folgte ihnen weder Martin noch Lena. „Das war ein Spaß", sagte die immer noch strahlende Anne. „War fast wie früher in Nassau."

Emma und Anne beschleunigten etwas ihre Schritte. „Wir müssen uns beeilen", drängte Emma. „Die Schilder müssen schnell weg. Das dauert nicht lange, bis Martin die Polizei ruft."

Anne stimmte ihr zu. „Klar, wenn man ein Schiff kapert, dann muss man es schnell umtaufen. Am besten tut man das auf hoher See und verlässt erstmal den Hafen."

Emma nickte. „Ja, aber der Hafen ist quasi die ganze Stadt und die ist viel größer als deine Dörfer in der Karibik."

„Wir dürfen nee nich' zu dir nach Hause", sagte Anne entschieden zu ihrer neuen Piratenschülerin. „Man fährt niemals nich' den Heimathafen mit heißer Ware an. Außer, man legt's unbedingt drauf an, geschnappt zu werden."

Das ergab Sinn, musste Emma zugeben. Andererseits: „Bist du nicht auch gefasst worden?"

„Hab' ich dir doch schon einmal erklärt, Kaiserin. Die ham sich alle besoffen, die ganze Crew. Statt die Beute in Sicherheit zu bringen. Also: Bleib immer trocken, wenn du nich' sicher bist."

„Ich bin schwanger", erinnerte sie Emma.

„Siehst de, ich ja auch. Deshalb geht das ja auch alles gut."

Das Auto war dort, wo Martin gesagt hatte. Der Wagen konnte schon Eindruck machen, dachte Emma. Allerdings war sie auch etwas angewidert von diesem Bonzenwagen. Sie hatte den alten VW-Golf lieber gemocht. Der hatte wenigstens noch eine Seele gehabt. Diese Kutsche hier allerdings ... Emma ersparte sich jeglichen Kommentar dazu.

„Wie kriegen wir eigentlich die anderen Schilder da runter?", fragte Anne. Es schien sie doch zu überraschen, dass das nicht so leicht ging wie das Überpinseln eines Namens auf Schiffplanken, bemerkte Emma. Zum Glück hatte sie im Gegensatz zur Piratin daran gedacht, kramte in ihrer Jackentasche und holte unter dem überraschten Blick von Anne einen Schraubenzieher hervor. „Den habe ich beim Schildermacher gefunden. Den und ein Stück Blei, das man um den GPS-Sender legen kann. Dachte, das können wir vielleicht gebrauchen."

Anne lächelte selig. „Siehst de, so langsam machst de dich ja doch als Freibeuterin, aye?"

Emma schwieg. Sie wollte sich nicht machen. Sie wollte zurück nach Hause in ihr Bett und die Welt verfluchen. Auch wenn sie zugeben musste, dass das Bild vom winselnden Martin ihr eine gewisse Genugtuung verschafft hatte.

Während sich Anne ans Montieren der Schilder machte, beugte sich Emma zu ihr herüber. „Sag mal, hättest du Martin wirklich getötet?"

Anne lachte. „Eh, Süße. Ich hab' dir das doch erklärt: Das geht manchmal nee nich' anders, wenn Leute mich killen wollen. Das Weichei da wollte mich aber nee nich' killen, das konnte ja kaum das Messer halten. Ich bin doch keine Mörderin", sagte Anne und zwinkerte Emma dabei zu, die das nur so halb glaubte.

Die alten Nummernschilder waren schnell abmontiert – Emma musste zugeben, dass ihre rothaarige Begleitung ein gewisses handwerkliches Geschick besaß. „Was glaubst de denn, was man so auf 'nem Schiff die ganze Zeit tut?", hatte Anne gefragt. „Is nee nich' nur kämpfen un' saufen. Aye, es is' arbeiten, arbeiten, arbeiten", sagte sie im Brustton der Überzeugung.

„Und kämpfen und saufen", führte Emma fort.

„Aaaaaye", kommentierte Anne mit einem Funkeln in den Augen.

Als die neuen Schilder schließlich angebracht waren, ging Emma zur Fahrertür. Anne kam mit. „Du musst auf der anderen Seite einsteigen", sagte Emma.

„Aber da is' kein Steuerrad nich'", klagte Anne.

Emma drehte sich zu ihr um: „Da haben wir drüber gesprochen, oder? Ich bin die Steuerfrau, oder? Autofahren muss man lernen, das ist anders als auf einem Schiff. Ich kann's dir beibringen, aber lass uns erst einmal Land gewinnen."

Während sie das sagte, griff sie nach dem kleinen GPS-Sender, der unter dem Fahrersitz angebracht war, und stülpte das Bleistück darüber. Doch reichte das überhaupt aus? Emma war sich nicht sicher – und entschied sich schließlich doch dafür, den Sender einfach rauszureißen.

Für einen Moment inspizierte sie Martins Wagen. Er war blitzblank, nicht die kleinste Spur von Müll, Dreck oder einfach nur Jacken oder Regenschirmen auf der Rückbank. Ein typischer Wagen eines aufstrebenden Karrieristen eben. Emma hielt kurz inne, dachte an die schönen Momente mit Martin. Wie sie zusammen die Welt mit ihren revolutionären und naiven Ideen hatten verändern wollen. Das hier war das Auto eines Mannes, der sich vollkommen angepasst hatte, dachte sie beklommen. Wie hatte sie von alledem nichts mitbekommen können? Von seiner Veränderung. Von Lena oder wie dieses Hampelweibchen hieß.

Anne riss sie aus ihren Gedanken. Die Piratin schnaufte. „Eh, tust de mich nich' hören? Hab' gesagt: Das Steuern auf 'nem Schiff muss man auch lernen. Aber ganz wie de meinst, Kaiserin. Blutige Hölle! Ihr tut hier immer so, als sei alles so schwierig un' keiner kann was. Aber könnt nee nich' mal ein Messer richtig halten."

*

Emma hatte sich am Ende durchgesetzt. Und sie dachte gar nicht daran, mit dem Wagen woanders hinzufahren, als nach Hause. Auch wenn Anne eine schreckliche Beifahrerin war. Die Geschwindigkeit stellte sich dabei weniger als Problem heraus – zum einen rollte der Stadtverkehr nicht gerade flüssig und kam immer wieder ins Stocken. Zum anderen kannte Anne hohe Geschwindigkeiten ja von Schiffen.

Allerdings hatte sie immer wieder „Galeonen" gesichtet, die man plündern konnte. Was sie damit meinte, waren in Wirklichkeit Lastwagen. „Viel zu viel Betrieb hier", hatte sie geklagt. „Gibt's denn keine leeren Straßen hier?"

Emma hatte sicherlich nicht vor, auf die Autobahn oder eine Landstraße zu fahren und ihr auch noch Gelegenheit zum Entern zu geben. Wobei man bei den Staus rund um Essen ohnehin lange fahren musste, bis man einmal so etwas wie freie Fahrt hatte.

Anne war noch aus anderen Gründen als Beifahrerin anstrengend. „Wo sind denn hier die Kanonen?", hatte sie gefragt, kaum dass Emma die erste Kurve genommen hatte – und vor lauter Lachen beinahe einen Unfall gebaut hätte. Als sie der 300 Jahre Älteren dann sagte, dass es gar keine gab, war Anne enttäuscht. „Es sollte Autoschiffe mit Kanonen geben", war ihr patziger Kommentar.

„Die gibt es sogar. Nennen sich Panzer. Die dürfen nur Soldaten fahren", hatte Emma ihr erklärt, ohne vorher über die Folgen ihrer Worte nachzudenken. Da hatten Annes Augen wieder geleuchtet.

„Ich will auch so ein Panzerschiff. Die liegen doch bestimmt auch in irgendwelchen Häfen?" Den Rest der Fahrt ließ Anne nicht mehr locker. Wo gab es die nächsten Panzer? Wo waren die nächsten Militärstützpunkte? Wie kam man da rein? Und warum wusste Emma so wenig darüber? Selbst die Entdeckung des Autoradios und des Navigationssystems – „Blutige Hölle! Das soll ein Kompass sein?! Ich lass mir doch niemals nich' von irgend so 'nem dummen Weib sagen, wo's langgeht, die ich noch nich' mal nich' sehen kann!" – konnte Anne nur kurzfristig von ihrem Panzertraum abbringen.

Es kostete Emma sichtlich Mühe, Anne davon zu überzeugen, dass man nicht einfach in eine Militärkaserne einbrechen konnte und dass moderne Maschinengewehre nicht mit den Vorderladern und Musketen aus der guten alten Piratenzeit zu vergleichen waren – zumal, wenn sie auf einen selbst gerichtet waren. Und dass man ohne die nötigen Papiere gar nicht erst dort hinein kam. Und außerdem würde sie mit einem Panzer auffallen wie ein bunter Hund, das war anders als ihre Schaluppe in der weiten Karibik.

Anne war enttäuscht. „Dann bringt das ja gar nix", hatte sie gesagt und war mit Emma in deren Wohnung gefahren. Den Wagen hatten sie ein paar Parallelstraßen weiter abgestellt, falls doch noch eine

Polizeistreife vorbeikommen und nach dem Auto suchen sollte. Wenn sie das nämlich fanden, hätte es zumindest keine Spur zu Emma und Anne gegeben. Außer die verzweifelte und unglaubwürdige Aussage eines Mannes und dessen Freundin, die Verschwörungstheorien über seine Ex-Freundin aufstellten.

In der Wohnung angekommen, hatte Anne schon wieder ein anderes Thema, nachdem die Panzer-Idee mangels eigener Armee dann doch flachgefallen war. „Wie is' denn das jetz' mit diesem Hacken? Wie geht denn das?"

Emma seufzte. Das war ja schlimmer, als auf ein Kleinkind aufzupassen. Sie holte ihren mit Klebeband und Tesafilm notdürftig reparierten Laptop hervor und zeigte ihr, wie man ihn bediente. Anne staunte andächtig.

Mittendrin hielt Emma inne. Heutzutage war es ja selbstverständlich, dass die Menschen lesen und schreiben konnten, zumindest hier in Europa. Aber 1721?

„Ähm, kannst du überhaupt lesen und schreiben?", fragte Emma daher direkt.

Anne verzog das Gesicht zu einer Grimasse. „Eh, was glaubst denn du? Dass alle Piraten dumm sind, nur weil se keine Kaiser sind?"

„Nein, natürlich nicht. Ich dachte nur, weil heute fast jede ..."

„Mein alter Herr is' Advokat. Glaubst de, da hatte ich auch nur 'ne Wahl? Wenn de dann aber beruhigt bist: Ich hasse es."

Emma stellte sich die kleine Anne vor, wie sie in einem Sonntagskleidchen in der Schule einem Pfarrer oder einer Nonne gegenübersaß, sich durch sterbenslangweilige lateinische Texte quälte und von Abenteuern auf hoher See träumte – und dann zuhause eine Predigt zu hören bekam, weil sie sich nicht genug Mühe gegeben hatte. „Aber du kannst es noch?", fragte Emma schließlich.

Anne nickte. „Aye. Un' weißt de was? Das war gar nich' so verkehrt nich'. Ich musste Jack immer alles vorlesen, wenn's 'nen neuen Aushang gab in den Häfen un' Städten un' so was. Die Jungs wollten ja immer wissen, wie viel se grad wert waren", sagte sie.

„Und du natürlich nicht?"

Anstatt mit Worten antwortete Anne mit ihrem tiefen Piratenlachen. Emma verstand. Anne galt nicht umsonst als die wahre Chefin in der Crew von Calico Jack. Sie war schlicht auch die Strategin. Emma entschied daher in der Laptop-Frage: Es konnte auf einen Versuch ankommen.

„Hör mal. Ich zeige dir jetzt das Internet. Da musst du viel lesen, also Vorsicht." Emma öffnete ihren Browser und Google erschien auf dem Bildschirm. „Das ist eine Suchmaschine. Da tippst du ein, was du wissen möchtest, und dann zeigt dir die Maschine ein paar interessante Vorschläge von Seiten."

„Wie, Seiten? Wie in 'nem verdammten Buch?"

„Wenn du schon so fragst: Wie in einem bestimmten Buch, wo etwas drinsteht, was du wissen möchtest, und das sich automatisch an der richtigen Stelle aufschlägt."

Anne lachte. „Automatische Bücher, automatische Schiffe, automatischer Kompass – sieht euch irgendwie ähnlich, alles automatisch zu machen. Nur automatische Füße habt ihr noch nich'."

Emma lachte. „Doch, aber ich brauche keine."

Anne verzog das Gesicht einmal mehr. „Blutige Hölle!"

„Also", sagte Emma, „was willst du wissen?"

Anne dachte nach. „Gibt es auch Seiten über mich?" Emma nickte. „Un' was mach' ich jetz'?"

„Gib deinen Namen ein."

„Wie mach' ich das?"

„Du klickst auf das Eingabefeld und tippst die einzelnen Buchstaben ein. Wenn ein Wort zu Ende ist, tippst du das Leerzeichen. Wenn du fertig bist, drückst du auf Enter."

„Enter?", fragte Anne und lachte nun hämisch. „Aye! Ich enter' die Maschine?" Emma hielt sich eine Hand vor ihr Gesicht, um Anne nicht auszulachen. Au weia.

Nach fünf Minuten Herumprobierens und Herumerklärens hatte Anne endlich ihren Namen eingetippt und das Internet geentert.

„Eh! Blutige Hölle! Kaiserin, das versteh' ich nich', is' ja alles deutsch", schimpfte Anne.

Anscheinend funktionierte die göttliche Autoübersetzung beim Hören und Sprechen, nicht aber beim Lesen und Schreiben, dachte Emma. „Oh, ich habe das deutsche Google genommen, sorry. War mein Fehler."

Sie gab die englische Domain ein und sie versuchten es erneut. Anne tippte wieder ihren Namen ein.

„Eh, da steht ja wirklich was über mich. Blutige Hölle! Und sogar viel. Was is' denn dieses Wikipedia-Dings?"

Emma erklärte es ihr: „Das größte Buch im Internet." Irgendwie.

„Un' da steht alles drin über mich?"

„Nun ja, vielleicht nicht alles. Aber ein bisschen was. Eben das, was man nach 300 Jahren noch über dich weiß." Anne klickte mit der Maus auf den Link.

„Was soll denn das da für 'ne hässliche Frau sein? Blutige Hölle! Soll das etwa ich sein?", fragte sie, als der Eintrag erschien. Sie erkannte eine Frau mit wehenden Haaren und einem Hut, die eine Pistole in der Hand hielt, schwarz auf weiß gezeichnet.

„Ich glaube, das sollst du sein", bestätigte Emma.

„Eh! So hässlich bin ich niemals nich'! Wer is' denn der Knilch, der das gekritzelt hat? Der hat 'ne Runde Kielholen gewonnen! Aye!"

„Ich glaube, der ist schon tot."

„Na, dann hat der eben Glück gehabt."

Anne las laut vor und strich mit dem Finger über den Bildschirm. „Anne Bonny, unbekannt, vielleicht 1697 Strich unbekannt, vielleicht April 1782."

Sie drehte sich zu Emma um. „Was soll denn das jetz' heißen? Vielleicht? Ich dachte, das is' das große Buch, das alles wissen tut."

„Bist halt ein Geheimnis", sagte Emma lächelnd.

„Aye!", brummte Anne ein wenig besänftigt.

Anne las weiter. „War eine irische Piratin, die in der Karibik operierte und eine von sieben bekannten Frauen in der Piraterie. Das wenige, was aus ihrem Leben bekannt ist, kommt vor allem aus Kapitän Charles Johnsons ‚Eine generelle Geschichte der Piraten'."

Sie schaute auf die Übersichtsliste. „Frühes Leben, Rackhams Partner, Gefangennahme und Gefangenschaft, Verschwinden, in populärer Kultur, siehe auch, Notizen, Referenzen."

Anne hielt für einen Moment inne und Emma konnte nicht erkennen, was wohl dieser Frau durch den Kopf ging, die auf ihre eigene, komprimierte Biografie schaute – inklusive möglichem Sterbedatum.

Sie musste nicht lange rätseln. „Eh, soll das heißen, ich werd' 'ne Oma un' geh' erst 1782 drauf?"

Emma zuckte mit den Schultern. „Da steht: vielleicht."

„Aye", Anne nickte. „Vielleicht is' doch scheiße! Un' was heißt überhaupt Verschwinden?"

Emma ahnte nichts Gutes, aber sie konnte wohl kaum verhindern, dass Anne nun weiterlas. Sie klickte auf den Link.

Und Anne las: „Bla, bla, bla, wieder dieser Kapitän Johnson. Sie blieb im Gefängnis, zur Zeit ihrer Niederkunft und später, wurde nach einer Zeit dann wohl begnadigt. Aber was danach mit ihr geschah, können wir nicht sagen. Das einzige, was wir wissen, ist: Sie wurde nicht hingerichtet."

Anne räusperte sich. „Eh, ja. Un' danach?"

Sie las weiter, dass man vermutete, ihr Vater könne sie mitgenommen haben. Und dass sie unter einer anderen Identität noch einmal mit der Piraterie begonnen haben könnte. Und das war es dann auch schon mit dem Kapitel Anne Bonny.

„Wie, weiter tut das nee nich' gehen?" Sie schaute Emma fragend an. „Ähm. Un' wie kommen die jetz' auf 1782?"

Das wollte Emma allerdings auch wissen. Sie googelten weiter, fanden Artikel in der Encyclopedia Britannica, wonach Anne Bonny in Charles Towne lebte, heiratete, Kinder bekam und im hohen Alter starb.

Anne lachte. „Was? Ich? Blutige Hölle! Nee, niemals nich'. Un' was heißt eigentlich amerikanisch?"

Emma dachte nach. 1782 ... Das war ja seche Jahre nach der Unabhängigkeitserklärung. „Sieht so aus, als wirst du US-Amerikanerin."

„US-was?"

„Die 13 Kolonien werden sich unabhängig erklären und du bist dann wohl auch unabhängig."

„Eh, ich bin Irin, klar? Un' nich' so ein Amerika-Zeugs. Is' das wenigstens ein wichtiges Land heute?"

„Nur das mächtigste der Welt."

„Oh", machte Anne. „Na, vielleicht bin ich doch Amerikanerin", sagte sie und lachte. „Is' immer noch besser als unfreie Irin."

Emma lachte. „Irland ist auch frei."

„Blutige Hölle!", rief Anne. „Was is' denn mit den Engländern geschehen?"

„Zwei Kriege gegen uns Deutsche."

„Un' ihr habt gewonnen?"

„Nein, wir haben zweimal verloren."

„Ah, un' deshalb ham die Engländer Irland verloren?"

„So ungefähr. Und ein kleiner Teil im Norden Irlands gehört ihnen ja noch, die wollten nicht unabhängig werden, weil sie Protestanten sind."

Anne verdrehte die Augen. „Das muss ich genau wissen." Sie schnappte sich die Tastatur, tippte „Ireland" ein und las den Artikel an. Und den nächsten. Und den nächsten.

Stundenlang saß sie da und nahm die Informationen in sich auf. Emma nutzte die Zeit, um zu kochen, selbst ein bisschen in ihren Büchern zu lesen und darüber nachzudenken, was sie nun mit dieser Frau anfangen sollte, die sie dabei immer wieder aus ihren Gedanken riss.

„Blutige Hölle! Nassau un' Jamaika ham die Engländer auch verloren?", triumphierte Anne. Das musste genauso besprochen werden wie „Was is' denn das? Reggae-Musik?" und „Wo liegt denn Somalia? Guck ma', Kaiserin. Da gibt's noch echte Piraten".

Emma hatte klammheimlich die Hoffnung, der Akku von Anne würde eher schlappmachen als der des Laptops, aber die Irin zeigte einen eisernen Willen. Sie wollte wissen, wo sie hier gelandet war.

„Jetz' geb' ich ma' Emma Kola – wie tust du noch ma' heißen? Na, das geb' ich jetz' ein."

„Koslowski", sagte Emma, ohne nachzudenken. Dann merkte sie, was sie für einen Fehler gemacht hatte. Das würde Anne auch noch auf Facebook aufmerksam machen. Und dann wäre alles verloren.

Ihr Internet war zwar langsam, aber nicht langsam genug. „Eh, was is' denn das hier? Gesichtsbuch."

Und damit war es dann vorbei mit der Ruhe. Den Rest des Tages verbrachte Anne damit, sich ein Profil einzurichten, Martin zu stalken und alles Mögliche über Emma herauszufinden, zum Beispiel, was sie für Musik hörte.

Dann entdeckte sie noch einen Youtube-Link und eines führte zum anderen, ein Film folgte auf den nächsten. Von nun an hörte Emma Reggae, hatte Reggae zu hören. „Hier, keine Frau, kein Weinen, das klingt gut", sagte Anne und klickte auf Bob Marley. „Der klingt irgendwie krank, eh."

Irgendwann hatte sie dann Filmszenen aus ‚Fluch der Karibik' entdeckt. „Soll das Jack sein? Der Kerl, der so tuntig rumläuft?" Emma erklärte ihr, dass das Jack Sparrow sein sollte, Filmpirat, gespielt von Johnny Depp. „Ich mein' doch nee nich' so 'nen Film-Jack. Aber das is' irgendwie Verarsche von meinem Jack, weißt de was ich meine? Na den Kerl kauf' ich mir, diesen Deppen-Depp."

Emma versuchte, Anne zu beruhigen. „Da musst du erst einmal nach Amerika, da lebt der nämlich. Und der ist nur Schauspieler."

„Das heißt?"

„Er tut das, was andere ihm sagen."

„Dann bring ich die anderen halt auch noch um."

Emma verdrehte die Augen, hatte dann aber einen Geistesblitz. „Verzeih, wie war das noch einmal: Warum genau wurdet ihr geschnappt?"

Anne hielt inne. „Na, weil Jack ..." Sie lächelte Emma verstohlen an. „Hast Recht. So dringend is' das auch wieder nee nich' mit diesem Schauspieler. Hat Jack auch nich' anders nich' verdient, als zu so 'ner Witzfigur zu werden."

Emma schnaufte durch. Sie brauchte eine Pause. In diesem Moment klingelte es an der Tür.

„Polizei, bitte aufmachen", hörte sie eine Stimme hinter der Tür.

Verdammt. „Na toll, die Polizei ist da", rief sie Anne zu.

„Wie, Polizei?"

„Habe ich dir doch schon erklärt. Google das halt", bellte Emma.

Anne hatte mittlerweile eine gewisse Übung darin, Wikipedia-Artikel zu öffnen, die ersten drei Sätze zu lesen und anschließend so zu tun, als wisse sie nun alles über die Welt und ihre Geheimnisse. „Viel anders machen es die Menschen hier auch nicht", hatte Emma ihr erzählt. Anne las also flüchtig, dass die Polizei vom Staat geschickt wurde, um Ordnung und Besitz zu sichern. Und dass Polizisten alte Männer mit Schnauzbart waren wie der Mann, dessen Foto sie da sah. „Den hat keiner so scheiße gezeichnet wie mich", beklagte sich Anne.

Wieder klopften die Beamten an die Tür. „Frau Koslowski, wir haben ein paar Fragen an Sie, öffnen Sie bitte die Tür", sagte einer von zwei Männern in ihren hellblauen Uniformen. Emma machte auf.

„Eh, das geht nich'. Der Polizist hier is' schwarz un' die sehen aus wie dieser Busfahrer von vorhin", platze es aus Anne heraus, als sie die beiden Männer musterte. Warum nur wunderte es Emma nicht, dass ihrer neuen Gefährtin ein bisschen der Respekt vor der Staatsgewalt fehlte?

„Was zum ...", fragte einer der Beamten.

„Oh, das ist meine Cousine. Die ist hier zu Besuch. Sie ist ein bisschen verrückt, müssen Sie wissen", erwiderte Emma im Flüsterton. Die Beamten warfen einen strengen Blick in das kleine Zimmer. „Sie wissen, warum wir hier sind", sagte der Erste in einem Ton, der Zweifel nicht zuließ.

Emma stellte sich dumm. „Nein, weiß ich nicht, offen gestanden."

„Eh, Kaiserin, was sin' denn das jetz' für Witzbolde?"

Emma entschuldigte sich bei den Beamten. „Das sind schon richtige Polizisten. Der da", sie zeigte auf den Laptop, „ist bestimmt ein amerikanischer, die tragen häufig nur schwarz. Bei uns tragen sie entweder hellblau oder früher auch grün-ocker."

Anne lachte laut. „Eh, das sieht lächerlich aus. Un' die soll man ernst nehmen?"

Der zweite, noch grimmiger guckende Beamte wurde nun aktiv. „In Ordnung, das ist Beamtenbeleidigung, dafür verwarne ich Sie."

„Eh, bitte was?"

Emma mischte sich ein. „Ganz sicher nicht. Was hat sie denn bitte gesagt? Dass ihre Uniformen lächerlich aussehen. Sie ist ... Modedesignerin. Sie meint einfach ihre Uniformen, aber doch nicht Sie."

Anne suchte das Zimmer nach einem Fluchtweg ab. Der einzige Weg führte über das Fenster. Aber das war geschlossen und sie wusste nicht, wie sie es aufbekommen sollte. Ihr Instinkt warnte sie, dass in dieser seltsamen Welt vielleicht auch das Glas stabiler war als jenes, das sie kannte. Im Zweifel gab es bestimmt irgendwo einen Knopf und das ging nur automatisch.

„Also, Frau Emma Koslowski? Wir haben eine Anzeige erhalten wegen Autodiebstahls. Bitte kommen Sie mit aufs Revier."

Emma wurde kreidebleich. „Ich ..."

Anne sah, dass Emma ins Schwitzen kam. Sie entdeckte die Pistolen in den Halftern der Beamten. Wenn sie jetzt angriff, dann würden diese Polizisten ihre Waffen ziehen und nach dem, was Emma ihr über moderne Pistolen erzählt hatte, konnte das nur schiefgehen. Also musste sie improvisieren.

„Eh, ihr da. Was is' denn das jetz' für ein Mist von 'nem gestohlenen Autodings?", sagte Anne schließlich. „Seht ihr hier irgendwo so ein Autodings?"

Die Beamten wechselten einen leicht irritierten Blick. „Nun, natürlich nicht hier, sondern auf der Straße."

„Un' was soll das für ein Auto sein, das sie geklaut ham soll?"

Der linke Mann flüsterte dem rechten etwas ins Ohr. Der brummte ein „Hm, könnte sein" und wandte sich nun Anne zu.

„Zeugen haben berichtet, dass es zwei Frauen waren, eine Rothaarige und eine Blonde oder Brünette. Sie sind dann die Rothaarige."

Anne konterte: „Eh, was is' denn das für 'ne dumme Beschreibung, blutige Hölle! Also wenn se jetz' alle Frauen suchen, die blond, braun oder rot sind, dann ham se gut zu tun."

„Nun, der Geschädigte sagte, Sie, Frau Koslowski, seien dabei gewesen. Und die Rothaarige."

Anne gab noch nicht auf. „Ach ja? Un' wer war der Kerl?"

„Ein Herr Martin Kappelmann. Er sagte, Sie seien früher Partner gewesen und Sie seien vorbeigekommen."

„Eh, klar sin' wir vorbeigekommen", sagte Anne. „Wissen Sie, was der Kerl will? Mord. Auftragsmord sogar. Den sollten se sich mal vorknöpfen, nich' uns nich'."

„Auftragsmord?", fragte einer der Beamten, halb belustigt.

„Aye! Tun se nee nich' sehen, dass die Frau hier schwanger is'? Sie soll das Kind wegmachen, damit er nich' zahlen muss. Wir waren da, um ihm zu sagen, dass wir das niemals mit uns nich' machen lassen, eh! Sind brave Christenmenschen, aye. Un' die machen so 'nen Scheiß nee nich'. Un' jetz' meint er wohl, wenn er das Kind so nich' loswird, dann bringt er halt Emma in den Knast. Nee. Wenn ich den in die Finger krieg'."

„Dann?", fragte der strenger guckende Polizist.

„Dann ... Kann der sich was anhören. Wir sind ja brave Christenmenschen", sagte Anne noch einmal und setzte ihre beste Unschuldsmiene auf.

„Das sagten Sie bereits."

„Aye, un' es stimmt immer noch genau so."

Nun hatte auch Emma ihre Fassung wiedergewonnen. „Meine Herren, haben Sie denn irgendwelche Beweise für Ihre Anschuldigungen, außer der nicht gerade objektiven Aussage meines Ex-Freunds?"

Die Beamten schauten einander an. Nein, hatten sie nicht.

„Hören Sie, Frau Koslowski. Wir können auch anders. Wir untersuchen jetzt ihre Wohnung und ..."

„Haben Sie auch einen Beschluss dazu?", fragte Emma nun so scharf, wie sie nur konnte.

„Bitte?", fragte der grimmige Beamte.

„Sie haben mich schon verstanden. Ich habe durchaus etwas dagegen, dass Sie meine Privatsachen einfach grundlos durchwühlen wollen, nur weil mein Ex sich an mir rächen möchte. Oder versprechen Sie mir, seine Sachen dann auch so zu durchsuchen? Die sind gerade übrigens alle in Umzugskartons, da haben Sie was zu tun", platzte es aus Emma heraus.

„Eben", mischte sich Anne ein. „So ein Beschlussdings habt ihr nee nich', oder?" Anne hatte zwar keine Ahnung, was sie da redete, aber sie kannte sich bei Eskalationen aus. Sie musste jetzt den Druck erhöhen, bedauerte allerdings, dass die Küchenzeile direkt neben der Eingangstür war und sie nicht an das scharfe und lange Tranchier-messer herankam.

„Nun, das lässt sich schnell besorgen", sagte der freundlichere der beiden Polizisten.

„Jetzt hören Sie mir mal zu", sagte Emma, offensichtlich angestachelt von Anne neben ihr. „Ich kenne meine Rechte, so leicht geht das nicht. Was hat Martin denn bitte gesagt, was er gesehen hat?"

„Er hat gesagt, Sie hätten ihm den Schlüssel abgenommen. Und dann war sein Auto weg."

Anne lachte. „Ja klar. Un' er hat uns auch wegfahren sehen?"

„Nein, das wohl nicht, aber ..."

„Un' wir zwei Mädels tun ihm einfach so den Schlüssel klauen? Ohne, dass er sich wehrt?"

„Nun ja ..."

„Habt ihr denn das Auto gefunden?"

„Nein, aber die Kollegen durchsuchen das ganze Viertel."

„Un' ihr habt nix gefunden? Blutige Hölle! Un' dann kommt ihr auch noch hier an un' beleidigt uns?", fragte Anne.

„Nun ..."

Emma übernahm nun wieder. „Ich mache Ihnen einen Vorschlag: Wenn Sie das Auto gefunden haben und dann immer noch glauben, wir könnten es gestohlen haben, dann kommen Sie wieder. Aber jetzt belästigen Sie uns bitte nicht weiter." Mit diesen Worten wollte Emma die Tür schließen, doch der grimmige Polizist behielt den Fuß in der Tür.

„Nehmen Sie den Fuß da weg, das ist Hausfriedensbruch", sagte Emma.

Anne wusste zwar nicht, was das hieß. Aber sie verstand: Polizistenfuß in der Tür, das durfte der Polizistenfuß gar nicht. „Eh, Kerl, hör zu", sagte Anne und stand nun neben der Tür. „Ich mach' die Tür jetz' zu. Mit Gewalt. Wenn dein Fuß da weg is' – gut. Wenn er noch da is' – Pech."

„Das wäre dann Widerstand gegen die Staatsgewalt", versuchte es der Polizist.

„Das wäre Hausrecht", sagte Emma.

„Siehst de, das is' Hausrecht", sagte Anne. „Glaubst de nich', dass ich die Tür knallen kann? Arrrrr!"

Mit diesem Laut griff sie hastig zur Tür und warf sich hinein. Wie sie erwartet hatte, zog der Polizist den Fuß im letzten Moment zurück und die Tür fiel ins Schloss.

Als die Beamten sich entfernt hatten, sah Anne etwas enttäuscht aus. „Ich dachte, die wären hier schneller mit dem Rufdings un' so."

STUTTGART 1976, NACHT 2

Nach dieser Eskapade hatte Emma keine Lust auf weitere Abenteuer. Stattdessen zog sie sich in ihr Bett zurück. Morgen würde sie die Autoschlüssel in einen Gully werfen, und das Auto vorher noch ins Viertel von Martin bringen. Vorher aber brauchte sie eine Pause. Dass ihre Fingerabdrücke am Auto waren, ließ sich erklären, schließlich waren die beiden ja bis vor Kurzem ein Paar gewesen. Und Anne hatte zum Glück Handschuhe getragen – auch daran hatte Emma gedacht.

Vor ihrem Bett hatte sie in Windeseile für Anne aus ein paar Kissen und Decken ein provisorisches Bett gebaut. Eine Schlafcouch besaß sie schließlich nicht. „Geht das?", fragte Emma.

Anne war damit zufrieden. „Is' alles besser als der Rattenpalast." Es dauerte nicht lange und die beiden schliefen ein.

Emma träumte wieder von Martin, wieder von dem Leben, das sie nicht führen würde. Aber sie träumte auch von sich auf einer Fregatte, mit einer Augenklappe und einem Papagei, ein Fernrohr in der Hand. Und sie erkannte die fette Beute in Form eines Handelsschiffs am Horizont. Plötzlich spürte sie, wie sich eine Hand auf ihre Schulter legte.

„Das is' hier nee nich' mehr deine Wohnung, Kaiserin", sagte die Stimme.

Als sich Emma umdrehte, starrte sie in das leicht sommersprossige Gesicht von Anne. Doch die Umgebung war nicht mehr die gleiche. Sie hatte plötzlich eine kalte, weiße Wand vor sich. Der Raum wirkte eine Spur zu dunkel, trotz des sterilen, weißen Lichts. Sie erkannte ein Bücherregal mit fünf Fächern, das fast aussah wie eines der berühmten Billy-Regale von Ikea. Davor stand ein kleiner Wohnzimmertisch mit zwei Stühlen, deren Lehnen etwas nach hinten gebogen waren. Emmas Augen gewöhnten sich nur langsam an das Licht und sie erkannte, dass neben dem Bücherregal Gitter angebracht waren, wie man sie aus Gefängniszellen kannte, allerdings erst ab einem Meter Höhe. Auf der gegenüberliegenden Seite des Raumes erkannte Emma eine Pritsche – und darauf saß eine Frau, vertieft in ein Buch, das sie offensichtlich las. Die dunklen, ungekämmten und ungepflegten Haare fielen über ihre Schultern. Das Gesicht, einst etwas rundlich, sah ausgemergelt und von Falten zerfurcht aus. Die Frau wirkte gezeichnet, die Körperhaltung war gebeugt, was nicht nur an ihrer Leseposition lag.

Emma erschrak. Sie kannte dieses Gesicht. Jeder Mensch, zumindest jeder Deutsche, kannte dieses Gesicht. Ehe sie noch überlegen konnte, wie sie nur in diese Zelle gekommen war und – vor allem – wie sie da wieder herauskam, hörte sie eine Stimme neben sich.

„Kaiserin, ich glaube, wir sind nee nich' mehr in Essen."

„Kansas", dachte Emma in Anspielung auf den Zauberer von Oz und fragte sich, warum sie ausgerechnet jetzt an ein Kinderbuch denken musste. Vielleicht, weil alles so verrückt war? Dann erkannte sie die Stimme.

„Anne? Wie zum Teufel kommst du denn hier her?"

Die Piratin brummte zur Bestätigung. „Blutige Hölle, was is' denn das jetz' wieder für ein Spiel? Erst holst de mich aus Jamaika weg un' jetz' sin' wir schon wieder im Knast?"

Emma antwortete nicht. Der Radau, den Anne veranstaltete, hatte die Aufmerksamkeit der Frau auf der Pritsche auf sich gezogen, die nun das Buch fallen ließ. „Verflucht, was macht ihr hier? Wer seid ihr", fragte sie ohne große Umschweife.

Anne und Emma schauten sich an. Dann sprach Anne als Erste. „Keine Ahnung nich', was wir hier machen. Wer bist denn du überhaupt?"

Emma knuffte Anne in die Seite. „Ich glaube, ich weiß, wer das ist."

„Schön. Un' wer ist das? Un' wie beim Klabautermann sind wir hierhergekommen, Kaiserin?", fragte Anne.

„Keine Ahnung", log Emma. Tatsächlich hatte sie eine Ahnung. Hatte ihr Jesus im Traum nicht so etwas erzählt? Von Gefängniszellen, in die „ihr geht". Jetzt wusste sie auch, wer mit „ihr" gemeint war. Auch wenn sie sich gewünscht hätte, Anne endlich losgeworden zu sein. Andererseits war sie vielleicht doch die richtige Begleitung, betrachtete man, wer ihr da gerade gegenübersaß. Denn das war ein anderes Kaliber als Martin oder diese beiden überforderten Polizisten.

„Also, wer is' denn das jetz', eh?", fragte Anne noch einmal.

„Mein Name ist Ulrike Meinhof", sagte die dritte Frau im Raum, deutlich irritiert von diesen beiden Besucherinnen, die wie aus dem Nichts gekommen waren. „Und ich möchte jetzt wirklich wissen, wer ihr seid und was zur Hölle ihr hier tut."

„Oh, ich bin..."

„Anna Haase", sagte Emma und hielt Anne den Mund zu. „Und ich bin ... Lieselotte. Lieselotte Haberer, genau." Gerade noch rechtzeitig hatte sie gedacht, wie gefährlich es sein konnte, wenn sich ihre Reisegefährtin mit ihrem richtigen Namen vorstellte. Oder Emma sich mit ihrem. Die RAF war zu Emmas Zeit zwar offiziell aufgelöst, ihre Ex-Mitglieder fristeten aber noch das Dasein von Terror-Rentnern, die immer mal wieder in den Medien auftauchten, weil sie sich ihren Lebensunterhalt zusammenstahlen. Die Vorstellung würde Anne bestimmt gefallen, dachte Emma. Nur war sie nicht gerade scharf darauf, diese RAF-Rentner kennenzulernen.

„Und du meinst, wenn du mir 'nen falschen Namen sagst, glaub' ich dir das auch noch?"

Emma bereute augenblicklich, dass sie gelogen hatte.

„Eh, was willst denn du von uns, he?", fragte Anne.

„Was ich von euch will? Verzeihung, aber ihr seid hier in meiner Zelle, nicht ich in eurer", sagte Meinhof in einer betont ruhigen Art. Sie ließ sich Zeit, ihre Worte zu wählen. „Von daher stellt sich doch die Frage, was ihr von mir wollt."

Emma dachte nach. Sie wollte eigentlich nur weg.

Anne beugte sich ein wenig zu Emma hinüber. „Wer is' denn die jetz'? Hab' noch nie nich' von der gehört", flüsterte sie aus dem Mundwinkel heraus.

„Das ist Ulrike Meinhof", klärte Emma sie auf. „Gründungsmitglied der Roten-Armee-Fraktion, kurz RAF. Und wenn ich das hier richtig einschätze, dann sind wir in ihrer Zelle in Stuttgart-Stammheim, habe ich da recht?" Der letzte Nebensatz galt der Gefangenen.

„Das ist zwar korrekt. Aber es ist schon höchst irritierend, dass du diese Frage stellst. Ist das ein Trick der herrschenden Klasse? Seid ihr hier, um mich zu töten? Seid ihr dreckige, reaktionäre Faschisten oder Kollaborateure?", fragte sie in einem fast beiläufigen Ton.

Gerade das flößte Emma Furcht ein. Anne allerdings überhaupt nicht.

„Fa-Was? Kolla-Was? Ey, hör auf so 'ne scheiß Adelssprache zu sprechen, eh. Hältst dich wohl für was Besseres? Versteht doch kein normaler Mensch, so was!", rief die Piratin und machte einen Schritt auf die Inhaftierte zu.

„Oh, ich sehe, du sprichst eher die Sprache des einfachen Proletariats. Dann will ich mich anpassen. Aber ein Mitglied der herrschenden Klasse nennst du mich nicht ungestraft, okay?"

„Wieso denn nich', Eure Ladyschaft? Reden tust de schon mal wie eine."

Emma rutschte das Herz in die Hose. Na klasse. Da hatte sie die beiden vielleicht gefährlichsten Terroristinnen – genau genommen waren Piraten ja auch nichts wirklich anderes – aller Zeiten in einer Zelle. Und dann konnten sie sich nicht ausstehen. Emma dachte nach, ob es ein denkbares Szenario gab, in dem die beiden sich nicht gleich massakrieren würden. Ihr fiel keines ein.

„Sei bloß froh, dass ich kein Gewehr mehr hab'. Du nennst mich nicht noch einmal eine Bourgeoise. Das ist eine ganz miese und dreckige Nummer von euch Faschisten, immer die Wahrheiten umzudrehen und dabei unser nobles Ansinnen der Revolution in den Schmutz zu ziehen."

„Jetz' sagt die schon wieder dieses Wort. Eh, Kaiserin, du weißt doch immer alles. Was sind denn nun diese Faschidings wieder?"

Emma seufzte. Klar, das konnte Anne ja gar nicht kennen, das kam ja alles nach ihr. „Ich habe dir doch von den beiden großen Kriegen erzählt. Und von dem, wo wir Deutschen die Bösen waren?"

„Erinner' mich, ja. Das war das, wo die Engländer gewonnen ham, aber danach alle Kolonien verloren ham."

„Die Faschisten waren da die Oberbösen."

„Die, die alle niedergemetzelt haben, weil sie anders waren?"

„Genau die."

„Ah." Anne drehte sich wieder zurück zu der Gefangenen. „Un' du sagst, du bist 'ne Feindin von denen. Dann bist du 'ne Engländerin?", fragte sie die Meinhof.

Die wirkte für einen Moment überrumpelt. „Nein, aber wir ...", sie wechselte einen hilfesuchenden Blick mit Emma, „bekämpfen die Oberbösen von innen. Also die, die noch übrig sind. Wir bringen den Krieg in die deutschen Straßen."

„Also metzelt ihr auch Leute nieder, weil die anders sin' als wie ihr?", fragte Anne.

„Nun, die Opfer, die unser Kampf gefordert hat, waren Büttel des Systems. Opfer, die wir in Kauf nehmen mussten im Kampf auf der Straße. Polizisten, die diesen Nazi-Staat schützen, zum Beispiel. Wer mit diesem Schweine-System paktiert, macht sich selbst zum Schwein."

„Also killt ihr doch Leute, weil se anders sind."

„Weil sie Faschisten sind."

„Ah, also weil se böse sin', könnt ihr se niedermetzeln, weil ihr seid ja die Guten. Is' das so richtig?"

„Na ja, es ist schon deutlich komplizierter als das."

„Find ich nee nich'", sagte Anne, die nun Oberwasser hatte und gar nicht auf die Idee kam, dass man vor dieser Frau vor ihr Angst haben konnte, die mehr und mehr an ihrer Gesprächspartnerin zu verzweifeln schien.

„Ham die denn so was wirklich gemacht, diese RAF-Leute?", fragte Anne nun Emma.

„Die Rote-Armee-Fraktion hat eine Menge Menschen erm...", begann Emma, besann sich dann aber, wer gerade zuhörte, „getötet im Namen des Kommunismus, der den Kapitalismus mit dem Faschismus gleichsetzt. Na ja, bis ihre Anführer gefangengenommen wurden." Das war die extreme Grobfassung. In Wirklichkeit hatte es – mindestens – drei Generationen gegeben, die immer wieder neu gegründet worden waren, als die alte Zelle durch die Polizei ausgelöscht war. Die Terroristen wurden mit der Zeit auch immer radikaler und professioneller in ihren Aktionen. Erst in den 1990er Jahren hatte die RAF sich offiziell aufgelöst – und diese Auflösung im Übrigen schriftlich bekanntgegeben.

„Was is' denn jetz' dieses Kapitaldings schon wieder?"

„Ein schmutziges System der Herrschenden, um die Masse der Menschen auszubeuten und ihre Macht zu festigen. Deshalb muss die Masse ja auch aufstehen und die Revolution starten", fiel Ulrike Meinhof Emma ins Wort, die gerade zu einer Erklärung angesetzt hatte. „Und in diesem Befreiungskampf des Proletariats gegen die Bourgeoisie und die faschistische Springer-Presse gibt es nun einmal Opfer."

Anne war nicht so ganz überzeugt. „Warte mal, Lady mit dem eigenen Hof. Erst bist du 'ne Lady, die keine Lady sein will. Un' dann bringt ihr lieber mal einen zu viel als einen zu wenig um? Also was seid denn ihr jetz' genau? Seid ihr Freibeuter? Oder seid ihr die Guten?"

Ulrike Meinhof verlor für einen Moment den Faden. „Wie meinst du das jetzt mit den Freibeutern?"

Anne lachte. „Na, die Pfeffersäcke, denen die großen Schiffe voller Tabak, Silber und was-nicht-alles gehören, das is' doch auch so 'ne

Herrscherklassen-Sache, oder nich'? Un' Freibeuter tun doch die Pfeffersäcke von diesen Lasten befreien. Un' wenn se Kaperbriefe ham, dann sin' se sogar noch die Guten dabei. Also habt ihr 'nen Kaperbrief, ja oder nein?"

Meinhof fiel es schwer, sich auf diese Sicht auf die RAF einzulassen. Sie war zwar Oldenburgerin und damit gehörten Piratengeschichten zu ihrer hanseatischen Heimat. Aber die RAF mit Piraten zu vergleichen, das war selbst für die frühere Journalistin neu.

„Unseren Kaperbrief gibt uns das Proletariat", sagte sie schließlich.

„Prol-was?"

„Die beherrschte Schicht, das einfache Volk, die Arbeiter, die Unterdrückten."

Anne nickte. „Alles klar. Un' wie viel gebt ihr dann dem einfachen Volk ab?"

Meinhof wirkte überrascht von der Frage. „Wie meinst du das, abgeben?"

„Na, ein Freibeuter muss dem, der ihm den Kaperbrief gegeben hat, was von der Beute abgeben. Was denkst denn du, wie das funktioniert?" Anne runzelte die Stirn und schien redlich irritiert, dass diese Frau ihr gegenüber nicht einmal wusste, welche Bedeutung ein Kaperbrief hatte – aber trotzdem glaubte, sie sei ihr überlegen. „Wenn ihr Pfeffersäcke ausplündert, dann müsst ihr da auch was zurückgeben. Sonst seid ihr freie Piraten, aber ganz sicher niemals nich' die Guten."

„Na, wir befreien sie vom Joch der Unterdrückung, das muss doch reichen."

Emma musste nun plötzlich husten.

„Hast du damit ein Problem?", fragte Meinhof scharf. Emma erstarrte zur Salzsäule.

Anne verstand sofort. „Hey, du, Terrorfrau da, geh nee nich' auf die Kaiserin los, klar?" Sie ließ dabei dieselbe Grabesruhe mitschwingen, die schon bei Martin Eindruck gemacht hatte. Emma ahnte zwar, dass Anne ohne ihr geliebtes Messer mehr bluffte denn wirklich drohte. Aber offensichtlich gehörte gutes Bluffen ebenfalls zum Repertoire eines Piraten. „Oder meinst de etwa, die unterdrückt mich Prol-was-auch-immer? Nur damit das klar is', Euer Ladyschaft: Die Kaiserin hat mir wirklich das Leben gerettet, du redest nur davon! Un' normalerweise regel' ich meine Sachen alleine!"

Selbst Ulrike Meinhof musste anerkennen, dass sich Anne Bonny ganz offensichtlich von niemandem unterdrücken ließ und dass der Versuch allein schon ziemlich ungesund enden konnte.

Und Anne ließ nicht locker: „Also, was hab' ich Prolin davon, dass ihr in meinem Namen die Bösen jagen tut? Un' was is' jetz' der Unterschied zwischen euch un' normalen Piraten wie du un' ich?"

Ulrike Meinhof suchte nach einem Ausweg aus dieser Zelle, fand aber keinen. Also fasste sie sich wieder und versuchte, sich auf diese verrückte Diskussion einzulassen. „Das ist ja genau das Problem am Kapitalismus, dass hier jeder nur an sich selbst denkt. Auch du fragst nur: Was hab' ich davon, was hab' ich davon? Es geht doch um Solidarität, nicht nur um Egoismus!"

Anne lachte nun ganz laut. „Eh, Schätzchen, so Leute wie dich kenne ich zur Genüge. Aber so dreist hab' ich das noch nee nich' gesehen."

Anne dachte dabei an die Piratenrepublik in Nassau. Die Briten hatten sich ihren Fluch der Karibik selbst herangezüchtet und im Krieg gegen Frankreich und Spanien großzügig Kaperbriefe verteilt. Nassau wurde so zur Basis der Piraten. Auch wenn Nassau zwischenzeitlich von feindlichen Truppen eingenommen war, die britischen Piraten waren den Franzosen und Spaniern dennoch immer einen Schritt voraus gewesen. Als der Krieg dann endete, endeten auch die Kaperbriefe – die Piraten waren allerdings weiterhin da und hatten kein Interesse daran, ihr Gewerbe aufzugeben. Schließlich machten sie auch auf britische Schiffe Jagd, setzten kurzerhand den Gouverneur in Nassau ab und mit Blackbeard einen neuen ein.

„Lass dir 'nen schwarzen Bart wachsen un' du bist genau wie Blackbeard!", schloss Anne.

„Das kann man doch nicht wirklich miteinander vergleichen", empörte sich Meinhof.

„Nee, ganz sicher nich'. Euer Ladyschaft hat ja mit uns gemeinem
Volk nix zu tun. Geht auf Kaperfahrt ohne Kaperbrief un' sagt dann,
den habt ihr euch selbst gegeben, weil ihr die Guten seid. Un' wollt
dann aber Gouverneure werden. So was hatten wir auch. Un' is' auch
nach hinten losgegangen."

„Ihr hattet eine kommunistische Revolution? Wie in Kuba?"

„Nee, Kuba is' mir zu spanisch. Ich meine Nassau. Und da war nix
kommi-dingsich."

Ulrike Meinhof brauchte einen Moment, um diese neuen
Informationen zu verarbeiten. „Nassau? Das liegt doch in Hessen.
Wann war denn dort bitte eine kommunistische Revolution? Das hätte
ich ja wohl mitbekommen."

„Was is' denn Hessen schon wieder? Ich mein' Nassau in der Karibik
un' die Republik der Piraten."

Für einen Moment wurde Anne nostalgisch. Sie hatte von der
Piratenrepublik gehört, als sie noch in Charles Towne gewesen war und
Blackbeard die Stadt in Carolina überfallen hatte. Die Piraten hatten
sich unabhängig erklärt von der Krone. Die hatte sich das natürlich
nicht lange gefallen lassen. Der ehemalige Pirat Woodes Rogers löste
die Republik schließlich auf und wurde neuer Gouverneur. Allerdings
gab es eine Generalamnestie für Piraten, die sich in Nassau niederließen
– es war ja eine Siedlung, die ausschließlich aus Piraten und deren
Anhang bestand. Da wollte man nicht den Zorn des Mobs auf sich
ziehen und eine überschaubare Amtszeit haben. Also hatte Rogers
etwas diplomatisches Geschick beweisen müssen, wusste Anne. So
waren auch ihr Mann, ein drittklassiger Pirat, und Jack Rackham nach
Nassau gekommen. Für Blackbeard gab es aber kein Erbarmen.

„Die haben auch geglaubt, einfach überall die schwarze Flagge
hissen zu können. Konnten sie auch, haben wir ja auch gemacht. Aber
für uns und unsere Freiheit. Nicht, um irgendwie die Guten zu sein.
Blutige Hölle, ihr seid ja noch kranker als wir!"

Ulrike Meinhof merkte, dass sie so nicht weiterkamen. Was wollten
diese Fremden nur in dieser Zelle? Herumpöbeln? „Gut, du bist

diejenige von euch beiden, die viel redet, so viel habe ich verstanden", sagte sie schließlich zu Anne. „Du aber" – sie musterte nun Emma genauer – „scheinst mir die Schlauere zu sein. Also erklär du mir mal bitte, was ihr hier macht und wer ihr wirklich seid."

„Hey, die Kaiserin mag vielleicht schlauer sein als wie du un' ich, ja? Aber deshalb kannst de nee nich' so mit mir umspringen, klar?", mischte sich noch einmal Anne ein.

Ulrike Meinhof lachte. „Weißt du was? Ich komme gerade aus dem Gerichtssaal. Den Leuten da schlottern schon die Knie, wenn sie mich nur sehen. Weil sie alle Angst haben, sie könnten die Nächsten sein, wenn ich wieder herauskomme. Und weißt du was? Ihre Knie schlottern zu Recht! Diese Büttel des Staates, die sind die Nächsten auf unserer Liste. Die holen wir uns auch noch, wirst schon sehen. Und du meinst, ich habe Angst vor dir, die nicht einmal weiß, was Faschisten und Proletarier sind? Du willst wohl auch noch auf diese Liste, was? Vor mir hätten sogar deine heroisierten Piraten aus der Karibik Angst."

Anne ließ einmal mehr ihr dreckiges, tiefes Lachen hören. Allerdings ahnte Emma, dass dies ein sehr zynisches war. Anne war sauer. „Schätzchen, ganz sicher nich'. Ich hab' schon Kerlen die Bäuche aufgeschlitzt, da warst du noch dabei, deine feinen Adels-Wörter auswendig zu lernen, eh?" Sie merkte, wie Wut in ihr aufkam. Am liebsten hätte sie die Frau da gegenüber eigenhändig erwürgt. Piraten war nicht viel heilig, ihr Ruf als furchtloser Schrecken der Meere allerdings schon. Vor dem Jolly Roger hatte man zu zittern und ihn nicht durch ein Maschinengewehr auf rotem Stern zu ersetzen. Plötzlich spürte Anne eine Berührung. Emma stand nun neben ihr und ihr Blick hatte etwas Flehendes. Und ohne dass Anne es hätte erklären können, war ihre Mordlust verschwunden. Stattdessen wandte sie sich noch einmal kühl an die Terroristin.

„Und noch was, Schätzchen. Wenn ich getötet hab', dann war das nie was Persönliches. Haben denen immer 'ne Wahl gelassen. Solche wie dich hätten wir gar nich' erst in die Crew genommen. Bringt nur alle in Gefahr, so ein Blutrausch."

„Sollte ich dich kennen?", fragte nun die RAF-Terroristin, die etwas skeptischer wurde. Bäuche aufschlitzen galt in den 1970er Jahren nicht mehr als schicklich, auch nicht im Gewerbe des Terrorismus. Außerdem schien diese Frau zu viel über karibische Piraten zu wissen und zu wenig über alles andere.

„Aye! Ich bin Anne Bonny. Erste Maat der William vormals unter Captain Calico Jack Rackham, klar? Freibeuterin aus Nassau. Das gehört heute zu den Bahamas."

Anne war stolz darauf, das zu wissen. Es hatte sie eine intensive Zwei-Minuten-Wikipedia-Recherche gekostet. Auch wenn sie nicht sicher war, ob das nun hieß, dass die Piraten am Ende doch ihre Republik regierten. So weit hatte sie dann doch nicht im Artikel gelesen. Emma schien das jedenfalls nicht zu glauben und das machte Anne skeptisch.

Ulrike Meinhof prustete los. „Na klar! Ihr beide seid stoned! Das wird es sein. Und es muss guter Stoff sein, den ihr da genommen habt."

Anne war mit ein paar schnellen Schritten bei Ulrike Meinhof und baute sich vor ihr auf. „Was hast de da grade gesagt? Wir sind gesteinigt?"

„Ihr seid auf Drogen, ihr müsst auf Drogen sein."

„Weil?"

„Na, weil ihr Irrsinn erzählt."

„Wo war da Irrsinn?"

„Du willst eine berühmte Piratin sein? Na, dass ich nicht lache. Ich mein', ich hab' ja mit allen möglichen Tricks von den reaktionären Kräften gerechnet. Aber ich hätte nicht gedacht, dass die über Humor verfügen. Und du bist dann wohl die Kaiserin von China, oder was?", fragte sie an Emma gewandt.

Emma schnaufte, halb lachend, halb verächtlich. „So nennt sie mich zwar, aber, nein. Ich bin keine Piratin oder so etwas. Sie allerdings ist, was sie sagt."

Ulrike Meinhof schaute ihr tief in die Augen. „Du meinst das tatsächlich ernst. Ach, herrje."

Sie blickte zurück zu Anne Bonny. Die hatte sich jetzt ungefragt neben sie gesetzt und war nun wieder etwas ruhiger.

„Also, wenn ich nee nich' Anne Bonny bin, Eure Ladyschaft, dann sagt mir, wer ich sonst sein soll." Sie machte einen höfischen Knicks und Emma musste ein Lachen unterdrücken.

„Wieso soll ich dir das sagen?"

„Na, die Wahrheit hab' ich Euch schon gesagt, Eure Ladyschaft. Wenn Ihr lieber 'ne Lüge glauben wollt, dann dürft Ihr se Euch sogar selbst aussuchen, is' doch ein faires Angebot, oder?", fragte Anne so zuckersüß, dass sie nun die Terroristin in Rage brachte.

„Komm noch ein Stück näher und ich mach' dich fertig", flüsterte die RAF-Terroristin, die ungehalten wurde und verfluchte, dass sie in dieser Zelle keine Waffe hatte und die Nahkampf-Ausbildung im Palästinenser-Camp doch etwas zu halbherzig mitgemacht hatte.

„Oh, der Raubritter-Adel droht dem einfachen Volk?", fragte die Piratin, die blitzschnell die Arme von Ulrike Meinhof gepackt hatte, bevor die etwas Dummes anstellen konnte. Aus den Augenwinkeln nahm sie eine schnelle Bewegung war. Doch die kam nicht von ihrer Gastgeberin.

Stattdessen hatte sich Emma vor ihnen aufgebaut. „Jetzt hört endlich mal auf, alle beide!", brach es aus der Kunststudentin heraus.

„Sieh an, die Kaiserin von China mischt sich ein", höhnte Ulrike Meinhof.

„Un' recht hat se. Was soll denn der Mist hier? Wir sind hier zusammen in dieser Zelle", betonte Anne, nun wieder etwas ruhiger.

„Nun, da dies eine Einzelzelle für eine Person ist, seid ihr das wohl nicht mehr lange", hoffte die ursprüngliche Bewohnerin. „Außerdem will ich heute echt niemanden mehr sehen. Nicht an diesem Tag."

Es entstand eine kurze Stille. Anne dachte angestrengt nach, bis ihr aufging, dass sie ja nicht den Hauch einer Ahnung hatte, in welchem Jahr sie war, vom Tag ganz zu schweigen.

„Wieso, welcher Tag is' denn heute?", fragte schließlich Emma.

„Nicht heute, sondern morgen", erklärte Meinhof, „der Muttertag".

Emma erschrak. Über die RAF wusste sie schließlich das ein oder andere. Unter anderem, dass sich Ulrike Meinhof am Muttertag 1976 erhängte. Es war der 9. Mai 1976, um genau zu sein.

„Dann ist heute der 8. Mai 1976?", fragte Emma noch einmal zur Sicherheit. Anne schaute sie verwundert an, merkte aber, dass ihr eine wichtige Information zu fehlen schien.

„Klar, welcher Tag soll denn bitte sonst sein", frotzelte Meinhof, „Muttertag 1710?"

Plötzlich wurde Emma ganz anders. Die Frau vor ihr würde sich in wenigen Stunden selbst das Leben nehmen. Bis heute war nie so ganz klar geworden, warum. Und sie, Emma Koslowski aus Essen, würde jetzt das Geheimnis lüften? Nun ja, vielleicht. Vielleicht würde sie den Selbstmord ja auch verhindern können. Die Suizide der „Stammheimer" und die Legendenbildung, sie seien ermordet worden, waren schließlich der Antrieb für die zweite Generation der RAF gewesen, um selbst aktiv zu werden. Vielleicht konnte sie ja ein wenig in die Geschichte eingreifen.

„Was ist so schlimm am Muttertag?", fragte Emma, die bei diesem Wort einen Stich verspürte. Muttertag – den würde sie von nun an ja auch feiern, genau wie Anne, deren Bauch schon etwas gewölbter war als der von Emma.

Auch Ulrike Meinhof erkannte das nun. „Du. Bist schwanger", sagte sie zu Anne.

„Aye. Was dagegen? Hat mir schon das Leben gerettet, das Kleine. Also vor den Herrscher-Dingens."

Die Terroristin schüttelte den Kopf. „Nein, nein, es ist nur … Ich habe Kinder, weißt du?" Plötzlich wirkte sie gar nicht mehr so tough und überlegen. Sie sackte leicht zusammen und suchte Halt an der Wand. Anne hielt sich zurück und beobachtete.

„Und morgen ist Muttertag, da sollten die Kinder bei ihren Müttern sein. Nur, dass ich sie nie wiedersehen werde", klagte Ulrike Meinhof mit einer Bitterkeit in ihrer Stimme, die eine Mischung aus Traurigkeit und Gefahr ausstrahlte. „Was ich jetzt also echt nicht gebrauchen kann, sind zwei bekiffte Frauen, die mir ununterbrochen sagen, warum sie mich und die Raf scheiße finden."

Anne war längst still geworden und ignorierte auch diese Drohungen. „Du siehst deine Kinder nie wieder?", fragte sie stattdessen leise.

„Nein, nie wieder. So, jetzt hast du genug gegafft und deinen Spaß gehabt. Die Meinhof leidet, das wolltet ihr doch sehen. Jetzt haut ab, na los!"

Doch Anne dachte gar nicht daran. „Ich habe auch eine Tochter", begann sie stattdessen mit einer Wärme in der Stimme, die sie sich wohl selbst vor einem Moment noch nicht zugetraut hätte. „Die werde ich auch nie wiedersehen."

Die Terroristin musterte die Piratin überrascht. „Wie war das?"

„Sie lebt auf Kuba, ich hab' se weggeben, damit se nee nich' bei den Männern auf der William aufwachsen tut. Tja, dann wurden wir geschnappt und ich war in diesem Knast, als Einzige noch übrig. Und wurde dann nur deshalb nich' gehängt, weil ich schwanger war un' bin. Tja, un' dann kam die Kaiserin hier un' hat mich mit so 'nem Hokuspokus-Zeugs gerettet."

Ulrike Meinhof hakte da nach. „Kuba? Deine Tochter lebt bei Fidel Castro? Aber da gibt es doch wirklich schlimmere Länder auf der Welt, wo ein Kind aufwachsen kann. Meine Kinder zum Beispiel wachsen hier auf, im neofaschistischen Deutschland. Sie wurden mir weggenommen, entführt, von meinem Mann."

Emma wollte dazwischen gehen. Das war natürlich die eine Sicht der Dinge. Sie kannte Berichte darüber, dass die Kinder von Ulrike Meinhof verwahrlost gewesen und teils mit verlausten Haaren durch die Gegend gelaufen waren, ganz im Sinne des antiautoritären Erziehungsstils. „Familie ist Politik", hatte Meinhof einmal dazu gesagt. Tja, damit hatte sie nicht ganz Unrecht gehabt, nur anders, als von der Meinhof gemeint. Denn damit hatte sie irgendwie selbst den Stein ins Rollen gebracht. Als Ulrike Meinhof ihren Mann und damit auch das bürgerliche Leben verließ, um sich endgültig Andreas Baader anzuschließen, hatte ihr Mann alle Hebel in Bewegung gesetzt, um seine Kinder zu retten und sie schließlich auch zu sich geholt. Aber das warf Emma der Meinhof natürlich in dieser Situation nicht an den Kopf, sie war ja nicht lebensmüde.

„Und was heißt hier Hokuspokus-Zeugs?", fragte Meinhof weiter.

Emma schluckte. „Sie glaubt zumindest, ich war's. Aber ich habe damit nicht direkt etwas zu tun. Da waren noch andere Mächte am Werk."

„Jetzt sag noch Gott." Die Terroristin erkannte an Emmas Grimasse, dass sie ins Schwarze getroffen hatte. „Du weißt doch, dass Religion Opium für das Volk ist. Wir müssen dieses Symbol der Manifestation chauvinistischer Macht zerstören, mit aller Gewalt", verkündete die RAF-Frau, nun wieder ganz die Alte.

Emma verdrehte die Augen, schwieg aber dazu. Sie kommentierte nicht einmal, dass Marx genau genommen nicht „für das Volk", sondern „des Volkes" gesagt hatte – was in seiner Aussage schon einen Unterschied machte. Und dass Lenin das hinterher uminterpretiert hatte. „Nur, weil der Papst Mist erzählt, heißt das noch lange nicht, dass es Gott nicht gibt", platzte es stattdessen doch noch aus Emma heraus.

„Aye!", sagte Anne entschieden und zu Emmas Überraschung.

„Seid ihr Missionare? Soll ich jetzt meine letzte Beichte tun, bevor ich umgebracht werde, oder was?", fragte Ulrike Meinhof, wieder höhnisch.

Anne schüttelte den Kopf. „Eh, weißte, das interessiert mich echt null, was Gott will un' was du willst. Komm' ja eh in die Hölle. Ich weiß das wenigstens, nich' wie Ihr, Mylady. Denn wenn nur die Hälfte von dem stimmt, was du un' die Kaiserin erzählt habt, dann kommst de mit. Echte Piraten wissen das. Ich seh' da wenigstens Mary wieder."

Ulrike Meinhof hörte nur noch mit einem Ohr hin. „Die Hölle? Du hast keine Ahnung von der Hölle. Wenn sich deine früheren Freunde plötzlich von dir abwenden und dir die Kinder wegnehmen, das ist die Hölle. Wenn die einzigen Menschen, denen du vertraust und wegen denen du diesen Kampf noch weiterkämpfst, dich plötzlich verraten, der ganzen Welt erklären, dass gemeinsame Aktionen allein deine Idee waren und sie dir jeden Tag sagen, wie scheiße sie dich finden, dann ist das die Hölle. Und wenn du dann merkst, dass du für diese Menschen alles riskiert hast, deine Familie geopfert hast, und dich dann fragst: warum eigentlich?, dann ist das die Hölle. Aber davon hast du bestimmt keine Ahnung", wetterte Ulrike Meinhof. „Weißt du, ich glaub' dir sogar, dass du zumindest selbst davon überzeugt bist, Anne Bonny zu sein. Wenn man stoned ist, glaubt man so einiges. Ich kenne nicht die genaue Geschichte, aber ich weiß doch, dass sie immer nur das getan hat, was sie wollte. Die Piraten der Karibik waren sich doch vor allem selbst die nächsten. Also eigentlich Kapitalisten der ersten Stunde. Das ist nicht die Hölle. Hast du jemals für die Unterdrückten gekämpft oder immer nur für dich selbst?"

Anne hatte nun Zornestränen in den Augen. War das etwa von der großen Piratenära übriggeblieben? Menschen, die noch schlimmer als die Pfeffersäcke waren? Anne spürte plötzlich einen Kloß im Hals – gleichzeitig ballte sich ihre Faust ganz automatisch. „Mary und ich waren die einzigen verfluchten Seelen an Bord, die gekämpft haben. Wir haben gekämpft, um uns, ja. Aber auch um unsere Freiheit. Weißt du eigentlich, Lady, die alle Wörter kennt, was dieses Wort bedeutet? Was es bedeutet, wenn du wie eine Sklavin abgekauft werden sollst? Wenn du nur die Wahl hast zwischen einem Leben im goldenen Käfig oder dem Sterben im eisernen Käfig von Port Royal? Mary und ich haben gekämpft um unsere Kinder und deren Väter, die besoffen in der Ecke lagen und die wir später baumeln sehen mussten." Nun schrie sie beinahe. „Musste der Vater deiner Kinder baumeln, he?"

Ulrike Meinhof erschrak. „Nein, aber ich wünschte, er täte es dafür, dass er meine Kinder entführt hat."

Emma war fasziniert. Sowohl von Annes Ausbruch als auch der sichtlich gebrochenen Ulrike Meinhof. Die war quasi das Gesicht der ersten RAF-Generation neben Andreas Baader gewesen. Klar, Emma kannte die Geschichte. Vor wenigen Tagen hatten ihre Mitgefangenen sich vom Anschlag auf das Springer-Gebäude distanziert. Sie hatten zwar nicht direkt Ulrike Meinhof die Schuld gegeben, aber doch gesagt, dass sie diesen Anschlag nicht gebilligt hätten – im Gegensatz zu Meinhof, die nun isoliert war. Isoliert, nicht etwa wegen der Mär von der Isolationsfolter. Sondern verraten von den eigenen Waffenbrüdern und -schwestern. Und morgen war auch noch Muttertag. Plötzlich brauchte Emma keine weiteren Erklärungen für das, was gleich geschehen würde und warum. Von wegen Mord – in Bochum sprangen jeden Tag genügend Menschen von der Uni wegen wesentlich weniger.

Ulrike Meinhof blickte nun entgeistert in Annes Augen. „Es ist wichtig, in dieser chauvinistischen Welt", Anne runzelte aufgrund des Fremdwortes die Stirn, „in dieser Männerwelt, dass wir Frauen uns nicht auch noch bekämpfen. Es ist wichtig, dass wir geschlossen Stärke zeigen gegen die Männer."

„Aye", sagte Anne. „Männer sind Spielzeuge und nee nich' mehr."

Nun runzelte ihre Gesprächspartnerin die Stirn. „Wie bitte? Nein. Wir müssen eine Gesellschaft erschaffen, in der sich Männer und Frauen genau gleichstark respektieren."

Anne zuckte mit den Schultern. „Also gar nich'. Sag' ich doch."

Wieder wechselten die beiden einen bedeutungsschwangeren Blick. „Das ist schon ein sehr starker Zynismus, der dich antreibt. Woher kommt diese Wut auf Männer?"

„Das kann ich dir sagen. Die kommt von den falschen Versprechungen, die sie machen. Sagen, se nehmen dich mit auf ein Abenteuer un' ham am Ende keine Eier in der Hose. Das is' mein Problem mit ihnen."

„Und du hast kein Problem damit, dass Männer dich nicht als Menschen respektieren, dich nicht machen lassen, sondern in dir immer eine Prinzessin sehen, die man wegsperrt?"

„Oh, das hab' ich am Anfang auch gedacht. Aber weißt du, so is' das doch gar nich'. Musst ihnen nur zeigen, wer der Boss is'. Un' nee nich' so rumflennen wegen jedem bisschen – wie 'ne verdammte Prinzessin. Dann is' doch klar, dass se so mit dir rumspringen. Tät ich genauso. So was nimmt doch keiner nich' ernst! Schau mal, ich könnt jetz' auch flennen. Wegen meiner Tochter, wegen Jack, wegen Mary. Tu ich das? Nee, weil das bringt nee nix."

„Also bist du doch eine Revolutionärin, die mit der Waffe in der Hand gegen die Unterdrückung kämpft", stellte Meinhof beinahe schon anerkennend fest.

„Nee, ich kämpfe um Beute un' darum, nich' geschnappt zu werden. Un' ich bring' auch nee nich' einfach Leute um, wenn's nich' sein muss. Da gibt's nich' so 'ne Opfer-des-Systems-Bullenscheiße. Sonst müsst' ich ja alle Kerle umbringen. Spiel lieber mit denen! Um was anderes kämpfen als um sich selbst is' immer ungesund."

Emma musste lachen. Und trotzdem durchschaute sie ihre neue Freundin. Natürlich war Anne zum Heulen zumute, obwohl sie hier die Harte markierte. Aber es sah Anne Bonny einfach nicht ähnlich, sich einer Fremden zu öffnen, die sie nicht einmal sonderlich mochte. Anne spielte eine Rolle, so wie Ulrike Meinhof in diesen Tagen auch. Eine von beiden würde heute ihre letzte Vorstellung geben, wusste Emma.

Anne allerdings hatte dann doch noch eine Frage an Meinhof. „Eh, warum hast denn du damit angefangen? Bei mir war's 'ne Männergeschichte. Bin fremdgegangen, mein Mann hat's gemerkt, dann sin' wir geflohen un' ham 'ne Schaluppe gekapert. So ging das alles los. Un' bei dir?"

Meinhof schaute der Piratin lange in die Augen. Konnte sie diesem Wildfang vertrauen? Vermutlich nicht. Aber war das überhaupt noch wichtig? Irgendetwas an dieser Frau beeindruckte die Terroristin, vielleicht war es ihre Unbekümmertheit, vielleicht aber auch die Tatsache, dass sie einfach nicht ins reaktionäre Frauenbild passte. Vielleicht täte es ihr ja tatsächlich gut, mal darüber zu sprechen.

Schließlich erklärte sie: „Na ja, links war ich schon immer, also Antifaschistin." Anne schwieg diesmal zu dem Fremdwort. Sie übersetzte das einfach mit „anti-böse" und sagte „aye".

„Dann gingen die Leute auf die Straße und der Kampf gegen das System veränderte sich. Und ich lernte in dieser Zeit den Andreas kennen."

„Ah, also is' das bei dir auch 'ne Männergeschichte."

Meinhof schwieg, für Emmas und Annes Geschmack etwas zu lange.

„Na, jedenfalls war er der Radikale, wollte zu den Waffen greifen. Ich fand das ziemlich cool."

„Was hat jetz' Kälte damit zu tun?"

Meinhof stockte ob dieses unerwarteten Einwands, ließ sich davon nur kurz aus dem Konzept bringen und sprach dann weiter. „Ich bewunderte ihn. Wir bewunderten ihn damals eigentlich alle. Gerade als Benno Ohnesorg erschossen worden war, das erste Opfer in diesem Bürgerkrieg. Da mussten wir doch etwas tun."

„Un' dann habt ihr zu den Waffen gegriffen?"

„Na ja, ich nicht, zunächst jedenfalls. Am Anfang waren das nur die anderen. Ich war ja Journalistin ... Eine Lady, wenn du so willst."

„Ha!", machte Anne.

„Mich kannte man, da hätte man zu viele Fragen gestellt."

Emma erinnerte sich an die Dokumentationen. Anfangs war Meinhof eher – zumindest in der öffentlichen Wahrnehmung – die Edelsympathisantin gewesen, aber keine Mittäterin.

„Also warst de nich' wirklich ein Teil der Crew?"

„Ich habe schon dazu gehört", sagte Ulrike Meinhof. „Aber damals wusste das halt noch niemand. Tja. Dann lief deren Aktion schief und wir mussten den Andreas aus dem Knast befreien. Und dann lief noch mehr schief. Ich sollte eigentlich Zivilistin bleiben und das überraschte Opfer spielen. Aber als dieser Idiot da wie wild um sich geschossen und alle außer mir abgeknallt hatte, war jedem klar, dass ich dazu gehörte. Da musste ich dann mit und ab durchs Fenster."

Anne dachte nach. „Also wolltest de gar nich' richtig mitmachen?"

Ulrike Meinhof schwieg. „Wie gesagt, ich gehörte schon zur Gruppe. Dass irgendwann der Schritt in die Radikalität kommen musste, war immer klar. Meine Aufgabe war es eigentlich, die bürgerliche Fassade lange genug aufrecht zu erhalten."

„Mylady, jetz' ma' ernsthaft. Kluge Worte reden kann jeder, 'ne Waffe in die Hand nehmen is' noch mal was ganz anderes. Dann holt ihr euch 'nen Kerl, der für euch schießt? Un' dann wundert ihr euch wirklich, dass der auch noch trifft? Wieso glaubst du noch mal, dass ich hier die Blöde bin?"

Meinhof lachte bitter. „Tja, das war der Anfang, da hatten wir doch selbst noch keine Ahnung davon, was wir da taten. Deshalb sind wir ja dann nach Palästina und haben uns zu Guerilla-Kämpfern ausbilden lassen."

„Gue-was?"

„Das sind Leute, die wie Soldaten kämpfen, obwohl sie keine Uniform tragen", half Emma, die endlich auch mal wieder zu Worte kam und ansonsten diesem surrealen Dialog der beiden Outlaws fasziniert gefolgt war.

„Ah. Also 'ne Piraten-Armee unter falscher Flagge?"

„So in der Art", bestätigte Meinhof, „aber ganz ohne Flagge."

„Das heißt, jetzt könnt ihr selber schießen?"

„Allerdings. Das heißt, wir könnten, wenn wir unsere Waffen hätten und nicht im Knast sitzen würden."

Und sie berichtete von Anschlägen auf US-Einrichtungen, die deutsche Botschaft in Stockholm, von den diversen Banküberfällen sowie vom Bombenanschlag aufs Springer Gebäude. Emma wunderte sich zunächst, dass die Namen Schleyer und Buback oder das entführte Flugzeug „Landshut" gar nicht erwähnt wurden. Dann erinnerte sie sich, dass das alles Taten der zweiten RAF-Generation waren, die Ulrike Meinhof nicht mehr erlebt hatte.

„Un' dann ham se euch erwischt", sagte Anne schließlich.

„Ja, in Hannover haben sie mich gefunden. Nur eine Woche nach der Gudrun Ensslin und zwei nach dem Andreas. Nach zwei Jahren im Untergrund."

„Viel länger war ich auch nich' unterwegs", sagte Anne. „Die Kerle sind nich' mehr vorsichtig un' dann lassen se dich hängen un' sich gleich noch dazu."

Ulrike Meinhof schwieg und stimmte nickend zu.

„Un' diese andere Frau? Was war mit der?"

„Die Gudrun? Tja, die war noch radikaler als ich. Die wollte einfach jeden Feind tot sehen."

„Un' das fandet ihr geil?"

„Andreas vor allem." Wieder erfüllte Schweigen den Raum. „Weißt du, die nennen uns Baader-Meinhof-Bande. So als wären Andreas und ich die Bosse. Aber eigentlich ist es die Baader-Ensslin-Bande. Ich war nur eben die, die immer wieder im Namen der RAF gesprochen hat, die die Stellungnahmen verfasst hat."

„Aber der Boss war die andere? Un' die hatte auch was mit deinem Kerl?"

Meinhof schwieg weiter dazu.

„Na, dann hat dich der Kerl aber schön verarscht", sagte Anne mit Mitleid in der Stimme.

„Ach, was weißt du schon?", fragte Ulrike Meinhof nun patzig. „Dein Typ hat dich nicht fallen lassen wie eine heiße Kartoffel."

„Nee, das konnte er nich'. Wer mich fallen lässt, der überlebt das niemals nich'. Ich bin Piratin, ich nehme mir einfach den Kerl, den ich will. Hättest de auch machen sollen, statt zu flennen, dass Männer so gemein zu allen sind."

Während sie den beiden Gescheiterten so zuhörte, rasten die Gedanken in Emmas Kopf. Ein solches Männerbild, wie es Anne hatte, war ihr entschieden zuwider. Und doch, dachte sie, wäre ihr Leben so viel leichter zu ertragen, wenn sie genauso handeln könnte wie Anne. Wenn ihr egal wäre, was Martin dachte und fühlte. Wenn sie einfach sagen könnte: Ich treibe nicht ab und es ist mir egal, was du dazu sagst. Aber so einfach war es eben nicht.

Sie schaute herüber zu Ulrike Meinhof. Andererseits: Wenn sie tatsächlich abtreiben würde, wie Martin das wollte, würde sie dann auch an jedem Muttertag dasitzen und mit Tränen in den Augen an das Kind denken, das sie nicht hatte? An die Familie, die sie nicht hatte? Die beiden Frauen dort litten ja nur darunter, dass ihnen ihre Kinder – mehr oder weniger – weggenommen wurden. Sie müsste auch noch damit klarkommen, das selbst so gewollt und forciert zu haben. Ein eisiger Schauer lief ihr über den Rücken. Könnte sie mit einer solchen Schuld leben? Eigentlich müsste sie nur Ulrike Meinhof fragen. Die würde ihr schon erklären, dass Emma keine Schuld auf sich nehmen würde, wenn sie abtreibt. Nur: Würde das auch stimmen? Emma hegte daran leise Zweifel.

Als sie wieder zu den beiden zurückschaute, war Anne nicht mehr da. Sie hatte sich wieder zu Emma gesetzt. „Eh, Kaiserin. Du bist so still, was is' denn los?"

„Ich denke nach. Über das Kind. Und darüber, was es heißt, Mutter zu sein."

„Hey, Kaiserin. Hab' vielleicht viele Fehler gemacht. Aber Mutter zu werden war keiner davon. Geht sogar der Terrorfrau so. Nur is' die halt echt verrückt, wenn de mich fragst. Erzählt was, dass se alle befreien will un' schafft's nee nich' ma', sich selbst zu befreien. Versteh' gar nich', warum du vor der mehr Angst hast als vor der alten Anne!"

„Bist du jetzt beleidigt?"

„Aye!", knurrte Anne. Beide mussten lachen.

„Dann lass uns hoffen, dass wir hier bald wegkommen", meinte Emma, während Ulrike Meinhof wieder in ein Buch vertieft war.

„Noch mehr verrückte Wörter, die die Frau noch weiter verrückt machen", kommentierte Anne fast schon mitleidig.

Schließlich schlossen die beiden selbst ein wenig die Augen. Emma zwang sich, wach zu bleiben, immerhin wollte sie ja wissen, was nun in dieser Nacht geschehen würde. Sie schnappte sich das nächstbeste Buch und blätterte darin herum, nur um zu erkennen, dass die Sprache darin ähnlich verquast war wie das gesamte Denken der RAF.

„Ey, Kaiserin, weißt de jetz' eigentlich, warum wir hier sind un' wie wir hierhergekommen sind?", flüsterte Anne Emma zu.

„Ich weiß es nicht genau. Aber es ist ziemlich ähnlich zu gestern, als ich bei dir in der Zelle auf Jamaika war."

„Warst de da auch so plötzlich da wie wir jetz'?"

„Ja. Ich hatte einen seltsamen Traum, da hat mir Jesus gesagt, dass so etwas passieren würde."

„Blutige Hölle! Die Verrückte da hinten hat ja doch recht. Du bist so ein Jesus-Voodoo-Freak", sagte die erschrockene Anne.

Emma schüttelte energisch den Kopf. „Nein, eigentlich nicht. Aber den Traum hatte ich halt. Und du musst zugeben, dass wir beide hier im Jahr 1976 sind, ist nicht gerade natürlich."

„Aye, das is' es nee nich'", bestätigte Anne, der ein schrecklicher Gedanke kam. „Sag mal, heißt das jetz' etwa, dass wir die da drüben auch mitnehmen müssen, so wie du mich letzte Nacht?"

Emma rutschte das Herz in die Hose. „Na, ich hoffe mal nicht. Du hast ja keine Ahnung, was die gemacht hat. Morde, Bombenattentate, das ist die gefährlichste Frau ihrer Zeit und sei froh, dass die jetzt keine Waffe hat."

„Kaiserin, Kaiserin. Ich mag dich ja, wirklich. Aber erstens hat mir die Ulrike das alles schon selbst gesagt. Und zweitens: Wenn hier jemand gefährlich is', dann bin das immer noch ich. Vergiss das nich', nur weil wir Freundinnen sind. Aye?"

„Sind wir das?", fragte Emma halb neugierig und halb resignierend.

„Na ja, du hast mich aus dem Knast geholt. Würd' sagen, ich bin dir was schuldig. Bei meiner Piratenehre."

Emma musste spontan loslachen. Piratenehre – war das nicht ein Widerspruch in sich? Sie sagte nichts.

Stattdessen wurde sie in ihren Gedanken rüde unterbrochen. „Hey, ihr zwei dort hinten, könnt ihr euch mal bitte etwas leiser über mich das Maul zerreißen? Ich möchte hier lesen, danke."

Anne verdrehte die Augen. „Wozu? Um noch mehr kluge Wörter zu lernen, die dich in die Scheiße hier geritten ham?"

Ulrike Meinhof sah sie verständnislos an. „Es weiß doch eigentlich jeder, dass Bildung ein Grundpfeiler der Entfaltung des Menschen ..."

„Eh, jetz' geht das wieder los. Jetz' redet die wieder so 'nen Scheiß! Kaiserin, übersetz das mal. Sagt se da, dass se was Besseres als wie ich is', nur weil se sich mit ihren Büchern in die Scheiße reitet?"

Emma lachte. „Ich würde ja gerne Nein sagen. Aber irgendwie trifft das gerade den Nagel auf den Kopf."

„Das trifft ganz bestimmt nichts", klagte Meinhof.

„Also so kriegst de den Kopf jedenfalls niemals nich' frei", beharrte Anne. „Un' mir gefällt nee nich', auf was für Ideen de kommst, wenn dein Kopf zu voll mit dem Mist is', RAF-Frau."

Ulrike Meinhof schaute auf. „Wie bitte war das?"

„Ganz einfach. Wenn wir in Nassau im Hafen eingelaufen sin', dann wurde da immer 'rumgesungen un' 'rumgetanzt."

„Und Rum gesoffen", half Emma.

„Aye, das auch. Das war der beste Teil."

„Und deshalb sollen wir jetzt Shanties singen, oder was?", fragte Meinhof, die als Norddeutsche da einen gewissen Heimvorteil mitbrachte.

„Was is' denn ein Shanty? Kenn' ich nee nich', so was."

„Na, ihr werdet doch bestimmt an Bord Lieder gesungen haben", sagte Emma. Was war schließlich schon ein Piratenschiff ohne Piratenlieder?

„Wie kommst du denn auf so was, Kaiserin? Nee. Das is' verboten, weil wenn der Kapitän seine Befehle pfeift, dann muss das jeder hören können, auf dem ganzen Deck. Aber an Land, da ging's immer rund."

„Und was habt ihr dann gesungen?", fragte Emma.

Anne dachte nach. „Ich mochte dieses traurige Lied vom Scarborough Markt."

„Scarborough Markt?", hakte Emma nach.

„Das kennst de bestimmt nich', Kaiserin. Das is' aus England, sogar älter als wie ich. Geht um ein Paar, das die unmöglichsten Dinge tun muss, um zusammenzukommen."

„Du meinst so wie du und Jack?", fragte Emma.

Anne zwinkerte. „Is' ein trauriges Lied, eben vom Markt von Scarborough."

„Sing's doch mal."

„Bloß nicht!", warnte Ulrike Meinhof.

„Aye, wenn die Terror-Frau so nett Bitte sagt, dann erst recht", verkündete Anne und fing an. Emma hoffte nur, dass diese Auto-

Übersetzung sich nicht auch bei Liedern einschaltete, sonst konnte das jetzt Kauderwelsch geben. Doch mit den ersten Takten erkannte sie, dass ihre Befürchtungen unbegründet waren.

„Are you goin' to Scarborough Fair? Parslay, sage, rosemary an' thyme ...", fing Anne an, jedes „R" dabei auskostend wie eine Welle auf hoher See. Und sowohl Emma als auch Ulrike Meinhof mussten lachen.

„Eh, was is' denn da jetz' so lustig dran? So schlecht sing ich's doch gar nich'!", ärgerte sich Anne.

„Das ist doch von Simon & Garfunkel", sagte Emma.

„Das Lied ist vielleicht zehn Jahre alt, aber ganz sicher nicht 250", führte Meinhof aus. „Von wegen Piratin. Du solltest mal besser recherchieren."

Anne schaute verwirrt drein. „Simon un' wer? Wer is' denn das jetz' schon wieder?"

„Eine Band", erklärte Emma und fügte gleich dazu: „Das ist eine Musikgruppe. Die haben Musik aufgenommen in den 1960er Jahren und danach. Und die haben diesen Song gesungen."

„Na, is' ja schön für die. Klauen ein Lied und machen damit Geld. Erfunden ham die das aber nich', klar?"

„Lieder erfindet man nicht, man komponiert sie", verbesserte Ulrike Meinhof, die nun etwas ungehalten wurde.

„Mir doch egal. Komm mir nich' noch mal mit so komischen Wörtern, sonst komm ich rüber."

Die RAF-Terroristin war kurz davor, sich auf die Piratin zu stürzen, als die wieder weitersang. „Remember me to one who lives there." Nun setzte auch Emma ein: „For she once was a true love of mine."

Ehe sie sich versahen, sangen sie im Duett. Emma sang Simon & Garfunkel, Anne ein altes Volkslied, beides hatte zufällig den gleichen Text und die gleiche Melodie.

Als sie fertig waren, fragte Anne die Meinhof: „Hey, was singt man denn so bei den RAF-Leuten?"

Ulrike Meinhof dachte nach. Aus der Nummer kam sie wohl kaum noch raus, da konnte sie ja vielleicht doch ein wenig Spaß haben. Diese verrückten Frauen schienen ihr viel zu high zu sein, um tatsächlich zum Establishment zu gehören. Vielleicht waren die ja welche von diesen Heimkindern, die sie versucht hatten zu befreien. Also begann sie:

„Völker hört die Signale, auf zum letzten Gefecht."

Emma verdrehte die Augen. „Klar, eine Ulrike Meinhof kann nicht einfach ein Volkslied singen, da muss gleich eine Hymne kommen." Sie erklärte Anne, was es mit der Internationalen auf sich hatte. Die verdrehte wieder einmal die Augen, sagte aber nur: „Selbst, wenn die Spaß hat, ist die noch in ihrer Welt gefangen. Blutige Hölle!"

Als Meinhof fertig war, die Hand aufs Herz gedrückt, wandte sich Anne an Emma. „So, un' nun bist du dran, Kaiserin. Was aus deiner Heimat."

Emma überlegte. „Bochum" von Herbert Grönemeyer würde erst in ein paar Jahren komponiert werden, das passte nicht.

Und Volkslieder mochte sie nun wirklich nicht singen, sie kannte ja auch kaum wirklich welche. Außer halt das eine, das jeder im Ruhrpott kannte, ob er wollte oder nicht. Sie fühlte sich wie der Diener in Dinner for One. „Muss ich?", fragte sie.

„Bitte", sagte Lady Anne.

Emma stellte sich auf, die Schamesröte im Gesicht. „Glück auf, Glück auf, der Steiger kommt ..."

Als sie mit dem Steigerlied fertig war, hegten Emma und Ulrike Meinhof kurz die Hoffnung, dass dieser Gesangsanfall damit vorbei wäre. Aber sie hatten die Rechnung ohne Anne gemacht. Die hatte noch lange nicht genug. Es folgten ein paar Lieder, die weder Emma noch Meinhof kannten, dann aber auch wieder Klassiker wie Greensleeves, bei dem sich Emma wunderte, wie alt das schon sein musste, wenn sogar der fraugewordene Fluch der Karibik dieses Stück schmetterte. Anne sang laut, Anne sang schief und Anne sang so, dass man dagegen ansingen musste, wollte man nicht verrückt werden. Also tat Emma dies und sogar Ulrike Meinhof stimmte widerwillig mit ein.

Erst nach geraumer Zeit gestattete Anne ihnen, sich wieder ihren Gedanken hinzugeben. Auch Emma kam ins Grübeln. Etwa darüber, dass gar keine Wachen kamen, die etwa mal in das Zimmer lugten und sie entdeckten. „Ich meine, die müssen uns doch hier irgendwann bemerken, so laut wie wir sind", sagte Emma zur Terroristin Meinhof.

„Tja, hier kommt kaum mal einer rein. Die halten alle Abstand, haben Angst. Schau mal, ich hab' sogar Zigaretten hier drin", sagte sie und reichte Anne und Emma jeweils eine.

„Was soll denn das sein?", fragte Anne skeptisch.

„Eine Zigarette. Wenn du wirklich aus Amerika kommst, solltest du das kennen", tadelte Meinhof.

„Ich kenn' nur Zigarren", erwiderte Anne. „Un' diese Dinger da kann man auch rauchen?"

„Kann man", erklärte die Terroristin und reichte ihr eine Kippe. Anne nahm einen tiefen Zug – und hustete. Ulrike Meinhof lachte.

„Bah, blutige Hölle! Das schmeckt ja richtig beschissen. Ich will 'ne richtige Zigarre un' nich' so was. Du doch auch, Kaiserin?"

Emma schüttelte den Kopf. „Ich rauche nicht. Ist ungesund."

„Alles, was Spaß macht, is' ungesund", konterte Anne. „Solang's nich' schlecht für's Kind nich' is', is' alles gut."

„Ist es aber", antwortete Emma. Anne resignierte. „Nix darf man. Kein Rum, keine Zigarren. Schwanger sein is' ätzend."

Ulrike Meinhof quarzte ordentlich.

„Sagt mal, warum seid ihr beide jetzt eigentlich wirklich hier? Außer, um mich zu provozieren?"

Emma zuckte mit den Schultern. „Ich weiß es nicht. Nenn es eine kosmische Fügung oder so etwas."

„Oh je, seid ihr also doch Hippies? Ich wusste doch gleich, dass ihr stoned seid."

Emma lachte laut. „Vielleicht. Aber wir kommen hier auch nicht einfach so wieder raus."

Anne nickte. „Ja, leider. Sonst wären wir längst wieder weg."

Ulrike Meinhof setzte sich wieder auf ihre Pritsche. „Ich muss zugeben, das war tatsächlich alles in allem unterhaltsam. Auch wenn ich euch immer noch nicht traue."

„Beruht sich auf Gegenseitigkeit", sagte Anne. Emma sagte nichts.

„Ah, die schweigende Zustimmung. Versteckst dich wohl gerne hinter deiner Freundin?", fragte nun Meinhof Emma.

Von verstecken konnte keine Rede sein. Eher von Überlebensinstinkt, dachte die. „Im Gegensatz zu ihr weiß ich, wer du bist", erklärte Emma schließlich. „Und ich habe nicht vor, mich mit einer Terroristin anzulegen."

Meinhof hob die Augenbrauen hoch. „Hast du Angst? Oder verachtest du uns?"

Nun war Emma in der Sackgasse. Anne sprang ihr zur Seite. „Hey, geht das nich' in deinen Schädel, dass nich' alle so sin' wie du un' dass das in Ordnung is'? Außerdem: Die Frau hat gerade noch mit mir zusammen ein Autoschiff geklaut un' die Polizei verarscht. Das is' doch was für dich."

„Habt ihr?", fragte Meinhof, nun interessiert.

„Haben wir", bestätigte Emma, auch wenn sie nicht stolz darauf war.

„Und wer war das Opfer?"

„Mein Ex-Freund", berichtete Emma. „Er will, dass ich mein Kind abtreibe und da haben wir sein Auto als erste Unterhaltszahlung genommen."

Mit einem Mal war die Miene von Meinhof zu Stein geworden. „Du. Bist auch schwanger."

„Oh", sagten Emma und Anne wie aus einem Mund.

„Ist schon gut", meinte Ulrike Meinhof. „Männer haben einen Vorteil. Die kommen nach Hause und haben eine Frau, die für sie kocht, auf die Kinder aufpasst, während sie arbeiten müssen. Eine Frau hat keine andere Frau und muss da trotzdem irgendwie durchkommen", referierte sie. „Aber wenn du dann dein Kind verlierst, weil du dich für dein Leben und deine Mission entscheidest – das hält keine Frau der Welt aus, glaub' mir. Nicht lange, jedenfalls. Es ist schon ziemlich scheiße, 'ne Fotze zu haben."

Emma zuckte zusammen bei diesem Wort. Selbst Anne schaute nun irritiert, dass diese Frau mit ihrem eigentlich intellektuellen Wortschatz nun ein solches Gossenwort hervorbrachte, das sie sonst nur in den Schänken der Karibik hörte und das selbst die Männer von Jack nicht laut aussprachen, nicht mal, als Anne Bonny noch Adam Bonny geheißen und sich als Mann verkleidet hatte. Die beiden Zeitreisenden schauten sich gegenseitig an. Dann sagte Anne: „Na, geht doch. Kannst ja doch wie ein normaler Mensch reden."

Ulrike Meinhof weinte nicht. Das war wohl einfach nicht ihre Art, mit derlei Situationen umzugehen. Ganz im Gegensatz zu Emma, die plötzlich Mitleid mit dieser gescheiterten Kriegerin empfand. Allein an ihrer Wortwahl merkte man doch schon, dass sie gar nicht wirklich in diese Rolle passte, in die sie sich selbst begeben hatte. Denn auch so war die RAF-Frau ein Häufchen Elend. Dann wieder dachte sie an Anne und was die der Terroristin alles an den Kopf geworfen hatte. Nicht immer geschehen die Tragödien nur den Unschuldigen, dachte sie.

„Morgen ist Muttertag", sagte Ulrike Meinhof wieder, drehte sich dann langsam um und ging zur Pritsche, allein mit ihren Gedanken an ihre Zwillinge. Als sie sich schließlich noch einmal nach den beiden seltsamen Gästen umschaute, waren sie verschwunden. Dort, wo sie gerade noch gesessen und sich Emma die Tränen getrocknet hatte unter dem Eindruck der traurigen Geschichte von Meinhofs Leben, lagen nur noch ein paar Handtücher, zusammengeknüllt wie ein langer Strick.

ESSEN, TAG 2

Als Emma die Augen aufschlug, war Anne schon wach. „Ist sie auch hier?", fragte Emma im Halbschlaf.

„Nee, zum Glück nich'. Blutige Hölle, was war denn das für 'ne verdammte Nummer?", fragte Anne. „Bei der lief doch im Hirn nich' mehr viel richtig zusammen. Die glaubt ja glatt ihr eigenes Seemannsgarn noch!"

Emma lachte bitter. „Weißt du, sie war damals die Staatsfeindin Nummer eins. Die komplette Bundesrepublik Deutschland hatte Jagd auf sie gemacht, bis sie sie endlich geschnappt hatten."

„Weil se die Revolution wollte?"

„Weil sie durch die Gegend gelaufen ist und jeden umgebracht hat, den sie für einen Nazi – einen Bösen – gehalten hat. Und das waren viele. Übrigens viel mehr auch, als davon wirklich Nazis waren."

„Hm ...", machte Anne. „Die war doch krank im Kopf."

Emma schwieg für einen kurzen Moment. Sie erinnerte sich an einen Artikel, den sie vor Kurzem über Ulrike Meinhof gelesen hatte. Die war wohl tatsächlich gehirnkrank gewesen und einige Experten begründeten ihrer Äußerungen und ihre Radikalisierung auch genau damit. Das war allerdings eine sehr schwammige und steile These, fand Emma.

„Was is' denn aus ihr geworden?", fragte Anne. „Ham se die dann hingerichtet?"

Emma schüttelte den Kopf. „Bei uns gibt es keine Todesstrafe mehr. Nein, sie stand vor Gericht. Aber bevor es da ein Urteil geben konnte, war sie tot."

„Wie jetz', also echt ermordet, wie se gesagt hat?"

„Nein, Selbstmord. Das ist zumindest die offizielle Version."

„Un' die nich' offizielle?"

„Ist, dass keiner genau weiß, was in dieser Nacht wirklich geschehen ist. Am Morgen danach jedenfalls fanden die Wärter sie erhängt in ihrer Zelle. Das war am 9. Mai 1976."

„Warte mal, das is' doch genau der Tag ..."

„... als wir dort waren. Beziehungsweise wir waren wenige Stunden vorher dort, genau."

„Das heißt, die hat sich gleich selbst gekillt, gleich nachdem wir gegangen sind? Blutige Hölle! Kann doch nee nich' sein. Das glaub ich nee nich'. Zeig mir das in diesem Internet-Buch-Zeugs."

Emma stand auf und ging zum Computer. Sie zeigte Anne ein paar Online-Artikel und natürlich ihr geliebtes Wikipedia. Die wurde schnell fündig.

„Hm ...", schnaufte Anne ein wenig enttäuscht. „Dann hätt' ich sie ja doch umlegen können un' keiner hätt's nie gemerkt."

Emma zog eine Grimasse. „Komm, die Singerei hat dir doch auch Spaß gemacht."

„Ja schon", gestand Anne, „aber die Stimmung da drin war ja anders auch nich' mehr zu ertragen gewesen. Jetz' mal ehrlich. Was war denn das für ein Scheiß? Hin un' wieder zurück durch die Zeit, einfach mal so, um Leute im Knast zu sehen? Danke, kenn' ich schon. Brauch' ich nee nich' wieder."

Ihre Gastgeberin wusste es selbst nicht so recht. „Jesus hatte mir nur gesagt, er wolle mir Leute – Frauen – zeigen, denen es noch schlechter ginge als mir. Ich glaube zwar eigentlich nicht an so etwas, aber es lässt sich schlecht dagegen argumentieren im Moment, meinst du nicht?"

„Aye", brummte Anne. „Dann is' Jesus aber auch nur so ein Kerl. Un' die wievielte war jetz' ich?"

„Die Erste", sagte Emma. „Und Jesus hat gesagt, das geht jetzt jede Nacht so weiter. Und dass wir am Ende eine Entscheidung treffen müssen."

„Na, wenn Jesus das sagt ...", spöttelte Anne. „Sag mal, Kaiserin, du konntest mich da nich' zufällig vorwarnen, oder? Also dass so was geschieht?"

„Mir war bis gerade eben noch nicht klar, dass du mitkommst", sagte Emma. „Jesus war da etwas undeutlich. Entschuldige bitte."

Anne schnaufte. „Eigentlich entschuldige ich nix. Aber weißt de was? Jesus is' doch auch wieder so einer von den Kerlen, die Spielchen spielen. Müssen zusammenhalten als Frauen. Wusste sogar die Terror-Frau."

„Ein Kerl, ohne den du noch auf Jamaika hocken würdest", erinnerte sie Emma.

„Aye." Anne wirkte etwas zerstreut.

„Was ist los?"

„Ach, weißt de. Diese Frau, diese Meinhof. Die war 'ne Kämpferin, 'ne Kriegerin. Un' trotzdem kam se nich' drauf klar, dass se ihre Kinder verloren hat. Ich hab' nur grad so gedacht, dass ich das mal bin. Auch in so 'ner Zelle. Vielleicht nich' mit so viel Luxus wie Büchern. Bin ja auch keine Lady. Aber auch mit Kind weg un' auch mit dem Gefühl, einfach alles falsch gemacht zu ham."

Emma war erstaunt ob dieser selbstkritischen Worte der stolzen Piratin. „Hast du denn solche Gedanken bisher schon einmal gehabt?"

„Nee. Solange ich schwanger bin, is' ja auch alles gut. Aber wenn das Kind kommt un' se es mir wegnehmen ... Ich glaub', das pack' ich nee nich', Kaiserin. Die brauchen mich dann gar nich' mehr hängen, da verreck' ich schon vorher."

Emma horchte auf. „Es gibt also doch etwas, das die tapfere Anne Bonny nicht packt?", hakte sie nach.

„Ey, mach dich nee nich' lustig über mich, klar?"

„Tu ich doch gar nicht. Ich hatte dich nur bisher nie so nachdenklich erlebt.“

„Tja, was weißt denn du auch schon von mir? Soviel wie ich von dir, schätz' ich ma', gar nix. Außer das bisschen, was da in dem Internet-Buch steht.“

Das stimmte natürlich, dachte Emma. Und doch hatte sie das Gefühl, dass sich das ungleiche Pärchen in Stuttgart-Stammheim etwas nähergekommen war.

*

Nach ihrem Erlebnis mit der Polizei hatte Anne erst einmal kein Interesse daran gezeigt, zu Martins Auto zu gehen. Es blieb also zunächst auf seinem neuen Parkplatz stehen. Mit den geklauten Kennzeichen würden die Polizisten es zwar zunächst nicht erkennen. Die schauten ja sicherlich nicht gleich bei jedem Audi nach der Seriennummer – über die Emma die Piratin auch aufgeklärt hatte. So viel Personal hatten die schließlich nicht übrig. Aber wer wusste das schon genau? Vielleicht lauerten die auch nur darauf, dass eine von ihnen einstieg und man sie auf frischer Tat schnappen konnte.

„Das is' jetz' zu heiß“, sagte daher Anne zu Emma, der das nur recht war. Sie hatte nicht vor, mit Anne zu diskutieren. Die Piratin mochte zwar technologisch etwas hinterherhinken, beim Räuber-und-Gendarme-Spiel hatte sie allerdings bedeutend mehr Erfahrung, erkannte Emma an. Und das lief ja am Ende des Tages doch immer nach denselben Regeln ab, ob nun auf hoher See oder im Großstadt-Dschungel.

Außerdem hatte Anne Anderes vor, Besseres. Sie schaute sich ein paar Filmchen auf Youtube über die RAF an – Emma achtete darauf, dass sie nicht ausgerechnet die Verschwörungstheoretiker erwischte.

Die Piratin war geschockt. Nicht so sehr davon, was die Terroristen in ihrer langen Karriere getan hatten. „Is' halt Krieg“, hatte Anne gesagt. Sie war eher schockiert davon, dass sich die Stammheimer alle im Anschluss an Meinhofs Selbstmord auch das Leben genommen hatten. „Blutige Hölle! Was waren denn das für Wärter, dass die so was zulassen, eh? So was wär' in Port Royal niemals nich' geschehen."

Emma schnaufte. „Tja, das ist bis heute nicht so ganz klar, wie das passieren konnte. Manche sagen, die hatten im Gefängnis ein Netzwerk und die Möglichkeit, sich abzusprechen. Man hat danach in den deutschen Gefängnissen auch viel verändert, genau deswegen."

Anne hörte in der Dokumentation, wie ein Ex-RAFler sagte, wie selbstsüchtig doch die Führung gewesen war. „Das war mehr auf ihre Personen ausgerichtet als auf ein großes, hehres Ziel", sagte die Stimme.

Ob Emma dies nun wollte oder nicht, Anne musste das alles kommentieren und ihre kaiserliche Majestät hatte zuzuhören. Emma fluchte. In normalen Zeitreisefilmen war das doch immer so: Wenn jemand aus der Vergangenheit in der Gegenwart auftauchte und zum ersten Mal so etwas wie „Filme" oder „Computer" sah, dann hatte der Angst und man musste ihm alles dreimal erklären – ehe dann doch alles schieflief. Bei Anne schien die einzig relevante Frage zu sein: „Was nützt es mir und wie bediene ich es?" Dass man während des Filmschauens die Klappe hält, dieses Konzept schien die Piratin indes weniger zu verstehen.

„Das is' ziemlich ähnlich wie mit Blackbeard. Weißt de, der wollte auch, dass ihm alle folgen. Hat was von Freiheit gesagt un' vom bösen König in England. Na un' am Ende war das so, dass er selbst König von den Bahamas werden wollte, weißt de? Blutige Hölle, un' die Jungs waren noch so blöd un' ham ihm geglaubt."

Als sie die Bilder von Andreas Baader sah, musste Anne lachen. „Das war der Chef von denen?", fragte sie halb enttäuscht. Sie hatte sich wohl irgendwie „mehr" vorgestellt, was auch immer das bedeuten mochte. Sie lernte vieles über Vietnam, Persien und die USA. „Was hat denn das alles jetz' mit Deutschland zu tun?", fragte sie.

Emma seufzte. „Das hatten die ja damals auch nicht verstanden. Deshalb gab es ja die ganzen Proteste."

Und immer hörte sie wieder Kommentare von Meinhof selbst dazu. „Ey, die hat ja nur in diesen Adelswörtern gesprochen. Total gestört, die Frau. Un' die will, dass ihr 'ne Armee folgen tut?" Anne sah Emma fragend an. „Un' das hat auch noch geklappt? Wenn mir so eine in Nassau begegnet wär', die hätte nee nich' auch nur eine Sekunde überlebt."

Emma hegte daran nicht den geringsten Zweifel. Auch sie war ein wenig enttäuscht von der gefürchteten Ulrike Meinhof gewesen, als sie sie gesehen hatte.

Als Anne erfuhr, dass sowohl Meinhof als auch Gudrun Ensslin ihre Männer verlassen hatten, um sich diesem – als Mann nach wie vor für Expertin Anne enttäuschenden – Andreas Baader anzuschließen, musste sie ein wenig schlucken und beinahe war es Emma so, als habe sie eine Träne in Annes Auge erkannt.

„So sind se, die Kerle. Kommen in ihren bunten Calico-Kleidern an, erzählen dir, was se für tolle Helden sein wollen un' was für Abenteuer un' Schätze auf dich warten. Den Ersten heiratest de noch un' glaubst ihm das alles. Dann merkst de, der taugt ja doch nix, un' dann folgst de dem Zweiten. Un' der macht dann alles nur noch schlimmer. Un' wenn de ihn dann wirklich im Kampf brauchst, dann is' dein toller Held nee nich' da."

Sprach sie jetzt gerade von Andreas Baader oder von Calico Jack, fragte sich Emma. Als Anne merkte, dass sie den Gedanken laut ausgesprochen hatte, richtete sie sich wieder auf.

„Eh, Kaiserin, ich flenn' nee nich' rum, klar? Du hast jetz' nee nich' gesehen, wie ich hier nie nich' geflennt hab', aye?"

„Keine Sorge, ich habe nichts gesehen", sagte Emma, der die junge Frau am Schreibtisch plötzlich leidtat.

„Schau ma', wie viele Frauen da waren in dieser RAF. Der Kerl war doch eigentlich auch nix anderes als so ein Piratenkapitän mit seinen Huren, nur eben einer von den Üblen", sagte Anne. „Un' denen bist du gar nix wert, außer du kämpfst. Am besten noch besser als sie selbst, diese Feiglinge."

Auch wenn Anne von Konzepten wie „links" und „rechts" überfordert war und auch Emma nicht so richtig wusste, wie sie ihr das in einfachen Worten erklären konnte, zeigte sie doch eine überraschende Ausdauer, stellte Emma fest. Das Politische schien Anne dabei gar nicht so sehr zu interessieren.

„Die ham sich schon ziemlich geil gefühlt", kommentierte Anne schließlich. „Da war am Ende aber nich' mehr viel von über, das sag' ich dir."

Je mehr Anne darüber erfuhr, wie Ulrike Meinhof in diese ganze RAF-Geschichte hineingeschlittert war und wie sie gleichzeitig zur Anführerin und Außenseiterin in der Gruppe werden konnte, umso mehr hatte sie Mitleid mit dieser Frau. „Meinste, das hätt' ich sein können?", fragte Anne immer wieder.

Emma wusste es nicht so recht. „Hast du denn eine politische Überzeugung, für die du kämpfst?"

„Was für ein Zeugs?"

Emma lachte. „Nein, dann glaube ich nicht, dass ihr so viel miteinander gemein habt."

Anne war einigermaßen schockiert, als sie hörte, wie herzlos Meinhof in den Interviews von ihren Kindern sprach und der Kindererziehung. Zugegeben, sie selbst war auch nicht gerade eine vorbildliche Mutter gewesen, aber sie hatte ihre Zwänge, weshalb sie kein Kind mit an Bord eines Piratenschiffs nehmen konnte. Diese Meinhof jedoch ... „Die is' ja völlig hinüber, völlig krank", schimpfte Anne.

Emma nickte. „Wer weiß, vielleicht hat sie ja am Ende doch noch so etwas wie eine Erkenntnis gehabt. Der letzte Muttertag, der war ihr jedenfalls wieder wichtig."

„Na, weil se mit ihren tollen Adelswörtern nur Blödsinn geredet hat. Ich sag' dir eins: Wenn de Mutter bist, dann bist de anders drauf. Da kannst de noch so tun als wär's anders. Was glaubst de, warum Mary un' ich bis zum Schluss gekämpft ham? Na nich' um die Kerle oder unser scheiß Leben. Sondern um das unserer Bälger", sagte Anne und streichelte ihren Bauch. „Deshalb waren wir auch die beiden, die nüchtern waren."

Emma verstand nun die Verachtung, die Anne für Ulrike Meinhof empfinden musste.

„Die is' nie nich' wie ich. Un' so will ich nie nich' werden", sagte Anne. Wieder einmal fragte sich Emma, ob hinter dieser scheinbar einfach gestrickten Piraten-Fassade nicht doch ein sehr wacher Geist schlummerte.

*

Bei ihrer Recherche zur Welt des 21. Jahrhunderts und zur Geschichte der Piraten war Anne immer wieder über einen Begriff gestolpert, den sie nicht verstand. Schließlich hielt sie es nicht mehr aus und fragte nach. „Ey, Kaiserin, was is' denn das für ein Zeug? Filmpiraterie? Piraten, die Filme machen?"

Emma setzte sich neben sie. „Nein. Das heißt einfach, dass du im Internet einen Film klaust. Dafür kannst du ins Gefängnis kommen."

„Dafür, dass ich hier rumsitze un' Knöpfe drücke?", frage Anne belustigt.

Emma nickte. „Schätze schon. Du glaubst gar nicht, was man alles anstellen kann, wenn man hier die richtigen Knöpfe in der richtigen Reihenfolge drückt."

Auf Annes Gesicht breitete sich ein wohliges Lächeln aus: „Zeig's mir!"

„Ich selbst kenne mich da leider nicht so gut aus. Aber da gibt's Leute beim Chaos Computer Club oder bei der Piratenpartei, die haben da viel mehr Ahnung von."

„Hey, halt mal kurz. Sagtest de gerade ,Piratenpartei'?"

Emma hielt einen Moment lang inne. Darauf hätte sie auch selbst kommen können, dass Anne das interessierte. „Ja, die nennen sich halt so. Wegen dieser Filmpiraterie-Geschichte."

„Also is' das 'ne Partei für Internet-Verbrecher?"

Emma lachte. „Nein, die machen schon auch noch andere Dinge. Aber ja, sie kämpfen für ein freies Internet, das ja."

Anne war verwirrt. „Also, da wo ich herkomme, is' ein Pirat keiner, der Filme klaut. Un' sind die dann weg aus dem Internet, die Filme, wenn se geklaut sin'?"

Emma schüttelte den Kopf. „Nein, die sind noch da. Die „Piraten" kopieren sie nur. Machen quasi zwei draus – ohne dafür was zu bezahlen."

„Na toll. Das is' ja mal langweilig. Da wo ich herkomme, klaut man dann, wenn der andere was nich' mehr hat. Un' die nennen sich Piraten? Was is' denn das für ein Mist?"

Anne fasste einen Entschluss. „Hey, Kaiserin. Wo trifft man diese Piraten? Denen will ich mal die Meinung geigen. Hier geht's um die Piratenehre."

„Keine Ahnung. Hier in NRW saßen die sogar vor Kurzem noch im Parlament."

„Im Parlament auch noch? Blutige Hölle, Kaiserin! Du machst mich fertig. Ich glaub' langsam, diese Meinhof-Frau da hatte doch recht. Du bist auf Droge. Das muss es sein! Piraten im Parlament. Ihr habt doch alle 'nen Schaden."

Vermutlich haben wir das, dachte Emma. Sie erinnerte sich noch gut daran, als diese Nerds mit ihren Laptops plötzlich in der Politiklandschaft aufgetaucht waren. Am Anfang waren sie jedermanns Liebling – bis sie nur noch mit internem Krach für Schlagzeilen sorgten und von der Bildfläche verschwanden. Martin hatte da früher Sympathien für gehabt, aber war nie wirklich dabei gewesen. Ebenso wenig wie Emma selbst. Das waren halt schon ganz seltsame Typen, die irgendwie wirkten wie der Serie „The Big Bang Theory" entsprungen.

Sie hörte, wie Anne fleißig tippte. „Wenn das so Interdings-Leute sind, dann muss ich die da ja auch finden können", sagte Anne. Und es dauerte auch nicht lange, bis sie sich die wichtigsten Informationen über die Piraten zusammengesucht hatte.

„Eh, das is' ja alles auf Deutsch, so 'ne Scheiße", schimpfte sie allerdings, nachdem sie auf die Homepage der Piraten und auf diverse Unterseiten geraten war. „Eh, das is' ja mal echt blöd. Du, Kaiserin, zeig mir mal, wie man die findet."

Emma hatte keine Wahl, zumindest empfand sie das so. Sie setzte sich neben ihren Gast und suchte. Schnell hatte sie ein Forum gefunden, in dem sich diverse Menschen unter Pseudonym an Diskussionen beteiligt hatten. Darunter war auch eine Diskussionsplattform zur Piratenpartei in Essen.

„Eh, das is' doch hier, zeig mal, wer die sind", befahl Anne und staunte nicht schlecht, als sie ihren eigenen Namen las.

„Da heißt echt jemand Anne Bonny? Un' Blackbeard is' auch hier?"

Emma holte tief Luft. „Das sind doch nur Nicknames, Anne. Die geben sich selbst diese Namen, aber im echten Leben heißen die anders."

„Wie heißen die denn?", fragte Anne.

Emma zuckte mit den Schultern. „Keine Ahnung. Andreas Müller, Erika Mustermann. Wie auch immer. Irgendwie halt."

„Also was jetz'? Weißt du's jetz' oder nich'?"

„Nein", sagte Emma. „Das ist im Internet so. Da muss man selbst seinen Namen eingeben. Und manche geben sich andere Namen."

„Un' warum macht man so was? Ham die Angst, erwischt zu werden?"

Emma lachte. „Manche vielleicht. Aber viele machen das aus Spaß, glaube ich."

Anne runzelte die Stirn. „Un' irgendwer fand's witzig, sich so zu nennen wie ich?"

„Anscheinend."

„Hmm ...", machte die Piratin. „Un' wenn die da Mist baut, dann heißt das aber trotzdem, Anne Bonny hat Mist gebaut?"

Emma schaute Anne in die Augen und erkannte darin eine gewisse Sorge, aber auch einen aufkeimenden Zorn. „Na ja, es weiß ja jeder, dass das nicht die wahre Anne Bonny sein kann."

Anne hielt einen Moment inne und Emma hatte das Gefühl, die Piratin versuche, sich zu beruhigen. „Hey, nur damit das mal klar is'. Ich bau' meinen Mist allein, klar? Ich brauch' da keine Hilfe von irgendwelchen Leuten nich', die in Wirklichkeit Erica Meistermann heißen oder so. Die Leute schnapp' ich mir. Dürfen die das denn?"

Emma blickte Anne irritiert an, deren Gesichtsfarbe nun eine gefährliche Ähnlichkeit mit ihrer Haarfarbe bekam. „Kaiserin, bei euch darf nich' ma' die Polizei keinen Fuß in die Tür stellen. Da habt ihr doch bestimmt auch Gesetze für so 'nen Namensklau."

Emma lachte in sich hinein. Die große, gefürchtete Anne Bonny entdeckte ihre Eitelkeit.

„Sag mir, wie ich mich da anmelden kann. Die hol' ich Kiel!"

Ein paar Klicks später war Anne in der Registrierung. „Blutige Hölle! Was soll denn das jetz' heißen: ‚Nickname schon vergeben'?" Natürlich hatte sich Anne mit ihrem richtigen Namen anmelden wollen.

„Das geht nicht, die andere ist ja schon Anne Bonny", erklärte Emma.

Anne sprang wütend auf und schlug mit den Fäusten derart fest auf den Schreibtisch, dass Emma für einen Moment die Befürchtung hatte, er könne in tausend Stücke zerbersten.

„Was? WAS? Ich bin Anne Bonny, ich, ich un' nur ich, klar? Ich war schon Anne Bonny, da hat dieses Flittchen da noch nee nich' ma' gewusst, wo Backbord un' Steuerbord is'."

Emmas Herz pochte nun etwas schneller. Sie hatte Angst. Eine wild gewordene Anne Bonny war gefährlich, wusste sie. Wie sollte Emma dieses Adrenalinbündel nur wieder beruhigen?

„Hör mal, das weiß ich doch", versuchte es Emma in einem ruhigen und sanften Ton. „Aber die Andere hat sich in dem Forum früher als Anne Bonny registriert. Du kannst dich ja Anne Bonny nennen und da noch eine Jahreszahl oder so etwas dranhängen. Der Computer muss nur wissen, dass du eine andere Anne Bonny bist als die, die deinen Namen benutzt hat."

Anne nickte knapp. „Du meinst die Diebin. Die mich beklaut hat. Mich!"

Emma ersparte sich die Frage, was genau eine Diebin von einer Piratin unterschied, sondern erklärte ihr noch einmal ruhig, dass sie diese Pille nun schlucken musste.

„Aye", grunzte derweil Anne. „Aber das seh' ich nee nich' ein, dass ich hier den Namen ändern soll. Das soll die da tun. Wo find' ich die Schlampe?"

Mit dieser Frage war Emma überfragt. „Keine Ahnung, ich weiß nicht, wo sich die Piratenpartei in Essen immer trifft."

„Das Ding hier weiß doch alles, dann muss man das da auch finden können. Such mir das ma'!", befahl Anne.

Ihre Gastgeberin seufzte. „Na schön."

Fünf Minuten später hatte Emma herausgefunden, dass sich die Piraten in Essen, nahe des Einkaufszentrums am Limbecker Platz, in einer alternativen Lokalität trafen und auch, dass die falsche Anne Bonny wohl recht einflussreich bei den Essener Piraten war. Außerdem fand sie heraus, dass die Piraten nur wenige Stunden später, um 18 Uhr, einen Stammtisch für Leute hatten, die sich über die Partei informieren wollten.

„Süße, dann ham wir da was vor. Muss da was klären, von Anne Bonny zu Anne Bonny."

*

Bevor sie das allerdings klären konnte, ging es zur Uni. Emma hatte darauf bestanden, dass Anne mitkam. Nicht, dass sich die Piratin grundsätzlich etwas sagen ließ, aber sie mochte Emma nun einmal und war zugegebenermaßen etwas neugierig, mehr über diese seltsame Welt zu erfahren, gegen die die Entdeckung einer einsamen Insel in der Karibik ja nahezu Alltag war.

Als sie dann allerdings vor dem Campus der Ruhr-Universität Bochum stand, war Anne gewissermaßen unterwältigt. Zwar war das Gebäude höher als der höchste Schiffsmast, aber dieser kalte, graue Beton und dann das ohnehin scheußliche winterliche Wetter ließen sie nicht gerade in Hochstimmung verfallen. Anne sagte nichts, sondern schaute nur stumm herüber zu Emma, die mit ihrem typischen Optimismus die Stufen hochkletterte, ihrer aktuellen Misere zum Trotz.

Natürlich bemerkte Emma, dass ihre neue Freundin nicht gerade euphorisch vor Entzücken war, den potthässlichen Bau zu sehen. Doch sie war insgeheim froh, dass Anne sich zurückhielt. Als Ruhrgebietler hatte man schließlich seinen Stolz. Auch wenn der etwas anders funktionierte als beim Rest der Welt.

„Jetzt beeil dich schon. Wir kommen noch zu spät zum Seminar", schimpfte Emma.

„Zum was?"

„Zum ... Na ja, da treffen wir uns mit unserem Profess... Lehrer, und sprechen über spannende Dinge."

„Aha. Was denn für Dinge?"

„Das ist ein Gender-Seminar. Da geht es um die Rolle der Frau in den Werken der frühen Neuzeit und wie sie mit der heutigen Gender-Forschung und dem modernen Frauenbild in Einklang zu bringen sind."

Anne runzelte die Stirn. „Äh, Kaiserin. Ich glaub', das Jesus-Sprachdings funktioniert nicht. Was soll denn das sein? Gender? Is' das Englisch?" Ein paar Momente später hatte Anne neben dem Wort auch den dazugehörigen Inhalt verstanden. „Wart' ma', ihr forscht dran rum, dass Frauen Frauen sind un' Männer Männer? Is' euch ja früh aufgefallen. Schade, dass da in unserer Zeit keiner nich' drauf gekommen is'."

„Eher andersherum. Wir forschen, warum Männer und Frauen so verschieden sind und ob das so sein muss."

„Blutige Hölle, ihr habt se nee nich' mehr alle, genau wie diese Terror-Frau. Das hier is' nee nich' die Uni, das is' das Irrenhaus. Alles klar."

Emma schaute auf die verwirrt dreinblickende Anne herunter und bekam einen Lachanfall.

„Eh, Kaiserin, lachst de mich aus?"

„Würde ich doch nie tun, Anne. Du wirst schon sehen, worum es geht. In gewisser Weise bist du sogar 'ne Heldin für die Gender-Forschung."

„Eh, was bin ich? 'ne Heldin?" Auch wenn Anne keinen Zweifel daran hegte, dass es immer angemessen war, sie als Heldin zu bezeichnen, hatte sie doch nicht wirklich eine Ahnung, worauf Emma hinauswollte. Aber nun war sie neugierig. „Na, dann sollen die mal ihre Heldin kriegen."

Als sie endlich den langen Flur vor dem Seminargebäude betraten, waren bereits fünfzehn Studenten dort versammelt, die meisten davon waren weiblich. Kaum einer nahm Notiz von den beiden Neuankömmlingen, bis schließlich ein junger Student die Rothaarige genauer unter die Lupe nahm – und plötzlich einen zutiefst überraschten und zugleich von Erkenntnis geprägten Gesichtsausdruck annahm.

„Das ist doch ... Du bist doch ..."

Emma und Anne tauschten einen argwöhnischen Blick.

„Hey, Steffi, schau mal da drüben. Das ist die doch!", sagte der junge Mann erneut und stupste dabei eine Blondine neben sich an.

„Möglich", sagte Steffi, die nun genauer hinschaute und Anne betrachtete, als wäre sie eine Zirkusattraktion.

„Was bin ich, eh? Un' warum starrst du mich so an, als gibt's hier was umsonst?", fragte Anne mit ihrem gewohnten Piratencharme.

Aber Steffi und der junge Mann schienen das kaum zu realisieren. „Klar ist die das. Hier, vergleich's mal." Der junge Mann zückte sein Handy und wischte ein paar Mal mit dem Finger über den Bildschirm. Emma gesellte sich hinzu und schaute auf das Display, genau wie Anne, die wissen wollte, warum alle auf diesen kleinen, bunten Kasten starrten.

Erst sahen sie nichts Besonderes. Da war eine junge Dame, die seltsam durch die Gegend hüpfte. „Oh, Schatzi, ich bin so aufgeregt. Mein erstes eigenes Auto kriegt jetzt sein Nummernschild. Cool, dass du das filmst. Hier, fühl mal meinen Puls, ich bin ja so nervös", sagte die Frau mit einer derart schrillen Stimme, dass sich Annes Augen zu Schlitzen verengten und die Mordlust wieder in ihr aufstieg.

Sie blickte verärgert zu Emma, die nur mit den Schultern zuckte und dann wieder ratlos zurück auf das Display starrte. Die Szenerie hatte sich ein wenig verändert, weil sich der Kameramann nun an einem unglücklichen Schwenk versuchte. Emma erkannte zwar nicht viel – aber sie erkannte eine Menge Nummernschilder, die alle mit „E" für Essen begannen.

Au weia, dachte Emma, die eins und eins zusammenzählte und im Gegensatz zu jemandem, den sie bald im Bild erwartete, nicht auf drei kam. War das nicht der Laden, den sie gestern „besucht" hatten? Nicht, dass irgendjemand noch gefilmt hatte, wie sie die beiden Nummernschilder geklaut hatte. Ihr wurde auf einmal heiß und kalt zugleich.

Plötzlich hörten die Zuschauer einen Laut, der von irgendwo abseits der Kamera kam. Auch der Kameramann hatte ihn gehört, denn er schwenkte nun zurück zum Flur, wo es zu den Toiletten ging. Ein Mann mittleren Alters und eine attraktive Rothaarige in aufreizender Kleidung kamen dort heraus. Anne musste zugeben, dass sie doch ganz passabel als Aufreißerin aussah.

„Du verfluchtes Schwein", brüllte die Anne im Bildschirm, als der biedere Mann sie an der Hüfte packte. Dann drehte sie sich um und verpasste dem Mann einen rechten Haken, dass dieser nach hinten taumelte und gegen eine Wand prallte. Die Zuschauer-Anne war mit ihrem Schlag nicht wirklich zufrieden, das konnte sie eigentlich besser. „Verfluchtes Dreckschwein. Du rührst mich nie wieder an, klar?", sagte Display-Anne noch.

In diesem Moment zoomte der Kameramann auf das zornige Gesicht der Rothaarigen – und diese Einstellung gelang ihm überraschend gut. In den blau-grünen Augen von Anne zeigte sich eine Mischung aus Genugtuung und Stolz. Dann waren Szene und Clip vorbei. Die Überschrift auf Youtube lautete: „Frau schlägt Vergewaltiger k.o. #metoo."

Im Flur herrschte für einen kurzen Moment Stille. Die Traube war bereits angewachsen und mittlerweile wollten alle im Flur wissen, warum plötzlich so viele auf das Display und dann herüber zu Anne starrten. Schließlich eröffnete Steffi den Applaus-Reigen, und alle anderen stimmten ein, klatschten Anne Beifall. „Klasse, wirklich klasse", sagte Steffi. Und der junge Student neben ihr pfiff durch die Zähne. „Super Schlag, wirklich. Hat das Dreckschwein auch nicht anders verdient."

Emma und Anne tauschten erneut einen Blick, diesmal weniger argwöhnisch als vielmehr überrascht. Emma musste ein Lachen unterdrücken, während Anne, vollkommen obenauf, die Augenbrauen anhob und nun in allen Ausführungen den Fragenden schilderte, wie sich Erwin Maier an ihr vergehen wollte, und dass sie ja noch nie einen Menschen geschlagen hatte und gar nicht gewusst hatte, dass so etwas in ihr schlummerte, weil sie ja ein braver Christenmensch sei und sie hoffe, dass dieser Mann nicht allzu große Schmerzen hatte. Sie habe sich ja nur schützen wollen.

Emma hustete, als sie das hörte, sagte aber nichts. Ihr Blick wanderte zurück zum Bildschirm – und plötzlich ließ sie einen spitzen Schrei los.

„Kaiserin, is' was?", fragte Anne sofort, als sich die Gruppe nach ihr umdrehte.

„Fünf...", stotterte Emma. „Fünf Mill...", fing sie wieder an, mit zitternden Fingern auf das Display zeigend. Dann hatte sie sich wieder unter Kontrolle. „Fünf Millionen Aufrufe hat der Clip."

„Fünf was?"

„Fünf Millionen. Das sind fünf Mal 1000 mal 1000 Menschen, die gesehen haben, wie du den Kerl vermöbelt hast."

Anne schüttelte ungläubig ihren Kopf. Sie hatte eine solch große Zahl noch nie gehört und konnte sich nicht einmal vorstellen, dass es tatsächlich so viele Menschen auf der Welt gab. „Die ham mich alle gesehen?", fragte sie daher erstaunt.

„Aber hallo", sagte wieder der Student. „Das geht gerade voll viral, seit das die Frauenorganisationen geteilt haben. Du bist ein Star."

Anne verstand nicht, warum sie ein Stern sein sollte. Aber sie hatte sich ja längst daran gewöhnt, dass diese Welt aus lauter Bekloppten zu bestehen schien, da konnte sie auch ruhig ein Stern sein. Heiß genug jedenfalls war sie, dachte Anne.

„Was der Kerl da wohl an Geld mit der Werbung macht?", dachte der Student laut.

„Geld?", hakte Anne nach, die schlagartig hellwach war. „Wie, da kriegt einer Geld? Weil ich den Kerl in dem Kasten da vermöbelt hab'?"

„Hm ...", machte der Student.

„Das ist ja eigentlich nicht fair", sagte nun Steffi. „Dass sie die Drecksarbeit macht und der Kerl da jetzt absahnt."

„Allerdings, da hat se recht!", echauffierte sich Anne. „Ich glaub' das nee nich'. Der beklaut mich! Mich! Anne ..."

„...a Haase, genau", fiel ihr Emma ins Wort. „Und wir werden uns darum kümmern, Anna. Wenn wir wieder zuhause sind", sagte sie mit einer Stimme, die keinen Widerspruch zuließ.

Anne verstand blitzschnell. „Oh, klar. Wenn wir zuhause sind."

„Tja, hättet halt einfach selbst filmen sollen", sagte der Student nun. „Aber das weiß man ja leider vorher nicht, dass so etwas passiert."

Emma zuckte mit den Schultern und blickte hinüber zu Anne. Deren Augen leuchteten nun beinahe so feurig wie ihre Haare. Emma kannte diesen Blick. Und der versprach nichts Gutes.

*

Die Aufregung war noch nicht gänzlich abgeflaut, als der Professor den Flur betrat und den Seminarraum aufschloss. Anne hatte sich einen Universitätsprofessor anders vorgestellt, musste sie zugeben. Der Mann vor ihr war höchstens 40 Jahre alt, hatte noch braune und keine weißen Haare, auch der Haarausfall hatte noch nicht eingesetzt. Ein Hochschullehrer sollte doch eigentlich ein alter Mann sein, dem man seine Weisheit schon von Weitem ansah, etwa, wenn man ihn vom Ausguck aus am Strand stehen sah.

Gegen Emmas Bitte, ihre Cousine Anna heute einmal ausnahmsweise ins Seminar zu lassen, hatte der Professor nicht viel einzuwenden. „Na ja, jetzt wo sie halt da ist, kann ich sie ja schlecht wegschicken", hatte er im tadelnden Ton gesagt – und Anne dann hineingelassen.

Nachdem sich alle hingesetzt hatten, begann für die Piratin das erste Proseminar ihres Lebens. Der nicht so ganz weise ausschauende Weise begann sogleich mit seinem Vortrag.

„Heute beschäftigen wir uns mit einer besonderen Sichtweise auf die Kunst der frühen Neuzeit, nämlich mit der Erkenntnis, dass nahezu alle Meisterwerke aus dieser Epoche von Männern stammen. Entsprechend spiegeln die Frauen, die von ihnen abgebildet wurden, auch die Interpretation wider, die Männer von Frauen und ihrer Rolle seinerzeit hatten – und keine naturgetreuen Abbildungen des tatsächlichen Seelenlebens einer Frau. Bevor ich gleich ein paar Klassiker verteile, Sie sich in Gruppen zusammensetzen und die versteckten und nicht ganz so versteckten Botschaften des Patriarchats in den Werken suchen ... Frau Haase, würden Sie das bitte unterlassen?"

Emma und Anne brauchten einen Moment, bis sie verstanden, dass Anne gemeint war. Schließlich drehte sich Anne um. „Eh, was?"

„Achten Sie bitte auf Ihre Ausdrucksweise, Sie sind hier immerhin in einer Universität, auch wenn Sie hier als Gasthörerin dabei sind."

„'tschuldigung."

„Und hören Sie bitte auf zu kippeln. Ich habe zwar gestattet, dass Sie sich hier zusetzen können, ich kann Sie aber auch ganz leicht wieder rausschmeißen, wenn ich will."

Na, das möchte ich sehen, dachte Anne. Doch der energisch-bittende Blick von Emma, jetzt keinen Aufstand anzuzetteln, ließ sie sich wieder beruhigen. Es war ein Spiel, und sie spielte nun mit, so wie bei dem Kerl im Nummernschild-Laden.

„'tschuldigung", sagte Anne noch einmal und stellte das Kippeln ein.

„Aber wenn Sie hier schon die Aufmerksamkeit auf sich ziehen: Vielleicht können Sie, als Gast, mir sagen, an welches Werk Sie persönlich denken, wenn es um Frauendarstellungen der frühen Neuzeit geht."

„Das ist ungefähr die Zeit, in der du gelebt hast", raunte Emma Anne noch zu.

Die dachte nach. „Na ja, von Bildern weiß ich n... nich' – nicht – viel." Rein theoretisch hatte Anne ja eine gute Kinderstube genossen und versuchte nun, sich etwas gewählter auszudrücken. Auch wenn sie nicht wusste, ob das gutgehen würde.

„Aber ich weiß et-was über Galionsfiguren. Die sehen häufig auch aus wie Frauen. Außer bei den Holländern, die ha-ben Löwen. Weiß auch n-nich-t, warum."

Emma musste ein Kichern unterdrücken ob des Versuchs von Anne, ihren Dialekt zu bekämpfen.

„Aha", sagte der Professor. „Galionsfiguren. Ich muss zugeben, da wäre ich jetzt nicht direkt draufgekommen. Aber sicher, auch die sind natürlich als Skulpturen häufig Darstellungen von Frauen gewesen, wie Sie schon sagen. Was umso interessanter ist, als dass Frauen an Bord ja angeblich Unglück brachten."

„Wie war das?", fragte Anne in strengem Ton.

„Nun ja, so war halt damals der Aberglaube", sagte der Professor. „Das erzählt man sich ja teilweise heute noch unter Seeleuten. Da ist es doch erstaunlich, dass sich trotzdem die Seeleute damals Frauenfiguren an ihre Schiffe hefteten."

„Na klar ha-ben w... sie das!", rief nun Anne. „Die Galionsfigur is-t die Seele eines Schiffs. Und ein Schiff ist für viele Seeleute eine Dame, die sie lieben. Und deshalb heilig."

„Das heißt also, eine Galionsfigur symbolisiert das, wonach Seeleute streben? Da liegt es natürlich nahe, den männlichen Sexualtrieb auf das eigene Schiff zu projizieren. Oder, dass der Kapitän das Schiff genauso besitzen und dominieren will wie seine Frau."

„Eh, so eine Bullenscheiße ha-be ich echt noch nie gehört nich-t. Wenn Frauen so doof sind und sich besitzen lassen, sind sie ja auch selbst schuld. Ein Seemann würde eher sein Leben verlieren als seine

Galionsfigur. Dort sitzt die Seele des Schiffs. Und die is-t nun einmal launisch, wie wir Frauen halt sind."

„Aha, und weil schon das Schiff eine Frau ist, kann nicht noch eine an Bord sein? Zugegeben, ich kann mir ja auch schlecht vorstellen, dass eine Frau etwa auf einem Piratenschiff ..."

„Was tut?"

„Nun ja, an vorderster Front kämpft. Hier sehen wir halt einfach, wie das Patriarchat durch seine Wildheit und Zügellosigkeit die Frauen zur Seite drängt durch seine Barbarei."

Emma übersetzte Anne das, so gut sie konnte.

„Wie war das? Blutige Hölle! Sie meinen also: Männer sollen so sein wie die feigen Weiber, die nur warten, dass se schwanger werden?", fragte die schwangere Anne, der nun ihr Dialekt völlig egal war. Hier ging es um die Ehre. „Hab' se gesehen, diese ach so stolzen Männer. Sie glauben, Männer schlagen sich um Frauen un' Frauen gucken da einfach so zu? Ham se ma' von Mary Read gehört?"

„Und Anne Bonny?", warf Emma hilfsbereit ein.

„Aye! Waren Piratinnen. Mary Read, also ihr Freund wurde zum Duell rausgefordert un' hätte der gekämpft, dann wär' der tot gewesen. Also hat der nich' gekämpft. Sondern sie. Un' sie hat dem anderen Kerl den Bauch aufgeschlitzt, wo kein anderer Kerl die Eier zu hatte. Als sie dann geschnappt war, da hat übrigens keiner von den Kerlen gekämpft. Nur sie un'..." Im letzten Moment unterbrach Anne ihre Vorlesung. Sich selbst wollte sie ja doch gerne aus der Geschichte herauslassen.

Der Professor war sprachlos. Zum einen war er sprachlos, weil sich die Rothaarige da so aufregte. Zum anderen war er aber auch sprachlos, dass sie nun plötzlich in einer derart vulgären Sprache redete, dass er komplett den Faden verloren hatte.

„Sie meinen also, Piraten sind in Wirklichkeit Vorkämpfer der Frauenbewegung gewesen, na, dass ich nicht lache. Den Slang jedenfalls haben Sie schon gut drauf."

„Eh, was? Frauenbewegung? Blutige Hölle, nein! Darum ging's nee nich'. 's ging darum, frei zu sein. Das Problem mit den Frauen is', dass die meisten ja gar nich' frei sein wollen. Also nich' in echt jedenfalls. Ihr sagt, ihr wollt, dass nich' nur Männer das Sagen ham. Dann klatscht ihr, wenn 'ne Frau ma' 'nem Kerl die Fresse poliert. Aber selbst habt ihr null Mumm. Selbst eure Terrorfrauen faseln nur klug. Merkt ihr was? Kenn' nur drei Frauen, die echt Mumm ham. Eine bin ich selbst, die zweite hab' ich sterben sehen. Un' die dritte is' der Grund, warum ich mich' jetz' noch zurückhalten tu', eh! Komm, Kaiserin, wir gehen. Sin' doch alles nur Weicheier hier."

Anne stand auf und dampfte davon. Emma konnte ein Lächeln nicht unterdrücken.

„Wie ich schon sagte, Herr Professor Müller. Sie ist ein bisschen schwierig und man muss sich um sie kümmern. Ich gehe dann mal besser mit ihr mit", sagte sie und verschwand. So vulgär die Rede von Anne auch geklungen hatte – Emma fühlte sich seltsam zufrieden und befreit.

Als sie die Treppen zurück zur Haltestelle hinunterstiegen, hatte Emma Anne wieder eingeholt. „Dir ist schon klar, dass mir der Professor Müller hinterher eine Note gibt und ich das Seminar bestehen muss?"

Anne zuckte mit den Schultern, wie das sonst Emma tat. „Hör mal, ich weiß ja, dass ich von deiner Welt keine Ahnung hab', Kaiserin. Aber ich lass' mir niemals nich' von so 'ner Landratte sagen, was ein Pirat is' un' was nich'. Un' dass Frauen die schlechteren Piraten sind, das lass ich mir schon dreimal nee nich' sagen. Das sind se ganz sicher niemals nich'!"

„Bei deiner Piratenehre?"

„Aaaaye!"

Emma holte Luft. „Du, was ist das eigentlich genau, diese Piratenehre?"

Anne blieb mitten im Lauf stehen. „Eh, wie, was is' das?"

„Na, die scheint dir ja ziemlich wichtig zu sein. Und ich habe ja schließlich keine Ahnung von Piraten und dem, was ihr unter Ehre versteht."

„Hm ...", machte Anne. „Also erstmal, Kaiserin: Ein Pirat kämpft seine Kämpfe selbst, klar? Wir ham das nee nich' nötig, uns zu verkriechen wie Feiglinge."

Emma verzog das Gesicht. „Wie war das jetzt noch mal mit Marys Kampf gegen diesen Piraten und eurem Duo gegen die Piratenjäger?"

„Na ja. Manche Piraten sind halt 'ne Schande un' ham keine Ehre."

„Verstehe. Und wie ist das mit Frauen an Bord?"

„Tja, wenn de die Frau vom Kapitän bist, sagt keiner was", sagte Anne und zwinkerte Emma zu. „Außerdem war ich die längste Zeit lang Adam Bonny. Na un' wenn man die Kerle erstmal dran gewöhnt hat, dann komm' se auch mit 'ner Zweiten zurecht. Is' wie mit Hunden. Musst ihnen nur mal klarmachen, wer der Boss is'."

Emma musste lachen. „Und so eine Frau wie Ulrike Meinhof flößt dir keinen Respekt ein?"

„Was, die Terrorfrau? Nee! Hat sich von 'nem Kerl verarschen lassen un' nich' gerafft, dass se was gemacht hat, was se nich' wollte."

„Und du wolltest immer Piratin sein?"

Anne überlegte. „Aye. Hey, ich hab' mich ja auch verarschen lassen. Un' als ich das gemerkt hab', wollt' mich der Kerl noch vermöbeln. Also, vermöbeln lassen. Selbst hatte er nee nich' die Eier dazu. Dann hat mich Jack gerettet."

„Aber sonst hätte es dich nicht in die Piraterie getrieben, oder?"

„Süße, sieh's mal so: Der einzige Grund, warum mein Name Bonny is' un' nich' mehr McCormac, is' die Piraterie. Wusst' ich ja damals nee nich', dass das nur so ein Sprücheklopfer war. Dann hab' ich mir halt 'nen echten Piraten gesucht. Zumindest dacht' ich, dass Jack einer is'. Na ja."

Emma schaute Anne fragend an. „Okay, ihr kämpft selbst. Und was ist euch sonst noch heilig?"

„Unser Schiff! Das Schiff beleidigst de niemals nich'. Meuterei kann's geben, wenn der Kapitän nix taugt. Aber das Schiff, das is' das Heiligste. Das kannst de nee nich' einfach austauschen. Un' keiner klaut dem anderen was auf dem Schiff. Das is' wie 'ne Familie."

Emma fand das eine zweifelhafte Philosophie bei professionellen Räubern, sagte dazu aber nichts.

„So was wie den Kerl da, der mich in den kleinen Kasten da reinsetzt un' dann Geld damit verdient, das tät's bei uns nie nich' geben."

„Weil du das Geld haben willst."

„Aye. Sag mal, kannst du auch so was?"

„Was jetzt?", fragte Emma.

„Mich in so 'nen Kasten tun."

„Du meinst, ich soll dich filmen?"

„Aye. Ich mein', wenn du das Geld kriegst, dann gibste's mir ja sicher ab, oder?"

„Halt mal", sagte Emma, die ahnte, worauf das hinauslief. „Du hast vor, mehr solcher Filme zu drehen?"

„Aye. Überleg doch mal. Wir machen einfach noch ein paar Mal solche Nummern un' sahnen ab. Un' das Geile is': Wir sind sogar noch die Guten dabei."

Emma hatte da ihre Zweifel dran, sagte aber nichts, außer: „Seit wann ist dir das denn wichtig?"

Anne zwinkerte Emma frech zu. „Na, bin ich denn nich' ein Engel? Bin doch ein braver Christenmensch."

„Und ich die Kaiserin von China."

„Eben."

Plötzlich kam Emma ein unerhört eigensinniger Gedanke – vielleicht färbte Anne langsam auf sie ab. „Du hast doch gerade etwas von Piratenehre gesagt. Dazu gehört doch auch, die Beute zu teilen, oder?"

Anne lachte wieder wie zehn Rumfässer. „Kaiserin, du machst dich! Aye, wir teilen. 70:30 für mich."

„Würde dir so passen. 50:50."

„60:40?"

„50:50."

„Eh, Kaiserin, so geht das nee nich' mit dem Handeln."

„Kannst du filmen?"

„Nein."

„Also: 50:50.“

„Ich bin Anne Bonny, Schrecken der sieben Weltmeere. Willst du mir
Befehle geben?“

„Ich wiederhole: Kannst du filmen?“

„Nein.“

„Also dann, 50:50.“

Anne knurrte. „Gib der Kaiserin, was der Kaiserin is’ ...“

„Richtig, so steht es in der Bibel“, sagte Emma. „Hast du schon eine
Idee für deinen ersten Film?“

*

Durch ihren unplanmäßigen Abgang hatten Anne und Emma noch ein
wenig Zeit, bis der Piratenpartei-Stammtisch in Essen begann. „Lass
uns einkaufen gehen“, hatte Anne vorgeschlagen. Dass Emma kein
Geld hatte, war der Piratin anscheinend egal.

„Hör mal, da kannst du nicht einfach reingehen und mit einem
Entermesser die Leute erpressen. Da sind überall Kameras, die dich
filmen. Die bekommen ganz schnell raus, wo du bist.“

„Keine Bange, ich hab’ da ’ne Idee“, sagte Anne.

Sie betraten das Einkaufszentrum am Limbecker Platz über den U-
Bahn-Zugang. Anne hatte sich zunächst erschrocken, als die Bahn – an
den Zug hatte sie sich verblüffend schnell gewöhnt – unter die Erde
fuhr. Doch Anne war ein Wunder der Anpassung und hatte sich schnell
auch damit arrangiert, direkt unterhalb eines Gebäudes auszusteigen.

Als sie die Treppe hinaufstiegen, schaute sich die Piratin um. Emma
hatte ihr von den selbstfahrenden Treppen erzählt, aber Anne wollte
das zunächst nicht glauben, bis sie sie nun sah. Selbst laufen mussten
die Menschen nicht mehr, stellte Anne fasziniert fest. Überhaupt schien
ihr dieses imposante Bauwerk mit den vielen Lichtern wie ein
glänzender Tempel. Ihr stockte der Atem. „Das is’ schon was anderes
als deine Uni. Was für ’ne Pracht. Das is’ ja fast wie ’ne spanische
Schatzflotte.“

„Du wirst dich wundern", sagte Emma. „Es gibt hier fast alles zu kaufen!"

Anne lächelte selig. „Fast alles is' viel."

Emma grinste. „Also, wie geht's jetzt weiter?"

„Ich brauch' anständige Stiefel. Un' du auch!"

Emma schaute sich um. „Da hinten ist ein Schuh-Geschäft." Auch wenn sie keine Ahnung hatte, wie Anne an Schuhe herankommen wollte. „Ich kann nicht filmen, wie du etwas klaust und das dann ins Netz stellen", sagte Emma – und hörte zu ihrer Überraschung ein „Wir klauen ja auch nee nich'. Schalt das Ding jetz' an."

Emma gehorchte.

„Hm ... Wie fängt man so was an?"

„Keine Ahnung, stell dich vor und sag', was du vorhast."

„Aye ...", sagte Anne, noch nicht ganz überzeugt.

„Sag', wer du bist und was gleich passiert."

„Aye. Is' das Ding an?"

Emma nickte.

„Also, hallo. Bin die Anne. Das hier is' ein Kaufhaus un' ich werd' mir jetz' für meine Freundin un' mich Schuhe organisieren. Ohne was zu zahlen un' ohne was zu klauen. Geht nich'? Zeig ich euch!"

Sie marschierte los und in den Laden hinein. „Hier, film mal die zwei da."

Emma erkannte einen jungen Mann und eine Frau, die sich nach einem Paar Stiefel umschauten.

Anne gesellte sich dazu. „Hey, habt ihr mal 'nen Tipp für mich? Ich such' Stiefel, aber kann mich nee nich' entscheiden."

Während Emma die Kamera auf Anne und das junge Paar hielt, fragte sie sich, was Anne denn eigentlich vorhatte. Vollkommen ahnungslos beobachtete sie, dass die Piratin die junge Frau schnell in ein Gespräch verwickelt hatte.

„Also ich find' ja Leder besser", sagte Anne, während sie einen hohen Schuh anprobierte. „Kannst de mir da ma' helfen, ich komme nich' alleine da rein."

„Aber klar", sagte die junge Frau und legte dabei ihre Handtasche ab. Nach ein paar Wacklern und fleißigem Hin- und Herrutschen von Anne hatten ihre Füße schließlich in den Schuh hineingefunden.

„Sitzt doch super", sagte die junge Frau, während Anne weiter auf sie einredete. Was sie denn selbst für einen Schuh haben wolle, was sie denn empfehlen könne zu roten Haaren. Die männliche Begleitung hatte sich derweil etwas abgesetzt und schaute überbetont interessiert nach Sommerschuhen für die Damen – im Dezember.

Schließlich verabschiedete sich Anne und gab vor, nach weiteren Schuhen zu schauen, eilte dann aber direkt heraus aus dem Laden und zum Geländer, wo sie etwas festmachte, wie Emma erkannte. Etwas, das einer Handtasche nicht ganz unähnlich war. Schließlich kam sie wieder zurück in den Laden.

„Und nun?", fragte Emma.

„Warten wir ab."

„Und worauf warten wir?"

Anne deutete mit dem Kopf herüber zur Kasse. Das Pärchen hatte sich nun aufgemacht und sich für ein Paar Stiefel entschieden. Beziehungsweise sie hatte sich entschieden und er sah langsam Licht am Ende des finsteren Tunnels.

„Das macht dann 399 Euro", sagte die Kassiererin und die Frau griff sofort nach ihrer Handtasche. Zumindest versuchte sie es. „Oh verdammt", fluchte sie. „Meine Handtasche! Wo ist meine Handtasche? Ich hatte sie doch gerade noch."

Emma schluckte. „Ich dachte, du wolltest nichts klauen?"

„Hab' ich auch nee nicht", sagte Anne im Brustton der Überzeugung.

Panik befiel derweil die junge Frau und auch den Mann, der aus seiner Teilnahmslosigkeit schlagartig erwacht war. „Schatz, wo kann sie denn sein?", fragte er.

Die beiden suchten erst den Kassenbereich ab, dann den hinteren Teil des Geschäfts. Anne wartete ab, bis das Schauspiel seinen Höhepunkt erreicht hatte, dann schlug sie gegen das Geländer an der Galerie gegenüber dem Schuhladen und ging schnell in Deckung.

Die junge Frau schaute hoch und herüber zur Galerie, ohne Anne dabei zu entdecken. Wie von der Tarantel gestochen, die Tasche mit den neuen Schuhen noch im Arm, stürzte das vermeintliche Opfer des Handtaschenraubs los und aus dem Geschäft.

„Hey, Sie müssen bezahlen!", schrie die Kassiererin. Doch die junge Frau rannte auf die gegenüberliegende Seite des Stockwerks. Anne, die noch immer nahe des Eingangs stand, packte die Frau am Arm. „Hey, hiergeblieben! Du kannst nee nich' einfach die Schuhe klauen."

„Die Schuhe klauen? Aber, ich ...", sagte die junge Frau und starrte dabei Anne in die Augen. Die wiederum stellte sich nun zwischen das Geländer und die junge Frau und nur Emma konnte erkennen, dass sie hinter ihrem Rücken nach etwas griff.

„Wolltest doch gerade die Schuhe klauen, hab's doch gesehen!"

„Ja, das hab' ich auch gesehen", bestätigte nun die Kassiererin.

„Aber meine Handtasche ist da draußen!", beteuerte nun die junge Frau.

„Von wegen, du hast se bestimmt da hinten stehen lassen, wo wir vorhin die Stiefel anprobiert ham", wandte nun Anne ein. „Such halt weiter!"

Emma schwenkte mit der Kamera zurück. Nur ein paar Sekunden später hatte sie Anne im Fokus, die wieder in das Geschäft gegangen war und nun mitsuchte. Kurz darauf war die Handtasche tatsächlich wieder da, die junge Frau hatte sie gefunden. Ungläubig starrte Emma zurück zu Anne und zur jungen Frau, die soeben des Ladendiebstahls überführt worden war.

„Das ist mir wirklich sehr peinlich", sagte nun die junge Frau. „Natürlich hatte ich vor, zu bezahlen, und ... Ich bin ja noch hier, ich bin ja nicht weggelaufen. Ich zahle das, okay? Dann brauchen wir keine Anzeige, okay? Das kriegen wir doch alles geregelt, okay?"

Die Kassiererin bekam es geregelt.

„Danke sehr", sagte die schließlich in Richtung Anne – und mitten hinein in die Handy-Kamera, die sie sehr wohl wahrgenommen hatte.

„Die wollt' doch glatt abhauen. Hast de doch auch gesehen, oder?"

Irgendetwas hatte Emma gesehen, das zumindest sehr ähnlich aussah wie ein versuchter Diebstahl. Nur von wem, da war sie sich noch nicht ganz sicher. Voller Misstrauen nickte sie.

„Die Firma steht in ihrer Schuld deswegen", sagte die Kassiererin an Anne gewandt.

„Echt? Was heißt denn das?", fragte die Heldin des Augenblicks.

„Nun ja, ich kann Ihnen zum Beispiel einen Zehn-Euro-Gutschein für Ihren Einkauf ausstellen", sagte die Angestellte.

Anne zog eine Grimasse. „Zehn Euro für ein Paar Schuhe, das 400 Euro kostet? Da komm' ich aber ziemlich schlecht weg. Findest du nich' auch?", fragte sie Emma und schaute dabei direkt in die Kamera.

„Na ja, ein bisschen dürftig ist das schon", stimmte Emma zu.

„Zumal de das ja alles gefilmt hast."

Emma ging ein Licht auf, nein, eine ganze Glühbirnenfabrik.

„Ja klar", sagte sie. „Und bei den vielen Fans, die du auf Youtube hast, werden sich das sicherlich viele Leute anschauen."

„Aye", sagte Anne nun.

Die Kassiererin kam sichtlich in Nöte. „Na ja, wissen Sie, wenn ich mir das recht überlege: Suchen Sie sich einen Schuh aus, also ein Paar, das geht aufs Haus", sagte sie in die Kamera.

Anne strahlte über das ganze Gesicht. „Nur ich?", fragte sie schließlich noch.

„Nein, ihre Freundin natürlich auch. Wir sind ja ein dankbares Haus und solche Zivilcourage müssen wir natürlich belohnen." Emmas Herz blieb für einen Moment stehen. Sie hatte tatsächlich einen Gutschein für die Schuhe, die sie nicht einmal gewagt hatte anzuprobieren. Und das allein deshalb, weil Anne diese Handtasche – nun ja, geklaut hatte? Wieder zurückgestellt hatte? Diesem Pärchen eine Falle gestellt hatte? Ohne dass etwas passiert war? Und auch das Schuhgeschäft konnte schlecht ein Geschenk zurücknehmen. Emma schaute Anne mit einer Mischung aus Bewunderung, Heldenverehrung und Verschwörer-lächeln an.

„Such dir was aus", sagte Anne schließlich. „Is' alles legal."

Emma staunte noch immer über dieses wunderbare Geschenk an ihren Füßen, als Anne ihre Abmoderation sprach. „Schuhe umsonst, alles legal. Lief doch super!", sagte sie. Emma beendete die Aufnahme.

„Und jetz'?", fragte Anne.

„Lade ich das auf Youtube hoch, das geschieht sofort", sagte Emma, die ihre Zweifel hatte, ob das nicht doch irgendwie Stress geben könnte. Aber wer sollte etwas sagen? Einzig die Firma konnte etwas dagegen haben, aber die hatten das Geschenk ja aus freien Stücken gemacht. Also konnte man das auch nicht einfach zurücknehmen.

Schließlich verließen sie das Einkaufszentrum am Limbecker Platz, wenngleich Anne gequengelt hatte – „super, lass uns das gleich noch mal machen". Mit Emmas Hinweis darauf, dass der Stammtisch der Piratenpartei gleich beginnen würde, hatte sich Anne schließlich wieder beruhigt. „Ah, richtig, da war ja was. Diese Schlampe kann was erleben, sich einfach Anne Bonny zu nennen. Kann nur eine geben."

„Anne, bitte, halte dich zurück", flehte Emma.

Die Piratin funkelte Emma an, halb belustigt, halb in Rage. „Was, he?"

„Ähm. Versuch bitte, sie nicht gleich zu töten, ja?"

„Kaiserin, das verstehst de nee nich'. Das is' 'ne Sache zwischen Anne Bonnys, das muss geregelt werden. Kann keine Zweite nee nich' geben."

Emma hatte plötzlich die Vision eines Blutbads. „Na, vielleicht bist du für sie ja so etwas wie eine Heldin. Vielleicht ist sie so etwas ... wie ein junger Matrose, der frisch angeheuert hat, und der seinem Idol nacheifert."

„Was für ein Teil bin ich?", fragte Anne. Und doch schien ihr der Gedanke zu gefallen, eine Heldin zu sein. Schließlich fasste sie einen Entschluss. „Is' gut, Kaiserin. Kiel geholt wird später, sie darf erst ma' reden. Aber nur ein bisschen."

Als sie vor der Kneipe ankamen, standen dort schon ein paar Männer und rauchten vor dem Eingang. „Komisch", sagte Anne. „Schau mal Kaiserin, hat die Taverne noch zu? Um die Uhrzeit?"

„Nein, wie kommst du darauf?“

„Na, die rauchen da doch alle ihre Mini-Zigarren, aber alle draußen. Die täten doch reingehen, wenn’s offen wär’.“

„Nein, das liegt am Rauchverbot. Die müssen draußen rauchen, in Kneipen darf man nicht rauchen.“

Anne schüttelte sich vor Lachen. „Kaiserin, der Witz war gut, echt. Dachtest, kannst die alte Anne hopsnehmen, was? Aber nee, nee, nee, da fall’ ich nee nich’ drauf rein.“

„Ehrlich“, beharrte Emma, „das ist ein neues Gesetz. In Kneipen darf nicht mehr geraucht werden. Zumindest ist das in Nordrhein-Westfalen so, also diesem Teil von Deutschland, wo Essen liegt.“

Anne, noch immer am Lachen, schaute noch einmal in die Augen ihrer neuen Freundin und seit Neuestem auch Komplizin. Sie schien das tatsächlich ernst zu meinen.

„Neee, oder?“

„Doch. Wirklich.“

„Neeneenee.“

„Doch.“

„Is’ nich’ dein … Kann doch nee nich’, hey, das is’ doch … kein Scheiß?“

„Leider nein. Da haben sich auch viele drüber aufgeregt.“ Anne bekam einen Lachanfall.

„Da gibt es nur wenige Ausnahmen. Es gibt eine riesengroße Kampagne gegen das Rauchen und das ist Teil davon.“

Anne lachte immer noch.

„Deshalb muss jeder Gast, wenn er rauchen möchte, vor die Tür gehen.“

Langsam wurde aus dem Rumfass-Lachen von Anne ein schrilles, hysterisches.

„Un’ wenn ich doch rauche? Was dann? Schmeißen die mich dann in ‘nen Kerker?“

„Das nicht. Aber du wirst einfach rausgeschmissen. Und im schlimmsten Fall musst du eine Strafe zahlen, schätze ich.“

„Und die da", sie zeigte auf die Exil-Raucher, „nennen sich Piraten ... Un' machen das mit?"

Emma blickte besorgt zu Anne. Sollte sie einen Nervenarzt holen? Ihre Begleitung schüttelte sich weiter.

„Also, noch mal, für kleine Annes. Die Kerle da. Die nennen sich Piraten. Aber schaffen es nich' ma', in 'ner Taverne sitzen zu bleiben un' zu rauchen? Weißt de, was wir so in Tavernen gemacht ham?"

Auch Emma bemerkte nun, dass das nicht ohne Ironie war. „Tja, so sind halt die Regeln."

Das befeuerte Annes Zustand nur noch weiter und sie ließ ein wildes Brüllen hören, das entfernt an einen Schrei erinnerte.

„Kaiserin, du machst mich fertig! Regeln befolgen. Piraten. Nee. Hör auf. Ich kann nee nich' mehr."

Emma biss sich auf die Lippe.

„Was sind denn das für Weicheier? Das is' ja noch peinlicher als deine Wurst da, wie hieß der noch mal?"

„Martin?", antwortete Emma hilfsbereit.

„Ja, genau Kaiserin, die Kakerlake mit dem Würmchen. Den mein' ich."

Mittlerweile waren sie nur noch fünf Schritte entfernt und konnten die Gesichter der fünf Männer erkennen. Zwei davon schienen noch recht jung zu sein, einer hatte deutlich erkennbare Pickel im Gesicht, der andere einen gepflegten Seitenscheitel. Die drei anderen schienen eher von der bulligen Sorte zu sein und trugen Vollbärte sowie Tattoos „... müssen das noch mal mit dem Bedingungslosen Grundeinkommen diskutieren", hörten sie nun den Längsten von ihnen mit dem blonden Bart sagen.

„... da hatten wir einen klaren Parteitagsbeschluss zu, das sehe ich jetzt nicht", sagte Seitenscheitel.

„Hömma, dat wird eh kommen, da kannste dich noch so auf'n Kopp stell'n", sagte nun der mit dem schwarzen Bart und Pickelgesicht wandte ein, dass auf Twitter doch eine Diskussion dazu bereits stattgefunden habe.

Anne, noch immer nicht ganz kuriert von ihrem Anfall, fragte sich, wie man zwitschernd diskutieren konnte. Dann ging sie auf die Männer zu und hatte mit einer schnellen Handbewegung die Zigaretten gegriffen. Emma erschrak. Auch die Männer erschraken und schauten in einer Mischung aus Überraschung und aufkommendem Zorn auf die Neuankömmlinge.

„Eh, was seid denn ihr für Memmen? Raucht vorm Haus un' lasst euch noch die Zigarren-Dinger klauen", sagte Anne und spuckte auf den Boden.

„Hey, wie kommst du dazu, unsere Zigaretten zu klauen?", fragte Blondbart.

„Gib' sie wieder her", quengelte Pickelgesicht.

„Un' was, wenn nich'? Vermöbelst de mich dann mit deinem Minikasten da?", fragte Anne und zeigte auf sein Smartphone.

„Dann ruf' ich die Polizei", sagte Pickelgesicht und Schwarzbart setzte dazu das entsprechend grimmige Gesicht auf.

Die anderen standen weiterhin mit offenem Mund da und schauten auf Anne Bonny, die ihnen vorkam wie eine Erscheinung. Emma kramte das Handy heraus und hielt drauf. Vielleicht konnte sie das Material ja wiederverwenden, hier bahnte sich etwas an.

„Kämpfst deine Kämpfe nich' selbst, he?", fragte Anne noch einmal den Pickligen.

„Hey, er hat gesacht, datte die Zigaretten wieder rausrücken sollst. Mach' hier kein Trallafitti, klar?", sagte nun Schwarzbart, aus seinem Koma erwacht.

„Das wäre jedenfalls sehr nett", sagte Seitenscheitel. Sehr nett. Selbst Emma ging auf, dass das eine lächerliche Bitte war.

Anne schaute abschätzig auf Seitenscheitel. „Nee, weißt de. Ich glaub', ich schmeiß' se weg. Wisst ihr, bin schwanger. Da darf ich nee nich' rauchen. Deshalb mach' ich die ma' aus." Prompt warf sie die fünf Zigaretten zu Boden und zertrat den Stummel zu Asche.

Emma schaute gebannt auf den Bildschirm und musste ein Lachen unterdrücken.

„Hey, ich weiß ja nicht wer du bist, aber wir sind extra rausgelaufen, um hier zu rauchen", sagte Blondbart, sichtlich um Zurückhaltung bemüht.

„Das war dann wohl der Fehler, tät ich sagen."

„Wo sollen wir sonst rauchen?", fragte Blondbart weiter.

„Wie wär's mit drinnen?"

„Das ist verboten", klärte sie Blondbart auf.

„Hab' ich gehört. Aber du bist schon ein Pirat, oder? Also, ganz sicher?"

„Ja, ist trotzdem verboten."

Anne lachte nun wieder etwas lauter. „Un' was meinst de, was so ein Pirat machen tät, wenn was verboten is'?" Nun klang Anne fast oberlehrerhaft.

„Er respektiert, dass sich Leute gestört fühlen, und geht vor die Tür?", versuchte es Seitenscheitel.

„Un' da sucht er dann seine Eier, oder wie?", fragte Anne. „Ihr Waschlappen nennt euch Piraten? Da wird einem ja ganz schlecht!"

Der Tumult hatte Zuschauer angelockt, vor allem aus der Kneipe selbst. Nun entdeckte Anne auch endlich eine Frau. Genau eine unter 20 Männern. Die Falten waren schon etwas tief, die Haare pink und violett gefärbt, ein Piercing hatte die Frau auch.

„Hey, lass Herrn Nilsson in Ruhe, klar?", giftete der Neuankömmling prompt.

„Herr Nilsson?", fragte Anne und schaute von der Frau zum Scheitel und wieder zurück.

„Ja, genau den. Der ist vom CCC, der ist seit dreizehn Jahren in der Partei, da kannte die noch keiner."

„Is' aber nee nich' deutsch, Nilsson, oder?"

Scheitel wurde nun patzig. „Sag mal, kennst du etwa Pippi Langstrumpfs Affen nicht, Herrn Nilsson?"

Anne verstand. Das war der Nickname. Da hatte sie ja mit Emma drüber gesprochen. „Moment. Du nennst dich nach 'nem Affen?"

„Nicht nach einem, nach dem Affen, bitte."

„Macht's jetz' nich' grad besser", sagte die weiterhin heiter-aggressive Anne. An die Frau gewandt verkündete sie: „Leg' mich an, mit wem ich will, aye!"

„Bist du etwa Anne Bonny?", fragte nun Schwarzbart. „Sorry, bin dat erste Mal heut' hier."

„Nein, ist sie nicht, das bin ich", sagte die Frau mit den lila Haaren.

„Ach, bist du das?", fragte die echte Anne Bonny, die ihr Gegenüber intensiv musterte. Hageres Aussehen, vielleicht 45 Jahre alt, ein verlebtes Gesicht und viel zu bunt und durchlöchert für Annes Geschmack war diese Frau, die sich erdreistete, ihren Namen zu benutzen. Nein, zu missbrauchen.

„Ja, das bin ich, seit zehn Jahren schon."

„Is' ein bisschen wenig, wenn man schon 'ne Oma is'."

„Wie bitte?", fragte nun Lila-Anne.

„Hast mich schon verstanden. Hör gefälligst auf, wie ich zu heißen."

„Wieso, wer bist du denn?"

„Na, Anne Bonny. Geborene McCormac. Die echte. Rote Haare, Irin un' vor allem: Piratin", sagte die rote Anne.

Sie erntete einheitliches Gelächter. „Jaja, alles klar, die echte Anne Bonny."

Emma war überrascht, dass ihre Anne dieses Gelächter offenbar nicht zu interessieren schien.

„In Ordnung, falsche Anne. Geb' dir 'ne Chance, aye? Hör auf dich wie ich zu nennen un' ich lass dich in Ruhe. Aber das is' mein Name un' nee nich' der von 'ner lila Oma."

Allmählich änderten sich die Mienen der „Piraten", nun schienen sie aggressiver.

„Was soll das heißen? Kommst hier an, klaust uns die Zigaretten, machst unsere Chefin blöde an? Sei froh, dass wir Pazifisten sind", sagte nun Blondbart.

„Paziwas?"

„Wir sind für Frieden und gegen Gewalt, Herr Gott. Wie blöd bist du eigentlich?"

Eine Sekunde später lag Blondbart auf dem Boden, niedergestreckt von Annes Faust, der echten.

„Blutige Hölle! So redest de nee nich' noch mal mit mir, aye?"

„Die ist ja wahnsinnig", schrie nun Pickelgesicht.

„Un' du, Vulkaninsel da", sagte Anne weiter, „was willst de machen? Ihr nennt euch Piraten un' könnt nich' ma' rauchen wie Kerle."

Schließlich wandte sich Anne an Emma und die Kamera. „Is' ja kein Wunder. Die Kerle hier taugen ja alle nix un' sind echte Memmen. Aber dass sogar die Piraten so sind, das is' echt peinlich."

„Und wer bist du, dass du dich einfach so über alle stellst?", fragte nun die falsche Anne Bonny.

„Sagt' ich schon. Musst halt auch zuhören. Anne Bonny. Die rote Piratin."

„Du kannst dich nicht so nennen wie ich. Wir können nicht gleich heißen", sagte Lila-Anne.

„Dann nenn dich halt um, is' nich' mein Problem. Hatte den Namen als Erste."

„Oh, willst du etwa sagen, du hast das Copyright?", fragte Lila-Anne. Die restlichen Piratenpartei-Piraten zogen die Luft ein.

„Was für ein Zeugs? Keine Ahnung. Aber ich war die Erste."

Nun mischte sich der Scheitel ein: „Hey, hör mal, das ist nicht in Ordnung. Wir halten hier vom Copyright überhaupt nichts. Jeder kann sich hier nennen, wie er mag. Ganz egal, wer den Namen als erste hatte."

Anne schaute für einen Moment irritiert. Dann schien sie begriffen zu haben, was ihr das Jungchen da gesagt hatte. Die Kaiserin hatte doch etwas vom Filmkopieren gesagt. „Ah, da seid ihr dann plötzlich Piraten, aye?"

„Aye", sagte Scheitel.

„'nen Namen muss man sich aber verdienen, den kann man nee nich' einfach klauen. Sonst kommt der, dem der Name gehört, un' schlägt dich windelweich."

„Na, das will ich sehen", waren die letzten Worte von Schwarzbart, bevor der ausgestreckt auf dem Boden lag.

„Noch einer?", fragte die echte Anne.

„Die ist ja komplett irre", sagte nun Pickelgesicht und Lila-Anne fluchte, weil sie keinen anderen Ausgang als den sah, den die Eine-Frau-Armee Anne Bonny gerade versperrte.

„Hey, reg dich wieder ab, okay? Wir sind hier, um über das Grundeinkommen zu sprechen und nicht, um uns zu vermöbeln."

„Wir vermöbeln uns ja auch nee nich'. Ich vermöbel' euch. Is' ein Unterschied."

Lila-Anne sah man ihre Angst nun direkt an.

„Außerdem, lass uns erstmal über's Rauchen reden. Kann doch nee nich' sein, dass ihr euch das gefallen lassen tut."

„Rauchen ist total schädlich", sagte Lila-Anne.

„Aye, un' Saufen auch. Macht ihr trotzdem", sagte die echte Anne, obwohl sie sich auch da nicht mehr so sicher war, nach ihrem Erlebnis mit Martin.

„Wir trinken hier nur Mate."

„Was?"

„Das ist Tee", warf Kamerafrau Emma ein, die sich einmal mehr an einen anderen Ort wünschte – aber trotzdem fleißig draufhielt.

Die echte Anne baute sich nun vor der falschen auf. „Blutige Hölle! Jetz' sag ich dir eins. Einma', nich' wieder, klar?"

„Klar", sagte die eingeschüchterte Lila-Anne.

„Ihr besudelt nee nich' noch mal meinen Namen oder den der Piraten oder einzelner Piraten. Nich' mal den von armen Affen, is' das klar?"

„Klar."

„Ihr nennt euch um, klar? In Weicheier-Partei oder so was, aber nich' mehr in Piratenpartei, aye?"

„Aye", sagte Lila-Anne und schluckte.

„Ihr hört auf, hier rumzukriechen, aye?"

„Aye."

„Ihr raucht in Kneipen, bis se euch rausschmeißen, aye?"

„Aye."

„Ihr trinkt Rum statt Tee, aye?"

„Aye."

„Un' ihr klaut anderen Leuten nee nich' die Namen, aye?"

„Aye."

„Aaaaaye", fasste die echte Anne zusammen und ließ das Wort klingen. „Wenn ich seh', dass ihr wieder als Piraten so rumkriecht, dann komm' ich wieder vorbei, aye?"

„Aye", sagte Lila-Anne zum Abschluss.

„Komm, Kaiserin, wir gehen."

Emma drückte auf „Aufnahme beenden" und schickte den Clip sofort in den Äther. „Besser als jeder Shitstorm bei der #Piratenpartei", lautete der Titel. Sie hatte zwar die Befürchtung, dass sich nicht mehr genug Menschen für die Piraten interessieren würden, aber „die Rote Anna" hatte bereits ihre Fans.

Mit einem triumphalen Lächeln im Gesicht marschierte Anne zur U-Bahn.

*

Bevor sie schlafen gingen, schauten sich Emma und Anne den Ertrag des Tages an. Vor allem Emma hatte das voller Neugier wissen wollen. Die Studie der Kommentare auf Youtube nach nur wenigen Stunden war atemberaubend.

„Die reden da echt über mich rum un' jeder kann das lesen? Blutige Hölle", staunte Anne und Emma setzte ein recht zufriedenes Lächeln auf.

Als erstes schauten sie sich das Video vom Nummernschild-Laden an. Acht Millionen Aufrufe waren es mittlerweile. Emma erkannte ein paar Links, über denen „da gibt's noch mehr von ihr" stand und die tatsächlich zu ihren Videos führten. So viel Anstand hatte das Pärchen bei der Zulassungsstelle dann doch gehabt. Sie las Anne vor:

„Richtig so, endlich wehrt sich mal eine", stand da.

„Der Sack weiß bestimmt immer noch nicht, wie ihm geschehen ist."

„Die schlägt nicht zu wie ein Mädchen."

„Ich will sie heiraten! #elitepartner"

An dieser Stelle musste Emma lachen und Anne schaute ziemlich bedröppelt aus. „Eh, wie jetz'? Echt jetz'? Macht ihr das heute so? Was is' denn das für ein kranker Kerl?"

Aber Emma hatte sie sogleich beruhigt, dass so etwas nicht wirklich ein Antrag war, auch im 21. Jahrhundert nicht.

Es ging weiter: „Also diese Haare, ein absoluter Traum! Ich wüsste gerne ihren Friseur", schrieb Catwoman98. Und ein Spaßvogel hatte sich den Namen „Schildermacher" gegeben und geschrieben: „Es tut immer noch weh", was mehrere 1000 Likes bekommen hatte.

„Das ist bestimmt nicht der Echte", hatte Emma Anne gesagt, die sich Sorgen machte, ob ihre Fans vielleicht verunsichert werden könnten.

Dann sah Emma immer häufiger Links mit Beschreibungen wie „so kauft diese Frau Schuhe" und „den Trick muss ich mir merken".

Nun kam der Moment der Wahrheit. Bislang hatten Emma und Anne ja noch recht wenig von der Sache. Aber was war mit ihren eigenen Beiträgen?

Sie klickte auf „Schuhe legal kaufen, ohne zu bezahlen". Drei Millionen Aufrufe hatte der Beitrag bereits und Emmas Kanal bereits 300.000 Abonnenten. Und das nach nur einem Abend.

„Wahnsinn", sagte Emma.

„Krank", sagte Anne.

Beide schauten sich an und lachten los. Emma durchforstete erneut die Kommentare: „Muss ich auch mal versuchen", war einer der beliebtesten. Kommentare wie „das arme Paar, das war echt gemein" wurden mehrheitlich negativ bewertet und erhielten Antworten wie „manche haben halt keinen Humor" oder „es muss halt immer jemand meckern".

Besonders gelungen fand Emma einen Post der geschädigten Schuhkette: „Touché, können wir da nur sagen. Anzeige werden wir nicht erstatten. Wer allerdings ehrlich seine Schuhe kaufen möchte, wir haben noch bis zum 29. Dezember 50 Prozent Rabatt auf Damenschuhe." Auf diese Art hatte sogar die Firma noch etwas davon, dachte Emma. Denn der Kommentar wurde mehrere tausendmal bewertet.

Es gab allerdings auch Kommentare über Anne selbst. „Wer ist die? Kennt die jemand?", fragte EssenGirl81. Und Ruhrpottsau fragte: „Kann sie auch mal in unserem Laden vorbeikommen? Könnten die Werbung gut gebrauchen. Wir haben schöne Blusen und Jacken." Angehängt war ein Link zur Firmenhomepage.

Emma erlebte Anne zum ersten Mal sprachlos, nur für einen kurzen Moment zwar, aber das war es wert. Als sich die Piratin wieder gesammelt hatte, setzte sie ihr Überlegenheits-Lächeln auf. „Tja, Anne Bonny schafft eben keiner."

Bis auf Anne Bonny. Der Disput mit der Piratenpartei war zwar nicht so erfolgreich wie die Schuh-Aktion und der Schildermann, aber immerhin 500.000 Menschen hatten sich auch das angeschaut – vor allem wohl Menschen, die einst selbst Wähler der Piraten gewesen waren.

„Richtig so, dass die sich nichts sagen lässt", schrieben manche. Vor allem aber: „Die hat voll recht. Die Piraten sollten mal wieder unbequem werden. Und was gegen das Rauchverbot machen. Sind viel zu große Weicheier da." Kommentare, die die Gewalt kritisierten, gab es kaum. Sogar hochrangige Piratenpartei-Mitglieder wie der Bundesvorsitzende kommentierten mit „Aye. Wir haben verstanden".

Mit vor Freude zittrigen Händen öffnete Emma ihr E-Mail-Postfach. „9999 neue Nachrichten" stand dort. Hatte sie etwa die automatische Benachrichtigung bei Youtube-Kommentaren nicht abgestellt? „Oh mein Gott", schrie Emma. Sie löschte die Standard- Benachrichtigungen, aber auch danach blieb noch einiges an Post über, die sie beantworten musste. Da waren Anfragen dabei, ob man Anne für Auftritte buchen könne, ob sie vielleicht dem Ex-Freund einen Schrecken einjagen könne, aber auch eine ausführliche Mail des

Schuhgeschäfts, in der darum gebeten wurde, künftig von derartigen Aktionen bei ihnen abzusehen.

„Zweimal das Gleiche machen is' ja auch langweilig", hatte Anne dazu nur gesagt. Schließlich waren sie mit einem Lächeln im Gesicht eingeschlafen – und hatten dabei fast vergessen, was sie in der Nacht erwartete.

Emma träumte wieder, aber diesmal war es nicht Martin, mit dem sie im Traum zusammen war. Sie träumte von Anne, die mit dem Fernrohr nach neuen Schätzen suchte, während Emma das alles mit ihrem Smartphone filmte. In Echtzeit kamen Kommentare: „Kann sie nicht Tortuga überfallen?"

„Nein, vorher soll sie bitte zu uns nach Havanna kommen."

„In St. Augustine ist es auch schön."

Schließlich drehte sich Anne zu ihr um. „Ey, mach das Kind weg. Sonst kann ich dich hier nee nich' brauchen", sagte die Piratin in einem herrischen Ton und mit einem Flackern in den Augen, das keinen Zweifel an ihrer Ernsthaftigkeit zuließ. Das war also diese Anne Bonny, wenn ihr die Seeluft durch die Haare strich und sie eine ganze Mannschaft unter sich hatte, dachte Emma und erschrak.

Wie aus dem Nichts tauchte plötzlich Martin neben Anne auf. „Eben. Wer braucht schon so was wie dich?", fragte ihr Ex-Freund und schloss Anne in die Arme.

Emma war zum Heulen zu Mute. Schließlich hörte sie ein unbeholfenes Räuspern hinter sich.

„Blutige Hölle! So 'nen Scheiß sag' ich niemals nich', klar? Kaiserin, lass uns abhauen", sagte die Stimme hinter ihr.

Bevor Emma noch staunen konnte, dass sie es gleich mit zwei Annes zu tun hatte, wachte sie auf.

„Ey, so ein Scheiß. Was war denn das jetz' grad?", fragte Anne, als Emma die Augen aufschlug und der irritiert dreinschauenden Rothaarigen in die ihren blickte.

„Was?", stammelte Emma.

„Na, der Traum. War da doppelt. Un' die andere Anne hat nur Bullenscheiße gemacht. Hey, nur damit das klar is', ich will nix von deinem Kerl, klar? Kakerlaken sind nich' so mein Fall."

Emma schluckte. „Hast du das etwa mitbekommen? Au weia. Ich dachte, das war nur ein Traum", sagte sie.

Ein Räuspern unterbrach das Gespräch. Die beiden warfen sich einen fragenden Blick zu, dann schauten sie sich um. Der Raum war nicht vollends dunkel, einen kleinen Lichtspalt konnten sie an der Wand ausmachen. Das Gemäuer schien hier eine Art von Riss zu haben. Eine Schießscharte, erkannte Emma. Dass sie nicht mehr in ihrem Zimmer in Essen war, schien sie diesmal weniger zu stören. Man war ja schließlich vorgewarnt. So wirklich an diese nächtlichen Ausflüge gewöhnt hatte sie sich dennoch nicht. Als sie versuchte, sich am Mauerwerk anzulehnen, erkannte sie, dass dieses rund war. Emma versuchte, einen Blick hinaus aus der Scharte zu erhaschen, sah aber nicht mehr als ein Dach eines anderen Hauses. Sie schien also in der Höhe zu sein und bei der Form des Gebäudes – von einer Wand mit der abgeschlossenen Tür abgesehen, die gerade gebaut war – schien das hier ein Turm zu sein. „Verdammt, wir sind ja schon wieder wo anders", schimpfte Anne. „Klar sind wir das", sagte Emma. Nur: Wo waren sie überhaupt gelandet? Oder besser gesagt: Wann?

Schließlich blieb Emmas Blick an einem Strohbett hängen – und auf der Frau, die darauf zusammengekrümmt lag. Emma erschrak. Während sie noch versuchte, ihre Gedanken zu sammeln, hatte Anne die Lage bereits erfasst: „Ey, die is' ja nackt. Blutige Hölle!"

„Etes-vous envoyées de l'enfer?", fragte die zitternde und am ganzen Körper blutende Gestalt auf dem Bett.

Emma und Anne schauten einander überrascht an. „Wir sind in Frankreich?", stellte Emma fest.

„Na, Englisch war das nee nich'", kommentierte Anne.

Emma starrte weiter auf das Mädchen vor ihr. Sie war keine wirkliche Schönheit, dafür waren ihre Züge etwas zu herb. Aber wirklich hässlich war sie auch nicht. Sie wirkte etwas jünger als Anne, aber nicht viel. Sie war vielleicht 20 Jahre alt. Ihre braunen und zerzausten Haare hatte sie sich kurz geschnitten, was den herben Eindruck verstärkte. Dennoch war sie zweifellos eine Frau, wie sie mit Blick auf die unverhüllte Scham erkannte, die das Mädchen nun mit ihren Armen und Händen zu verhüllen suchte und dadurch sogar noch etwas bleicher aussah als zuvor, als sie die beiden Gäste noch nicht entdeckt hatte.

„Ach du Scheiße, Kaiserin. Die wurde fertig gemacht", sagte nun Anne, als sie genauer auf die Striemen und die Wunden schaute. An einigen Stellen war der Körper der Frau nicht mehr weiß, sondern blau. Von „blauen Flecken" zu sprechen, wäre der Situation allerdings nicht angemessen gewesen.

„So siehst de aus, wenn de gefoltert wurdest", sagte Anne und wirkte für einen Moment nicht ganz so selbstsicher.

„Ähm ...", stotterte Emma, noch immer ein wenig gelähmt von dem Anblick.

Anne zeigte auf die Blutrinnsale. „Die wurde geschlagen. Ich schätze mal, auch rangenommen von den Bastarden. Sind Schweine, die so was tun. Un' gebrochene Knochen hat die sicher auch. Wenigstens hat se noch alle Finger."

Emma wollte sich gar nicht so genau vorstellen, woher Anne dieses Fachwissen hatte.

Als habe diese Emmas Gedanken erraten, sagte sie: „Schlimmer is' nur Kiel holen."

„Wär. Wär said ihr. Und was wolld ihr 'ier?", fragte nun die Nackte mit brüchiger Stimme – immerhin hatte sie sie ein wenig wiedergefunden.

„Hey, keine Panik, wir tun dir nix", sagte Anne.

„Ihr said Engländär?", fragte die Nackte mit Furcht in der Stimme und – Hass, wie Emma feststellte. Die Fremde kauerte sich noch ein wenig mehr zusammen und drängte sich gegen die Wand.

„Blutige Hölle, nein! Ich bin Irin, klar? Un' das gehört nee nich' zu den verschissenen Engländern, klar? Wer bist denn du überhaupt, ey?"

„Wie, wär isch bin? Mein Gott, das wießt ihr doch woll?" Die Gefangene schaute in die ratlosen Gesichter ihrer beiden Besucherinnen. „Das ist doch nischt war, dass ihr nischt wisst."

Emma runzelte die Stirn. Irgendetwas schien mit dem Pfingst-Sprachtrick nicht richtig zu funktionieren. Bei Anne hörte sie doch auch keinen Akzent raus, nur eben einen etwas primitiveren Wortschatz und ein paar verschluckte Endungen. Seltsam, dass sie daran als erstes dachte. Dann erst kam ihr die offensichtliche Frage danach, wer die Nackte nun war. Eine Französin, ohne Zweifel. Nur, wer?

„Kaiserin, sag du mal was, ich glaub' die hat zu viel Schiss vor der guten alten Anne."

„Kaisärin?", fragte die junge Dame nun. „Wie die Kaisärin vom Raisch alemannisch? Das iest nischt möglisch."

Alemannisch? Zum Glück hatte Emma in der Schule ein wenig Französisch gelernt und wusste, dass für Franzosen Alemannen und Deutsche quasi synonym waren. Wie sollte man sich bei solchen Sprachwirren nur verständigen?

„Ich bin Deutsche, ja. Aber nicht wirklich eine Kaiserin. Mein Name ist Emma", stellte sie sich vor.

„Also, Anne von Irlande und Emma von Alemannien. Seid ihr 'ier, um misch su töten? Odär, um misch su retten?", fragte die Frau mit weiterhin brüchiger Stimme. Und doch hatte Emma das Gefühl, wie ein fernes Echo eine selbstbewusste und starke Frau zu hören, die dieses Häufchen Elend einmal gewesen sein musste.

Anne schritt derweil durch den Raum zu einem Bündel, das auf dem Boden lag und hielt es der Fremden hin.

„Hier. Zieh' dir was an, ey. Kannst doch nee nich' so rumlaufen."

Die junge Frau griff nach den Kleidern, doch statt sie anzuziehen, warf sie sie halbwegs energisch zum Fenster-Schlitz herüber. Jetzt erst erkannten Anne und Emma, dass die Frau mit den Füßen an die Wand angekettet war.

„Nein! Mein Gott, ihr said doch Engländär. Iesch falle niescht darauf rein. Nein." Sie spuckte Anne vor die Füße. Anne und Emma warfen sich einen ungläubigen Blick zu.

„Was zur Hölle ...", fragte Anne und auch Emma konnte sich keinen Reim auf das Verhalten der Person vor ihr machen. Anne schüttelte den Kopf. Erst leicht, dann immer heftiger.

„Ey, weiß nich', ob du das wissen tust. Aber Klamotten sind dazu da, dass man se anziehen tut. Macht man so, wenn man Gäste hat. Nich' nur in England."

Die Französin kniff die Augen zusammen, als sie Anne anschaute.

„Ihr wollt misch auch nur brennen sähn, ihr dräckigen englischen 'uren!"

Emma handelte instinktiv und packte Anne an den Armen, bevor die sich auf die Nackte stürzen konnte. Zumindest wollte sie das, doch Anne blockte Emmas Klammer ab und machte einen viel zu ruhigen und viel zu langsamen Schritt auf das Mädchen zu, baute sich vor ihr auf.

„Hey, du nenns' mich un' die Kaiserin hier nich' Hure, aye? Du ... Wer bist denn du jetz' eigentlich? Will wissen, wem ich hier gleich die Fresse polier'!"

Für einen Moment rang die Französin mit sich, doch dann richtete sie sich ebenfalls auf.

Ihre Scham verdeckte sie nun nicht mehr. Emma erkannte plötzlich ein Funkeln in den Augen der Französin, das die Studentin an die erlöschende Glut eines einst heißen Feuers erinnerte. Die gebückte Haltung gab sie zwar nicht auf – das war wohl auch nicht möglich bei den vielen gebrochenen Knochen der Frau. Aber wieder spürte Emma dieses Echo. Diese Frau hier war mit Sicherheit niemand Gewöhnliches, dachte sie.

„Na, das will isch sähen", sagte nun Annes neue Widersacherin. „Im Namen des Königs und des 'errn, so rädest du niescht mit mir, dreckige Engländärin."

„Erst mal, Schätzchen, bin ich Irin. Aye? I-r-i-n! Merk dir das! Un' zweitens: Irgend so 'ne dreckige Hündin macht mich nich' an, ohne das zu bereuen, klar?"

Hündin. Das war die politisch korrekte Übersetzung von „Bitch", wusste Emma und musste ein ob der Situation unangebrachtes Kichern unterdrücken.

Nun stutzte die Brünette. „Mein Gott", sagte sie, schaute noch einmal in das Gesicht von Anne und dann in das der ebenfalls verwirrt dreinschauenden Emma.

„Ihr. Wießt es wirkliesch niescht. Wär isch bin?" Die junge Dame schien nicht nur überrascht, sondern richtig schockiert – und beinahe beleidigt.

„Nein", sagte nun Emma, bevor Anne die ganze Situation noch schlimmer machen konnte. „Und wir wären für etwas Aufklärung dankbar."

„Ah gut", sagte das Mädchen, weiterhin ungläubig. „Mein Name – ihr wießt es wirklisch niescht, nein? – iest Jo'anna", verkündete das Mädchen schließlich.

Eine seltsam angespannte Stille kehrte ein, während sich die drei Frauen gegenseitig argwöhnisch beobachteten. Anne und die Frau, die wohl Johanna hieß, beäugten einander weiterhin misstrauisch, während Emma einmal mehr die verschiedenen Szenarien durchging, wie sie gleich sterben würde.

Doch dann erkannte sie Verwirrung im Gesicht der Piratin. „Wie in ...", begann Anne.

Und nun machte es auch Klick bei Emma. „Von Orléans", beendete sie den Satz.

„Blutige Hölle!", schrien nun beide.

„Ich ... hatt' ja keine Ahnung nich'. Tut mir leid, echt. Wow. Johanna von Arc", stammelte Anne und die Wut in ihren Augen war in

Windeseile verflogen. Stattdessen erschien dort nun ein Leuchten, wie es Emma seit der Schuh-Aktion nicht mehr gesehen hatte.

Auch die Studentin brauchte ein wenig, um das zu verdauen. „Na siescher bin isch Jo'anna. Iest mein Englisch so schlescht, dass isch alles dreimal muss ersählen?"

Na klar, dachte Emma. Sie hatte uns belauscht, als wir uns unterhalten haben. Das muss für sie wie Englisch gewirkt haben und deshalb hat sie von sich aus auf Englisch geschaltet. Daher auch dieser Akzent. Und das war nicht gerade die Sprache ihrer Freunde, schließlich war sie die erklärte Feindin der Engländer, die sie gefangen genommen und auf dem Marktplatz von Rouen als Hexe verbrannt hatten. Beziehungsweise verbrannt gehabt haben werden. War das überhaupt korrektes Deutsch? Tempus Zeitreisen-Futur?

Egal, dieses Schicksal lag jedenfalls in diesem Moment offensichtlich noch vor Jeanne.

„Hey, du bist 'ne Heldin", offenbarte Anne nun. „Wollt immer so sein wie Johanna von Arc, weißt de?"

„Was, eine Engländerin?"

„Irin", verbesserte Anne, nun beinahe nachsichtig. „Kennt bei uns jeder deine Geschichte. Die Frau, die Frankreich von den Engländern befreit hat. Und die man verbrannt ..."

„Stopp", sagte Emma und warf Anne einen alarmierenden Blick zu.

„Ihr said informiert falsch", sagte nun Jeanne, die sich trotz ihrer Schmerzen und ihrer Fußfessel um Haltung bemühte. „Isch werde nischt verbrannt. Mein Schicksal iest es, im Kerker su krepieren."

„Was?", fragten Anne und Emma wie aus einem Munde. Jeanne d'Arc war als Hexe verbrannt worden. Das wusste jeder, ganz egal ob Karibik-Piratin oder Kunststudentin.

„Sie 'aben es versukt, aber sie 'aben es nischt geschafft. Isch 'abe gestanden, dass meine Visionen waren nur Imagination."

Anne klappte der Mund auf. Sie wirkte sprachlos. „Wie jetz'? Kein Feuer nich'?"

„Kein Feuer", sagte Jeanne.

„Kaiserin, wie geht denn das?", fragte Anne.

Emma schüttelte mit dem Kopf. Nun ja, was wusste man schon wirklich über das Mittelalter, zugegeben? Aber das schien ihr dann doch ein ziemlicher Skandal zu sein, wenn Jeanne d'Arc in Wirklichkeit in einem verlassenen Turm zugrunde gegangen wäre, anstatt bei der großen, überlieferten Verbrennung. Hatten die Franzosen nicht nach dem Krieg einen neuen Prozess angestrengt, an dessen Ende sie posthum freigesprochen wurde? Immerhin wurde sie viele Jahrhunderte später sogar von einem Papst heiliggesprochen, auch wegen dieses Martyriums im Feuer. Emma hatte mit ihrer Schulklasse vor vielen Jahren einen Schüleraustausch nach Nordfrankreich unternommen und dabei mit ihren Gasteltern auch einen Ausflug nach Rouen. Sie hatte sogar einmal vor dem Turm gestanden, in dem sie jetzt war. Und sie konnte sich noch gut an das große Denkmal für Jeanne d'Arc erinnern, das auf dem Marktplatz stand. Dort habe damals auch sie gestanden, stand auf dem Sockel. Dort sei sie verbrannt. Bis heute pilgern französische Patrioten zu diesem Ort, wo die Wegbereiterin der französischen Nation – im Pathos sind diese Menschen unübertroffen, wusste Emma – geopfert wurde. Als Mädchen hatte sie mit diesem Pathos nichts anfangen können, sondern sich gefürchtet. Wie das wohl war, bei lebendigem Leib zu verbrennen? Sie hatte danach tagelang nicht schlafen können, allein bei der Vorstellung, was mit Jeanne geschehen war. Und war die damals nicht erst 19 gewesen, als sie starb?

„Also, wenn i'r keine Engländär said. Versteht ihr Französisch?"

„Ja", sagte Emma. Sogar besser als vorher, dachte sie im Stillen. Denn der französische Akzent war mit einem Schlag verschwunden. Anne sagte nichts, sondern schaute nur irritiert zu Emma herüber.

„Die spricht doch immer noch Englisch", flüsterte Anne ihr zu.

„Für dich. Für mich spricht sie Deutsch. Das ist dieser Jesus-Trick."

Anne nickte.

„Ey, ich will alles wissen. Wie war das so, die Kerle anzuführen un' den Engländern einen auf den Sack zu geben? Hast de wirklich mit Gott gesprochen? Wie viele Kerle hast de gekillt?", sprudelte es aus Anne heraus. Emma beobachtete die Szene fasziniert. Dass ausgerechnet Anne Bonny hier die Avantgarde der Heiligenverehrung bildete – das passte nicht zu Emmas Bild von der Piratin.

„Ich habe das nicht aus Vergnügen getan", echauffierte sich Jeanne schließlich. „Ich habe es im Auftrag ... Na ja, sagen wir einmal, ich habe es für Frankreich getan."

„Un' du hast echt mit Gott gesprochen?", hakte Anne noch einmal nach.

„Wenn es so wäre, warum sollte ich euch das sagen?", fragte nun Jeanne. „Nein, ich werde mich dazu nur vor einem Gericht äußern und das habe ich bereits ausführlich getan."

Emma erinnerte sich an die Geschichte. Die Engländer hatten versucht, ihr einen Bund mit dem Teufel anzudichten. Dafür musste sie aber öffentlich zugeben, dass sie „Stimmen" gehört hatte. Was in Frankreich kein Problem gewesen wäre und auch war. Weil diese Stimmen dort im Gegensatz zur Meinung der Engländer keinen Dämonen gehört hatten, sondern dem Erzengel Michael, dem Kriegerengel, der ironischerweise auch Schutzpatron Deutschlands beziehungsweise des damaligen Reichs war.

Einer Theorie zufolge leitet sich sogar der Deutsche Michel von ihm ab, wusste Emma – so viel Kaiserin war sie dann doch.

„Also Jesus is' ein Arschloch un' schickt uns jetz' immer von einer Knastzelle zur anderen."

„Mein Gott. Welch Blasphemie. Wie kommst du dazu, so etwas zu sagen?", fragte die bestürzte Jeanne und Emma merkte, dass diese Frau versuchte, alle Kraft aufzubringen, um Anne zurechtzuweisen.

Es wurde Zeit, dass Emma einschritt. „Nun, wir wollen dich nicht beängstigen", sagte sie daher. „Und meine Freundin hier ist manchmal sehr schnell mit ihrer Zunge."

Anne ließ wieder einmal ihr Piratenlachen hören. „Oooh ja, das kannst de glauben. Wenn de verstehen tust, was ich meine", sagte sie und zwinkerte Jeanne frivol zu. Die zog sich wieder zurück und musterte die Fremden nun genauer.

„Mein Gott, das habe ich noch gar nicht bemerkt. Ihr tragt ja Hosen. Alle beide. Hosen!"

Anne schien nicht zu verstehen, was daran so schlimm sein sollte. Immerhin hatte doch Jeanne selbst stets Männerkleidung getragen. Aber Emma erinnerte sich an das Bündel, das Jeanne aus dem Fenster schmeißen wollte.

„Wir sind nicht direkt aus dieser Welt", versuchte es Emma. „Wo wir herkommen, ist es ganz normal, dass Frauen Hosen tragen." Nun ja, zumindest fast. Zu Annes Zeit war das auch eher die Ausnahme gewesen und eher dem Leben auf hoher See geschuldet. Entsprechend erntete sie einen skeptischen Blick von Anne, die aber nichts sagte und der erfahreneren Zeitreisenden diese komplizierten Themen überließ.

Jeanne erschrak nun vollends und versuchte, sich von den beiden abzuwenden. „Nein. Nein. Wenn ihr Dämonen oder Hexen seid, nein, bleibt fern von mir. Heiliger Michael, bitte rette mich! Ich will damit nichts zu tun haben."

„Ey, wieso bin ich jetz' 'ne Hexe? Nur, weil ich rote Haare hab'?", mischte sich Anne ein. „Ich dachte, du findest das geil, wenn du nich' die Einzigste mit Visionen bist."

Emma brachte Anne mit einem Blick zum Schweigen. Behutsam ging sie nun auf die kauernde Jeanne zu und legte einen Arm um sie.

„Hey, wir tun dir wirklich nichts. Wir sind weder vom Teufel geschickt worden, noch Engel oder Dämonen oder Hexen oder sonst irgendwas." Beinahe hätte sie noch gesagt „von Gott geschickt", aber dann hielt sie inne. Denn genau genommen waren sie das ja schon. Deus lo vult! Doch wozu sollte sie Jeanne damit verunsichern?

„Ihr tragt Hosen. Mein Gott!"

„Ey, sollen wir uns jetz' etwa auch ausziehen? Wir sind halt auch durch so Heiligenzeugs hier."

„Es gab kein ‚Heiligenzeugs'. Das habe ich vor Gericht ausgesagt, und ihr werdet mich nicht dazu bekommen, etwas anderes zu sagen. Denn hätte ich Stimmen gehört und würde das gestehen, dann würde ich heute noch brennen oder spätestens morgen. Was ihr sicher ganz genau wisst." Sie atmete tief durch und dabei rannen Tränen über ihr Gesicht.

„Du brauchst keine Angst vor uns zu haben", beharrte Emma noch einmal. „Wir sind keine Engländer und wir werden denen ganz sicher nicht sagen, was du uns sagst." Jeanne schaute Emma nun direkt ins Gesicht. So, als suche sie nach einem verräterischen Zucken, nach irgendetwas, das Emma als Lügnerin offenbaren würde. Es konnte ja gar nicht anders sein.

Doch da war nichts. Jeanne sagte für mehrere Sekunden nichts. Dann schließlich ergriff sie das Wort.

„Habt ihr eine Ahnung, was das bedeutet, wenn ich euch sagte, dass ich Visionen hatte? Das hier sind die Engländer. Die würden mich nicht erst töten und dann verbrennen. Die würden mich am Leben lassen, um bei lebendigem Leib zu verbrennen. Nur um ihre Rache zu haben. In Wahrheit sind nämlich sie des Teufels. Es gibt nichts Entsetzlicheres, als so zu sterben."

Emma erkannte in dem Gesicht des jungen Mädchens eine Furcht, die zur stolzen Kriegerin aus der Geschichte gar nicht so recht zu passen schien. Jeanne zitterte nun noch heftiger als zuvor. Und sie weinte.

„Aber du hast sie doch gehört, aye?"

„Anne, das ist nicht wichtig, lass sie", sagte Emma nun. „Sie hat wirklich gute Gründe, uns nicht zu vertrauen. Oder besser: Niemandem zu vertrauen. Wenn sie am Leben bleiben will."

„Aye, aber ...", sagte Anne. „Das is' Johanna von Arc. Die hat keine Angst niemals nich'."

„Ich wünschte, dem wäre so", sagte Jeanne.

„Schaut mich doch an. Hier sitze ich nun. Misshandelt, geschlagen, verprügelt und ..." Wieder brach sie in Tränen aus. „Sie haben mir gesagt, wenn ich nicht endlich gestehe, dass ich eine Hexe bin, dann dringen sie in mich ein. Immer und immer wieder. Sie würden mich zu ihrer Hure machen. Wisst ihr, was das heißt?"

Anne und Emma blickten sie stumm an.

„Ich würde schwanger werden. Ein Kind von einem fremden Mann, ohne dass wir verheiratet wären. Damit würde ich meine Ehre verlieren, mein Ansehen vor dem König, mein Ansehen vor Gott selbst."

„So ein Schwachsinn", schrie Anne und sprang auf. „Was glaubst denn du? Dass 'ne Schwangere nix wert is'? Falls dir das nich' aufgefallen is' – wir sind hier beide schwanger."

Jeanne schien erst jetzt den runden Bauch von Anne zu bemerken „Oh. Und du bist auch schwanger?", fragte sie Emma. Die nickte.

„Aber ihr seid verheiratet, beide?"

„Ich ja, aber mein Mann is' nee nich' der Vater. Die Kaiserin is' gar nich' verheiratet."

„Mein Gott. Dann habt ihr eure Ehre verloren! Also seid ihr doch Hexen."

Anne machte nun wieder einen Schritt auf Jeanne zu. „Hey, das sagst de nich' noch ma', klar? Die Kaiserin hat mehr Ehre im Leib als wir beide zusammen. Un' ich – als die Engländer mein Schiff gekapert ham, da hab' ich gekämpft, klar? Als mein Mann mich für's Fremdgehen verprügeln lassen wollt un' mein Jack mich freikaufen wollt, da hab' ich Nein gesagt, aye? Ich, keiner sonst. Weil ich Ehre im Leib hab', aye? Heul' jedenfalls nich' rum, dass man mich sonst killen tut un' lass' mich deshalb von den Wachen rammeln."

Emma zuckte zusammen. Wo war die Heiligenverehrung geblieben?

„Was erlaubst du dir? Untersteh dich, in diesem Ton mit mir zu sprechen."

„Ich red' mit dir, wie mir das passt. Die Kaiserin un' mich beleidigst de nich'. Die Frau hier wurd' richtig verarscht un' sitzen gelassen. Glaubst de, die wollt allein mit 'nem Balg sein? Nee, ganz sicher nich'. Aber klar, sind ja immer die Frauen gleich Hexen, wenn ihre Männer die Schweine sind. Un' jetz' kommst de un' sagst, dass wir nix wert sind?"

Jeanne zögerte. „Nein, das natürlich nicht." Sie schaute auf die beiden Besucherinnen mit einer Mischung aus Faszination und

Abscheu. „Und das macht euch überhaupt nichts aus? Gegen Gottes Gebote zu verstoßen, die Angst vor dem Höllenfeuer?"

„Schätzchen, ich geb' dir ma' 'nen heißen Tipp. Du sollst nich' töten. Da stand nix von „außer es sind verschissene Engländer". Haste aber. Un' hab' ich auch. Un' deshalb wird das nix mehr mit dem Himmel, für dich nich' un' für mich nich'. Nur, ich komm' damit klar."

Jeanne schluckte einmal kurz, als sie das hörte und schaute dann zu Emma. „Und du?"

„Getötet habe ich nicht. Ich wollte eigentlich immer alles brav und richtig machen. Ich war ja auch verlobt. Und mein Verlobter ..." Emma wusste nicht, wie sie fortfahren sollte, also ließ sie es bleiben.

„Der is' 'ne miese, kleine, dreckige Kakerlake", führte Anne den Satz stattdessen fort. „Der wär's nich' mal wert, in der englischen Armee zu kämpfen, weißt de?", sagte sie und zwinkerte nun Jeanne zu, die plötzlich den Ansatz eines Lächelns zeigte, wenn auch nur kurz. Dann wurde ihr Gesicht zu einer schmerzverzerrten Grimasse.

„Wie tust denn du das hier aushalten?"

Jeanne atmete tief durch. „Nun ja, ich hatte gehofft, dass es noch Hilfe gibt. Dass mich die Wut rettet."

„Wie, die Wut?", fragte Anne. „Wie kann denn Wut retten? Meinst de, dass du sie alle abmurkst un' dann ausbrichst?"

„Nicht Wut, die Wut. So nennen wir ihn, die Wut. Eigentlich heißt er Etienne von Vignolles. Er hatte versucht, mich zu befreien, wurde dabei aber erwischt und ist nun selbst im Gefängnis."

„Du hast dich noch nicht damit abgefunden, dass du sterben wirst?", fragte nun Emma.

Jeanne seufzte. „Gut, ich habe das zwar anders behauptet. Aber nein. Ich habe 19 Jahre. Natürlich will ich nicht sterben."

Wer wollte das auch schon, dachte Emma, die betreten zu Boden schaute und dabei abermals die lose auf dem Boden liegende Kleidung sah.

„Es wird kälter werden", sagte Emma. „Du wirst erfrieren, wenn du dir nichts anziehst."

„Aye", sagte Anne.

Jeanne seufzte. „Wenn ich brenne, wird es schon heiß werden. Sie geben mir ja nichts anderes zum Anziehen als Hosen. Und sobald ich sie trage, verurteilen sie mich als Hexe, weil ich Männerkleidung trage. So perfide sind sie, diese Missgeburten." Sie schaute wieder in die Augen von Emma. „Ihr seid nicht hier, um mich zu retten, oder?"

„Nein", sagte Emma.

„Doch", sagte Anne.

Emma drehte sich ruckartig zu Anne um. „Hab' ich das gerade richtig verstanden?"

„Aye. Hey, das is' hier anders als bei der Terror-Frau da. Das hier is' Johanna von Arc, verdammt. Blutige Hölle! Die kann man doch nee nich' so verrecken lassen."

Emma spürte einen Stich in der Brust. Jetzt war Anne endgültig übergeschnappt. Jeanne d'Arc retten? Die Vergangenheit verändern? Sie hatte über so etwas noch gar nicht nachgedacht. Durfte man das denn überhaupt? Oder zerstörte man damit das Universum oder so etwas? Für einen kurzen Moment verfluchte sie, dass sie nicht genug Science-Fiction-Filme in ihrem Leben gesehen hatte. Jesus jedenfalls hatte nichts dazu gesagt. Einerseits, dachte sie, kann es ja auch gut ausgehen. Andererseits – was, wenn nicht? Das Risiko war ihr dann doch zu hoch. Auch wenn hier eine 19-Jährige saß und ganz offensichtlich nach jedem Strohhalm Hoffnung griff, ganz und gar nicht gefasst auf das, was ihr bevorstand. Wie sollte sich Emma nur entscheiden?

„Gut, wer schickt euch? Der König? Ich kenne ja nicht mal eure vollständigen Namen", fragte die Soldatin, die nun wieder etwas Hoffnung hatte.

„Nee, der nich'. Is' schwierig. Aber hey, halt dich an mich, ich mach' das schon."

„Du?", fragte Jeanne in dem Versuch, arrogant und wie eine Kriegerin zu klingen. Der Versuch misslang. „Ah gut. Welches ist dein Plan?"

Anne überlegte und starrte angestrengt auf das kleine, schlitzförmige Fenster, während Emma noch damit kämpfte, was sie gerade gehört hatte. „Anne! Bist du von allen guten Geistern verlassen?"

„Ey, wieso? Wenn wir schon hier sind, können wir auch was tun für Johanna."

Emma rutschte das Herz in die Hose. „Wir müssen mal kurz miteinander reden", sagte sie mit scharfer Stimme und schaute dabei Anne tief in die Augen. Die verstand.

„Was?", fragte sie daher knapp.

Emma zog sich an die Wand zurück, die Jeanne gegenüberlag und hockte sich ins modrige Stroh. Anne hockte sich daneben.

„Ey, das kann man so nich' lassen", eröffnete Anne die Sitzung. „Wie kann so was 'ne Heldin werden?"

Emma zuckte mit den Schultern. „Sie ist 19, was hast du denn erwartet? Eine weise Königin? Eine mutige Veteranin oder Piratin? Ich bin schon überrascht genug, dass sie nicht wie eine Bauerntochter spricht."

„Wie meinst de denn jetz' das, he?"

„Nichts für ungut", sagte Emma und grinste Anne an. „Sie klingt halt wie eine Adelige und nicht wie eine Soldatin. Eher gehoben, weniger Taverne."

„Aye. Un' sie hat genug. Die ham se gebrochen."

Allerdings, dachte Emma. „Sie hat ihre Würde verloren."

„Ja, un' wenigstens die sollten wir retten, meinst de nich'?"

„Weil wer nicht kämpft, hängt wie ein Hund?"

„Oder brennt", verbesserte Anne.

„Hast du überhaupt eine Ahnung, was passiert, wenn du wirklich Jeanne rettest?"

„Sie lebt?"

„Da bin ich mir nicht sicher. Ich meine, ich glaube nicht, dass Gott will, dass wir einfach so in der Vergangenheit rumspuken und alles ändern. Das gäbe ein Riesenchaos."

„Dann hätte er uns halt nee nich' hinschicken sollen. Weißt de, wenn ich die Chance gehabt hätte, dann würde Mary noch leben. Blutige Hölle, das lass ich nich' noch mal nich' zu."

Emma ließ diese Worte erst einmal sacken und schwieg. Schließlich, beinahe schon flüsternd, sagte sie. „Deshalb also tust du das. Aber das bringt dir Mary auch nicht wieder zurück."

„Hey, was? Mary zurück? Eh, Kaiserin, ich will hier nich' nur rumsitzen un' Kon..servation machen, aye?"

Emma unterdrückte den Impuls, Anne zu verbessern.

„Wie schwer kann denn das schon sein, he? Rechnet doch keiner mit uns hier. Haben den Überraschungseffekt auf unserer Seite."

„Klar, wo du ja auch eine Meisterin im Ausbrechen bist", sagte nun Emma bissig. „Ist dir eigentlich klar, dass die uns auch schnappen können?"

„Na und? Wenn's Nacht wird sind wir doch eh wieder weg, oder nich'?"

Emma überlegte. Schließlich fragte sie: „Und wenn die uns sofort alle Knochen brechen, noch bevor es Nacht wird?"

Das Feuer in Annes Augen erlosch für einen Moment. Daran hatte sie nicht gedacht. „Du meinst, die würden?"

„Guck dir Jeanne an."

„Aber wir sind schwanger! Un' das sind Engländer. Wie die auf Jamaika. Die dürfen nich' einfach so ..."

„Nicht im Jahr 1721. Aber seit wann gibt es dieses Gesetz? Seit 1431, früher oder später? Weißt du das?"

„Blutige Hölle! Woher soll denn ich so was wissen?"

„Eben. Also wissen wir das einfach nicht."

Emma schaute noch einmal kurz zu Jeanne. Die hatte einen Rosenkranz fertig gebetet und war nun aufs Vater Unser umgestiegen.

„Das is' doch vollkommen krank. Wie konnte denn die die Engländer schlagen bei dem ganzen Rumbeten?"

Das fragte sich Emma allerdings auch bei dem Anblick der verschüchterten jungen Frau, die sie dort vor sich sah. Sicherlich waren ihre Oberarme und Oberschenkel muskulöser als bei den meisten Frauen, aber wie ein Mannsweib sah Jeanne nun auch wieder nicht aus.

„Sie kämpft", sagte Emma schließlich, als sie noch einmal auf den misshandelten Körper schaute.

„Nee", sagte Anne. „Die kämpft nee nich' mehr. Ich weiß, wie Leute aussehen, wenn sie kämpfen. Un' ich sag' dir: Die kämpft nee nich' mehr. Die hat genug."

Emma war beinahe so, als hätte sie Mitleid in der Stimme von Anne wahrgenommen. Sie hatte sich bestimmt getäuscht, dachte sie schließlich und verwarf den Gedanken. „Warum willst du sie also retten?"

„Weil mich das krank macht. Rumsitzen, nix tun, nee danke. Is' nich' so meins nich'", erklärte Anne.

„Du hast lieber die Hosen an", stichelte Emma.

„Darauf kannst de einen lassen. Zieh' meine jedenfalls nich' wieder aus. Außerdem sind die schon praktisch bei der Flucht."

Das musste auch Emma zugeben.

„Muss sie dann nich' auch?", fragte Anne und zeigte erst auf Jeanne und dann auf das Bündel Kleidung.

„Bist du verrückt? Hinterher geht noch etwas schief", warnte Emma. „Stimmt, das lassen wir besser. Sie kriegt was, wenn wir hier raus sind."

„Wie willst du hier überhaupt rauskommen?", fragte nun Emma.

„Ich hab' da 'ne Idee ...", sagte Anne schließlich und erzählte es ihrer Mitreisenden.

Als sie mit ihrer kurzen Besprechung fertig waren, erhob sich Emma als Erste und ging wieder auf Jeanne zu. Die merkte eine Bewegung und schaute ängstlich auf Emma. „Also gut. Wir sind zwar nicht mit der Absicht hergekommen, dich zu retten. Aber Anne hat mich überzeugt."

„Wir sind gute Christenmenschen, aye!", sagte Anne schließlich.

Jeanne runzelte die Stirn. „Da habe ich allerdings meine Zweifel."

Emma lächelte ihr verschwörerisch zu. „Sie ist eine Kriegerin. Wäre es dir lieber, wenn sie handzahm wäre?" Jeanne schüttelte den Kopf.

„Ihr ... habt mir immer noch nicht eure kompletten Namen verraten", warf die Gefangene ein.

Anne musste lachen und auch Emma lächelte nun. „Darf ich vorstellen? Das ist Anne Bonny." Anne deutete eine Verbeugung an.

„Man macht einen Knicks", zischte Emma ihr zu.

„Von wegen Knicks. Ich knie vor niemandem nich', klar? Mich fürchten Engländer, Spanier, Holländer un' Fra...", Emma knuffte sie kurz in die Seite, „...uen un' Männer un' Kinder un' Alte, ganz egal."

„Bist du eine Kriegerin? Eine Soldatin?", fragte Jeanne.

„Aye."

„Welche Armee?", setzte Jeanne nach.

„Bin eher so selbstständig", sagte Anne und setzte eine Unschuldsmiene auf. Emma musste spontan lachen. So konnte man das auch nennen.

„Selbstständig?", fragte Jeanne verständnislos. „Eine Söldnerin?"

„Nee, Schätzchen", sagte Anne. „Ich stehe mehr auf das weite Meer un' die Freiheit. Un' zwar auch auf deine, also komm jetz'."

Doch Jeanne hockte weiterhin da und rührte keinen Finger.

„Und du?", fragte sie nun Emma.

Die stellte sich ebenfalls vor: „Emma Koslowski ist mein Name."

„Das klingt sehr fremd", fiel ihr Jeanne ins Wort. „Ist das ..."

„Polnisch", sagte Emma schließlich. „Zumindest stammt meine Familie dort her. Ich komme aus ..." Emma überlegte. Wozu hatte denn Essen damals gehört? Preußen war es nicht, das gab es 1431 noch gar nicht, so viel war klar. Aber was denn sonst? Verfluchte Kleinstaaterei im heiligen Kaiserreich! „Aus dem Kurfürstentum Brandenburg." Das würde zwar erst durch den Pfälzer Erbfolgekrieg 1609 im Westen Fuß fassen, aber das war zumindest weit genug weg, um keine Aktien im 100-jährigen Krieg zu haben, dachte Emma. Wer da nun alles an Kleinstaaten wie beteiligt gewesen war, wusste sie auch wieder nicht. Die Luxemburger und Burgunder jedenfalls, so viel wusste sie noch, hatten mitgemacht und sogar Jeanne gefangen genommen. Die kam ja selbst aus Lothringen und hatte die burgundischen Plünderungen miterlebt. Da konnte man leicht ins Fettnäpfchen treten. Außerdem: Emmas Name passte nun einmal nicht zu irgendwelchen Kleinstfürsten aus dem Rheinland oder Westfalen.

„Der Kurfürst von Brandenburg?", fragte Jeanne irritiert. „Der schickt euch? Warum?"

„Nein, der schickt uns nicht", sagte Emma schließlich. „Aber dafür haben wir jetzt keine Zeit. Wir haben einen Plan, um dich hier von diesen gottlosen Engländern zu befreien."

„Aye", brummte Anne.

„Also", sagte Jeanne und richtete sich auf. „Anne Bonny, Emma Kolosque, auf geht's."

Jeanne schrie laut. So laut, dass sie auch die Wachen hinter der schweren Tür aus Eichenholz hören konnten. „Geht weg! Ihr Dämonen, geht weg! Verzieht euch, ich bin keine Hexe! War das alles eine Lüge?"

Emma und Anne hörten hinter der Mauer Bewegung und schnelle Schritte. Schließlich vernahmen sie, wie ein Schlüssel ins Schloss gesteckt wurde und dies langsam öffnete. Dann wurde die Tür schwungvoll aufgestoßen und drei bewaffnete Männer kamen in das halbrunde Turmzimmer. Emma rutschte das Herz in die Hose. Drei waren mehr, als sie gehofft hatte. Aber nun gab es kein Zurück mehr.

„Jetzt!", flüsterte Anne, die sich neben der Tür an die Wand gedrückt und mit einem schnellen Schritt zu einem der beiden Männer aufgeschlossen hatte.

Nun geschah vieles blitzschnell. Jeanne, die an der anderen Seite gelauert hatte, war ebenfalls in die Flanke gestürzt, soweit das eben mit ihrer Fußfessel ging, während Emma die Ablenkung war, die in der Mitte so tun sollte, als sei sie Jeanne.

Anne griff sofort nach dem Schwert des Wachmanns, das noch in der Scheide steckte. Mit einer fließenden Bewegung nahm sie nicht nur die Waffe in die Hand, sondern schlitzte dem Wachmann auch gleich den Bauch auf.

Etwas mehr Mühe hatte Jeanne mit ihrem Feind, was vor allem an ihren Knochenbrüchen und Schmerzen lag. Aber das Adrenalin konnte vieles davon für den Moment kompensieren und es gelang ihr, die Waffe zu nehmen und damit die Wache zu töten.

Da war Anne allerdings schon in einen Kampf mit dem Dritten verwickelt. Und der hatte nicht nur nach Verstärkung gerufen, sondern schien auch gegen Anne die Oberhand zu behalten. Jeanne versuchte, sich einzumischen, doch ihr fiel das Schwert aus der Hand. „Oh Gott! Ich bin zu schwach", rief sie, dann sank sie auf alle Viere.

Nun stürmte Emma nach vorne, halb panisch von dem vielen Blut und den beiden Leichen. Im Gegensatz zu den erfahrenen Kriegerinnen hatte sie noch nie einen toten Menschen gesehen. Ihre Todesangst verhinderte allerdings ein Abrutschen in die lähmende Apathie. Wie in Trance griff Emma zum Schwert, das Jeanne hatte fallen lassen. Es hochzuheben gelang Emma allerdings nicht, dafür war die Waffe schlicht zu schwer und Emma wiederum zu schlecht trainiert und unerfahren. Jeanne und Emma tauschten einen panischen Blick, während Anne laut vor sich hin fluchte, als der englische Soldat ihren Kopf mit seinem Schwert nur knapp verfehlte.

Jeanne schaffte es immer noch nicht, sich aufzurichten und Emma fürchtete nun um Anne, die zwar mit Säbeln wie Entermessern umgehen konnte, aber mit dem Breitschwert doch ungeübt war. Emma schlich sich unbemerkt an den Engländer heran und erkannte rechtzeitig, dass der einen Gürtel trug und daran erkannte sie ...

„Sofort fallen lassen", sagte Emma schließlich mit dem Dolch in der Hand, der gerade den Besitzer gewechselt hatte. In einer fließenden Bewegung schien der Krieger nach Anne auszuholen, doch das Schwert sauste an ihr vorbei und auf die ungeschützte Emma zu.

Anne handelte blitzschnell. Mit ihrem Breitschwert stieß sie in die offene Flanke des Wachmanns und warf sich sogleich gegen ihn, dass dessen Schwert die Richtung wechseln musste und Emma haarscharf verfehlte. Und zwar im Wortsinn – eine ihrer Locken hatte weniger Glück gehabt und landete auf dem Boden.

Als die unmittelbare Gefahr vorbei war, gab ihm Anne schließlich den Rest. „Der hätte mich fast gehabt. Blutige Hölle, Kaiserin!"

Emma schaute auf die drei Leichen, die sie hinterlassen hatten. Sie musste sich übergeben. Mit einer Mischung aus Bewunderung und Abscheu schaute sie auf Anne und Jeanne. Worauf hatte sie sich da eingelassen? Beinahe hätte sie einen Menschen getötet. Beinahe wäre sie selbst getötet worden. Emma bekreuzigte sich.

„Keine Ursache, Kaiserin. 's nächste Mal, stich sofort zu."

Emma wollte einfach nur weg. „Ich ... hab noch nie ...", stammelte sie.

„Dafür ham wir jetz' keine Zeit. Jeanne, geht's?", fragte Anne.

„Es muss", sagte die Französin, die sich wieder aufgerichtet hatte und sich dank der Schlüssel der Wache auch von der Fußfessel befreien konnte.

Das Trio ging durch die Tür und stand nun vor einer Treppe, die gewunden nach unten führte. „Da müssen wir runter", sagte Anne. Emma stützte Jeanne, Anne ging mit gezückter Waffe vorneweg.

„Warum ist hier niemand?", fragte Emma. Es gefiel ihr gar nicht, dass nur drei Wachen auf die berühmteste Gefangene Frankreichs beziehungsweise Englands – zu dieser Zeit war das ja irgendwie das Gleiche – aufpassen sollten.

„Soll nur einer hochkommen. Ich komm' von oben un' bin im Vorteil", sagte Anne.

Das wissen die Engländer auch, dachte Emma, die sich wieder ein wenig gefangen hatte. Jeanne wiederum spürte plötzlich Hoffnung aufkommen. „Das wird euch der König tausendfach vergelten, wenn ihr mich nach Reims bringt." Paris war damals noch unter englischer Herrschaft, wusste Emma. „So viel Gold könnt ihr euch im Traum nicht vorstellen."

„Schätzchen, ich hab' schon Schatzflotten gesehen, die kannst du dir nich' mal ausdenken. Aber wär' mal ein netter Anfang", sagte Anne.

Als sie am Fuße der Treppe ankamen, hatte sich Emmas Befürchtung jedoch bestätigt. 20 Männer standen um den Ausgang des Turms mit gezückten Waffen bereit.

„Scheiße", sagte Anne.

„Scheiße", sagte Jeanne.

„Verflixt", sagte Emma.

Anne wollte sich bereits todesmutig auf den ersten stürzen, da brüllte Jeanne mit letzter Kraft: „Nein! Hör auf! Es ist vorbei."

Anne und Emma schauten die Ritterin irritiert an. „Ihr werdet nur sterben. Es ist genug."

„Eine weise Entscheidung", sagte der Hauptmann, der nun näher an die drei Frauen trat, nachdem Anne widerwillig die Waffe hatte fallen lassen.

„Wer seid ihr Hexen?", fragte er an Emma und Anne gewandt. Die wurden aschfahl.

„Holt den Scharfrichter, vielleicht kann der eure Zungen etwas lockern."

„Nein!", sagte Jeanne. „Es geht um mich, nur um mich."

„Jetzt nicht mehr", sagte der Hauptmann. „Drei Weiber, alle bewaffnet. Un' drei gute Männer habt ihr abgeschlachtet. Dafür sollt ihr in der Hölle schmoren."

Emma warf Anne einen panischen Blick zu, die diesen prompt erwiderte. Keiner wusste, wie sie nun aus dieser Situation herauskommen sollten.

„Bringt die drei zurück in die Zelle, und holt die Richter und weitere Zeugen. Nicolas de Venderès, Guillaum Haiton, Thomas de Courcelles, Bruder Ysambard, Jaques Camus, Nicolas Bertin, Julien Flosquet, John Grey, ich will sie alle hier sehen. Und natürlich auch Bischof Pierre Cauchon, den Hauptankläger. Und das nächste Mal passt besser auf."

Mit einem kräftigen Stoß wurden die drei Frauen zurück in das trotz des Lichtspalts dunkle Verlies gestoßen und die Tür abgeschlossen. Die drei toten Wachen waren derweil fortgebracht worden.

Emma und Anne schwiegen. Auch Jeanne schwieg. Schließlich liefen ihr Tränen über das Gesicht.

„Tja, meine Freundinnen. Es sind zu viele. Einfach zu viele. Dieser verfluchte Stolz."

„Hey, immerhin ham wa's versucht!", sagte Anne.

„Ja, aber um welchen Preis?", fragte Jeanne.

Emma sagte nichts. Sie konnte mit dieser Situation nicht wirklich umgehen. Erst das viele Blut nach dem Kampf gegen die Wachen, dann der Moment, als sie den Dolch genommen und Anne sie in letzter Sekunde gerettet hatte. Und jetzt wurden Richter, Ankläger und wer-weiß-wer-noch geholt, vielleicht ja auch ein Scharfrichter, der häufig auch Folterknecht war? Wegen ihr.

„Wie, um welchen Preis?", fragte Anne. „Du hast wenigstens noch etwas Würde. Un' ich auch."

„Ja, aber deine Freundin ist keine Kriegerin, Anne. Schau sie dir an."

„Hey, sie hat das klasse gemacht mit dem Dolch."

„Sie hätte zustechen müssen und das weißt du auch. Das war nicht deine erste Schlacht heute – ihre schon. Und sie hat Glück, dass sie noch lebt."

„Na ja, 'ne Schlacht war das jetz' nich'. Nich' so wie deine. So viel Ruhm un' Ehre hab' ich niemals nich'."

Jeanne seufzte. „Ah gut, Ruhm und Ehre also? Davon haben meine Männer viel gehabt, als sie Paris angegriffen haben. Und wofür? Dass ich zu stolz war, um einen Befehl zu befolgen."

Anne glaubte, sich verhört zu haben. „Wie, zu stolz? Hat denn dir das nich' der Engel befohlen?"

„Er hat mir befohlen, Frankreich zu befreien. Aber so ... detailliert hat er sich nicht ausgedrückt. Der König hatte mir erst verboten, nach Paris zu ziehen. Dann habe ich gesagt, ich tue es trotzdem. Und er hat mir Nachschub zugesichert. Der kam aber nicht."

„So sind se, die Kerle. Kannst dich niemals nich' auf diese Bastarde verlassen, das sag' ich dir." Jeanne verzog das Gesicht zu einer schiefen Grimasse.

„Er hatte ja recht. Es war Selbstmord. Viele brave Franzosen sind gefallen, nur wegen meines Stolzes. Weil ich diejenige sein wollte, die die Hauptstadt erobert. Den Krieg beendet. Dass ich, eine Frau, das getan habe."

„Hey, das darfst de nee nich' so sagen, aye?"

„Ach, dich hab' ich doch genauso verheizt, dich und Emma Ko...
Verzeihung."

„Nenn sie Kaiserin, is' einfacher. Un' hey, mich kannst de gar nich'
verheizen. Anne Bonny kämpft, für wen se kämpfen will. Un' für
niemand sonst. Ich nehm' keine Befehle an, von niemandem nich'. Ich
gebe sie!"

Emma wachte langsam aus ihrer Schockstarre auf. „Ich habe auch
beschlossen, dir zu helfen", sagte sie schließlich.

„Obwohl du nicht vorbereitet warst", tadelte Jeanne.

„Nein. Und ich ..."

„Du bist eine treue und gute Seele, Emma von Brandenburg.
Menschen wie du sind es, wegen denen ich mich schäme. Menschen,
die mir vertrauen, ihr Leben anvertrauen. Und in meiner Verblendung
habe ich sie geopfert."

„Du meinst, das war ein Fehler, für deinen König zu kämpfen?",
fragte Anne, „Frankreich zu befreien?"

„Nein, das nicht. Das war richtig. Es geht nur um die Attacke auf
Paris. Das war hochmütig und gar nicht edel", sagte Jeanne. „Der
Dauphin war gekrönt worden, das hatte mir der Engel versprochen. Ich
war in den Adelsstand erhoben worden, ich war seine enge Vertraute.
Und dann habe ich es übertrieben, das alles verspielt. Und selbst die
Engel habe ich damit enttäuscht. Nun schau mich an. Ich habe nicht
einmal genug Mut, um zu meinem Engel zu stehen, selbst wenn das
den Tod durch Feuer bedeutet. Die Wut, nun ihr beide. So viele, die
versucht haben, mich zu befreien. Und alles nur, weil ich Angst habe."

Anne schaute Jeanne verblüfft an und Emma wiederum schaute
Anne verblüfft an.

„Du meinst, es is' mutiger, nich' zu kämpfen?"

„Nichts ist edler, als sich für andere zu opfern", sagte Jeanne. „Und
deshalb können wir beide von deiner Kaiserin lernen, statt sie von uns."

Emma starrte nun Jeanne an. Sprach so eine 19-Jährige? Oder doch
eine Heilige? Die Französin wirkte nun überhaupt nicht mehr
gebrochen, sondern stolz wie jene Ritterin, die fast im Alleingang

Orléans befreit hatte und damit für die Wende in diesem Bürgerkrieg gesorgt hatte, an dessen Ende erst zwei unabhängige Nationen standen.

Während sie so über Jeanne nachdachte, hörte sie Schritte aus dem Treppenaufgang hinter der Tür näherkommen.

„Sie kommen, um euch zu holen."

Emma bekreuzigte sich. Anne tat es ihr zögernd gleich.

„Hab keine Angst, Kaiserin. Die bringen uns niemals nich' am ersten Tag um. Un' morgen sind wir eh wieder weg dank Jesus. Wirst schon sehen." Emma konnte erkennen, dass dieser Optimismus von Anne nur aufgesetzt war.

Jeanne kroch derweil auf der Erde herum, was Emma nur aus den Augenwinkeln wahrnahm.

„Hey, vielleicht nehmen die Rücksicht, weil wir schwanger sind."

„Wie kommt ihr denn auf die Idee?", fragte Jeanne. „Von so etwas habe ich noch nie gehört."

„Mist", fluchte Anne.

*

Schließlich wurde die Tür aufgestoßen. Diesmal waren gleich fünf Bewaffnete im Eingang, und diesmal hatten sie alle ihre Hände am Schwertknauf. Dazu war noch einiges an namhafter Prominenz dabei. Zumindest hielt Emma sie für namhaft. Beim Who-is-who der nordfranzösisch-englischen Gesellschaft von 1431 hatte sie leider nicht ganz aufgepasst.

„Hey, ihr beiden Schlampen, der Richter will euch sehen. Und du, verdammte Hündin ...", sagte der Anführer, der allerdings plötzlich innehielt. „Was zum Teufel ... Was trägst du da?"

Emma und Anne, die das nicht wirklich wahrgenommen hatten, schauten nun auf Jeanne.

Als erstes fiel Emma auf, dass Jeanne nicht mehr nackt war. Sie hatte ein schlichtes Bauernkleid über ihre Scham geworfen. Und darunter ... trug sie Hosen.

„Nein!", schrie Anne.

„Nein!", schrie auch Emma.

„Doch!", sagte Jeanne. „Hört mich an, ihr Engländer. Ja, ich bin Johanna, die Befreierin von Orléans. Der Erzengel Michael trug mir auf, dies zu tun, ebenso der Dauphin und heutige König von Frankreich – der einzige. Ihr Engländer seid kein diabolisches Volk. Aber ihr werdet alle zurück nach England gehen, egal, ob tot oder lebendig. Das schwöre ich euch. Die einzigen Dämonen, die ihr seht, sind die in euch selbst. Und wenn ihr eine Jungfrau für ihre heilige Mission verbrennen wollt, dann tut es. Ich bin bereit." Einer der Männer wandte sich an die Delinquentin. „Wurdet ihr gezwungen, diese Kleidung zu tragen?"

„Ich habe sie heute aus freien Stücken angelegt", erklärte Jeanne, „und ich werde fortan keine Frauenkleider mehr tragen".

„Seid ihr euch bewusst, dass ihr einen heiligen Eid brecht, den ihr geschworen habt?"

„Mir war nicht bewusst, dass meine Zusage einem Eid gleichkam. Einen solchen habe ich nie geschworen", sagte Jeanne und Anne konnte sich ein breites Grinsen nicht verkneifen, während ihr gleichzeitig Tränen über die Wangen liefen.

„Ich hielt diesen Eid für aufgehoben, da auch ihr euer Versprechen gebrochen habt, mich freizulassen, um zur heiligen Messe zu gehen. Nur wenn ihr dazu bereit seid, bin auch ich wieder bereit, Frauenkleider zu tragen", setzte Jeanne fort.

Die Männer ließen sofort von Anne und Emma ab. Stattdessen brachten sie Jeanne fort und die Treppen hinunter zur weiteren Vernehmung, sobald der Hauptankläger eingetroffen war. Schließlich trug sie den Beweis für ihre „Hexerei" ja am Körper – und würde man diese beiden unwichtigen Handlangerinnen nun statt ihr zum Verhör bringen, wäre vielleicht eine einzigartige Chance vertan, die größte Feindin Englands doch noch brennen zu sehen.

Beim Herausgehen rief die nun wieder stolze Jeanne ihren beiden Gästen noch zu: „Ich danke euch. Von ganzem Herzen. Ihr habt mir meine Würde zurückgegeben."

Jeanne sollte nicht mehr ins Verlies zurückkommen. Als Emma aus der Schießscharte hinaus den Sonnenuntergang erblickte und weder von Jeanne noch von englischen Soldaten etwas zu sehen war, gestattete sie sich zum ersten Mal ein Gefühl der Entspannung. Wenn sie jetzt die Augen schloss, würde sie wieder in Essen sein und das alles war nichts anderes als ein böser Traum gewesen.

E S S E N ,   T A G   3

Als Emma die Augen aufschlug, war sie tatsächlich wieder in Essen. Nie war sie glücklicher, durch ihre Fensterscheibe hindurch das graue, eintönige Ruhrgebiet zu sehen. Es hatte geschneit, erkannte sie. Auf den Dächern lag Schnee und auf der Straße Matsch. Das wusste sie, ohne hinzuschauen. So war es schließlich immer, wenn es einmal schneite.

Neben ihr erwachte nun auch Anne. „Blutige Hölle, das war knapp", sagte sie.

Emma sagte nichts, sondern ging an ihren Laptop und saugte alle Informationen über Jeanne d'Arc in sich auf, die sie finden konnte. „Da steht überall, dass sie zwar misshandelt, aber gar nicht gefoltert wurde", sagte sie.

Anne zuckte mit den Schultern. „Geschlagen ham se die trotzdem. Oder glaubst de, dass hätte irgendwen von den Kerlen da gekümmert?"

Emma konnte sich das nur schwer vorstellen nach dem, was sie in Rouen erlebt hatten. Was wusste man schon, dachte sie erneut, wirklich über das Mittelalter? Und welchen Quellen konnte man wirklich trauen?

„Sie is' wie 'ne wahre Heldin gestorben", kommentierte Anne nicht ohne Stolz, die sich neben Emma hingehockt hatte.

„Ich dachte schon, du konntest sie nicht leiden."

„Ach was. Da tat ich doch noch nich' wissen, wer sie war. Aber, Kaiserin, bei einer Sache hat se recht. Wir müssen mal reden."

Emma atmete einmal tief durch. Das mussten sie in der Tat. Durch ihre Internetrecherche hatte sie ein wenig versucht, sich abzulenken, zu betäuben. Doch jetzt musste es raus.

„Wir haben Menschen getötet. Ich habe ..."

Anne legte ihr behutsam die rechte Hand auf die Schulter. „Das erste Mal is' immer hart."

„Nein, du verstehst nicht. Ich bin keine Piratin, Anne. Ich töte keine Menschen. Ich bin einfach nur Emma Koslowski aus Essen. Das ist ... einfach nicht richtig. Und dann war da dieser Dolch und ich ... hätte zustechen sollen. Oder nicht. Oder doch. Ich weiß es einfach nicht." Mit Verzweiflung in ihrem Blick schaute sie in die grünen, mysteriösen Augen von Anne.

„Hör mir zu, Kaiserin. Ich mag dich. Und zwar nich', weil du 'ne Kriegerin bist. Zwei Annes sind nee nich' gut. Haste doch gesehen in deinem Traum, dass das nee nich' gut is'."

Allerdings. Emma stimmte schweigend zu.

„Hätte nich' gedacht, dass du den Mumm hast un' den Dolch überhaupt nimmst."

Emma lächelte gequält. „Das war nicht richtig. Aber ich konnte doch schlecht drauf warten, dass der dich absticht."

„Aber so was wie ‚Hände hoch oder ich schieße' sagst de nur einmal im Leben. Entweder hast de Glück und kannst draus lernen oder du lernst nie wieder was", sagte Anne.

Emma konnte das nicht akzeptieren. „Nein, Anne. Es war nicht richtig. Drei Männer sind tot, nur weil wir eine Zeitreise gemacht haben. Die hätten sonst noch gelebt, die hatten bestimmt Frauen und Kinder und ..."

„Hey, jetz' hör mir mal ganz genau zu. Genau darüber will ich mit dir reden: Wenn du nich' kämpfen willst, in Ordnung. Is' nee nich' jedermanns Sache. Das versteht sogar die alte Anne. Aber wenn du's doch tust, dann musst de das richtig tun. Wer 'ne Waffe auf dich richtet, der is' ein Feind. Un' für Feinde gibt's keine Gnade. Über so was kannst de nachdenken, wenn der die Waffe fallen lässt. Aber niemals nich' vorher. Sonst kriegst de Probleme."

Emma machte es schwer zu schaffen, so zu denken. Das hatte nichts mit der zivilisierten Welt zu tun, die sie liebte. Nichts mit ihren Bildern und Statuen, ihren Kunstwerken und dem Streben nach Perfektion oder zivilisatorischem Fortschritt.

„Es war so ... schmutzig. So ... würdelos."

„Aye. Das is' es immer. Was hast denn du gedacht? Dass da zwei Ritter auf Pferden ein Duell austragen tun? Jeder kämpft so dreckig wie er kann, Süße. Auch Jeanne. Hauptsache überleben."

„Ich habe noch nie einen Toten gesehen", gestand Emma nun. „Und noch nie ..." Menschliche Eingeweide, wollte sie sagen, aber allein bei dem Gedanken an die Leichen wurde ihr speiübel. „Vor allem, Anne: Ich weiß nicht, was richtig und falsch gewesen wäre. Zustoßen, oder nicht zustoßen."

„Na ja, so hast de halt mich die Drecksarbeit machen lassen", sagte Anne. „Fühlst de dich deshalb besser?"

Da hatte sie natürlich auch wieder recht, dachte Emma. „Tut mir leid", sagte sie schließlich.

„Brauch's nee nich'", entgegnete Anne. „Hätte den Vorschlag niemals nich' machen dürfen. Wusste nich', dass Jeanne nich' mal mehr ein verdammtes Schwert halten konnte. Wenn du den Kerl nich' abgelenkt hättest, der hätte mich voll erwischt. Dann tät's heißen: Anne Bonny, zum Tode verurteilt: 1721. Gestorben: 1431."

Emma dachte nach. So hatte sie das noch gar nicht gesehen.

„Un' deshalb, Emma, Kaiserin von Brandenburg, hast de mich mal wieder gerettet. Nur diesmal hab' ich das auch gleich wieder gutgemacht."

Emma seufzte. „Ja, danke dafür. Der hätte mich wirklich getötet, nur weil ich ihn nicht töten wollte."

„So is' Krieg", bilanzierte Anne.

Emma hatte ihre Mühe damit, das zu akzeptieren. Vielleicht war das ja alles in Wirklichkeit gar nicht passiert. Vielleicht hatten die beiden das ja nur geträumt, hoffte sie.

Anne hatte derweil ein ganz anderes Problem, um das sie sich sorgte: „Du musst zum Barbier", sagte sie schließlich, mischte sich damit in Emmas Gedankengänge ein.

„Zum was?", fragte Emma.

„Na, zum Barbier. Der, der Haare schneidet und so was. Wie sagst denn du dazu?"

„Du meinst den Friseur."

„Aye, sag' ich doch."

„Und wieso soll ich da hin?"

Anne geleitete Emma zum Spiegel. Und nun sah sie, was Anne meinte. Und zu ihrem Bedauern erkannte sie damit auch, dass das Jeanne-Erlebnis kein Traum gewesen war. In ihrem schulterlangen, leicht gelockten Haar klaffte hinter dem rechten Ohr eine Lücke.

„Das war von diesem Ritter", erinnerte sich Emma.

„Zum Glück hat er nur deine Haare erwischt."

Emma liefen die Tränen über ihr Gesicht, als sie erkannte, dass es wirklich geschehen war. Nach einer kurzen Zeit hatte sie sich aber wieder gefangen. „Gut, gehen wir zum Friseur."

*

Anne musste lernen, dass es gar nicht so leicht war, einen Termin bei einem Friseur zu bekommen. Obwohl das hier ein klarer Notfall war. Ebenfalls musste sie lernen, dass nahezu alle Friseure seltsame persische oder türkische Namen hatten. Und dass der Orient scheinbar in Deutschland begann und nicht erst in Asien, zumindest an der Haarfront. Insofern war Emma vielleicht tatsächlich die Kaiserin von China, bemerkte Anne, was ihr ein kaiserliches Grunzen einbrachte.

Doch wie eine Kaiserin fühlte sich Emma gerade überhaupt nicht. Noch immer haderte sie mit sich und ihrer Begleitung. Sie hatte erstmals gesehen, wie ein Mensch getötet wurde. Und Anne schien das überhaupt nichts auszumachen. Das durfte sie eigentlich nicht überraschen, immerhin kannte sie doch Annes Vorgeschichte, hatte vieles über die Piraten der Karibik gelesen, auch über Anne selbst. Und doch. Es war noch einmal etwas völlig anderes, sich plötzlich in einer solchen Situation zu befinden. Und zu erkennen, dass eben dieses Zögern, diese Mitmenschlichkeit, die sie gezeigt hatte, zu ihrem Untergang hätte führen können. Natürlich hatte sie Jeannes Blick bemerkt. Es durfte nicht noch einmal passieren, dass sie sich in die Hände von Anne begab! Sie war nicht Mary Read – und auch der war die Waffenschwesternschaft mit Anne schließlich nicht so gut bekommen. Deren Ende hatte sie ja selbst miterlebt. Zunächst einmal musste sie sich aber um ihr Haarproblem kümmern.

Nachdem sie es bei zahlreichen Salons versucht hatte, fand sie schließlich einen, der „einen echten Notfall" noch dazwischenschieben konnte. „Koaför Haarim" führte seinen Laden in Altenessen, einem der weniger glamourösen Stadtteile Essens. Katha, Emmas Freundin, hatte sich dort einmal die Haare machen lassen. „War ein großer Fehler, der schlimmste meines Lebens", lautete damals das vernichtende Urteil. Emma hatte damals mit ihrem kunsthistorischen Sachverstand den neuen Stil und die avantgardistische Scherenführung als wahrhaft meisterlich und impressionistisch gepriesen. Denn Impression, also Eindruck, hatte dieses Haarungetüm tatsächlich gemacht. Nur keinen guten.

Nun war sie selbst dran. Denn ihre Stamm-Friseure konnten „so kurzfristig leider nicht". Und es handelte sich hier immerhin um einen Notfall. Im Moment trug sie schließlich schulterlanges, lockiges Haar mit „Undercut", wobei der „Cut" zum Glück das Ohr knapp verfehlt hatte.

Selbst Anne, die ja sonst für vieles Verwegene zu haben war, fand diese Frisur zu gewagt. Also waren die beiden nun auf dem Weg zu „Haarim", einem Araber, der sich hier in Essen ein neues Leben aufgebaut hatte.

„Ah, willkommen. Sie müssen der Notfall sein", sagte der leicht untersetzte Mann, der selbst kurze Haare trug und einen recht eigenwilligen Bart, der eher an einen gemähten Rasen oder einen Teppich als an Haare erinnerte. Das fand zumindest Anne. Zu Emmas Überraschung sagte die Piratin aber nichts, sondern ließ Emma erst einmal den Vortritt.

„Ja, ich habe noch Glück gehabt. Meine Nichte hat eine Schere gefunden, als ich geschlafen habe, und das war das Ergebnis." Auf diese Version hatten sich Emma und Anne geeinigt, bevor sie in nähere Verhandlungen mit den Friseuren traten.

Ein Lächeln huschte über das Gesicht von „Haarim". „Jaja, die kleinen Racker. Dann wollen wir mal sehen, was wir da machen können", sagte der Mann mindestens zwei Oktaven zu hoch für Annes Geschmack. Auch schien er einzelne Worte überzubetonen. Nun hatte sie selbst wenig Erfahrungen mit Orientalen gesammelt – auch wenn sie natürlich wusste, dass es auch dort mächtige Piraten gab. Aber sie hatte einmal davon gehört, dass einige von ihnen eine sehr hohe Stimme besaßen.

Derweil brachte „Haarim" Emma zu ihrem Stuhl. „Also, Süße, wie darf ich dir denn mit deinem Notfall helfen?"

Anne schluckte. Hatte der Kerl Emma gerade „Süße" genannt? Das durfte vielleicht sie sagen. Aber sie war schließlich auch Anne Bonny. Sie schaute zu ihrer neuen Freundin rüber. Die warf ihr einen flehenden Blick zu, sich nicht einzumischen.

Anne hielt sich zurück, was Emma überraschte. Die Irin hatte etwas wiedergutzumachen. Sie hatte Emma in Gefahr gebracht und die Situation mit Jeanne falsch eingeschätzt. Da wollte sie jetzt nicht schon wieder vorpreschen. Zumindest nicht, solange Emmas Haare noch nicht gerichtet waren. So viel Kompromiss musste dann schon sein, dachte Anne.

Also setzte sie sich stumm hin und beobachtete, wie sich der seltsame Mann – wenn es denn überhaupt ein Mann war, Anne hegte da trotz des Bartes Zweifel – an den Haaren von Emma zu schaffen machte.

„Willst du einen Undercut? Wir könnten dir auch eine Komplett-Glatze verpassen. Oder vielleicht doch eher etwas Punkigeres? Haare färben könnte ich auch. Darling, das sähe bestimmt zuckersüß aus, ein Traum in Pink.“

Emmas Augen weiteten sich. „Bitte nicht Pink. Können Sie mir nicht einfach eine Kurzhaar-Frisur machen?“

„Also mit diesen Locken ist das ein absolutes No-Go, Darling. Die müssen wir glätten.“

Emma wünschte sich den Dolch aus Jeannes Gefängnis zurück in ihre Hand. Diesmal würde sie nicht zögern. Ihre Locken glätten? Hatte er das wirklich gesagt?

„Oh ja, und wenn wir schon dabei sind, dann …“

„Nein, das machen wir nicht.“ Tränen liefen Emma über die Wange.

„Oh, Darling, nicht weinen. Neineinein. Schau mal, wir machen aus einem Entlein jetzt einen schönen, bunten Schwan.“

Eher einen Kanarienvogel, dachte Anne besorgt. Doch sie hörte sich das alles weiter in scheinbarer Seelenruhe an. So langsam regte sie der Kerl, der sich so bunt kleidete wie Jack und sprach wie eine Frau, ziemlich auf.

„Wir wollen doch der Welt zeigen, dass du nichts mit dir machen lässt, Darling. Und eine selbstbestimmte Frau bist.“

„Deshalb muss ich mich aber nicht entstellen“, beschloss Emma.

„Also, Darling, sei doch nicht so verkrampft.“

Anne erhob sich langsam. „Blutige Hölle! Ey, Kaiserin, mach mal das Feleton an.“

Wie unter Hypnose tat Emma wie geheißen und drückte auf „Record“.

„Hey, du. So redest de nee nich’ mit meiner Freundin hier, aye?“

„Wie bitte?“

„Wenn se sagt, dass se gern ihre Löckchen behält, dann behält se ihre Löckchen, aye?“

„Also, Darling, von Haaren habe ich doch ein wenig mehr Ahnung als du mit deinem wilden Rot.“

„Sprich nur weiter", sagte Anne, wie eine Spinne im Netz, bereit zum Zuschlagen.

„Na ja, das ist halt total old-fashioned. So wild und ungezügelt. Aber das hat doch keine Eleganz, dabei hat dein Haar viel Potenzial. Aber rot geht gar nicht. Was hältst du von …?"

„Das meinst de nich' ernst, eh?"

„Aber Darling, du musst doch selbst sehen, dass …"

„Blutige Hölle! Meine Haare sind so rot wie das Blut meiner irischen Ahnen, aye? Un' auch so rot wie mein eigenes, aye?"

„Oh, Blut. Gleich so barbarisch. Haare haben doch nichts mit Blut zu tun."

„Das werden wir gleich sehen. Wenn ich so 'ne Bullenscheiße noch mal höre, dann bist de auch ein Rotschopf. Aye?"

„Also, Darling, es ist ja süß, wie du dich um dein Schatzi hier kümmerst. Aber sie ist bei mir in den besten Händen. Beruhige dich und trink einen Tee. Aber ich habe schon verstanden, du bist der Mann in eurer Beziehung."

Anne hatte leichte Verständnisprobleme. Beziehung? Mann? Sie? Hatte dieser Kerl etwas an den Augen?

„Oh, ich bin so viel Frau, damit wirst de nie nich' fertig, glaub mir. Als Eunuch schon zweimal nich'."

„Wieso bin ich ein Eunuch?", fragte Haarim nun mit etwas schärferer Stimme.

„Na so, wie du sprichst. So spricht man nur, wenn man keine Eier hat."

„Also, Darling, du musst doch nicht gleich so aggressiv sein. Aber ich bitte dich, zu gehen, wenn du hier so beleidigend wirst. Wir akzeptieren uns hier alle so bunt wie wir sind."

„Nur rot magst de nich', aye?"

„Deines in der Tat nicht", sagte „Haarim".

„Schön, ich mag auch deinen Bart nee nich'. Kann man das denn noch Bart nennen? Oder is' das ein geklebter Teppich? Willst damit so wirken, als wärst de doch ein Mann, eh?"

„Noch einmal, bitte gehen Sie jetzt …“

„Nix da. Ich geh' hier nee nich' weg, solang du meiner Freundin nich' 'ne anständige Frisur gemacht hast. Mit der se nich' aussehen tut wie ein Monster.“

„Wie ein Monster?“, echote „Haarim“.

„Wie ein Monster?“, mischte sich nun auch Emma ein.

„Aye. Wie will denn so ein Kerl wie du 'ne Frau finden, wenn de nich' mal Respekt vor Haaren hast?“

„Ich habe einen sehr lieben Mann. Da brauche ich keine Frau.“

„Blutige Hölle!“, entfuhr es Anne. „Du bist ein …“

Sie musste innehalten. Natürlich hatte sie schon Schwule gesehen und wusste, was das war. Aber deshalb lief man doch nicht gleich rum wie ein Eunuch und musste das jedem auf die Nase binden, der das nicht hören wollte. Zu ihrer Zeit zumindest war das auch extrem ungesund gewesen. Aber diese Welt hier hatte sie ohnehin nicht wirklich verstanden.

„Ein was?“

„Einer, der auf Männer …“

„Ja, hast du damit ein Problem?“

„Nee“, antwortete Anne. „Bei dir schon gar nich'. Hat die Frauenwelt ja nix verpasst. Aber glaub's oder nich', wir sind nich' so drauf wie du. Un' wollen auch nee nich' so aussehen wie Paradiesvögel. Sondern wie normale Menschen.“

„Haarim“ wurde es nun zu viel. „Also, wir sind doch alle Menschen. Wir teilen uns alle denselben Planeten. Wir sind doch alle normal. Und eine Lesbe zu sein, ist nicht verkehrt.“

„Ne was?“ Anne fühlte sich nun seltsam unbehaglich.

„Du und deine Freundin, ihr wärt so ein süßes Pärchen.“

Anne fühlte sich auf eine seltsame Art in die Ecke gedrängt. Und zwar so, wie es in ihrer Zeit nicht einmal die englische Marine gekonnt hätte. Sie warf einen gequälten Blick herüber zu Emma. Filmte die etwa immer noch? Blutige Hölle! „Hey, Kerl, schau mal auf meinen Bauch. Siehst de das? Bin schwanger. Weißt de überhaupt, wie man Kinder kriegt? Wie das geht? Kann ich dir sagen, wie man das tut. Kleiner Tipp: Da braucht man 'nen Mann zu. Un' nur einen."

„Aber du hast schon einmal mit einer Frau, oder? Darling, der alte Haarim erkennt so etwas. Und ich weiß, das Coming-Out ist immer schwierig."

„Ich soll rauskommen? Vor die Tür? Können wir gerne machen. Nur du un' ich un' unsere Fäuste, aye", sagte Anne. Doch Emma merkte, dass sie gequält wirkte. Im Gegensatz zu all ihren anderen Opfern bekam sie „Haarim" nicht wirklich zu fassen.

„Oh Darling, warum wirst du gleich so obszön und brutal? Nein, nein, nein, nein, nein. Hier geht niemand raus. Ich bin nicht tausende von Kilometern vor dem Krieg geflüchtet, nur um mich von einer Lesbe vermöbeln zu lassen, die nicht dazu stehen kann. Dann sei eben keine. Mir doch egal."

Anne hielt inne. Sie war es gewohnt, dass sie sich gegenüber Männern behaupten musste und diese sie erst einmal nicht respektierten. Aber dass sie sofort die weiße Flagge hissten, wenn sie mit ihren Fäusten drohte? Das überforderte Anne, die nicht wusste, ob sie nun Verachtung für „Haarim" übrighaben sollte. Oder Mitleid. Oder beides.

„Ich bin ... was für ein Krieg denn?"

„Na, der große in Syrien. Da bin ich geboren. Hast du eine Ahnung, was es heißt, Muslim und schwul zu sein? Und dann in einer Armee kämpfen zu müssen, in der Leute dienen, die dich dafür verachten, was du bist?"

„Aye", sagte Anne. Frauen, Schwule, da machten die meisten Männer schließlich keine Unterschiede.

„Und mehr werde ich darüber auch nicht erzählen. Ich bin Haarim, der Koaför von Altenessen. Und nicht Haarim der Flüchtling."

„Aye. Dann tu ihr die Haare aber wenigstens normal schneiden."

„Ich bin ein Künstler!", behaarte „Haarim".

„Un' ein Eunuch", warnte ihn Anne ein letztes Mal.

„Noch einmal, das bin ich nicht."

„Noch nich'. Aber bald, wenn de meiner Freundin nich' helfen tust oder mir weiter was von Schwuchteln erzählen tust."

„Ihr müsst es ja selber wissen. Jeder verschandelt sich so gut, wie er kann."

„Ich bitte darum", sagte Anne, die sich wieder hinsetzte und den Rest des Aufenthalts schweigend verbrachte. Sie verstand eine Welt nicht, in der Schwule und Lesben frei herumlaufen konnten.

In jedem Fall hatte sich Annes Einsatz gelohnt. Emma betrachtete sich stolz im Spiegel. Eine Kurzhaarfrisur hatte sie noch nie gehabt. Aber es stand ihr, erkannte sie. Trotz der Locken. Vielleicht auch gerade deswegen.

„Aber kommt nie wieder", sagte „Haarim", als die beiden den Friseur-Salon verließen. Emma.kos98 lud sogleich das Video hoch. „Ist das Kunst oder kann das weg? Rote Anne rettet Frisur."

*

Die Rückfahrt zu Emmas Studentenwohnung verbrachten die beiden jungen Frauen schweigend. Emma hatte sich kurz bei Anne für ihr Einschreiten bedankt. Aber sie war nicht wirklich in der Stimmung, mit der Piratin mehr Worte als nötig zu wechseln. Die hatte bereits selbst gemerkt, dass irgendetwas nicht in Ordnung war. Schließlich hielt sie die Stille nicht mehr aus.

„Du, Kaiserin. Ich …"

Emma zog eine Augenbraue hoch.

„Ich … Wir werden nee nich' mehr kämpfen, aye?"

„Darum bitte ich. Verdammt, Anne, du bist schwanger. Wir sind schwanger", Emma redete sich in Rage. „Jetz' hömma gut zu, Frollein. Wir ham Verantwortung für unsere Kinder, verdammte Axt! Dat kannste so nich' machen. Auf jeden einprügeln, den du nich' machst. Wat soll dat?"

Anne schrak zusammen. Eine solche Wortwahl war sie von Emma nicht gewohnt. „Ey, du sprichst ja schon wie ich, Kaiserin!"

„Ey, hömma, Klartext", sagte Emma weiter und schaute Anne dabei tief in die Augen. „Damit wir uns da ma' ganz klar verstehen. Ist euch Piraten eigentlich irgendwas heilig? Erzählt was von Mut und Ehre. Und von Freiheit. Aber seid ja nichma' inne Lage, Verantwortung zu übernehmen. Wenn du 'ne Anführerin sein willst, dann handle auch so und sei nicht so ... ein Kind, Herrgott noch mal!"

Anne traute ihren Ohren nicht. Hatte Emma ihr gerade die Leviten gelesen? Ihr, der großen Piratin? Diese ...

Doch irgendwie verfehlten Emmas Worte ihre Wirkung nicht. Nur verstand sie Anne nicht in allen Details. „Ey, wenn de mich nich' hättest, dann wären deine Haare jetz' versaut!"

Emma schnaufte ein wenig. „Ja, und du hast den armen Kerl da ziemlich fertiggemacht."

„Aye, der hatte es aber auch verdient. Hast de doch selbst gesagt un' gesehen. Der wollt' aus dir 'nen Kanarienvogel machen. Un' aus uns beiden Lesben."

Emma musste lächeln, obwohl sie nicht wollte. „Vielleicht bin ich ein bisschen dankbar. Aber. Darum geht's hier nicht. Es geht ums Prinzip, Anne."

„Ah. Du hast recht, weil du recht haben tust?"

Emma verdrehte die Augen. „Der Kerl ist schwul. Und das in Syrien. Der floh vor dem Krieg. So etwas könnt ihr euch nicht vorstellen, wie moderner Krieg aussieht. Ihr mit eurer Piratenehre." Emma sprach das letzte Wort voller Verachtung aus.

„Der hat uns Lesben genannt!", schrie Anne.

„Na und?", fragte Emma. „Gibt doch Schlimmeres, als wenn dich ein Friseur fragt, ob du eine Lesbe bist. Warum geht dir das so nahe?"

Anne hielt für einen Moment inne. „Da is' er nee nich' der erste, der das zu mir sagt", gestand sie schließlich. „Als Mary und ich die Bombe ham platzen lassen. Also, dass wir Frauen sind un' noch schwanger dazu. Da wurd' getuschelt. Schwanger hin oder her. Un' weißt de, was wirklich schlimm is'? Dass ich auch erst mal drauf reingefallen bin! Dachte, Mary wär 'nen Kerl. Un' wollt was von dem. Hab' se oder ihn zur Seite genommen un' gezeigt, dass ich gar nich' Adam bin, sondern Anne. Aye?"

Emma musste das Gesicht zu einer Grimasse verziehen, obwohl sie nicht wollte.

„Kannst dir vorstellen, was los war, als das plötzlich 'ne Mary war."

„Und habt ihr dann ... Und wie verträgt sich das mit der Piratenehre?", fragte Emma. Doch damit hatte sie eine Linie überschritten.

„Blutige Hölle, Kaiserin! Du erzählst mir was von Piratenehre? Du bist ja nich' ma' dem Kampf Mann gegen Mann gewachsen", konterte Anne.

„Und wo ist da das Problem? In unserer Zeit gibt es das eh kaum noch. Hier tötet man vom Computer aus. Ich will gar nicht wissen, wie viele Menschen Haarim so verloren hat. Und das, ohne dass er überhaupt kämpfen konnte. Dagegen sind eure Kanonen noch gar nichts."

Anne konnte sich das nicht vorstellen, griff aber sofort nach Emmas Handy und schaute sich entsprechende Youtube-Videos an. Was sie da sah, erschrak sie.

„Blutige Hölle! Wo is' denn da die Ehre?"

„Es gibt sie nicht", sagte Emma, die sich mittlerweile ein wenig beruhigt hatte. „Schau dich hier um, in Essen. Die ganze Stadt sah nach dem großen Krieg so aus wie die Städte jetzt in Syrien aussehen. Wo Haarim herkommt. Glaubst du nicht, dass Leute da ein Recht drauf haben, in Ruhe gelassen zu werden?"

Anne erkannte in Emmas Augen plötzlich ein Feuer, das ihr Angst machte. Sie wusste zum ersten Mal seit langer Zeit nicht, wie sie sich verhalten sollte. Diese Frau hatte ihr das Leben gerettet. Zweimal sogar. Auch wenn das eine Mal so unbeholfen war, dass sie sich am Ende doch selbst retten musste. Sie waren Waffenschwestern. Und doch sprach sie mit ihr in einem Ton, den sich nicht einmal die Piraten auf der William getraut hätten.

„Ey. Kaiserin. Ich dachte, wir wären ..."

„Was?"

„Eine Crew!"

„Mach dir nichts vor, Anne. Wir haben noch zwei Nächte. Und dann wird Jesus tun, was er eben tut. Wie willst du denn hier in dieser Welt überleben?"

„Läuft doch ganz gut", meinte Anne und zeigte auf das Handy, wo der Friseur-Auftritt bereits bei einigen 100.000 Klicks stand.

An der Haltestelle, an der Emma eigentlich hätte aussteigen sollen, blieb diese sitzen.

Anne, noch immer verwirrt von dieser Predigt, blieb ebenfalls sitzen. „Ey, Kaiserin, wo fahren wir denn hin?"

„Ins Folkwang", antwortete Emma patzig. „Du hast mir deine Welt gezeigt. Jetzt zeige ich dir meine. Eine, die so bunt ist wie die Farben im Regenbogen. In der es vollkommen egal ist, wen man liebt. Vielleicht lernst du da ja was."

„Ey, was soll denn das jetz'? Ich bin 'ne Piratin, blutige Hölle!"

„Jaja. Jetzt komm mit. Das ist eines der bedeutendsten Kunstmuseen in Deutschland. Warst du überhaupt schon einmal in einem Museum?"

„Muse... was?"

„Da hängen Kunstwerke. Gemälde. Aus vielen verschiedenen Epochen, vor allem 19. und 20. Jahrhundert."

„Also nach meiner Zeit", bemerkte Anne.

„Eben. Bist du gar nicht neugierig? Das sind Bilder, die du sonst niemals sehen würdest. Das nennt sich Bildung. Und das ist in meiner Zeit sehr wichtig."

„So wie denen im Internet?", Anne zeigte auf die ersten schwulenfeindlichen Kommentare unter dem Haarim-Video.

„So sind zum Glück nicht alle bei uns."

Anne war noch immer unschlüssig. Sie war es nicht gewohnt, Befehle anzunehmen. „Du vergisst, wer ich bin, Kaiserin. Ich mag dich. Nur deshalb hol' ich dich nee nich' Kiel für das, was du sagst."

„Und weil ich dich mag, sach ich dir die Wahrheit, Frollein", platzte es aus Emma heraus. „So sind wir Ruhrpott-Mädels." Sie beugte sich zu Anne hinüber. „Ich kann es auch so sagen: Mag sein, dass wir eine Crew sind. Aber wohin das führt, wenn wir deine Befehle befolgen, haben wir gesehen. Jetzt bin ich dran."

Die Ansage hatte gesessen. „Ey, Kaiserin. Is' das hier 'ne Meuterei?"

„Aye", sagte Kapitänin Emma. „Und jetzt komm mit ins Museum. Das ist ein Befehl."

*

Anne machte gute Miene zum bösen Spiel. Wobei sie sich noch gar nicht sicher war, wie böse das Spiel denn nun wirklich war. Denn Museen gab es in ihrer Zeit noch gar nicht, jedenfalls keine öffentlichen. Natürlich hatte sie Emmas Handy stibitzt und schnell den Artikel dazu auf Wikipedia durchgelesen. 1759 eröffnete das British Museum, das war allerdings ein kulturhistorisches und kein Kunstmuseum. Das war gerade einmal 38 Jahre nach Annes Verschwinden – das hätte sie ja theoretisch noch miterleben können, wenn sie das biblische Alter von 62 Jahren erreichte. Ansonsten gab es zu ihrer Zeit vor allem fürstliche Kabinette. Davon hatte sie natürlich gehört.

Auch ihr Vater hatte das ein oder andere Gemälde gesammelt. Sie erinnerte sich an die schönen Werke und auch die Musik, die in ihrem Haus in Irland gespielt hatte. Es war ja nicht alles schlecht gewesen im Leben von Anne McCormac.

Annes Skepsis verflog automatisch, als sie in die große Halle trat. „Blutige Hölle", sagte sie, als sie im Glasgebäude stand und die große Treppe am Haupteingang überwunden hatte.

„Du hast mir gar nich' gesagt, dass wir in einen Palast gehen."

„In meinen Palast", erklärte Emma.

Instinktiv schaute Anne nach den Sicherheitskräften. „Eh, viele Wachen laufen ja hier nich' 'rum. Da kann man ja einfach reinspazieren."

„Das ist auch der Sinn der Sache", erklärte ihr Emma. „Je mehr hier reingehen, desto besser."

Annes Augen strahlten. „Das heißt, die ganzen Schätze da drin sind nee nich' bewacht? Was für 'nem Fürst gehört denn das, eh?"

„Mir zum Beispiel", bemerkte Emma trocken.

„Was?", fragte Anne mit geweiteten Augen.

„Na, das Museum gehört der Stadt und einem Verein, dem jeder beitreten kann. Aber eigentlich ist es ein öffentliches Museum."

„Kein Fürst?"

„Kein Fürst."

„Dann is' das ja noch einfacher, die Schätze zu stehlen."

„Lass es, Anne. Wenn du hier Bilder klaust, dann beklaust du auch mich." Emma war zwar nicht Mitglied im Folkwang-Museumsverein, aber das musste sie Anne ja nicht auf die Nase binden.

„Aye", brummte Anne enttäuscht. Aber die Kaiserin hatte ja recht, dachte sie. Was für eine verrückte Welt, so ganz ohne böse Fürsten, die man ruhigen Gewissens bestehlen konnte. Annes Verwirrung steigerte sich noch, als sie zur Kasse kamen.

„Einmal normal und einmal für Studenten, bitte", bat Emma.

„Das macht 8,50 Euro", sagte die Frau hinter der Kasse.

„Ey, Kaiserin. Ich dachte, der Palast gehört dir. Warum zahlst de dann Eintritt?"

Emma musste improvisieren. „Hast du eine Ahnung, was es kostet, so alte Gemälde zu restaurieren?"

„Restau-was?"

„Haltbar zu machen", übersetzte Emma. „Damit die Leute auch noch in 100 Jahren diese Bilder sehen können."

Ehe Anne „was geht mich das an" sagen konnte, legte Emma nach. „Oder auch nur unsere Kinder."

„Wenn ich sie klau'…"

„Nagt trotzdem der Zahn der Zeit an ihnen. Die Farben verblassen, sie blättern ab, und und und. So etwas kostet nun einmal Geld. Und das muss ja irgendwo herkommen."

„Aye", brummte Anne erneut. „Zu meiner Zeit hat man sich Bilder hingehängt und fertig."

„Tja, zu deiner Zeit waren Gemälde auch nur was für die Reichen.“

„Un’ heute sind die also nix mehr wert nich’?“

„Im Gegenteil“, sagte Emma. „Die Originale sind sogar sehr viel wert.“

Annes Augen begannen wieder von innen heraus zu leuchten.

„Aber die wirst du nicht los, wenn du sie stiehlst. Weil jeder auf der Welt dann weiß, dass sie gestohlen sind“, schwindelte Emma.

„Selbst auf ...“

„... der entferntesten Karibikinsel. Genau. Willkommen im 21. Jahrhundert.“

Natürlich gab es einen Schwarzmarkt und natürlich gab es private Sammler, die auch für Hehlerware Millionenbeträge zahlten. Aber auch das musste Emma ihrer Begleitung ja nicht auf die Nase binden.

„Außerdem gibt es hier Überwachungskameras und eine Menge Sicherheitsvorkehrungen, die man kaum sehen kann. Ich versichere dir, wer hier versucht, etwas zu klauen, der erlebt eine böse Überraschung.“

Anne schwieg dazu ein paar Sekunden lang. Schließlich fragte sie aber doch: „Warum machen die sich dann überhaupt die Arbeit? Das hier hinzuhängen? Wenn’s alles so teuer is’?“

„Damit du und ich und unsere Kinder sich das ansehen können. Und das nicht nur was für Adelige und Reiche ist. Das nennt sich Demokratie: Dass sich jeder bilden kann und klüger werden kann. Egal, wer seine Eltern sind.“

Die Idee gefiel Anne. „So was ... gibt’s bei uns nich’. Demozeugs. Gab zwar die Piratenrepublik. Aber da gab’s am Ende auch ’nen König. Ab wann gibt’s das hier?“

„Demokratie? Gab es theoretisch schon bei den alten Griechen. Also noch vor deiner Zeit. Aber in der Moderne waren so mit die Ersten die US-Amerikaner. Mit ihrer Unabhängigkeitserklärung. 1776“, wusste Emma.

„Dieses Super-Reich? Wo mein Dad lebt?“

„Genau das.“

Anne wurde wieder still. Emma versuchte, zu ergründen, was die Piratin dachte. Aber so ernst und gedankenversunken hatte sie ihre Begleiterin noch nicht erlebt.

*

Als sie die Dauerausstellung betrat, staunte Anne nicht schlecht. „Ey, so viele Bilder. Das is' ja … Blutige Hölle!"

Derweil war Emma ganz in ihrem Element. Sie zeigte Anne erst einmal die Romantiker. Das war für den Einstieg das Leichteste, befand sie. Und natürlich durfte sich Anne einen langen Vortrag über Caspar David Friedrich anhören und das Sehnsuchtsgefühl nach Natur in Deutschland im Zeitalter aufkommender Industrialisierung.

Anne verstand kein Wort. „Wieso sind die dann nich' einfach in die Natur gefahren?", fragte sie noch. Letztendlich war ihr das alles etwas zu blöd. Viele Bäume, viele Berge. „Da fehlt die See", bemängelte Kunstkritikerin Anne Bonny.

Die nächste Epoche war der Impressionismus. „Blutige Hölle!", rief Anne, als sie vor einem Werk von Paul Cézanne stand. „Der Kerl konnte ja nich' mal richtig malen. Das kann ja ein Kind malen!"

„Das", sagte Emma, „ist eines der wertvollsten Gemälde im ganzen Museum." Es folgte der nächste Monolog von Emma über die frühkubistischen Elemente von Cézanne und seine Entfernung von der reinen Wirklichkeits-Abbildung. Sie erzählte auch von Cézannes Kindheit und seinem Vater, einem Selfmade-Man, der seinen Sohn lieber Anwalt hätte werden lassen, als ihn als Maler zu sehen. Und mit dem Cézanne schließlich brach.

„Na ja, malen konnte der ja auch nich'", meinte Anne. Einer der Angestellten im Museum musste plötzlich laut husten.

„Ey, was denn? Hab' doch recht!"

Das Husten verstummte.

„Das haben früher die Leute auch behauptet", sagte Emma. „Aber dann hat sich das geändert." Und sie erzählte weiter, dass fast alle großen Maler seiner Zeit später zu Cézanne pilgerten, um vom großen Meister zu lernen. Und dass der teilweise nur einen Pinselstrich am Tag setzte.

„Total plemplem", befand Anne, der nur eine sinnvolle Frage einfiel: „Wie viel gibt's dafür?"

Emma erklärte ihr, dass 2012 ein katarischer Scheich für einen Cézanne 250 Millionen Euro bei einer Auktion bezahlt hatte.

Wären sie nicht angewachsen, Annes Augen wären bei diesen Worten aus ihren Augenhöhlen getreten. „Blutige Hölle! Und was sieht man da?"

„Zwei Männer, die Karten spielen."

„Heiliger Klabautermann! Das kannst de doch in jeder Kneipe sehen! Außer vielleicht in denen, wo man nich' mal rauchen darf."

Emma fand diese Summe auch leicht übertrieben, bei aller Bewunderung für Cézanne. „Vielleicht liegt es daran, dass Katar muslimisch ist und es da keine Kneipen gibt, wie du sie kennst."

Anne lachte wieder ihr Rumfass-Lachen und Emma stimmte mit ein. Urplötzlich blieb die Piratin allerdings vor einem Bild stehen und zeigte mit dem Finger darauf. „Boote", sagte sie knapp. „Auch wenn der auch nee nich' malen konnte."

Japp, dachte Emma. Der Künstler war ja auch nur Vincent van Gogh, sie blickten auf die „Rhonebarken".

„Aber Kaiserin?", fragte Anne, „was is' denn das für 'ne Flagge da?" Sie erkannte eine blau-weiß-rote Trikolore.

Emma lachte laut auf. „Das ist die französische Nationalflagge."

„Niemals", sagte Anne. „Ich kenn' die von den Franzosen. Das ist weiß mit goldenen Lilien. Oder war's blau mit Lilien? Egal, irgendwas mit Lilien war's immer. Hab' genug von denen erbeutet."

„Aber nicht nach 1789", kommentierte Emma trocken, „nach der Revolution".

„Revolution?"

„Ja, da haben die französischen Bürger den König einen Kopf kürzer gemacht. Und zwar im Wortsinn."

„Aye", machte Anne, „aber ich bin die Böse ... Un' warum kann dieser Franzose da auch nich' malen?"

„Ist kein Franzose, sondern ein Holländer", sagte Emma, „der aber in Frankreich gelebt hat".

„Kaiserin, gleich sagst de mir noch, das is' auch so viel wert wie der Cäsar da hinten, oder?"

„Nicht ganz, aber ein Bild von ihm wurde, meine ich, für 80 Millionen verkauft."

Anne verdrehte die Augen. „Dann muss der ja reich geworden sein."

„Im Gegenteil. Der ist arm gestorben und hat zu Lebzeiten kaum ein Bild verkauft. Den großen Reibach haben hinterher Andere damit gemacht."

„Also haut ihr euch hier alle selbst über's Ohr? Was is' an euch so anders als an 'ner Piratin wie ich?", fragte Anne in die Kamera, die Emma natürlich längst gezückt hatte. Ein Besuch im Museum, das konnte ja nur im Chaos enden.

Ein paar Ecken weiter blieb Anne wieder stehen. „Ey schau mal, Kaiserin! Nackte Frauen, überall!"

Emma hatte schon so eine Ahnung, wo sie gelandet war. „Das ist ein Werk von Gaugin", sagte sie.

„Mir doch egal, wie der Typ heißt. Aber, blutige Hölle, der Kerl hat ja wohl echt 'ne Macke. Hat wohl zum ersten Mal 'ne nackte Frau gesehen."

Emma musste lachen. „Na ja, er war mal in Polynesien."

„Aye. Alles klar. Nackte Indianerinnen. Darauf kommen die Kerle nie klar. Dann sind se zu nix mehr zu gebrauchen. Is' fast wie bei Meerjungfrauen."

„Gaugin hat immerhin noch Bilder gemacht."

„Also wenn ich, so als Kerl, 'ne nackte Frau seh'. Un' dann sag': ,Halt mal still, ich male dich'. Dann mach' ich was falsch!", sagte Anne entschieden. „Was für ein Schlappschwanz."

Mittendrin sprang Anne ein Gemälde ins Auge, das so gar nicht zu den anderen passen wollte. „Schau mal, Kaiserin. Hier konnte ja jemand wirklich malen!", sagte sie anerkennend. Anne zeigte auf das Bild „Todessturz Karl Buchstätters" von Franz Radziwill.

„Ja, das ist ein Bild von einem Flugzeugabsturz", sagte Emma und bemerkte sofort den irritierten Blick ihrer Gegenüber. „Flugzeuge sind Schiffe, die durch die Luft fahren. Die gibt's seit mehr als 100 Jahren, etwa."

Anne staunte nicht schlecht. „Un' die langen Dinger da sind die Kanonen, die das Fliegeding abschießen."

„Nein, das sind Bahnschranken", tadelte Emma. „Wenn ein Zug kommt, dann klappen die runter, damit es keinen Unfall gibt."

Anne verstand wieder nur die Hälfte. „Ey, ich weiß ja wohl, was 'ne Kanone is'. Un' das da is' 'ne Kanone. Sind sogar zwei davon, eine links un' eine rechts!"

Emma verzweifelte zusehends. Aber die düstere Stimmung, die von den eigentlich trivialen Schranken ausging, faszinierte auch sie. „Das ist Surrealismus. Wobei das hier noch die harmlose Variante ist. Man zeigt eine zweite Wahrheit über der eigentlichen."

„Also echter als die Wahrheit?"

„Könnte man so sagen."

„Un' die Kanone?"

„Na ja. Das Bild ist von 1928, zeigt aber einen Vorfall von 1911. Drei Jahre vor dem ersten Weltkrieg."

„Also is' es 'ne Kanone! Sag' ich doch! Aber 'ne getarnte." Anne musste zugeben, dass ihr die Idee gefiel, etwas zu zeichnen, das über die Realität hinausging. „Also verbindet der Kerl den Krieg un' den Unfall."

„Vielleicht", kommentierte Emma, die fasziniert war, dass Anne nun doch ein Interesse an den Bildern zeigte. Das musste sie ausnutzen! Weiter ging's zum nächsten Bild.

„Ey, schau mal hier. Das sieht aus wie dein Klozimmer!"

Sie standen vor Piet Mondrians „Composition en rouge, jaune et bleu", Rechtecken in rot, blau, gelb und viel weiß, mit dicken schwarzen Rahmen.

„Siehst de, hier sind die Fugen", sagte sie und deutete auf die schwarzen Rahmen. „Un' das Weiße da, das sind die Kacheln. Nur was das mit dem Rot un' so soll, keine Ahnung nich'."

Emma kicherte. „Nur, dass meine Kacheln nicht so viel wert sind wie dieses Bild."

Wieder schüttelte Anne den Kopf. „Un' für so 'nen Mist zahlen die Leute so viel? Kein Wunder, dass die hier kaum Wachen ham. Das kann man ja schnell nachmachen. Is' ja schlimmer als wie Geldfälschung."

Schließlich endete Annes sehr eigenwillige Führung vor Franz Marcs „Spielende Formen". Anne schüttelte nur noch mit dem Kopf. „Schau mal, Kaiserin. Dem is' die Farbe verlaufen."

Nun schüttelte Emma ihrerseits den Kopf. „Das ist Expressionismus."

„So ein Farbunfall hat auch noch 'nen Namen?"

Emma gab es auf.

„Du Kaiserin. Das war ein schöner Besuch. Das Kanonenbild war toll. Wirklich. Aber verrückt seid ihr trotzdem alle."

*

Es dauerte nicht lange, bis Emma das Video online gestellt hatte. „Zwischen Toiletten-Kacheln und Farbunfällen: Rote Anna erklärt moderne Kunst."

„Un' so was studierst du?", fragte Anne noch einmal, als sie in die Straßenbahn einstiegen. „Mit solchen Bildern willst du dein Geld ernten?"

Emma witterte hinter dem Wort „ernten" das englische Wort „earn", was man auch mit „verdienen" übersetzen konnte.

„Kunst macht uns zu Menschen, Anne. Durch sie entwickeln wir unseren Geist weiter und entfernen uns vom Tier in uns."

„Aye?"

„Schau mal. Beim Kanonenbild hast du doch selbst eine Wahrheit hinter dem Offensichtlichen erkannt."

Das stimmte, musste Anne zugeben.

„Bei den nackten Mädels von Gaugin geht es auch um die Erkenntnis, dass nackte Frauen etwas Schönes, etwas Ästhetisches sind. Und man davor keine Angst haben muss."

„Wer hat denn da Angst?"

„Oh, es gab eine Zeit, da war schon ein nackter Knöchel für die Männer zu viel. Als 1815 das erste Mal Wiener Walzer getanzt wurde, da war das ein Skandal. Weil da die Röcke der Frauen so hochgeflogen sind, dass man ihre Füße sehen konnte. Gaugin lebte noch im selben Jahrhundert."

Anne verdrehte wieder einmal die Augen. „Un' solche Bilder ham was geändert?"

Tja, wer konnte das schon so genau sagen? „Bei Einzelnen bestimmt", meinte Emma.

„Aber die Kacheln. Die waren nun wirklich blöd."

„Vielleicht", meinte Emma. „Vielleicht geht es dabei auch darum, dass wir alle akzeptieren, was alles Kunst sein kann. Und tolerant sind gegenüber dem, was wir nicht gleich toll finden."

„Aye", brummte Anne. „Un' so Leute wie du sorgen dafür, dass das jeder sehen kann."

„Genau das ist der Plan", offenbarte Emma.

„Is' ja dein Leben, Kapitänin Kaiserin", spöttelte Anne. Und doch hatte Emma das Gefühl, dass das deutlich halbherziger klang, als noch vor dem Besuch im Museum. Den Rest der Fahrt nach Hause verbrachten sie schweigend.

*

Als sie wieder in Emmas Wohnung waren, stürzte sich Anne einmal mehr in die Wikipedia. Vor allem wollte sie mehr über die Künstler wissen, die so seltsame Gemälde gezeichnet hatten.

„Ey, der van Gogh, der war ja krank! Also wirklich. Der hat sich ein Ohr abgehauen im Suff", teilte sie der Welt in Form von Emma

Koslowski mit, die ebenfalls mit Kunststudien beschäftigt war, allerdings dem Programm für Fortgeschrittene.

„Jepp", sagte sie daher knapp.

„Männer un' saufen, das geht nie nich' gut, das sag' ich dir!" Außerdem erfuhr Emma von Anne, dass ein Künstler namens „Pikaso" mit die teuersten Bilder aller Zeiten gemalt hatte und der genauso wenig malen konnte wie all die anderen sogenannten Künstler, deren Bilder im Folkwang-Museum hingen. Bis auf die Romantiker und den „Kanonenbild-Maler".

Während draußen die Nacht hereinbrach, machte sich Emma andere Gedanken. „Was glaubst du, wer kommt als nächstes?"

„Was?", fragte Anne, die sich endlich die Simon-and-Garfunkel-Version von Scarborough Fair anhörte („Der Kerl hat 'ne viel zu hohe Stimme. Der klingt ja fast wie Haarim.").

„Na, zu wem wir heute Nacht kommen."

„Hm …", machte Anne. Viel hatte sie ja nun noch nicht über die fast 300 Jahre zwischen ihrer Gegenwart und ihrem derzeitigen Aufenthaltsort in Erfahrung bringen können.

Aber so viele Frauen, die im Gefängnis gestorben waren oder hingerichtet wurden, gab es ja nun auch nicht.

„Vielleicht eine Hexe?", hoffte sie.

„Na, bloß nicht", spöttelte Emma. „Wenn die dich mit deinen roten Haaren sehen, dann kommst du gleich mit ins Fegefeuer."

„Ham se ja schon in Frankreich versucht."

Emma schwieg.

Anne schwieg auch.

Emma schwieg weiter.

„Hör mal, Kaiserin. Das war Mist, letztes Mal."

„Aye", machte Emma.

„Aye!", rief Anne.

„Keine Befreiungsaktionen mehr, klar?", entschied Emma.

„Aye!", sagte Anne. „Aber was meinst de, was soll denn das alles, un' warum sind wir denn sonst da?"

„Vielleicht sollen wir aus dem Ganzen etwas lernen?", spekulierte Emma.

Anne zuckte mit den Schultern. „Was soll ich denn von der Terrorfrau lernen?"

„Vielleicht einfach, nicht ihre Fehler machen. Und dich darauf besinnen, was es heißt, Mutter zu sein."

„Aye. Das war deutlich. Aber in Frankreich das …"

„Jeanne d'Arc war für dich so etwas wie ein Vorbild, oder?", fragte Emma.

„Un' wie! Das is' die größte Kriegerin aller Zeiten."

„Eine gebrochene Kriegerin", sagte Emma.

„Eine Kriegerin, der wir die Würde wiedergegeben ham. Würde is' wichtig!", erklärte Anne.

Emma dachte wieder an die Geschichte, dass die Piratin sich seinerzeit lieber hatte auspeitschen als freikaufen lassen. Wie konnte man so hart zu sich selbst sein?

„Ich fand es schlimm, wie sie zugerichtet war", bemerkte Emma daher.

„Aye. Hätte die fast nee nich' erkannt. So am Ende wie die war." Für einen kurzen Moment erahnte Emma in Annes Worten so etwas wie Mitgefühl, was sie erstaunte.

Anne blieb diese Überraschung nicht verborgen. „Denkst wohl, weil ich 'ne Piratin bin, hätte ich nix für sie über ham sollen, eh?"

„Das habe ich nicht gesagt."

„Aber gedacht hast de's", schalt Anne. „Aye, weiß auch nee nich' warum. War schon geschockt."

Emma war nicht verborgen geblieben, welche Enttäuschung Anne beim Anblick der nackten und gebrochenen Jeanne d'Arc gefühlt hatte. „Du hast sie dir anders vorgestellt."

„Aye. Aber. Hast du gesehen, wie sie das Schwert gepackt hat? So als sei's das Normalste von der Welt? Un' das, obwohl se jeden Knochen gebrochen hatte?" Nun leuchteten Annes Augen wieder voller Heldenverehrung.

„Siehst du, selbst eine Jeanne d'Arc hat ihre schwachen Momente", bemerkte Emma.

„Aye. Aber so is' se nee nich' gestorben. Un' zwar dank uns!"

Dafür sind drei andere Männer gestorben, dachte Emma beklommen. „Zu welchem Preis, Anne?"

„Wie, zu welchem Preis?"

„Na, die toten Wachen", erinnerte sie Emma.

„Du wolltest den einen doch selbst kaltmachen. Aber Kaiserin, ich sag's noch mal: Da musst de dann auch zustechen."

„Vielleicht. Aber ich wollte dich retten. Nicht ihn töten. Das ist ein Unterschied."

„Aye", sagte Anne etwas deprimiert.

„Anne, das ist nicht unsere Welt und das sind nicht unsere Leben. Wir sollten uns da nicht einmischen."

„Kein Ausbruch mehr?"

„Kein Ausbruch mehr!"

Es dauerte nicht lange, bis Emma schließlich eingeschlafen war. Wieder träumte sie von Martin und sich, ganz in Weiß. Wieder änderte sich die Szenerie. Sie sah Haarim, der hinter einer Kanone saß und eine große Kugel aus Wattebäuschen auf ihr Schiff abfeuerte. Anne war auch da und stürzte sich auf das Deck des Feindes. Emma schloss die Augen. Als sie sie wieder öffnete, war sie selbst die Piratin und kämpfte gegen Haarim, als plötzlich eine Flak schoss, die aussah wie eine Bahnschranke.

„Sag' ich doch, Kapitänin, dass das 'ne Kanone war", kommentierte plötzlich Anne neben ihr. Emma wollte etwas erwidern, kam aber nicht mehr dazu. Denn urplötzlich war der Traum vorbei.

Als Emma die Augen öffnete, wusste sie sofort, wo sie war. Oder besser: Wo sie nicht mehr war. Es stank bestialisch nach Urin, Kot und all den ekligen Dingen, an die sie sich noch bestens aus ihrem Jamaika-Aufenthalt erinnerte. Neben ihr grunzte Anne.

„Boah. Stinkt das hier, eh! Is' ja wie der Rattenpalast." Anne hielt für einen Moment inne, fast panisch. „Kaiserin. Das is' aber nee nich' der Rattenpalast, oder?"

„Qui es?", fragte eine nahe Frauenstimme.

„Anne est et Emma", antwortete Anne noch immer verschlafen.

Emma runzelte die Stirn. „Anne, sprichst du etwa Latein?"

„Aye. Weißt de doch, Kaiserin. Hab' doch 'ne Schule besucht. Da gab's das ganze Programm, auch Latein. Hab's aber nie nich' gemocht."

Emma staunte nicht schlecht. Sie selbst konnte kein Latein, sondern hatte stattdessen Französisch in der Schule gelernt.

„Kaiserin?", fragte nun die fremde Frauenstimme.

„Ähm, so nennt sie mich nur. Ja", antwortete Emma und hoffte, dass die Pfingstgabe endlich wirkte. „Eigentlich heiße ich Emma."

„Ein eigenartiger Name ist dies", sagte die Frau erneut, während Emma sich endlich umschaute. Ganz so dunkel wie im Kerker auf Jamaika war es hier nicht. Emma hörte eilige Schritte jenseits des Gitters. Ab und zu erblickte sie einen Soldaten, der wie ein römischer Legionär aussah. Aber es war ein wenig zu heiß, um in Italien zu sein.

In ihrer Zelle war neben der Fremden und Anne noch eine Dritte, die sich hinter der anderen Frau zu verstecken schien und weinte.

„Hör endlich auf damit", schalt die erste Frau. Emma erkannte eine großgewachsene Brünette, fast schon Schwarzhaarige. Ihre harten Züge und ihre stolze Erscheinung drückten eine gewisse Noblesse aus, ganz anders als bei dem Häufchen Elend dahinter.

„Eh, seid ihr Römerinnen?", fragte Anne.

„Ich bin Römerin, ja", sagte die noble Frau. „Sie hier ist meine Sklavin. Man nennt mich Vivia Perpetua. Und wer seid ihr?"

Anne schaute Emma zögerlich an, so als wollte sie fragen: „Wer soll denn das sein?"

Emma dachte angestrengt nach. Römerin, Perpetua. Irgendetwas klingelte da bei ihr, aber sie wusste nicht genau, was. „Wie heißt denn eure Sklavin?"

„Felicitas", antwortete das Mädchen schüchtern und kassierte dafür einen Schlag von ihrer Herrin. „Du sprichst nicht, wenn ich gefragt werde."

„Ja, Herrin."

Anne und Emma tauschten einen vielsagenden Blick aus. Nun erkannte Emma auch die Sklavin etwas besser. Sie war ebenfalls brünett, allerdings im Teint etwas dunkler als Perpetua. Beide schienen noch recht jung zu sein, Emma schätzte Perpetua auf Anfang 20.

„Ihr seid keine Römer, oder?", hakte Perpetua nach. „Dies güldene Haar. Bist du Germanin?", fragte sie in Richtung Emma.

„Ja", sagte diese knapp, innerlich immer noch aufgebracht, dass sie hier auf eine Sklavin traf, die scheinbar unter der Fuchtel dieser Adeligen stand.

„Dann bist du auch eine Sklavin?", fragte Perpetua mit scharfer Stimme.

„Eh, du nenns' hier die Kaiserin keine Sklavin nich', klar?"

Nun betrachtete Perpetua Anne genau. „Und du? Rote Haare? Eine Keltin vielleicht? Oder auch Germanin?"

„Aye. Ich bin 'ne waschechte Irin, haste damit Probleme?"

Perpetua schien ein wenig beleidigt ob des rüden Tons. Und irritiert ob des Namens. „Sag, wo leben die Iren?"

„Na, in Irland?", antwortete Anne, der diese Frage nun wirklich dumm vorkam.

„Ich habe noch nie von einem solchen Land gehört."

„Hibernia", antwortete Emma hilfsbereit. „Das ist eine Insel weit im Norden."

„Und du bist wohl auch keine Sklavin?"

Anne lachte wieder einmal aus vollem Hals. „Das soll mal einer versuchen. Der lebt nee nich' lange."

„Es ist gegen Gottes Gebote, zu töten", schalt Perpetua, die sich nun vor Anne aufrichtete.

„Oh, die halt' ich nee nich' immer so ein." Anne setzte ihre beste Unschuldsmiene auf.

Emma hakte ein. „Gottes Gebote? Welchen Gott genau meinst du?" Sie hatte noch immer keine Ahnung, wo und wann sie hier war. Aber so viel wusste sie noch über das Römische Reich: Das Christentum war erst in seiner Endphase in Mode gekommen.

„Ich meine den einen, den wahren Gott. Den Schöpfer des Himmels und der Erde", sagte Perpetua schließlich im Brustton der Überzeugung. „Es würde mich nicht überraschen, wenn man in Germanien oder Hibernien noch nicht von ihm gehört hat."

„Du meinst den mit Jesus?", fragte Anne zu Perpetuas Verblüffung. „Hey, wir sind doch hier alle brave Christenmenschen", sagte Anne.

Nun mischte sich die Sklavin ein. „Psst, nicht so laut ihr beiden. Hinterher hören das die Wachen noch."

Perpetua wies ihre Sklavin mit einem vernichtenden Blick zurecht. „Wir sollten das Martyrium bereitwillig und freudestrahlend annehmen, Felicitas. Und wenn diese Frau hier das so möchte, wer bin dann ich, sie zurecht zu weisen?"

„Das habt ja auch nicht ihr getan, sondern eure Sklavin", platzte es aus Emma heraus, die auf diese Standesunterschiede keine Rücksicht zu nehmen gedachte.

„So kann nur eine Barbarin sprechen", konterte Perpetua. „Wie war noch gleich dein Name, Kind?"

Nun richtete sich Emma zu ihrer vollen Größe auf. „Nenn mich nicht Kind, klar? Ich bin Emma, eine sächsische Häuptlingstochter vom Stamm der Westfalen." Das hatte sie nun zwar erfunden, aber so wollte sie diese arrogante Römerin nicht davonkommen lassen.

Anne lehnte sich zurück und verfolgte begeistert das Schauspiel. „Deshalb nenne ich sie immer Kaiserin", warf sie helfend ein.

„Eben", ergänzte Emma. „Und wir Sachsen sind ein mutiges und tapferes Volk. Wir sind die Nachfahren dessen, den ihr hier als Arminius kennt und der im Handstreich Germanien von den Römern, von euch, befreit hat. Wenn hier jemand ein Barbar ist, dann du, die du mich Kind nennst und selbst kaum älter bist."

Emma war in diesem Moment sehr dankbar für ihre Schulzeit. 2009 war „Varusjahr" gewesen, also das 2000. Jubiläum der großen Entscheidungsschlacht um die Zukunft Germaniens, die die Cherusker damals unter Führung von Arminius gewannen. Emma war 2009 schon auf dem Gymnasium, und dort hatten sie im Geschichtsunterricht eine Menge über dieses Thema gelernt, auch einen Ausflug nach Haltern am See unternommen, von wo aus die Römer in ihren Untergang marschiert sein sollen. Sie hatte sich die wichtigsten Dinge gemerkt: Die Cherusker gingen hinterher in den Sachsen und Franken auf. Und zu den Sachsen gehörten die Westfalen. Und die hatten 2009 so getan, als hätten sie höchstselbst in der großen Schlacht mitgekämpft.

Emma zwinkerte der Sklavin zu, deren Gesicht von den vielen Tränen gezeichnet war, die sie vergossen hatte. Das war zwar alles ein bisschen weit hergeholt und die Vorfahren von Frau Koslowski dürften in dieser Zeit wohl eher östlich von den Germanen gelebt haben. Aber für diese römische Pute sollte das reichen, dachte Emma.

„Und wie hat es dann eine solche Amazone wie dich nach Karthago verschlagen?", fragte Perpetua schließlich.

„Kar…", begann Anne.

„Thago", beendete Emma. Ihr kam Cato in den Sinn, der römische Staatsmann, der nach jeder seiner Reden gesagt hatte „im Übrigen bin ich der Meinung, dass Karthago zerstört werden muss". Das war aber weit vor Christi Geburt, zur Zeit der Punischen Kriege gewesen. Und schließlich hatte Cato mit seiner Forderung ja auch Erfolg gehabt. Sie mussten in einer späteren Epoche sein. Wie konnte da Karthago existieren? Wurde das doch wiederaufgebaut? Emma musste gestehen, dass sie von diesem Teil der Geschichte nicht so viel Ahnung hatte.

„Ja, Karthago. Die Hauptstadt der Provinz Africa. Die viertgrößte Stadt des Römischen Reichs."

„Das mit den Elefanten?", fragte Anne.

Perpetua lachte. „Das hier ist das neue Karthago. Bringt man euch in Hibernien denn gar nichts bei? Das alte wurde zerstört."

Das war das fehlende Puzzlestück, das Emma brauchte, um zu analysieren, wo sie hier waren und bei wem. Karthago, Perpetua, Felicitas, Römisches Reich und Christen. Sie waren hier in Gegenwart von waschechten Märtyrerinnen, die für ihren Glauben gestorben waren. Oder gestorben sein werden. Zeitreise-Futur eben. Die heilige Perpetua und die heilige Felicitas wurden zusammen mit einigen weiteren Christen im Zirkus hingerichtet. Wilde Tiere, Gladiatoren, das ganze blutrünstige Programm. Emma hatte von ihnen während ihres

Studiums und eines Seminars über Heiligendarstellungen gehört. Allerdings war da immer die Rede von zwei unglaublich tapferen Frauen, die sich selbst opferten, nur um zu Jesus zu stehen. Und die dabei nahezu barbarische Opferungen zu erdulden hatten. Es war kein angenehmer und schneller Tod, sondern eine wirkliche Qual, bis sie endlich im staubigen, tunesischen Sand entschwanden.

Jedenfalls war in ihren Erinnerungen nicht von einer herrschsüchtigen Adeligen und einer eingeschüchterten Sklavin die Rede.

„Wir sind nur zufällig hier", sagte Anne. „Wohin uns Jesus halt so führt."

„Also bist du tatsächlich Christin?", fragte die – noch nicht – heilige Perpetua.

„Sie ist nach der heiligen Anna benannt", klärte Emma auf. „Da solltest du nicht an ihr zweifeln."

„Aye, Mary kann jeder heißen. Ich heiße nach ihrer Mutter", kommentierte Anne. Der Satz verpasste ihr allerdings einen Stich. Mary. Es war schon eigenartig, dass sie als Anne sich für Mary ähnlich verantwortlich gefühlt hatte wie ihre Namenspatronin für die Mutter Jesu.

„Ihr wollt den Märtyrertod sterben?", fragte Emma unmittelbar, damit auch Anne verstand, worum es hier ging.

„Es gibt kein größeres Opfer und keine größere Erlösung, als willentlich eine Braut Christi zu werden und ihm ins Himmelreich zu folgen", verkündete Perpetua.

Felicitas schaute weg.

„Deine Sklavin scheint das anders zu sehen", meinte Emma.

„Meine Sklavin hat zu gehorchen."

„Ich wüsste gerne von ihr, was sie dazu denkt", betonte Emma trocken.

„Germanen. Die muss man nee nich' verstehen", kommentierte Anne und zwinkerte dabei Perpetua zu. „Die ham immer was über für Sklaven. Versteh' das auch nee nich'."

Während Anne so Perpetua in ein Gespräch über die heilige Anna verwickelte und sich überraschend gut schlug, hatte Emma nun freie Bahn und konnte mit Felicitas reden.

„Warum weinst du denn", fragte sie die Sklavin.

„Es ist ... so schlimm", erklärte sie knapp. Wieder flossen ein paar Tränen. „Meine Tochter", sagte sie nur, und immer wieder „meine Tochter".

Emma legte ihre Hand auf Felicitas' Bauch. „Tja, ich werde vielleicht auch bald eine haben."

Felicitas lächelte sie an. „Du bist schwanger."

„Ja", sagte Emma.

„Es ist ein Geschenk. Lass dir nichts anderes einreden", sagte die Heilige. „Meine Tochter hat man mir weggenommen. Damit ich sterben kann."

„Wie bitte?", fragte Emma entsetzt.

„Weißt du, die Römer dürfen eine Schwangere nicht hinrichten." Emma kam dieser juristische Winkelzug durchaus vertraut vor. Sie warf einen Blick hinüber zur schwangeren Anne.

„Sie kennt die Regel?", fragte Felicitas.

„Und lebt nur deshalb noch", antwortete Emma.

„Ich hätte auch verschont werden können. Aber dann hat mir meine Herrin diese Kräuter gegeben. Sie hat alles versucht, damit ich das Kind früher bekomme. Und das habe ich dann auch."

Emma musste schlucken.

„Sie haben mir meine Tochter sofort weggenommen. Ich werde sie nie wiedersehen." Wieder flossen Tränen über ihr Gesicht. „Und weil ich nicht mehr schwanger bin, kann ich nun auch hingerichtet werden. Eine Sklavin hat ihrer Herrin zu folgen. Überall hin", bemerkte sie trocken.

Emma nahm Felicitas in den Arm und drückte sie an sich. „Warum werdet ihr überhaupt hingerichtet?", fragte Emma.

„Wir sind Katechumenen. Wir haben uns auf unsere Taufe vorbereitet. Und wir haben sie endlich auch empfangen."

„Glaubst du denn an Gott?", fragte Emma.

„Ich glaube, was immer meine Herrin glaubt. Sie hat Visionen. Sie hat uns alle das Martyrium erleiden sehen. Wer bin ich, ihr da zu widersprechen?"

„Aber dein Kind …"

„Sie hat auch eins. Das erst vor wenigen Wochen geboren wurde. Und sie hat einen Ehemann. Dazu einen liebenden Vater, der jeden Tag ins Gefängnis gekommen ist, um sie vom Pfade Christi abzubringen und sich retten zu lassen."

„Aber das hat alles nichts gebracht?"

„Sie bleibt stark. Die wahre Rettung liege in Jesus und nicht in einem etwas längeren, irdischen Leben, sagt sie. Und sie durfte ja ihr Kind sehen. Wenn man reich ist, kann man die Wachen bestechen."

„Und du? Kannst du denn nicht dem Christentum abschwören, deiner Tochter zuliebe?"

„Ich bin eine Sklavin. Ich gehöre Perpetua. Wo immer sie hingeht, da gehe auch ich hin. Wie auch der Vater meines Kindes."

Emma erinnerte sich an ihr Seminar. Da hatte das alles so anders geklungen. Es waren Geschichten voller Heldenmut und Heroinnen. Nicht voller Zwang und Wahn.

„Und warum ist sie so eine überzeugte Christin?", fragte Emma.

„Pah. Das hat doch alles mit diesem Saturus zu tun. Der hat sie verführt."

„Du meinst, sexuell?"

„Ich darf nicht schlecht über meine Herrin sprechen."

„Aber jetzt mal von Christin zu Christin: Du sollst nicht lügen!", schalt Emma.

„Du bist auch eine?"

„Ja, ich bin auch Christin." Zum Beweis machte Emma ein Kreuzzeichen. „Aber ein bisschen freigeistiger als ihr hier."

Felicitas lächelte. „Na ja. In diesen Tagen darf man da wohl nicht wählerisch sein. Sie ist verheiratet, hat Kinder. Und trotzdem ist sie Saturus willentlich gefolgt. Und weil sie ihm folgte, mussten das

Revocatus und ich auch. Revocatus ist der Vater meiner Tochter. Saturninus und Secundulus haben sie auch geholt."

„Und Saturus?"

„Der hat sich freiwillig gestellt. Angeblich, weil man eine Gemeinschaft ist. Tatsächlich wollte er nur die Taufe abschließen."

Emma runzelte die Stirn. Noch immer lenkte Anne Perpetua ab. Wäre sie jetzt hier, würde sie wohl fragen: „Wie kann man abschließen, was in Windeseile geschieht?" Doch Emma wusste das als teilweise Historikerin natürlich: Als die Christen noch verfolgt wurden, war die Taufe ein langwieriger Akt mit Vorbereitung, ähnlich der heutigen Firmung. Das war nicht einfach Wasser-drauf-und-fertig. Das konnte Monate dauern.

„Und hatten die beiden nun, du weißt schon?", wollte Emma wissen.

Felicitas zuckte mit den Schultern. „Ich weiß nur, dass in der Bibel steht: Du sollst nicht begehren deines Nächsten Weib."

Emma spuckte verächtlich auf den Boden. „Männer. Meiner hat mich sitzen lassen, weil ich schwanger wurde."

Felicitas schüttelte mit dem Kopf. „Das hat meiner nicht. Revocatus hat die ganze Zeit darum gekämpft, dass wenigstens ich freikomme. Aber die Herrin hat stets für mich gesprochen und gesagt, dass es mein Wille sei, das Martyrium zu erleiden und ihr auch im Jenseits zu dienen."

Emma spürte Wut und Zorn in sich aufkommen. Sie wusste auch nicht, wie sie die Sklavin trösten sollte – es gab keinen Ausweg. Sie würde hingerichtet werden. Der Sohn des Kaisers hatte Geburtstag. Und ihr Blut war quasi das Geburtstagsgeschenk. Emma schauderte allein beim Gedanken daran.

„Es wird eine Zeit kommen, da wird selbst der Kaiser Christ sein", verkündete sie schließlich. „Und es wird eine Zeit kommen, da wird man den Namen Felicitas besser kennen als den Namen Perpetua", ergänzte Emma, während sie Felicitas an sich presste. „Weißt du, der Jesus, von dem ich gelesen habe, der schert sich auch um Sklavinnen. Und nicht nur um die Herrinnen. Dem ist jede Seele gleich wichtig."

„Wer bist du", fragte Felicitas in diesem Moment. „Du nennst dich Germanin, aber du bist so ... modern."

„Tja, vielleicht bin ich ja doch, was Anne immer sagt. Die Kaiserin von China."

Und zum ersten Mal lächelte Felicitas.

*

Beim anderen Gespräch lief es nicht ganz so harmonisch, stellte Emma fest. „Eh, hast du sie noch alle?", hörte sie Anne brüllen. „Was is' denn daran jetz' heilig, andere Leute zu opfern? Opfer dich selbst un' gut is', blutige Hölle!"

Emma beobachtete die pikierte Perpetua, die sich nun zu ihrer vollen Größe aufrichtete. „Ich mag den Kaiser vielleicht nicht als einen Gott ansehen. Und doch sprichst du immer noch mit einer Römerin, Hibernierin."

„Un' du sprichst mit 'ner freien Bürgerin der Republik von Nassau", platzte es aus Anne heraus.

Emma näherte sich nun den beiden Streithennen. „Was ist denn bei euch los?"

„Ah, Kaiserin, gut, dass de komms'. Die Frau hier is' irre."

„Eher ist deine Gefährtin hier impertinent. Was wir hier opfern, ist immens. Glaubst du etwa, es fällt mir leicht, mich von meinem Kind zu trennen? Oder meinem Vater wieder und wieder das Herz zu brechen?"

„Na ja, wenn man die Wachen besticht, ist der Schmerz ja nicht ganz so schlimm", spottete Emma.

„Wie bitte?", fragte Perpetua.

„Was sagst de da?", meinte Anne.

„Nun, es muss ja doch sehr angenehm gewesen sein, dass du dein Kind immerhin jederzeit sehen konntest, weil dein reicher Vater für alles aufgekommen ist. Im Gegensatz zu deiner Sklavin, die du in den Untergang stürzt."

Es folgte ein kurzer Moment der Stille, ehe Perpetua antwortete: „Seit wir ins Militärgefängnis verlegt wurden, kann ich das auch nicht mehr. Schon morgen ist die Geburtstagsfeier. Dieses heidnische Fest, bei dem wir unser Martyrium erfahren sollen. Übrigens: Felicitas ist hier aus freien Stücken“, betonte sie.

„So frei, wie man als Sklavin nur sein kann“, blaffte Emma sie an. „Eine tolle Zivilisation habt ihr Römer hier aufgebaut. Mit barbarischen Hinrichtungen im Zirkus und einer barbarischen Haltung gegenüber Menschen.“

„Un' ich dachte, ihr wärt Christen!“, polterte nun Anne.

Nun verlor Perpetua die Beherrschung. „Was wisst denn ihr schon? Wir haben Wochen und Monate des Bangens hinter uns. Die Versuchung, einfach Gott abzuschwören und in unser Heim zurückzukehren war groß. Und wir haben standgehalten. Im Namen Jesu. Und das werft ihr mir jetzt vor?“

„Aye!“, rief Anne. „Du kämpfst hier deinen eigenen Kampf un' opferst deine gesamte Crew für deinen Ruhm. Un' nur für deinen, ganz allein.“

Emma runzelte die Stirn. War das nicht genau das, was auch Piraten machten?

„Schau mich nee nich' so an, Kaiserin. Ich weiß, was du sagen willst. 'ne Crew meutert, wenn der Kapitän die Mannschaft verrät. Bei meiner P... Bei meiner Ehre als Seefrau! Der Kapitän verpflichtet sich der Crew. Nich' einfach nur die Crew dem Kapitän!“

Dass sie Piratin war, musste diese Heilige ja nicht auch noch erfahren, dachte Anne. Das würde ihr dann wohl endgültig den Garaus machen. Immerhin stand „du sollst nicht töten“ ja auch unter den Zehn Geboten.

„Aber du“, nun wandte sich Anne wieder an Perpetua, „stürzt die Leute nur ins Verderben“.

Als nächstes flüsterte sie wieder mit Emma. „Das is' wie Blackbeard damals. Dem sind se auch erst alle gefolgt. Un' dann war's das große Verderben.“

Emma wollte sie nicht daran erinnern, dass die meisten Piraten nach der Blackbeard-Ära Amnestie erhalten hatten. Und eine gewisse Anne Bonny das ausgeschlagen hatte, weil sie lieber frei sein wollte.

„Un' die will auch noch 'ne Heilige sein?"

„Du weißt ja nicht, wovon du sprichst", sagte Perpetua.

„Oh, das weiß ich genau. Meine Freundin, Mary, war auch schwanger im Knast. Sie starb bei der Geburt. Ich hätte alles dafür getan, dass sie überlebt. Sie und das Kind. Und meins. Jeden Schwur geleistet, ganz egal."

„Du meinst, dass du überlebst", warf ihr die Römerin vor.

„Pah! Da kennst de mich schlecht, Honig. Blutige Hölle! Wenn's nur um mich gehen tät, dann sterbe ich mit Freude mit 'nem Schwert in der Hand. Aber geht nee nich' nur um mich. Das lernst de als Mutter. Oder: Das solltest de lernen. Du lernst das sicher niemals nich' mehr."

Nun mischte sich Emma ein, die diese Situation immer befremdlicher fand: „Warum habt ihr nicht wenigstens Felicitas freigegeben? Warum habt ihr alles darangesetzt, dass sie ihr Kind zu früh bekommt?"

„Und ihr damit den Märtyrertod verwehrt?", fragte Perpetua. „Du", sie wandte sich an Anne, „wirfst mir vor, nicht an meine ... Crew? ... zu denken. Wie kommst du darauf? Sie alle werden Heilige werden. Man wird sich ihrer auch noch in hunderten von Jahren erinnern als mutige Männer und Frauen. Ihr Ruhm wird nie verblassen. Und im Himmelreich wartet der Heiland auf sie."

Anne schüttelte nur noch mit dem Kopf. „Heilige Maria. Du meinst, solang' de mit dir im Reinen bist, kann die Welt um dich rum ruhig untergehen?"

„Das wird sie ohnehin. Das Ende wird kommen, es naht", sagte Perpetua.

Emma schluckte. Sicher, sie wusste, dass viele der frühen Christen an die baldige Apokalypse geglaubt hatten. Was sie wohl dazu sagen würden, wenn Emma ihnen ihr Geburtsjahr offenbaren würde? Oder allein das von Anne?

„Außerdem“, stellte Perpetua klar, „verrate ich den Herrn nicht wie Petrus“.

„Auf den hat ja auch nur Christus seine Kirche gebaut“, stellte Emma trocken fest. „Obwohl er ihn verraten hat. Aber dafür hat die Kirche überlebt.“

„Petrus war ein Märtyrer!“, empörte sich Perpetua.

„Ja, später dann. Als er ein alter Mann war und sein Leben gelebt hatte.“

„Is’ schon clever gewesen der Kerl“, ergänzte Anne. „Cleverer als du in jedem Fall.“

„Ihr fordert mich zur Sünde auf, zur Blasphemie! Ihr Anti-Christen!“, brüllte Perpetua.

„Tja, es ist deutlich einfacher, andere Menschen zu opfern, als das eigene Gewissen, nicht wahr?“, meinte Emma süffisant. Schade, dass Jesus sich nicht einmischte, dachte die selbsternannte Germanin. Seine Meinung dazu hätte sie doch stark interessiert.

Emma begann zu husten. Der tunesische Sand machte vor der Gefängniszelle nicht halt und je mehr man sich aufregte, umso schlimmer wurde es.

„Dein Vater tut mir leid“, sagte Anne. „Der versucht alles, um dich zu retten. Endlich mal ein Mann, der was taugt! Un’ dann machst de hier so ’ne Bullenscheiße.“

„Saturus hat mich davor gewarnt. Er sagte, die Versuchung werde kommen. Und sie sei groß. Doch ich habe vom Martyrium geträumt. Vom Martyrium von uns allen hier, das uns direkt in den Himmel bringt.“

„Saturus is’ dein Kerl?“

„Ich bin verheiratet.“

„Bin ich auch, na und?“, fragte Anne.

„Du sollst nicht begehren deines Nächsten Weib. Kommt dir das bekannt vor?“, giftete Perpetua.

„Ich begehre ja nee nich’ mein Nächstes Weib“, sagte Anne. „Ich bin das Weib, das begehrt wird. Is’ schon ein Unterschied.“

Perpetua gab es auf. „Und ihr wollt mir erzählen, was christlich ist? Eine Barbarin und eine Hure?"

Annes Faust traf Perpetua so schnell, dass die nicht einmal in Deckung gehen konnte.

„Sag das noch einmal, un' das mit dem Martyrium können wir beschleunigen."

„Anne", schrie nun Emma. „Lass sie in Ruhe. Wir haben doch gesagt, nicht einmischen!"

„Aye", knurrte Anne. „Aber wenn hier jemand 'ne Hure is', dann ja wohl die da. 'ne heilige Hure is' das."

Emma wechselte einen panischen Blick mit Felicitas. Die schien sich um ihre Herrin zu sorgen und war sogleich bei ihr.

„Lasst uns in Frieden, bei Gott", bat nun Felicitas. „Seht ihr denn nicht, dass eben das die Prüfung war, die die Herrin zu bestehen hatte? Um ihre Treue zu Gott zu beweisen? Ich bitte euch, lasst uns nun in Frieden."

Emma schaute hinüber zu Anne und tauschte mit ihr einen bangen Blick. Schließlich zogen sie sich zurück in eine schattige Ecke.

„Die ist total irre. Noch schlimmer als diese Terrorfrau", meinte Anne. „Die konnte wenigstens noch singen."

*

Anne und Emma wünschten sich sehnlichst die Nacht herbei und dass Jesus sie aus dieser afrikanischen Hölle wieder abholen würde. Doch der hatte offensichtlich andere Pläne. Sie waren dazu verdammt, den beiden zum Tode Verurteilten gegenüber zu sitzen. Aber deshalb musste man ja noch lange nicht miteinander sprechen, befand Anne.

„Du, Kaiserin. Ich hab' immer gedacht, in die Hölle komme ich ja eh. Aber die da kommt mit, oder?"

Emma wusste das nicht so genau. „Vielleicht. Ich weiß es nicht. Solche Frauen wurden jahrhundertelang als Vorbilder verehrt."

„Aye. Aber wo sind denn die was anderes als Piraten?"

„Na ja, die töten niemanden.“

„Nee, die opfern Sklavinnen. Kann sein, dass ich nich’ so intellektuell wie du nich’ bin. Aber wo is’ denn das gut?“

„Machst du dir Hoffnungen, jetzt doch noch eine Heilige zu werden?“, fragte Emma mit einem süffisanten Grinsen.

„Pah. Nee, das werde ich nie nich’. Aber. Meinst de, da gibt’s noch Hoffnung für mich?“

Emma versuchte, sich an ihre Zeit als Ministrantin zu erinnern und die Geschichten in der Bibel. „Na ja. War das nicht so, dass Jesus die Seele eines Mörders noch gerettet hat, während der schon am Kreuz hing?“

„Aye!“, sagte Anne.

„Das Problem ist nur, Anne. Ich glaube, man muss es dann auch so meinen.“

„Hm …“, machte Anne. „Das könnte dann das Problem sein.“

„Dachte ich mir.“

Wieder schwiegen die beiden für einen kurzen Moment, während Anne sehr nachdenklich wurde.

„Weißt de, Kaiserin, ich hätte gern so ‘nen Vater gehabt wie die da.“

„Was meinst du?“

„Na, der versucht alles, um seine Tochter zu retten. Meiner … Ich war dem immer lästig. Klar, er hat mich auf ‘ne Schule geschickt. Un’ auch nach Amerika mitgenommen un’ so. Aber ich bleib’ nun mal ein Bastard-Kind. Meine Mutter is’ ‘ne Magd. In Irland is’ das wie ‘ne Sklavin sein, musst de wissen. Als ich dann mit dem James angekommen bin, meinem Mann, da is’ mein Vater ausgetickt. Enterbt hat der mich.“

„Weil du lieber Piratin werden wolltest als eine Dame der feinen Gesellschaft.“

„Kaiserin. Ich un’ fein? Kannst de das glauben?“

Emma musste lächeln. „Wäre jedenfalls eine lustige feine Gesellschaft.“

„Aye!“

„Was ist eigentlich mit deinem Mann, James. Wollte der dich nicht zurück?"

„Was, der?", fragte Anne. „Der kann froh sein, dass er mich nich' zurückkriegt. Auspeitschen wollte der mich. Nee. Der soll mal lieber glauben, dass ich tot bin. Is' schon gut so. Un' was will ich bei so 'nem Versager? Aber ich sag' dir, was ich will. Dass mein Kind sicher is'. Das will ich. Und wenn's bei meinem Dad is'."

Emma schaute noch einmal rüber zu den beiden Bald-Märtyrerinnen. „Kannst du den beiden denn gar nichts abgewinnen? Immerhin stehen die für ihre Sache ein. Deine Jeanne hat übrigens erst einmal alles verleugnet."

„Aye. Aber sie war auch nee nich' schwanger oder Mutter, sondern 'ne Jungfrau. Un' die wollten sie unbedingt brennen sehen."

„Du weißt, dass Jeanne d'Arc eine Heilige ist?"

„Blutige Hölle! Nee, das wusste ich nee nich'. Wann is' denn das passiert?"

„1920. Ich hab's nachgelesen, als wir gestern zu Hause waren."

„1920?", echote Anne. „Dann, als die die ganzen komischen Bilder gemalt ham?"

Emma lächelte. „Ja, das war etwa die Zeit."

„Na ja, wer Kleckse mit Bildern verwechselt, verwechselt auch 'ne Kriegerin mit 'ner Heiligen."

„Dabei dachte ich, du bist ihre erste Jüngerin."

„Aye! Aber nich' so religiös un' so. Sie hat für die Freiheit gekämpft. Für ihr Volk."

„Und für den König."

„Man kann nich' alles haben. Außerdem hat se der König ja verraten."

Emma schnaufte durch und dachte lange nach. Schließlich wandte sie sich wieder an Anne. „So wie du über Mütter sprichst. Ich frag mich, wie ich das schaffen soll."

Anne lachte. „Du? Die Kaiserin? Die so viel weiß? Un' die sich traut, sich mit so einer wie mir anzulegen? Wenn ich der Kakerlaken-Typ wäre, ich hätte vor dir Angst. Du bist anders als die beiden da. Niemals nich' wie die Sklavin, die sich alles sagen lässt. Sogar, wann se sterben muss. Un' auch nich' wie die Hündin da, die nur sich selbst kennt un' ihren eigenen Stolz. Un' hey, kennst du 'ne Frau namens Perpetua?"

Emma musste lachen. „Ich kenne ein paar Felicitas." Nun brach Anne in ihr Rum gestähltes Lachen aus. Mitten hinein platze Perpetua.

„Wenn die Damen bitte so freundlich wären? Wir bereiten uns hier auf unser Opfer vor. Dies ist keine Taverne und kein Theater."

Emma unterdrückte den Impuls, die Römerin darauf hinzuweisen, dass die Hinrichtung in einem Amphitheater stattfinden würde.

„Verzeihung, euer Hoheitlichkeit", sagte Anne. „Lachen is' wieder unchristlich, oder?"

Emma erkannte, dass Felicitas eine Grimasse schnitt, unsichtbar für Perpetua.

„Unsere heilige Mission verträgt keinerlei Ablenkung."

„Das heißt, du denkst in deinen letzten Stunden nicht einmal an dein Kind? Das ist schließlich auch Ablenkung", fragte Emma.

„Korrekt. Doch dieses Opfer wird uns im Himmelreich tausendfach vergolten."

„Dann is' es doch kein Opfer", meinte Anne. „Wenn ihr euch sogar drauf freut."

„Was für eine Mutter denkt in so einem Moment nicht an ihr Kind? Das ist pervers", befand Emma, deren Augen auf die weinende Felicitas gerichtet waren.

„Pervers? Pervers ist es, solche Banalitäten wie Mutterschaft über die heilige Mission zu stellen."

Nun hielt es Anne nicht mehr aus. Sie stand auf und kniete sich ins Stroh, sehr zum Erstaunen der anderen Frauen.

„Ave Maria, gratia plena ...", begann sie. Emma musste lachen. Na klar, die prominenteste Mutter der christlichen Kirche war immer noch Maria. Die Mutter Gottes. Wenn Muttersein so banal war, warum beteten dann so viele Menschen weltweit zur Heiligen Nummer eins in der gesamten christlichen Hierarchie?

Emma kniete sich ebenfalls hin und betete das Ave Maria, Felicitas tat es ihr gleich. Und schließlich betete sogar Perpetua mit.

Als Anne fertig war, blickten die beiden Fast-Heiligen die Piratin fasziniert an. „Was war das für ein Gebet, das du da gesprochen hast, Keltin?"

„Das Ave Maria kennt ihr nicht?"

Anne warf Emma einen irritierten Blick zu. Die erwiderte den Blick und konnte sich auch nicht erklären, warum diese beiden Frauen keine Ahnung von diesem Gebet hatten. Immerhin war das doch derart populär, dass es im Rosenkranz gebetet wurde. Und Johann Sebastian Bach und Charles Gounod hatten es derart schön vertont, dass es bei zahlreichen Hochzeiten gesungen wurde. Das Ave Maria musste wohl doch etwas jünger sein, dachte Emma. Und sie war sich auch nicht so ganz sicher, welche Maria Anne nun genau meinte. Maria von Nazareth oder Maria Read.

„Wenn Mütter so unwichtig sind. Warum verehrt man dann Maria?", fragte Anne patzig. „Tolle Christen seid ihr."

Perpetua wirkte nun etwas nachdenklicher. „In der Tat. Mütter sind Teil der christlichen Tradition. Aber sollte es deshalb einer Mutter verwehrt sein, den Märtyrertod zu sterben? Schließlich hat mir der Herr selbst eine Vision gegeben."

Oder der Teufel, dachte Emma im Stillen. Aber das sagte sie nicht. Einzig in den Augen von Felicitas erkannte sie nun Dankbarkeit.

„Man kann aber auch sagen: Wir haben noch ein Leben geschenkt. Bevor wir für unseren Glauben sterben mussten. Gibt es einen tröstlicheren Gedanken?", meinte Perpetua.

Es folgte ein langes, stundenlanges Schweigen. Emma ging in sich. Für einen Moment fühlte sie sich der heiligen Perpetua dann doch noch verbunden. Ja, der Gedanke war tatsächlich tröstend für sie. Es fühlte sich jedenfalls wesentlich besser an, ein Kind gegen alle Widrigkeiten zu bekommen, als sich wegen einer Abtreibung Vorwürfe zu machen.

Diesmal träumte Emma keinen verrückten Traum. Stattdessen wurde sie ordentlich durchgeschüttelt. War das Wellengang? Oder war das etwas anderes? Langsam machte sie die Augen auf und erkannte, dass das Schütteln nicht aufgehört hatte. Stattdessen sah sie eine Rothaarige, die wie wild an ihr herumzog.

„Wa... Was is' denn los?", brummte Emma. Am heiligen Sankt Sonntag wollte sie doch gerne noch etwas schlafen.

„Aufstehen, Kaiserin. Wir müssen los!"

„Was? Wohin denn? Anne?"

„Es is' Sonntagmorgen. Was denkst denn du, wo wir hin müssen?"

„Ins Bett?"

„Nee, in die Kirche. Los, raus mit dir."

Kirche? Hatte sie das gerade richtig verstanden? „Anne. Bist du jetzt völlig verrückt geworden?"

„Aye. Mach' mir Sorgen um dein Seelenheil. Also raus jetz'!"

Emma lag noch immer zerknittert in ihrem Bett und selbst ihre Kuscheltiere konnten sie nicht gegen diese Eine-Frau-Invasion retten.

„Weißt du, wann ich das letzte Mal in einer Kirche war?", fragte sie.

„So lang wie ich sicher nich', oder?"

„Würde sagen, das ist ein offenes Rennen", meinte Emma.

„Dann wird's ja erst recht Zeit", sagte Anne und zog Emma aus dem Bett. Die fing sich dann doch noch rechtzeitig mit ihren Füßen ab, bevor sie im Halbschlaf mit dem Kopf voraus auf den Fußboden geknallt wäre.

„Wie kommst du denn jetzt bitte darauf, Anne?"

„Dachte, das is' 'ne gute Idee."

Emma machte sich Sorgen. Da stand vor ihr die berüchtigtste Piratin der Weltgeschichte. Und jetzt wollte die in die Kirche? Ging es ihr gut?

„Kann vielleicht nich' schaden, Kaiserin. Heute Nacht is' Ende mit den Besuchen. Un' dann kommt Jesus."

Stimmt, dachte Emma. Es war ja nur noch ein Ausflug übrig. Und danach sollten sie sich entscheiden, zu was auch immer. „Du meinst also, wir sollten uns noch einmal bei Jesus einschleimen?"

„Schadet's denn?"

„Ich schätze nicht", meinte Emma, die trotzdem noch ein wenig unschlüssig war. Hatte der Besuch bei den Märtyrerinnen so viel Eindruck bei Anne hinterlassen, dass sie jetzt plötzlich unter die Frommen gegangen war? Sie hatte eigentlich einen ganz anderen Eindruck gehabt.

Anne schien ihre Gedanken zu erraten. „Das hat nee nichts mit den beiden Wahnsinnigen zu tun, Kaiserin. Nur, weißt de, wenn die auch noch heiliggesprochen werden. Und Johanna auch noch …"

„Dann meinst du, kann aus dir auch noch was werden?"

Anne antwortete nicht verbal, sondern mithilfe eines sehr heiligen Blicks. „Na, aus irgendeinem Grund muss Jesus mich doch auch zu denen geschickt haben. Und irgendwie glaub ich nee nich', dass ich mir an denen ein Vorbild nich' nehmen soll. Also, auf jetz'. Alle man an Deck un' Beute backbord voraus!"

„Hmpf", machte Emma. „Ich muss mir aber wenigstens noch meine Haare machen."

„Alles klar. Messe is' um 10 Uhr", klärte sie Anne auf, die das gleich gegoogelt hatte.

„Und wie spät ist es?"

„Acht."

„Was? Acht Uhr?", beschwerte sich Emma. „Wieso bist du denn dann schon auf?"

„Da gibt's in deinem Feleton-Dings so 'ne Weckerfunktion."

„Ja, aber normalerweise hat mein Handy eine Sperre, die nur ich lösen kann."

„Meinst du 7-5-8-1?", fragte Anne möglichst unschuldig.

„Du kennst meinen Code?"

„Hey. Was glaubst denn du? Ich bin Piratin", sagte Anne und zwinkerte Emma zu.

Die sah ein, dass sie verloren hatte. „Also schön. Wenn dir das so wichtig ist. Nur erklär mir dann mal, was du genau vorhast."

„Aye. Später. Jetz' mach dich erst mal fertig."

Emma brauchte eine halbe Stunde im Bad, bis sie sich so weit frisch gemacht hatte.

Und schließlich musste Anne auch ins Bad. „Ich habe doch erst gestern geduscht", beschwerte sie sich.

„Eben. Deshalb bist du jetzt wieder dran. Oder ich komm nicht mit", hatte Emma knapp gesagt und Anne ins Bad geschoben.

Während die Piratin widerwillig dem Wasser zugeführt wurde, überprüfte Emma noch einmal ihre Mails und die Youtube-Videos. Ein wenig enttäuscht war sie dann doch vom Museumsvideo. Das schien bei nur ein paar 100.000 Klicks nicht mehr so gut zu funktionieren wie die anderen Filme. Die Flut an Mails aufgrund der Kommentare war mittlerweile auch zurückgegangen, nachdem sie entsprechend die Einstellungen geändert hatte. Trotzdem waren noch ein paar Kommentare und Mails durchgekommen, die direkt an ihre Adresse geschickt wurden.

„Wie kann man nur van Gogh nicht verstehen?", fragte ein Kommentator. „Also darin Toiletten-Kacheln zu sehen, ist ja nun wirklich primitiv", las sie weiter. Oha, das war ein regelrechter Shitstorm der Kunstliebhaber. Es gab aber auch andere Kommentare. Einer lautete „endlich sagt das mal einer!" und „das habe ich auch gedacht, als ich das Bild gesehen habe". Vor allem aber „die arme Kamerafrau kann einem leidtun. Die hält da so tapfer gegen". Emma dankte innerlich für das Mitgefühl.

Bei einer Mail wurde sie dann aber doch stutzig.

„China-Exposition", stand dort als Überschrift, China- Ausstellung. Der Absender benutzte eine .com-Adresse, war also möglicherweise Ausländer. Als sie gerade draufklicken wollte, kam Anne zurück aus der Dusche.

*

Nach einem kurzen Frühstück machten sie sich auf den Weg. Anne schwieg weiterhin dazu, warum sie nun urplötzlich zu Gott gefunden hatte oder was genau hinter diesem Kirchgang steckte. Besondere Schätze hatte die Kirche eigentlich nicht zu bieten, dachte Emma. Zum Plündern waren sie also nicht hier.

Anne wirkte sichtlich aufgeregt. Auf die Frage, was das sollte, antwortete sie nur knapp: „Sind doch brave Christenmenschen, du un' ich, aye?"

Den Satz hatte sie nun oft genug von Anne gehört und kein einziges Mal geglaubt. Meist war er sogar die Ouvertüre für die nächste Anne'sche Arie. Warum also gerade jetzt damit anfangen, ihr zu glauben, dachte Emma.

Als sie vor der Sankt-Hubertus Kirche standen, staunte Anne nicht schlecht. „Das is' ja 'ne richtig große Kirche", meinte sie. Der Turm mit seinem bronzenen, längst grün oxidierten Dach wirkte imposant auf die Piratin, die nur kleine Kolonial-Kirchen gewohnt war. Als sie das Hauptschiff betraten, verstärkte sich Annes Ehrfurcht noch. Die neugotischen Bögen, die teils bunten Kirchenfenster, all das wirkte sehr erhaben und luftig. Nur eines fehlte Anne.

„Un' wo sind die Menschen?", fragte sie schließlich. Emma lächelte in sich hinein. „Tja, heutzutage geht kaum noch jemand in die Kirche." Vielleicht mochte das auch mit den Gerüchten um den Pfarrer zu tun haben, dachte Emma, sagte aber nichts. Auch sie gehörte eigentlich zu dieser Gemeinde, hatte aber seit Jahren keinen Fuß mehr in das Gebäude gesetzt, vielleicht auch deshalb.

„Echt? Ham die keine Angst vor der Hölle nich'?", fragte Anne.

„Viele Menschen glauben nicht mehr an Gott", antwortete Emma. „Und vielen anderen ist es schlicht egal."

Anne wirkte enttäuscht. Schließlich entdeckte sie in den vorderen Reihen einige ältere Frauen, die tuschelten.

Scheinbar hatte man sie bemerkt.

„Oh, das ist aber schön, schön", sagte eine Frau, die extra aufstand, um Anne und Emma zu begrüßen. „So junge Menschen sieht man hier sonst sehr selten."

Emma schaute ein wenig betroffen, Anne versuchte es mit einem Lächeln.

„Meine Cousine ist Irin und wollte unbedingt am Sonntag in die Kirche", erklärte Emma.

„Ja, ja. Natürlich. Die Iren. Ein frommes Volk. Gute Katholiken. Nicht wie hier", sagte die Frau.

„Aye", kommentierte Anne. „Sind alles brave Christenmenschen bei uns."

„Tja, meine Enkelin ist früher auch gerne in die Kirche gegangen", klagte die Frau. „Als sie noch Messdienerin war. Macht sie jetzt auch nicht mehr. Hat man heute so, meint sie. Und glauben Sie es? Sie sagt, Gott gibt es gar nicht. Ist kaum noch jemand so gottesfürchtig wie du, mein Kind."

Emma musste einen Lachanfall unterdrücken. Ausgerechnet Anne sollte nun das leuchtende Beispiel für den jungen Katholizismus sein?

Die tat jedenfalls so, als sei das das Normalste überhaupt, sonntags in die Kirche zu gehen. „Tut mir echt leid. Is' nee nich' schön. Aber glaub nich', dass Jesus das mag, wenn ihn keiner besuchen tut."

„Da haben Sie wohl recht, junge Dame", sagte nun wieder die Frau.

Schließlich zerrte Emma leicht an Annes Bluse und zog sie sanft auf eine der Kirchenbänke. „Der Pfarrer möchte, glaube ich, anfangen."

„Aye", sagte eine äußerst vergnügte Anne. „Haste gesehen? Außer uns is' hier niemand Junges mehr. Meinst de, die sprechen uns noch heilig?"

Emma musste wieder ein Kichern unterdrücken.

„Ich meine, bei dem, was so andere Heilige gemacht ham?"

Die Wege des Herrn sind eben unergründlich, dachte Emma.

Es dauerte nicht lange, bis die Messe begann. Als der Pfarrer, begleitet von zwei Messdienern, hinter dem Altar stand, da schien es Emma, als habe er sich die beiden neuesten Schäfchen in der Gemeinde besonders genau angeschaut. Erst einmal beließ er es aber beim Gucken.

Nachdem er die Liturgie brav abgearbeitet hatte, kam er schließlich zur Predigt.

„Erst einmal freut es mich, zwei junge, neue Gesichter begrüßen zu dürfen. Ein Haus Gottes ist nichts ohne diejenigen, die es bevölkern. Und es wärmt mir doch das Herz, wenn ich sehe, dass auch heute noch die Jugend etwas über Gott und unseren Messias Jesus Christus erfahren möchte."

Wollte sie das? Emma war sich da immer noch nicht sicher. Ihre Erlebnisse mit Jesus in den vergangenen Tagen hatten ihr offen gestanden schon gereicht. Außerdem glaubte sie nicht, dass sie nach ihren Tiraden gegenüber dem Sohn Gottes da einen besonders guten Stand hatte. Und was in aller Welt nun plötzlich mit Anne los war, das blieb ihr nach wie vor ein Rätsel. Klammheimlich suchte sie die Kirche dann doch nach Diebesgut ab, konnte aber nicht viel entdecken. Jedenfalls nichts, worauf eine Anne Bonny plötzlich scharf gewesen wäre.

Die Predigt ging weiter.

„Es ist unmodern geworden, in die Kirche zu gehen. Als junger Mensch muss man sich heute Fragen gefallen lassen. Willst du das wirklich? Glaubst du auch an Märchen? Oder hast du sonst noch imaginäre Freunde. Gott gibt es doch gar nicht. All das muss man sich heute anhören."

Emma musste sich zusammenreißen, um nicht die Augen zu verdrehen.

„Es ist traurig, dass sich Menschen heute schämen, Christen zu sein. Dass sie sich nicht einmal mehr trauen, das offen zu zeigen. Es gab einmal eine Zeit, da war es ähnlich, nur noch deutlich brutaler. Da wurden Christen verfolgt.“

Anne lächelte selig und langsam dämmerte Emma, dass sie nicht zufällig in genau dieser Kirche waren. Hatte Anne etwa herausgefunden, dass dieser Pfarrer gerne über Märtyrer sprach?

„Viele Christinnen und Christen starben damals nur deshalb, weil sie an die Lehre Christi glaubten. Menschen wie die heilige Perpetua und die heilige Felicitas, der wir gerade im Advent gerne gedenken.“

Aha. Emma hatte es doch gewusst. Sie tauschte einen Blick mit Anne, der sagen wollte „ertappt“. Die Piratin setzte eine Unschuldsmiene auf.

„Sie haben Familie und Freunde zurückgelassen, ja sogar ihre eigenen Kinder, um sich opfern zu können im Namen Christi.“

Der Pfarrer hielt inne. Emma musterte ihn nun etwas genauer. Es handelte sich um einen etwa 50-jährigen Mann mit schütterem Haar, der einen leicht polnischen Akzent sprach. Ein wenig füllig wirkte er ebenfalls. Vermutlich war er einmal mit großen Ambitionen gestartet, doch hatte er es niemals zu einem Bischofsamt gebracht. Sie bewunderte den Mann dafür, wie er so gelassen damit umgehen konnte, dass gerade einmal 20 Menschen in dieser riesigen Kirche waren und ihm zuhörten. Das musste doch frustrieren.

Dann dachte sie wieder an die Geschichten, die man zuletzt immer häufiger über Pfarrer gelesen hatte. Über die kleinen Jungs. Über die zahlreichen Versetzungen innerhalb der Kirche, um zu vertuschen, was ungeheuerlich war. Über den Generalverdacht, den es mittlerweile gegenüber so gut wie jedem Pfarrer gab, ob nun berechtigt oder nicht. Und über die zahlreichen Kirchenaustritte in jüngster Zeit. Ob dieser Pfarrer auch so einer war? Emma tadelte sich selbst für diesen Gedanken. Schließlich konnte sie doch nicht so einfach solche schrecklichen Dinge unterstellen.

„Ich möchte nun darüber reden, was wir von diesen frühen Heldinnen des Christentums lernen können – und was auch nicht."

Emma und Anne spitzten die Ohren.

„Will Gott wirklich, dass wir uns für ihn aufopfern? Ich habe euch, liebe Brüder und Schwestern, heute im Evangelium vom barmherzigen Samariter vorgelesen. Dem waren die Gesetze der Kirche nicht so wichtig wie die Mitmenschlichkeit. Und was sagt Jesus? Nennt ihn das leuchtende Beispiel und nicht jene, die sich brav an die Gebote halten. Die Sünde verfolgt uns als Menschen auf Schritt und Tritt. Und wir können uns nicht immer vor ihr schützen. Manchmal sind wir sogar dazu gezwungen, die schlimmsten Dinge zu tun – und handeln doch in Gottes Sinn. Denn der Herr kennt Gnade und Vergebung. Und er versteht auch die Zwänge der Menschen. Denn das ist die Botschaft des Herrn: Hoffnung. Hoffnung auf Vergebung.

Nicht der Eifer nach purer Reinheit, nach der diese frühen Märtyrerinnen strebten. Wir wissen nicht, was etwa aus ihren Kindern wurde."

Er machte eine rhetorische Pause.

„Kinder. Sind in der Kirche gerade ein schwieriges Thema. Zu lange wurde dazu geschwiegen, zu unwichtig schien dieses Thema den hohen Entscheidern. Doch so spricht der Herr: Lasset die Kinder zu mir kommen. Dienst an den Kindern ist Dienst an Gott. Und nicht Verbote, Verschleierungen und falsche Prioritäten."

Emma konnte ihre Tränen nicht aufhalten und bemerkte eine tiefe Sehnsucht nach etwas, das sie längst verloren geglaubt hatte. Wenn doch nur jeder in der Kirche so wäre, dachte sie. Und die Welt so sähe. Leute wie Martin, dieser Erzkatholik, der allerdings nicht zu seiner Verantwortung stehen mochte. Und ob dieser Pfarrer wirklich dazu stehen würde, was er da gepredigt hatte, da hatte Emma dann auch wieder ihre Zweifel. Immerhin hatte es ja diese Gerüchte gegeben.

Nach der Predigt spulte der Pfarrer wieder sein Programm ab und brachte die Messe mit Routine, aber ohne große Leidenschaft zu Ende.

„Nach der Messe gibt es für die Gläubigen die Möglichkeit zur

Beichte", ergänzte er. Emma spürte, wie Anne zuckte. Sie würde doch nicht etwa?!

Pfarrer Karel Kwiatkowski stammte aus Danzig, jener Stadt, in der die Solidarnosc-Bewegung in den 1980er Jahren ihren Anfang genommen hatte. Auch er hatte damals den ersten polnischen Papst gefeiert und das Ende des Kalten Kriegs. Auch das hatte ihn in die Kirche getrieben und seinen Pfad als Pfarrer vorbestimmt, wie so viele Polen.

Doch dann hatte sich die Kirche zu wenig verändert und er seine Probleme mit dem Zölibat gehabt. Er hasste sich selbst dafür, doch in seiner polnischen Heimat drohten seine Sünden aufzufallen. Also wurde er versetzt und außer Landes gebracht. Hier im Ruhrgebiet gab es genug Polen, sodass er hier gleichzeitig einen neuen Anfang starten konnte und sich doch nicht allzu fremd fühlen musste. Das war nun allerdings auch wieder 20 Jahre her.

Verglichen mit seinen Sünden waren die seiner Schäfchen deutlich harmloser. Hier ein böser Fluch, da eine kleine Notlüge. Und eine Frau hatte das Finanzamt um ein paar Euro betrogen. Wer tat das denn nicht? Meistens nutzten die Alten die Beichte, um einfach zu erzählen. Weil sie sonst niemanden mehr hatten, der zuhörte. Er ahnte nicht, was auf ihn zukommen würde, als der rothaarige Neuling plötzlich den Beichtstuhl betrat.

*

„Gott, der unser Herz erleuchtet, schenke dir wahre Erkenntnis deiner Sünden und seiner Barmherzigkeit", sagte Pfarrer Kwiatkowski zur Begrüßung.

„Amen. Vater, vergib mir, denn ich hab' gesündigt", antwortete Anne, nachdem sie sich hingekniet hatte. Zumindest glaubte sie, dass man das so machte. Denn so richtig sicher war sie sich da nicht. Immerhin war sie seit Jahren nicht mehr zur Beichte gegangen.

„Wann war deine letzte Beichte?", fragte der Pfarrer.

„Is' Jahre her. Un' war bestimmt ein Versehen."

„Ein Versehen?", fragte der Pfarrer.

„Aye. War nich' immer so die Frommste un' Bravste. Weiß auch nee nich', wo ich jetz'anfangen soll. Vielleicht mit den Zehn Geboten?"

„Das wäre ein guter Beginn. Gegen welche Gebote hast du denn verstoßen?"

„Keine Ahnung. Gegen alle, schätze ich."

„Alle?", fragte Pfarrer Kwiatkowski. „Auch das fünfte?"

„Was is' denn das?", fragte Anne.

„,Du sollst nicht töten'", half ihr der Pfarrer.

„Aye. Un' gegen die anderen auch."

Der Pfarrer brauchte einen Moment, bis er diese Information verdaut hatte. Eine Mörderin? In seinem Beichtstuhl? Was sollte er nur machen?

„Dann sag mir doch, wann du ... gegen das fünfte Gebot verstoßen hast, mein Kind."

„Also das erste Mal war das mit 13", sagte sie.

„Das erste Mal?", fragte der Pfarrer eine Spur zu laut und bekreuzigte sich.

„Aye. Also das war 'ne Magd am Hof meines Vaters. Wir hatten gestritten un' dann war da das Messer un', na ja. Das war eigentlich mehr ein Unfall. Wirklich."

„Mein Kind, ich kann dir keine Absolution erteilen, wenn du nicht aufrichtig und ehrlich zu mir bist."

„Aye. Also vielleicht auch kein Unfall."

„Und ... das zweite Mal?"

„Da muss ich nachdenken. Das war glaub' ich auf hoher See, bei meiner ersten Kaperfahrt."

„Kaperfahrt?"

„Aye. Ich bin 'ne Piratin. Un' 'ne ziemlich gute. Oder: Das war ich. Das is' jetz' vorbei. Wurde geschnappt."

„Und wie viele Menschen hast du dabei ermordet?"

„Na ja, Mord war's jetz' nee nich' direkt. Wer nich' gekämpft hat, der is' auch nee nich' gestorben. Aber wer unbedingt den Helden spielen wollt' – das is' doch Notwehr, oder?" Der Pfarrer wurde zunehmend skeptisch. Eine Piratin? Veralbern konnte er sich allein.

„Mein Kind, ich kann dich nur ermahnen, mir die Wahrheit zu sagen."

„Mach' ich doch. Un' ich weiß nee nich' mehr, wie viele das war'n."

„Wann hast du zuletzt jemanden getötet?"

„Das war vorgestern. Oder auch nich'. Wie man das nimmt. Das waren aber Wachen, die mich töten wollten. Mich un' die Kaiserin."

„Welche Kaiserin?"

„Die Frau, mit der ich hier bin. So nenn' ich sie."

„Ist sie auch eine Piratin?"

„Nee. Die is' unschuldig. Keine Bange. Aber die kann auch 'nen Dolch ziehen, wenn's drauf ankommt. Das sag' ich dir. Aye!"

Na, toll. Eine Irre. Pfarrer Kwiatkowski machte weiterhin gute Miene zum bösen Spiel. „Und die anderen Gebote? Das erste?"

„Ähm."

„'Du sollst keine Götter neben mir haben?'"

„Ah ja. Na ja. Auf See glaubt jeder an den Klabautermann. Oder an andere Meeresgeister. Is' nix gegen Gott. Aber sicher is' sicher."

„Hast du den Namen des Herrn missbraucht?"

„Herrgott, macht doch jeder!"

„Und den Sonntag heiligen?"

„War lang' nich' mehr in 'ner Kirche nich'", gestand Anne. „War auch nee nich' immer möglich, wenn man auf hoher See is' oder im Knast."

„Im Knast?"

„Aye. Deshalb is' meine Piratenzeit ja vorbei. Wurde geschnappt."

„Und warum bist du dann frei, mein Kind?"

„Jesus hat mich gerettet."

Na klar, Jesus hatte sie gerettet.

„Vater und Mutter ehren?", warf Pfarrer Kwiatkowski ein.

„Na ja. Bin von zu Haus' weggelaufen. Durchgebrannt mit meinem Mann. Da war mein Vater nee nich' sehr glücklich."

„Aha. Gebot fünf hatten wir schon, dann kommt jetzt sechs. Ehebrechen."

„Oh ja", sagte Anne und ihre Augen leuchteten. „Er hieß Jack. War ein Pirat. Bis er gehängt wurde. Dann war er kein Pirat mehr, sondern Mus. Mein Mann wollt' mich deshalb auspeitschen lassen, da sind wir geflohen. So fing das ja mit der Piraterie überhaupt an."

„,Du sollst nicht stehlen' überspringe ich dann einfach mal, genau wie ‚Du sollst nicht begehren deines Nächsten Weib, Knecht, Vieh, Haus' und so weiter?"

„Aye. Da sind wir ja morgen nich' fertig. War fast alles dabei. Außer das Weib."

„Dann wäre da noch Gebot Nummer acht. ‚Du sollst nicht falsches Zeugnis reden wider deinen Nächsten.' Also nicht lügen. So wie jetzt."

„Aber ich lüge doch nee nich'. Also jetz' nich'. Oder nennst de mich ‘ne Lügnerin, Pfaffe?"

Pfarrer Kwiatkowski ahnte Gefahr. „Nein. Aber. Wie soll ich denn bitte so etwas glauben? Die Zeit der Piraterie ist doch ein wenig vorbei."

„Aye. Is' aber trotzdem wahr. Un' du musst mir als Pfarrer die Absoludings geben, wenn ich alles beichte."

„Ich könnte mich auch weigern, weil du irre bist."

„Könntest du, Pfaffe", sagte Anne, die einen Moment zögerte, bis sie in einem etwas anderen Ton sagte: „Sag mal. Musst du eigentlich nie beichten?"

„Doch, schon."

„Un' was beichtet man da so als Pfaffe? Was mit kleinen Kindern? War ja ‘ne hübsche Predigt vorhin." Auch Anne hatte schließlich von den Gerüchten erfahren.

„Was? Wie?"

„Noch mal, ich bin Piratin. Glaubst de, ich erkenne ein Dreckschwein nee nich', wenn's vor mir stehen tut? Also glaub mir das mit der Piratin oder ich red' mal mit ‘nen paar Leuten. Bin immerhin ein Youtube-Stern."

Der Kopf von Pfarrer Kwiatkowski lief rot an.

„Also, wie is' denn das jetz'. Hab' alles gebeichtet. Jetz' musst de doch sagen, wann ich Absolution krieg'."

„Wenn du das wirklich alles getan hast. Dann musst du dich stellen und ins Gefängnis."

„Hab' ich schon. War ich schon. Dann kam Jesus und hat mich rausgeholt."

„Hm ... Dann musst du alles, was du gestohlen hast, zurückgeben."

„Geht nich', is' ja nich' alles meins nich'. Un' das is' ja auch geschnappt worden."

„Mit deinem Vater musst du dich aber auch aussöhnen." Anne hatte befürchtet, dass der Pfarrer so etwas sagen würde. „Aye. Ich werd' ihn suchen, wenn ich zurück bin."

„Und du musst deinem vorherigen Leben abschwören, deinem Geliebten,"

„... der tot is'."

„Wie praktisch", kommentierte der Pfarrer. „Na, jedenfalls musst du auch ihm abschwören und zu deinem Mann zurück."

„Wenn der noch lebt. War auch ein Pirat, vor allem aber ein Nichtsnutz. Würd' mich nee nich' wundern, wenn der tot is'."

„Und dann trage ich dir noch auf 100 Ave Marias und 200 Vater Unser zu beten. Am besten wäre eigentlich, du gehst gleich ins Kloster."

„Nee, ins Kloster geh' ich nee nich'. Hab' ein Kind un' bin schwanger. Kann die nee nich' allein lassen. Laufen hier zu viele kranke Pfarrer rum."

Widerwillig sprach nun der Pfarrer die Worte der Absolution. „Gott, der barmherzige Vater, hat durch den Tod und die Auferstehung seines Sohnes die Welt mit sich versöhnt und den Heiligen Geist gesandt zur Vergebung der Sünden. Durch den Dienst der Kirche schenke er dir Verzeihung und Frieden. So spreche ich dich los von deinen Sünden. Im Namen des Vaters und des Sohnes und des Heiligen Geistes."

„Amen", sagte Anne und verließ prompt den Beichtstuhl, fröhlich wie ein junges Reh. „Hat gar nich' weh getan", sagte sie der überraschten Emma, die einen käsebleichen Pfarrer auf der anderen Seite hinauskommen sah.

*

Sie hatten die Kirche kaum verlassen, da platzte es aus Emma heraus. „Eine Beichte? Du? Was sollte denn das?"

„Na, in so 'ner Beichte, da beichtet man", sagte Anne und setzte ihre Unschuldsmiene auf.

„Ah. Und so wie der hinterher ausgesehen hat, hast du ihm wohl deine Lebensgeschichte erzählt."

„Ausgewählte Höhepunkte."

„Alles klar. Und warum? Was treibt die stolze Piratin Anne Bonny dazu, plötzlich reinen Tisch zu machen?"

„Erst mal, Kaiserin: Wenn du mal selbst ein Kind hast, schick das nie nich' in die Kirche hier. Der Pfaffe da is' einer von den Pädodingens, na du weißt schon."

„Ach, hat er auch gebeichtet?"

„Mir schon."

„Und du hast ihm dann die Absolution gegeben, Anne?"

„Nee, aber sie gekriegt. Bin jetz' unschuldig", sagte sie freudestrahlend.

Emma musste lachen. „Du und unschuldig, alles klar."

„Hey, sind nee nich' meine Regeln. Frag Jesus. Der hat sich das so ausgedacht."

„Ah, und du meinst, wenn heute Jesus vorbeikommt, dann bist du rein und wirst belohnt."

„Aye. Das war der Plan. Außerdem hast de ja gehört. Wir sind heiliger als diese Heiligen."

„Die heilige Anne von Cork meinst du?"

„Wenn du ein Bild von mir machst, vergiss den Heiligenschein nee nich'."

Emma begann laut loszulachen und Anne stimmte mit ein.

Ihre Stimmung verflog allerdings schlagartig, als sie nur noch wenige Schritte von Emmas Studentenwohnung entfernt waren. Denn vor deren Tür wartete man schon auf sie. „Man", das waren die beiden Polizisten, die schon einmal bei ihnen zu Besuch gewesen waren und nach Martins Auto suchten.

Emma fuhr ein Schreck durch die Glieder. Sie hatte doch den Schlüssel verschwinden lassen und Martins Auto umparken wollen. Aber in dem ganzen Trubel hatte sie das vergessen.

Anne wiederum versuchte, möglichst ohne größere Sünden den Tag zu überstehen. Polizistenmord sähe da wohl nicht ganz so gut aus.

„Frau Koslowski?", fragte der Beamte in einem strengen Ton, den sie bereits bei ihrem ersten Gespräch als sehr unangenehm empfunden und dem Anne damals fast den Fuß gebrochen hatte.

„Ja, was kann ich für Sie tun?"

„Sie könnten uns die Tür öffnen und uns hereinlassen, dann müssen wir sie nicht eintreten. Hier ist der Durchsuchungsbeschluss."

„Und damit kommen Sie am Sonntag an?"

„Das Gesetzt schläft niemals", sagte der Mann. „Und Sie", er zeigte auf Anne, „kommen mit mir mit. Wegen Widerstands gegen die Staatsgewalt."

„Wegen was bitte?", fragte Anne.

Und auch Emma wurde das Gefühl nicht los, das hier war reine Schikane.

„Sie wollten meinen Fuß brechen."

„Der war da, wo er nee nich' sein durfte", konterte Anne.

„Nun, wie dem auch sei. Wir möchten gerne Ihre Wohnung durchsuchen. Wir haben den Wagen gefunden. Dort waren falsche Nummernschilder montiert."

„Na, so was", kommentierte Emma und spielte die Ahnungslose.

„Was hat das nun mit uns zu tun?"

„Wir konnten die Nummernschilder zu einem Herrn Maier und einem Geschäft gleich bei der Zulassungsstelle zurückverfolgen. Und wissen Sie was? Das ist genau dort, wo eine Rothaarige einen Mann

verprügelt hat, die Ihrer werten Frau Cousine verblüffend ähnlich-
sieht."

„Hey. Der Kerl hat mich begrapscht, klar?", betonte Anne.

„Der wollt' mich vergewaltigen. Ich bin hier das Opfer." Und das
war ja nicht einmal gelogen, wusste Emma. Auch wenn dieser Versuch
ähnlich erfolgreich war wie der eines Flohs, einen Panzer zu beißen.

„Ja, ich habe das Video gesehen. Trotzdem kann man Sie mit beiden
Tatorten in Verbindung bringen. Deshalb bitte ich Sie, mitzukommen."

„Ich habe Ihnen schon einmal gesagt, dass mein Ex-Freund versucht,
sich an mir und meiner Cousine zu rächen. Dieses Auto haben wir nicht
und hatten wir nie."

„Nun, das werden wir ja sehen. Wenn Sie bitte aufschließen würden,
Frau Koslowski."

Emma prüfte erst den Durchsuchungsbeschluss. Es ging also um die
Autoschlüssel, las sie. Schließlich öffnete Emma die Tür. Sie hatte keine
Wahl. Mit einem Blick ermahnte sie Anne, jetzt bloß nichts
Unüberlegtes zu machen. Die verstand und hielt sich überraschend
zurück, blieb regelrecht ruhig. Mit Entsetzen sah Emma, wie die
Beamten ihre Regale durchwühlten, die Schubladen ihres Schreibtischs
nacheinander öffneten. Sogar die Stofftiere untersuchten sie nach
versteckten Nähten. Doch sie fanden nichts.

„Vielleicht haben sie den Schlüssel ja bei sich", vermutete der zweite
Polizist.

Sie griffen in die Jackentaschen der beiden.

„Ey, was fällt euch denn jetz' ein?", schimpfte Anne.

„Das grenzt an sexuelle Belästigung", meinte auch Emma.

„Wir machen hier nur unseren Job", verteidigten sich die Polizisten.

Der Unfreundliche griff sich schließlich Emmas Portemonnaie.
„Aha. Emma Koslowski. Geboren in Velbert, 1998. Hier haben wir
einen Führerschein, Krankenversicherung, Kreditkarte, Personalaus-
weis, alles klar. Aber leider keinen Autoschlüssel."

„Sind Sie jetzt enttäuscht, Herr Wachtmeister?", fragte Emma.

„Hauptkommissar", korrigierte dieser.

„Auch recht. Tut mir ja auch leid, dass ich keine Diebin bin“, meinte Emma spöttisch.

„Sie hier hat keine Papiere dabei“, sagte der andere Polizist nun, der Anne durchsucht hatte. „In der Wohnung waren auch keine. Ich fürchte, ohne Papiere müssen wir sie mit aufs Revier nehmen.“

„Eh, was bitte?“, fragte Anne.

„Na, wir müssen erst einmal klären, wer Sie sind und Ihre Personalien aufnehmen.“

Anne schluckte. Sie musste doch nur noch zwölf Stunden ohne größere Sünden auskommen. Und Lügen ging nun einmal nicht.

„Ihr Name ist ...“, setzte Emma an. Doch der unfreundliche Polizist unterbrach sie.

„Frau Koslowski, das interessiert mich überhaupt nicht, was Sie sagen. Ich will das von Ihrer Begleitung hören. Und zwar auf dem Revier. Dann kann sie mir auch sagen, wo sie den Schlüssel versteckt hat.“

Emma schaute sorgenvoll auf Anne. Die Piratin stand kurz davor, verhaftet zu werden. Beim letzten Mal, als sie in dieser Situation gewesen war, hatte sie auf Leben und Tod gekämpft. Was würde wohl jetzt geschehen?

„Is’ schon in Ordnung, Kaiserin. Ich geh’ mit. Kann ja schlecht weg, oder?“

Emma runzelte die Stirn. „Na, wie du meinst.“

„Kannst ja für mich mitbeichten“, sagte Anne. „Wenn du gleich zum Pfarrer gehst.“

Emma verstand nicht so recht. Was sollte sie tun? Beichten?

„Quatsch, ich komme mit dir mit, Anne!“, beharrte Emma.

„Das möchte ich auch meinen“, betonte der Polizist.

„Immerhin wissen Sie noch am ehesten, wer dieses Subjekt ist.“

*

Die Fahrt zum Revier dauerte nicht lange. Anne machte große Augen, als sie das Innere des Streifenwagens sah und das Funkgerät, mit dem die Beamten ihren Aufbruch ankündigten. Emma rutschte das Herz in die Hose.

Wortlos verständigten sich die beiden.

„Was machen wir jetzt?", schien Emmas Blick zu sagen.

Und Anne lächelte, als habe sie einen Plan, was Emma nur umso mehr besorgte. Sie schüttelte den Kopf.

Anne nickte beruhigend und legte Emma eine Hand auf die Schulter.

Als sie schließlich die Polizeidirektion betraten, wurden sie zu einer Beamtin geführt, die hinter einem Schreibtisch saß und einen gelangweilten Eindruck machte. Anne erfasste schnell die Situation und erkannte die vielen Holster der Pistolen, die nicht sonderlich bedrohlich wirkten, aber doch Warnung genug waren, sollte sie eine Dummheit versuchen.

„Sie ham also keine Papiere dabei?", fragte die Frau nun im lokalen Essener Regiolekt.

„Aye", sagte Anne.

„Dann müssen wir ein Personenfeststellungsverfahren starten. Geem'se mir ma' Ihre Hand."

„Wozu?", fragte Anne.

„Na, da nehm'a erstma' 'nen Fingerabdruck." Anne schaute Emma fragend an.

„Das ist bei der Polizei heute Standard", klärte Emma auf. „Jeder Mensch hat etwas andere Finger. Und daran kann man dich identifizieren."

„Aha", machte Anne. „Also wissen die dann, wer ich bin?"

Emma glaubte das eher nicht. Aber das sollte Frau Schweigert, so stand es zumindest auf ihrer Uniform, selbst herausfinden.

„Wieso hamse denn keine Papiere bei sich, Frollein? Ausweis, Führerschein, Geburtsurkunde?", fragte die Beamtin, als Annes Zeigefinger in die Tinte getaucht wurde.

„Hab' so was nee nich'."

Die Beamtin hob die Augenbrauen skeptisch an.

„Also, ich stehe in diesem Internet-Dings. Da gehen Sie auf dieses Wikipedia. Dann geben Sie ein: Anne Bonny. Das bin ich."

„Anne wer?", fragte die Polizistin.

„Bonny. B-O-N-N-Y."

„Und Sie sind wohnhaft in Essen?"

„Im Moment irgendwie schon", sagte Anne.

„Aber Sie sind hier nicht gemeldet?"

„Gewas?"

Emma mischte sich ein. „Sie meint, ob du hier beim Rathaus warst und den Leuten gesagt hast, dass du bei mir wohnst."

„Teufel nein!", schimpfte Anne. „Blutige Hölle, warum sollte ich das denn tun?"

„Weil wir hier in Deutschland eine Meldepflicht haben", klärte die Beamtin auf."

„Bin ja nur zu Besuch. Un' das erst seit ein paar Tagen", stellte Anne klar, ohne zu wissen, ob das etwas brachte.

„Aha, und wo sin'se dann gemeldet?", fragte Beamtin Schweigert etwas gelangweilt.

„Ja nirgendwo. Da, wo ich herkomme, muss das niemand nich' tun."

„Und wo ist das bitte?"

„Geboren wurde ich bei Cork in Irland."

„Dort herrscht aber auch Meldepflicht, wie in der gesamten Europäischen Union", klärte die Beamtin sie streng auf. „Hö'nnse ma', junges Frollein. Erzähl'n se mir nich' so'en Trallafitti, klar?"

„Trallawas?"

„Dann müssten die irischen Kollegen ja wissen, wer Sie sind."

„Das glaub' ich nich'. Bin da ja schon lange weg."

„Aha. Und wo lebten Sie zuletzt?", fragte die Beamtin immer noch gelangweilt und nippte dabei an einem Kaffee.

„Jamaika. Aber da war ich nur im Knast. Eigentlich Bahamas", sagte Anne voller Stolz darauf, dass sie sich die politische Situation in der Karibik des 21. Jahrhunderts gemerkt hatte.

„Hm …", machte die Polizistin. „Karibik. Dann frag' ich ma' ganz direkt: Sin'se in irgendwelche Geldwäsche-Aktivitäten verstrickt?"

„Wozu soll man Geld waschen?", fragte Anne irritiert.

„Oder veruntreu'nse Geld? Dat heißt, am Staat vorbei sparen", verbesserte die Polizistin.

„Also Geld am Staat vorbei... Hab' ich früher gemacht. Kam deshalb in den Knast."

„Vorbestraft sin'se also auch noch."

„Aye, kann man so sehen."

„Was war das Strafmaß, wenn ich fragen darf?"

„Todesstrafe."

Die Beamtin verschluckte sich an ihrem Kaffee. „Wie war das?"

„Wurde zum Tode verurteilt. Durch Hängen."

„Auf Jamaika?"

„Aye!"

„Ich wusste gar nicht, dass es da noch die Todesstrafe gibt."

„Gibt's noch", erklärte ihr Anne. Sie hatte das gegoogelt.

„Erzähl'nse mir doch nich' so 'nen Mist! Woll'n se mich verarschen?", blaffte sie die Polizistin an.

Chantal Schweigert hatte es in ihrem Leben nicht leicht gehabt. Nicht gerade aus den besten Verhältnissen stammend, hatte sie sich durchgeboxt, aus dem schmuddeligen Herne-Wanne immerhin zur Polizei nach Essen. Als sie noch jünger war, hatte sie sich von den Kollegen immer einiges anhören müssen. Wie nennt man eine Frau bei den Bullen? Eine Kuh. Haha. Es hatte lange gedauert, bis sie hier einigermaßen akzeptiert wurde. Aber wenigstens stand sie auf der richtigen Seite, auf der von Recht und Gesetz. Ganz im Gegensatz zu so manchem Anderen aus ihrem Viertel. Sie hatte gelernt, hart zu sein. Insbesondere gegenüber Frauen. Man durfte sich vor den Kollegen schließlich keine Blöße erlauben.

Und schon gar nicht durfte man sich von so einer Rothaarigen auf der Nase herumtanzen lassen, die die Polizei nicht ernst zu nehmen schien.

„Jetz' hör'nse mir ma' zu, junges Frollein", sagte Chantal Schweigert nun und ihre Augen verengten sich zu Schlitzen.

„Wir hamm'en Auslieferungsabkommen. Wenn se also an ihrer Geschichte festhalten, dann sin'se sofort im Flieger nach Jamaika. Kostet mich nur einen Anruf bei der Botschaft, und dann is' das Thema erledigt. Oder Sie sagen mir jetzt endlich ma' die Wahrheit, junges Frollein."

„Mach' ich doch", sagte Anne resignierend. „Will nee nich' sterben. Aber will auch nee nich' lügen. Dachte, hier in Deutschland kann man als Flüchtling hin. Asydings nehmen wie die Syrer."

„Sie wollen Asyl beantragen?"

„Könnte ich das denn?"

Chantal Schweigert ging in sich. „Werden Sie denn politisch verfolgt?"

„Was?"

„Na, waren Sie eine politische Gefangene? Hatte Ihr Todesurteil politische Gründe?"

„Was wäre denn da so ein Fall dafür?"

„Na, wenn zum Beispiel eine Regierung ausgetauscht wurde und Sie ein Anhänger der alten waren."

Anne dachte angestrengt nach. „Aye. AYE! Bin ich. War ja stolze Einwohnerin der Republik von Nassau. Un' dann hat sich das die Krone geholt. Da sind wir geflüchtet."

Emma musste husten.

„Nur deshalb?"

„Nee, mir drohte die Auspeitschung wegen Ehebruchs." Die Beamtin musste schlucken. „Auspeitschung wegen Ehebruchs? Wie barbarisch!"

„Aye!", sagte Anne. „Mein Mann wollt' mich bluten sehen. Auspeitschen wollt' der mich!"

„Also fliehen Sie vor Folter?"

„Aye!"

„Und wie kam es dann zum Todesurteil?"

„Na, man muss ja leben. Un' kann sein, dass da mal ein Schiff nach dem Kontakt mit uns so ein bisschen Ladung weniger hatte. Vielleicht auch ein bisschen Mannschaft weniger."

„Sie sprechen von Piraterie?"

„Aye", sagte Anne. „Damit unser Freiheitskampf weitergehen konnte. Un' Freiheit mögt ihr Deutschen doch so."

Emma musste noch einmal husten.

Chantal Schweigert kämpfte gegen das aufkommende Mitleid mit der jungen Frau an. Sie wollte ja stark sein. Aber sie konnte dann doch nicht anders.

„Manche Männer sind schon Schweine", sagte die Polizistin schließlich.

„Aye."

„Aber warum hamse dann den Wagen von Herrn Kappelmann gestohlen? Also hier in Essen?"

„Na ja. Das is' ja auch so ein Schwein. Der hat der Ka... Frau Kosaloskinski hier ...",

„... Koslowski", mischte sich Emma ein.

„Genau. Also der Frau Koslowski hier hat der 'nen Auftragsmord befohlen. Kann man sich nee nich' vorstellen."

„Wie bitte?", fragte die Beamtin.

„Stellen Sie sich vor: Die Frau Koslowski hier is' schwanger von dem Kerl. Un' der sagt doch, sie soll das Kind wegmachen. Einfach so. Er würde nix zahlen tun. Un' sich niemals nich' kümmern tun. Un' außerdem war er längst mit 'ner Andern zusammen, als er sie hier geschwängert hat."

„Stimmt das?", fragte Beamtin Schweigert nun Emma. Die nickte knapp.

„Und dann wollt'nse ihm aus Rache den Pkw stehlen?"

Anne merkte, dass sie nun gefährliche Wasser umschiffen musste. „Na ja. Wir ham den Wagen nur ausgeliehen und woanders hingestellt. Um ihn zu ärgern. Er hat uns sogar noch den Schlüssel gegeben. Aber niemals nich' war das mehr als das. Nur dass er weiß, wir Frauen lassen uns das nee nich' gefallen." Das war zumindest ein Teil der Wahrheit, dachte Emma.

„Nun, der Geschädigte sah das wohl etwas anders", bemerkte Chantal Schweigert, die mehr und mehr an der Gerechtigkeit zweifelte. Männer konnten mit Frauen schon immer machen, was sie wollten. Sie würde niemals diesen einen Moment vergessen, als ihr Vorgesetzter ihr eine Beförderung in Aussicht gestellt hatte, wenn sie ihm doch nur ab und wann ... gefällig wurde. Sie hatte sich lange geweigert. Aber als schließlich alle, die mit ihr angefangen hatten, befördert worden waren, nur sie nicht ... Sie hasste sich dafür. Und auch die Männer, allesamt. Nun sollte hier also eine Frau, die endlich einmal den Mut aufbrachte und Gerechtigkeit forderte, genau deshalb belangt werden?

Nein. Diesmal nicht.

„War'n nur Sie beteiligt?"

„Frau Koslowski hier war zwar dabei. Aber den Plan hatte nur ich. Sie wusst' niemals nich' genau, was ich vorhatte", eröffnete Anne. Mit der Betonung auf „genau", dachte Emma etwas belustigt.

„Ich bin mir sicher, wenn Sie den Schlüssel freiwillig zurückgeben, können wir eine Lösung finden", sagte die Beamtin.

„Nee, geht nich'. Den hab' ich nee nich' mehr. Wollt' den Wagen ja niemals nich' behalten."

„Ja, die Durchsuchung von Frau Koslowskis Wohnung hat nix dergleichen ergeben", sagte Chantal Schweigert bedauernd.

„Was mich zu 'ner anderen Frage bringt. Frau Koslowski", nun wandte sie sich direkt an Emma, „was genau hat der Kindsvater denn im Wortlaut gesagt"?

„Dass ich das Kind wegmachen soll."

„Hat er gesagt, dass Sie als Paar eine ärztliche Beratung konsultieren sollen?"

„Er hat gesagt: Mach's weg. Der Rest ist mir egal, Hauptsache weg."

Chantal Schweigert grinste breit. „Wenn Sie genau diesen Satz auf Band hätten ... Ich weiß ja nich', in welchen Kreisen Ihr Ex so verkehrt. Aber in manchen is' dat, wie soll ich dat sagen, nich' sehr willkommen."

Emma lächelte breit. „Martin ist bei der Jungen Union und möchte politisch Karriere bei der CDU machen." Zumindest war er das seit Kurzem, erinnerte sich Emma. Seit er den Audi hatte und sein altes Leben ihm nicht mehr gut genug war.

„Na, dann sollt'nse sein Geständnis schnell auf Band kriegen", sagte die Polizistin und zwinkerte unübersehbar mit einem Auge. „Juristisch gesehen ist das zwar keine Straftat und erst dann Anstiftung, wenn Sie auch wirklich abtreiben – außerhalb der vorgeschriebenen Regeln. Aber unsere Freunde von der Presse sind ja zum Glück keine Juristen."

Das bekam sie hin, dachte Emma. „Wenn ich nun gehen darf?" Die Beamtin zwinkerte nur.

„Un' ich?", fragte Anne.

„Geht noch nich'. Erst ma' muss ich noch klären, ob 'ne Anne Bonny in Jamaika zum Tode verurteilt wurde."

*

Emma war wieder auf dem Rückweg. Zwar führte sie ihr Weg nach Rüttenscheid, aber nicht direkt in ihre kleine Wohnung. Sondern ein paar Straßen weiter zu einem Ort, wo sie an diesem Tag bereits gewesen war.

Als sie die Eingangstür der Kirche öffnete, erkannte sie zu ihrem Erstaunen, dass der Priester noch da war, und einige Dekorationen vornahm. Natürlich, dachte Emma, es war Advent. Da spielten die Pfarrer gerne auch Hausmeister. Für ihren Plan allerdings kam ihr das gar nicht entgegen, schließlich wollte sie doch unauffällig und möglichst alleine bleiben.

Emma hatte keine drei Schritte in Richtung Beichtstuhl gemacht, als ihr Pfarrer Kwiatkowski entgegenkam. „Sei gegrüßt, mein Kind. Was führt dich noch einmal in diese heilige Kirche?", fragte er sichtlich interessiert und auch ein Stück weit verschreckt. Mit hektischen Blicken schaute er sich um, ob Emma in einer gewissen rothaarigen Begleitung war.

„Ich würde gerne beichten", sagte Emma.

Nicht noch so eine, dachte der Pfarrer und biss sich im letzten Moment auf die Lippen, um das nicht laut auszusprechen.

Nach dem, was Anne ihr über den Pfarrer erzählt hatte, war „nicht noch so einer" allerdings auch das, was Emma über ihr Gegenüber im selben Moment dachte. Aber hier ging es ja schließlich nicht um ihr Seelenheil. Sondern um eine Beichte. Also musste sie wohl in den sauren Apfel beißen.

„Nun, ich kann mich dem Wunsch einer Gläubigen schlecht entziehen", sagte der Pfarrer, der nur hoffte, dass der Tag bald vorbei sein würde und nicht noch die irre Rothaarige wiederauftauchte. Wobei er auch hoffte, dass die Geschichte der Blondine nicht genauso verrückt war wie diese andere von heute Morgen.

„Gott, der unser Herz erleuchtet, schenke dir wahre Erkenntnis deiner Sünden und seiner Barmherzigkeit", sagte Pfarrer Kwiatkowski erneut, als Emma sich in den Beichtstuhl begeben hatte.

„Ah ja, das hoffe ich auch", sagte Emma geistesabwesend, während sie den winzigen Raum nach den Autoschlüsseln absuchte, die Anne ja offenbar hier versteckt hatte. Zumindest hatte Emma Annes Hinweis in ihrer Wohnung so gedeutet.

„Wann hast du das letzte Mal gebeichtet, mein Kind?", fragte der Pfarrer.

„Ist schon etwas her", sagte Emma, während sie sich unter dem Kniebereich zu schaffen machte und langsam mit den Fingern nach dem Plastik tastete. Den ersten Schlüssel hatte sie direkt erwischt. „Und ich komme sicherlich morgen noch einmal wieder, wenn alles vorbei ist", sagte sie gedankenverloren.

„Wenn alles vorbei ist?", fragte Pfarrer Kwiatkowski entsetzt und Schweißperlen bildeten sich auf seiner Stirn.

„Na ja, ich habe da ein paar Sachen in Ordnung zu bringen", sagte Emma und versuchte es nun an einer anderen Stelle.

„Sie ja auch, was man so hört."

„Wie bitte?", fragte der Pfarrer.

„Haben Sie eigentlich das mit den kleinen Jungs gebeichtet? Ich meine, hier in der Kirche erteilt man Ihnen doch bestimmt gerne die Absolution dafür, oder?", entfuhr es Emma.

„Also, das verbitte ich mir!", echauffierte sich der Pfarrer. „Wenn Sie …"

„… fertig wären, würde ich jetzt gehen", fluchte Emma, die immer noch nicht die richtige Stelle bei der Suche nach dem zweiten Schlüssel gefunden hatte. „Bin ich nur noch nicht. Aber ich hatte einen netten Plausch mit meiner Freundin. Und einmal von Polin zu Pole: Mein Opa hätte Sie einen Skurwysyn genannt!"

Natürlich verstand der Pfarrer das Wort für „Hurensohn".

„Wobei, selbst Huren haben mehr Moral als Sie. Die tun es nur mit Erwachsenen."

Endlich hatte Emma etwas ertastet, das sich nach einem Schlüssel anfühlte.

„Aber da heute Ihr Glückstag ist", sagte Emma, „erteile ich Ihnen heute vielleicht die Absolution."

„Ah ja?"

„Ja, weil Sie nämlich schön die Klappe darüber halten werden, dass Anne und ich heute beichten waren."

„Sonst?"

„Sonst werde ich vor Gericht aussagen, dass Sie Beteiligter an einem Diebstahl eines Automobils waren. Auch wenn Ihre Kirche diese Sache mit den kleinen Jungs noch als Kavaliersdelikt abtun mag, hier geht es um ein deutsches Auto in Deutschland. Und Sie sind Pole. Wenn das rauskommt. Das wäre doch für die Presse ein gefundenes Fressen."

„Ein Diebstahl? Aber wie um alles in der Welt …", fragte der Pfarrer, dem nun heiß und kalt zugleich wurde. „Sie sind ja noch irrer als Ihre Freundin!"

„Vielleicht bin ich das", sagte Emma und musste selbst darüber lachen, was die wenigen Tage mit Anne aus ihr gemacht hatten. „Wissen Sie, mein Ex hätte mich beinahe zu einer Abtreibung überredet. Und wissen Sie, wer mir geholfen hat, meinen Weg wiederzufinden? Nicht solche Skurwysyns wie Sie, die sich hinter dem Namen Gottes verstecken. Sondern eine waschechte Mörderin und Diebin."

Endlich hatte sie den Schlüssel mit den vier Ringen in der Hand.

„Ihr seid des Teufels! Ihr beide! Verschwinde sofort aus meiner Kirche!", schrie Pfarrer Kwiatkowski.

Nun wurde Emma richtig wild. „Deine Kirche? Deine Kirche?! Ich war hier in dieser Kirche als kleines Kind Ministrantin, da hast du noch in Danzig oder Krakau oder wo auch immer kleine Piotres missbraucht. Wenn das hier jemandes Kirche ist, dann meine. Und du, mein Lieber, bist der, der hier verschwindet! Der Teufel ist in dir, aber ganz sicher nicht in mir!"

So hatte man mit Pfarrer Kwiatkowski noch nie gesprochen. Im Zorn schlug er gegen das kleine Gitter, das die beiden trennte.

„Gesteh!", sagte Emma, die nebenbei wie zufällig ihr Handy zückte.

„Was soll ich?"

„Gesteh!"

„Aber ..."

„Das ist hier ein Beichtstuhl, oder? Und du bist hier von uns beiden der größte Sünder. Also los, ich höre."

„Ich werde nicht ...", sagte der Pfarrer.

Doch Emma hakte nach. „Nein, du wirst weiter lügen. Aber dann musst du dich vor Gott verantworten. An den glaubst du doch hoffentlich? Und der ist nicht so leicht zu korrumpieren. Erinner dich an die Zehn Gebote!", sagte Emma, während sie die Record-Taste drückte.

„Es waren zwei", sagte Karel Kwiatkowski schließlich. „Marek und Konstantin. Der Geist war willig, aber das Fleisch war schwach."

„So schwach, dass du eines der abscheulichsten Verbrechen begangen hast, zu denen ein Mensch fähig ist?", fragte Emma.

„Ja. Und ich kann nur sagen, dass ich seitdem furchtbar leide."

„Nicht so sehr wie die Kinder", konterte Emma. „Hast du ihnen jemals eine Entschädigung gezahlt?"

„Natürlich nicht. Ich kann doch nicht öffentlich gestehen und damit die Kirche in den Schmutz ziehen."

„Weil der Ruf der Kirche wegen solchen Schweinen wie dir ja auch gar nicht in Verruf ist."

Der Pfarrer schwieg für einen längeren Moment.

„Und hier in Essen, gab's da auch nette Jungs?"

„Nein, ich ..."

„Du sollst nicht lügen!", schrie Emma nun.

„Ich meine, da waren schon der Thomas und auch der Peter, aber die wollten es ja selbst. Das kann man ja gar nicht zählen."

„Wie alt?", fragte Emma nun sehr kühl.

„Elf und zwölf."

Emma strich sich mit einer Hand über ihren Bauch. Was war das nur für eine Welt für ein Kind? Konnte man in diese Welt wirklich ein Kind gebären? Plötzlich hörte sie vor ihrem inneren Ohr Anne sagen „tot sein is' immer scheiße". Und ja, das stimmte natürlich. Gar nicht erst zu leben, was war denn das für eine Alternative für ein Kind, das immerhin eine Mutter hätte, die es liebt? Und die dieses Kind gerne einer Gefahr weniger aussetzen würde.

„Weiß der Vatikan davon?", fragte Emma nun.

„Nein."

„Lüg. Mich. Nicht. An."

„Also. Man wusste, dass ich in Danzig nicht mehr arbeiten konnte. Und hat mich versetzt, ja. Aber so genau wollten die das auch nicht wissen. Solange man es nicht ausspricht, ist auch nichts passiert."

„Vielen Dank", sagte Emma und beendete die Aufnahme. „Aber glaub nicht, dass du jetzt die Absolution bekommst. Nicht von mir. Ich muss sie dir nicht geben."

Als Emma aus dem Beichtstuhl trat, fühlte sie sich seltsam erleichtert und befreit. Auch der Pfarrer trat nun aus dem Beichtstuhl. „Und jetzt", sie tippte auf ihr Handy, während sie dabei dem Pfarrer tief in die Augen schaute, „geht das ganze Geständnis online". Und sie drückte „Enter", veröffentlicht unter ihrem Rote-Anne-Account.

„Das kannst du nicht ...“

„Hab' ich schon. Sag do widzenia, Essen! Mal schauen, wo es diesmal für dich hingeht.“

„Das wirst du noch bereuen! Dafür weiß ich was über deinen Diebstahl.“

„Und was?“, fragte Emma nun. „Welchen Diebstahl überhaupt? Ich weiß von nichts. Und die Polizei auch nicht“, sagte sie und verließ das Gotteshaus mit dem Corpus Delicti in der Jackentasche.

*

Der Anruf von Chantal Schweigert beim jamaikanischen Konsulat war kurz. Und verstörend. „Ob eine Anne Bonny auf Jamaika zum Tode verurteilt worden war?“, hatte die Stimme am anderen Ende gefragt und gar nicht groß nachdenken müssen.

„Allerdings. Und zwischen Urteil und Vollstreckung liegen bereits 298 Jahre. Noch zwei, und wir haben Jubiläum.“ Die prominenteste Nicht-Hinrichtung der Geschichte des kleinen Inselstaates vergaß man schließlich nicht so leicht.

Die Polizistin nuschelte noch schnell ein „Verzeihung“, dann legte sie auf. So dumm, diese Geschichte zu glauben, war sie schließlich auch nicht. Am liebsten hätte sie gleich noch diese schwangere Frau zurückholen lassen, aber die war leider schon fort.

„Ich kann mich allein' schon genug verscheißern“, sagte sie schließlich patzig zu Anne. „Anne Bonny? Die Piratin? Verurteilt 1721? Dat woll'nse sein, ja?“

„Aye“, sagte Anne. „Wer sollte ich denn sonst sein?“

„Keine Ahnung, vielleicht die Kaiserin von China?“

„Lustig, dass se das so sagen. Mit der bin ich ja gekommen.“ Nun hatte die Polizistin endgültig die Geduld verloren.

„Also, da Sie zu Ihrer Person keine Angaben machen wollen, sich nicht richtig ausweisen können und ganz offensichtlich tatverdächtig sind und Verdunkelungs- und Fluchtgefahr besteht“, sagte die Beamtin nun in möglichst perfektem Hochdeutsch, „nehme ich Sie jetzt erst einmal fest."

„Was?", fragte Anne überrascht.

„Du kommst jetz' erstma' 'ne Nacht ins Kittchen, heiß' dat. Un' ma schau'n, oppe mir dann immer noch so'n Seemannsgarn auftischen wills'."

Anne wehrte sich weder gegen die Handschellen noch gegen die Inhaftierung. Klar, sie hätte das mit Leichtigkeit tun können. Und so eingeschüchtert, wie die Polizisten hier aussahen, hätte von denen ohnehin keiner den Mumm gehabt, auch abzudrücken. Aber sie hatte ja andere Pläne.

„Hey, aufgepasst. Meine Freundin, die Frau Koslowski, die hat damit nee nix zu tun. Das war ich alles allein. In Ordnung?"

„Nun, wir werden sehen", sagte Chantal Schweigert.

*

Während die Beamtin Anne gerade in ihre Zelle führen wollte, bemerkten die beiden Frauen einen kleinen Aufstand am Eingang des Gebäudes. Eine Männerstimme schien sich von denen der Beamten abzuheben.

„Was soll das heißen? Sie haben die Täterin, aber keinen Beweis?", fragte eine Anne durchaus bekannte Stimme.

„Sie hat die Tat sogar gestanden. Nur sind ihre Angaben alles in allem sehr wirr. Und wir konnten sie bislang weder über Fingerabdrücke noch über einen Autoschlüssel oder einen anderen direkten Beweis mit der Tat in Verbindung bringen", erwiderte ein Uniformierter, der sichtlich bemüht war, den aufgebrachten Martin zu beruhigen.

„Ist das diese Wahnsinnige? Die hat versucht, mich umzubringen. Die sollte man wegsperren. Lebenslänglich. Plus Sicherungsverwahrung."

„Bitte, Herr Kappelmann, beruhigen Sie ...“

„Jetzt hören Sie mir mal gut zu", sagte nun Martin und straffte dabei seinen Rücken. „Wissen Sie, wen Sie hier vor sich haben? Ich bin im Vorstand der Jungen Union Nordrhein-Westfalens und meine Freunde spielen mit dem Innenminister Golf, wenn Sie verstehen. Ich erwarte von Ihnen, dass Sie dieses Subjekt ..."

Anne traute ihren Ohren nicht. Der Mann, den sie nur „Kakerlake" nannte, war da, in ihrer Polizeiwache. Und auch wenn sie nicht wusste, was „Golf spielen" bedeutete, so hatte sie doch eine vage Vorstellung davon, was ein Innenminister war und dass der kein Freund der Piraten war. Am Ende des Tages hatte sich in den letzten 300 Jahren also doch nicht so viel geändert, stellte sie fest.

„Suchst de deine Karre, Kakerlake?", fragte Anne durch das Revier hinweg, völlig die Tatsache ignorierend, dass sie eine Beleidigung vor lauter Polizei-Zeugen ausgesprochen hatte. Stattdessen lachte sie hämisch.

„Du!", brüllte Martin. „Für wen hältst du dich? Für Lara Croft oder so etwas?"

Anne schaute Martin verständnislos an. „Wer?"

„Sag mir, wo die Autoschlüssel sind!"

„Sonst?"

„Verklag ich auch noch Emma!"

Anne überlegte einen kurzen Moment. Dann fragte sie: „Und warum?"

„Na, weil sie mein Auto geklaut hat?"

Anne zuckte nur mit den Schultern und setzte ihre Unschuldsmiene auf. „Bist de dir da sicher, ja?"

In diesem Moment verspürte Martin einen rüden Rempler, der ihn fast aus dem Gleichgewicht brachte. Wütend drehte er sich um – und blickte Emma direkt in die Augen, die gerade durch die Eingangstür gekommen war.

„Ach, sieh an", sagte Emma, bevor Martin noch zu einer Attacke ausholen konnte. „Bist du hier, um deine Wahnfantasien noch weiter auszuschmücken?"

„Was für Fantasien? Mein Auto wurde geklaut und deine Freundin da hat es gerade gestanden."

„Na ja, sie hat auch gesagt, sie sei eine Piratin aus dem 18. Jahrhundert", warf Emma ein. „Das glaubst du ihr aber nicht auch noch, oder?"

Wenngleich Martin auf diese Spitze nicht einging, kam Chantal Schweigert doch ein wenig ins Grübeln. Was sollte sie denn jetzt nun glauben? Und vor allem: wem?

Emma erkannte die Verwirrung im Gesicht der Polizistin.

„Fragen Sie ihn doch mal nach einem Beweis", forderte Emma. „Bevor Sie hier einfach unbescholtene Bürgerinnen in die Mangel nehmen.

„Bitte?", fragte die Beamtin entrüstet.

„Verzeihung", korrigierte sich Emma. „Aber es würde mich nicht einmal überraschen, wenn niemand anders als Herr Kappelmann selbst seine Autoschlüssel hat."

„Du verdammte Schlampe! Das würde Dir so passen!", brach es aus Martin heraus.

Nun ballte Anne die Fäuste: „So sprichst du nicht mit der Kaiserin, klar? So spricht keiner mit ihr, sonst ..."

„Sonst?", fragte Beamtin Schweigert.

„Klag' ich dich wegen Anstiftung zum Mord an", sagte Anne selbstbewusst.

„Was bitte?", fragte Martin.

„Na, hast richtig gehört. Oder was sollte das mit ‚Treib ab'?"

Emma erkannte ihre Chance und drückte wieder auf ihrem Handy unauffällig die Aufnahme-Taste.

„Abtreiben ist doch kein Mord!", echauffierte sich Martin.

„Das macht doch heute jeder, ist doch keine große Sache."

„Ah, und was, wenn ich es einfach nicht tue? Papa?", fragte nun Emma.

„Du wirst gefälligst abtreiben, klar? Mach das Kind weg, ich will es nicht."

„Du wirst da gar nicht gefragt", entschied Emma.

„Dann kriegst du aber auch keinen Cent dafür. Keinen."

„Du weißt, dass das gar nicht geht?", fragte Emma. „Glaubst du, ich würde dich dafür nicht vor Gericht zerren?"

Martin verstummte kurz. Dann wandte er sich in sehr kühlem Ton an Emma: „Glaubst du wirklich, du hättest vor irgendeinem Gericht in NRW eine Chance gegen mich? Bei meinen Kontakten? Außerdem gibt es auch legale Wege, das zu umgehen. Noch mal: Mach das Kind weg und alles ist gut."

„Wir müssen vorher wenigstens zum Beratungsgespräch."

„Vergiss das Beratungsgespräch. Das geht mich nix an. Hast du verstanden? Wenn es nach mir ginge, könntest du das Kind auch gleich wegmachen."

Emma drückte auf die Stopptaste. Sie hatte genug Material. Sie atmete nun wieder ruhiger und entspannte ihre Körperhaltung. Fast schon flüsternd wandte sie sich noch einmal an Martin.

„Weißt du, das wird man in der CDU bestimmt nicht gerne hören, was du gerade gesagt hast."

„Na und? Wer soll das mitkriegen?"

„Na jeder, der den Mitschnitt sieht oder hört, den ich gerade von unserem Gespräch gemacht habe", sagte sie in einem zuckersüßen Ton.

Martin wurde kreidebleich. Von jetzt auf gleich wurde ihm heiß und kalt im selben Moment.

„Du hast was gemacht?"

„Alles brav mitgeschnitten, was der künftige Spitzenpolitiker der christlichen Partei so ganz unchristlich gefordert hat."

„Das wirst du sofort löschen. Das ist gegen meinen Willen aufgenommen worden."

Emma überlegte kurz – zum Schein. Wie eine schlechte Schauspielerin sagte sie schließlich: „Weißt du was? Ich glaube nicht. Das ist ein Beweismittel. Immerhin hast du mich gerade zu einer Straftat angestiftet."

„So ein Blödsinn. Abtreibung ist nicht illegal."

Nun mischte sich Chantal Schweigert ein. „Wenn sie ohne vorheriges ärztliches Beratungsgespräch durchgeführt wurde, dann schon. Jetzt sollten Sie lieber beten, Herr Kappelmann, dass Ihre Ex nicht abtreibt. Sonst könnten Sie im Knast landen."

Martin wurde noch bleicher. „Und wenn sie es nicht tut?"

„Kommt das sicherlich trotzdem nicht gut, wenn das Video an die Union geht."

Martins Hautfarbe wechselte von käseweiß in ein kräftiges rosenrot binnen weniger Sekunden.

„Das ist Erpressung."

„Nein, das ist Pressefreiheit", erwiderte Emma. „Der Wähler hat schließlich ein Recht, zu erfahren, wie du es als Nachwuchs-CDUler mit den konservativen Werten hältst. Meinst du nicht?"

Martin schlug die Hände vor sein Gesicht und schüttelte heftig und immer wieder den Kopf. Anne genoss das Schauspiel weiterhin schweigend und mit zunehmender Bewunderung für Emma.

„Dagegen werde ich vorgehen. Ich werde dich fertigmachen. Allein schon, weil du mein Auto geklaut hast."

„Schwörst du da einen Eid drauf?"

„Ich schwöre da jeden Eid drauf!", stellte Martin klar.

Nun hatte Chantal Schweigert endgültig genug. „Jetzt reicht's mir hier! Frau Koslowski, haben Sie das Auto von Martin Kappelmann gestohlen?"

Emma schüttelte mit dem Kopf. „Nein. Und die Dame, die sich Anne Bonny nennt, auch nicht. Aber tatsächlich", nun blickte sie Martin tief in die Augen, „habe ich ihn heute Morgen bei uns im Viertel in eine Bahn einsteigen sehen. Ganz in der Nähe von dem Ort, wo Ihre Kollegen das Auto gefunden haben sollen. Würde mich also nicht wundern, wenn er es selbst dort abgestellt hat."

„Wie bitte?", fragte Chantal Schweigert.

„Das is' ja wohl ein schlechter Scherz", mokierte sich Martin.

„Ach ja? Wenn ich unrecht habe, dann dürftest du ja deinen Autoschlüssel jetzt nicht dabeihaben."

Anne hatte nun eine Ahnung, worauf das Ganze hinauslief. Auch Chantal Schweigert hatte so eine Ahnung. Aber im Grunde war es ihr auch egal. Wenn es keinen Diebstahl gab, dann musste sie auch nicht ermitteln.

„Dürfte ich Sie bitten, Ihre Jacken- und Hosentaschen zu leeren?", fragte die Beamtin Martin daher.

„Sie dürfen ganz sicher nicht."

„Nun, das dient ja der Bestätigung Ihrer Aussagen", erklärte ihm die Polizistin. „Nur, wenn da kein Autoschlüssel bei ist, lohnen sich Ermittlungen für uns."

„Also bitte, ich bin immerhin ..."

„... nur ein ganz normaler Bürger. Und unsere Kapazitäten sind endlich. Wenn Sie nicht einmal hier die Aussage widerlegen wollen, Sie hätten das mutmaßliche Diebesgut heute Morgen platziert – warum soll ich dann andere Fälle für Ihren vernachlässigen?" Und süffisant fügte sie noch hinzu: „Wenn Sie mal im Landtag sitzen, können Sie ja für eine Aufstockung der Polizeistellen kämpfen."

Martin gefiel diese Entwicklung des Gesprächs ganz und gar nicht. Aber schließlich gab er nach.

„Also bitte. Hier ist der Inhalt meiner Jackentasche. Ein Hausschlüssel, ein paar Münzen. Und meine ..." Autoschlüssel, wollte er sagen, hielt dann aber gerade noch rechtzeitig inne. „Was? Wie kann das sein?"

Emma lachte in sich hinein. Während ihres „Remplers" hatte sie es geschafft, die beiden Autoschlüssel unauffällig in Martins Jackentasche zu legen.

„Ha!", machte nun Emma und spielte die Entrüstete.

„So eine miese Kakerlake. Beschuldigt hier brave Christenmenschen un' hat selbst die Schlüssel in der Jacke", machte nun auch Anne mit. Das war ja jetzt nicht direkt gelogen, dachte sie. Sondern eher eine Meinung.

„Na, dann erklär doch mal, Martin", forderte Emma.

„Das. Ich kann nicht. Wieso?", stotterte der nur.

„Nun, Herr Kappelmann", sagte schließlich Chantal Schweigert, „ich denke, das Beste wird sein, wenn Sie jetzt einfach gehen. Und wir alles auf sich beruhen lassen."

Martin nickte.

„Und nicht vergessen, Martin. Der Wähler vertraut dir", rief Emma zum Abschied, während ihr Ex durch die Tür verschwand.

Schließlich waren nur noch Emma, Anne und die Polizistin übrig.

„Und jetzt?", fragte Emma.

„Tja", sagte Chantal Schweigert. „Entweder is' Ihre Freundin 'ne 300 Jahre alte Piratin, die wir nach Jamaika oder das Vereinigte Königreich ausliefern müssen. Oder sie hat einfach nur 'ne blühende Fantasie. Dafür kommste aber noch nich' ins Gefängnis. Also dürf'nse ihre Freundin mitnehmen. Sie sollt' aber inne Nähe bleib'n, wenn wir noch Fragen ham."

*

Als Anne und Emma das Polizeirevier verließen, mussten sie sich sichtbar zusammenreißen, um nicht lauthals loszulachen.

„Is' ja schon schade, dass die Kakerlake so heil davonkommt", sagte Anne.

„Na ja, bei Martins Glück kann ich mir vorstellen, dass jemand das Auto zerkratzt und die Reifen aufgeschlitzt hat", bemerkte Emma trocken.

„Du hast doch nich'?"

„Ich ganz bestimmt nicht", sagte Emma und zwinkerte Anne dabei zu. Und wenn, dann hätte sie das bereits getan, als sie den Wagen dort abgestellt hatten, wo ihn die Polizei gefunden hatte.

Daraufhin ließ Anne noch einmal ihr piratiges Rumfass-Lachen ertönen.

Schließlich wurde Emma ernst. „Und du bist dir sicher, dass du nicht hierbleiben willst? In unserer Zeit", fragte Emma, obwohl sie mit Anne so detailliert darüber noch nicht gesprochen hatte.

Anne schaute ein wenig verlegen zu Boden. „Ich weiß nee nich'. Kommt drauf an, wo ich dann wiederauftauche, weißt de? In 'nen Knast will ich niemals nich' wieder. Außer, wenn's für einen Tag is'."

Schließlich packte Emma Anne am Arm. „Wenn das hier dein letzter Tag in Essen ist – willst du dann nicht noch etwas unternehmen?"

Anne zog eine Grimasse. „Hör mal, Kaiserin. Blutige Hölle! 'ne Anne Bonny schlägt so was nie ab. Die alte Anne. Aber die Neue – kann nich'. Muss mich vorbereiten."

Emma warf ihr einen irritierten Blick zu. „Worauf denn?"

„Na. Is' sicher nie nich' verkehrt, so ein paar Sachen noch zu wissen."

Und so beobachtete Emma schließlich voller Faszination, wie Anne den Rest des Tages am Computer saß und sich seitenweise Wikipedia-Artikel zum 18. Jahrhundert durchlas. Das ging los mit der Festnahme des Piraten Bartholomew Roberts 1722, führte zur Teilung der Kolonie Carolina in Nord und Süd 1729 und endete mit dem amerikanischen Unabhängigkeitskrieg.

Emma war sich nicht sicher, ob so viel Wissen über Annes Zukunft gut sein würde.

„Ey, was würdest denn du tun? Wäre doch gut, nicht gerade da zu sein, wo die Pest ausbrechen tut, oder so was."

Emma bedauerte, dass sie den letzten Abend dadurch in der Wohnung verbrachten. Immerhin gelang es ihr, noch einen Tee mit Anne zu trinken. „Is' ja echt britisch, Kaiserin", hatte die nur knapp kommentiert und sich dann wieder in die Wirren des Siebenjährigen Kriegs gestürzt.

„Ohne den hätte es die USA nicht gegeben", kommentierte Emma. Anne nickte. „Aye. Krieg is' teuer. Stell dir mal vor, Kaiserin. Da wäre ich 58, wenn der Krieg losgeht. Uralt. Warum is' das eigentlich kein Weltkrieg wie die andern? Den habt ihr Deutschen doch auch angefangen!"

„Keine Ahnung. Den haben die Preußen ja gewonnen, vielleicht deshalb. Weltkriege verlieren wir immer."

Nun brachen beide in Gelächter aus.

Es dauerte nicht lange, bis die beiden Reisenden eingeschlafen waren. Wieder träumte Emma einen unruhigen Traum. Doch diesmal war er etwas anders. Sie erkannte in ihrem ganz in weiß gehaltenen Setting ein kleines Baby, das sie aus strahlenden Augen heraus anschaute.

Schließlich kam eine große Kakerlake um die Ecke, die das Kind fressen wollte. Doch Emma zog nun eine Muskete hervor, mit der sie die Kakerlake prompt erlegte. Als sie schließlich vor dem toten Tier stand, erkannte sie darunter einen Spiegel. In dem erblickte sie Anne – die aus dem Spiegel trat und trocken meinte: „Schade. Die hätte ich gerne selbst erlegt." Schließlich wachten die beiden auf.

Als Emma die Augen öffnete, wähnte sie sich wieder in der Zelle von Ulrike Meinhof. Sie erkannte eine ähnlich grau-weiße Wand und eine kleine Tür. Das Zimmer wirkte spartanisch eingerichtet und nicht so, als würde der Insasse – oder besser die Insassin – schon länger in dieser Zelle sein. In der Tür erkannte sie ein kleines, vergittertes Fenster, durch das die Wache spähen konnte.

Emma gelang es nach einiger Anstrengung, einen Blick durch die Gitter zu erhaschen. Sie erkannte eine pechschwarze Uniform mit silbernen Verzierungen. Der Soldat – wenn es denn ein Soldat war – trug zudem eine Art Mütze mit einem Totenkopf drauf. Emma erschrak. Diese Uniform hatte sie schon einmal gesehen. Natürlich hatte sie sie schon einmal gesehen, jeder Deutsche kannte diese Uniform. Es war die der SS.

„Huch", machte nun eine Stimme vom anderen Ende der kleinen Zelle. „Ich hatte gar nicht bemerkt, dass ich nicht allein in dieser Zelle bin", sagte eine junge Frauenstimme. „Ich bitte um Verzeihung."

Emma fuhr herum und auch Anne, die ein wenig mehr Zeit benötigte, um wach zu werden, schaute die Fremde nun neugierig an.

„Ich bin Anne", sagte die Piratin, um die sich anbahnende Stille zu durchbrechen.

„Anne?", fragte die Stimme. „Das ist aber nicht Deutsch." Anne schaute zu Emma, erwartete, dass die jetzt etwas sagen würde, und sei es nur ihren Namen. Aber das tat Emma nicht. Stattdessen zitterte sie regelrecht, was Anne höchst ungewöhnlich vorkam.

„Kaiserin?", fragte sie daher. Emma reagierte, wie aus einer Starre erwacht. Aber sie schaute nicht zu Anne, sondern zu der anderen Frau.

„Du bist ..., du bist ..."

Nun weitete sich der Blick der Frau mit den fast schulterlangen, braunen Haaren und dem etwas runden Gesicht, das gleichzeitig eine undefinierbare Härte ausstrahlte.

„Du bist die ..."

„Sophie Scholl", stellte sich die junge Dame schließlich vor, um Emma von ihrer Verwirrung zu erlösen.

„Kennst de die?", fragte Anne ihre Begleiterin.

Natürlich kannte Emma Sophie Scholl. Immerhin war sie auf das Geschwister-Scholl-Gymnasium gegangen. Und es gehörte da quasi zur Grundbildung, die Geschichte der Weißen Rose, der Widerstandsbewegung gegen das Dritte Reich, zu kennen. Und auch das tragische Schicksal von Hans und Sophie Scholl, die beim Verteilen von Flugblättern erwischt worden waren und nur vier Tage später erst zum Tode verurteilt und dann mit der Guillotine hingerichtet wurden – noch am selben Tag. Tragischerweise hatte ihr Tod in Deutschland mehr ausgelöst als ihre eigentlichen Flugblätter, wusste Emma.

„Also, Anne und die Kaiserin", sagte Sophie Scholl.

„Emma heiße ich. Sie nennt mich nur so."

„Nun, Emma. Wir haben leider nicht lange das Vergnügen, uns diese Zelle zu teilen."

„Woher weißte denn das?", fragte Anne.

„Ich werde in wenigen Stunden hingerichtet", sagte die Widerstandskämpferin.

„Bist doch grad' erst gekommen. Geht aber ein bisschen schnell, oder?", fragte Anne.

„Nun ja. So ist das eben in einer Diktatur. In diesem Land, das von einer Parteiclique regiert wird und das dieses Untermenschentum predigt."

Anne schaute Emma fragend an.

„Sie meint das Dritte Reich, Anne."

„Das mit dem Weltkrieg? Mit diesen Faschodingens?"

„Ja, Anne. Und diesmal sind es die Echten. Die wirklich Bösen."

Sophie Scholl runzelte die Stirn. „Ihr redet seltsam. So als wärt ihr Fremde aus einem Land, in dem man vom Krieg noch nichts gehört hat."

„Na ja. Ich bin Irin. Oder Amerikanerin", sagte Anne.

„Die beide mit Deutschland im Krieg sind ...", kommentierte Sophie Scholl.

„Ich bin Deutsche. Mein Name ist Emma Koslowski."

„Koslowski? Also eine Preußin? Bist du aus dem Osten?"

„Nein, aus dem Ruhrgebiet."

„Ach so, klar. Da heißt man ja auch so. Aber du weißt, welche Gräuel in Polen geschehen? Was dort mit den Juden – und das sind auch Menschen – getan wird? Sie werden vernichtet. Alle. Millionen von ihnen."

„Milli-was?", fragte Anne. „Blutige Hölle! Ist das echt wahr, Kaiserin?"

Emma nickte stumm. „Ja. Und wer das laut ausspricht hier, dessen Kopf liegt schon halb unterm Fallbeil."

„Meiner wird es bald, so viel ist sicher", sagte Sophie Scholl, die sichtbar erleichtert schien, es mit „Gleichgesinnten" zu tun zu haben.

Anne konnte sich das nur schwer vorstellen. Klar, Unterdrückung, Folter, mordende Herrscher, das kannte sie alles auch. Aber solche Dimensionen waren etwas Neues.

„Wie geht denn das? Bei so vielen?"

„Sie nennen es Konzentrationslager", klärte Sophie Scholl sie auf. „Aber es sind Fabriken, gebaut, um so viele Menschen wie möglich gleichzeitig zu töten. Um die Judenfrage zu lösen, wie sie es nennen. Es ist barbarisch." Sophie Scholl spuckte demonstrativ auf den Boden. „Nicht wir Deutsche erheben uns hier über die Juden. Sondern wir sind es, die sämtliche Würde verlieren und jegliches Recht, noch ruhigen Gewissens in den Spiegel zu schauen."

„Was ham denn die Juden getan, dass se sterben müssen?", fragte Anne.

„Sie leben. Das reicht denen", sagte Sophie Scholl. „Sie glauben, Juden seien minderwertig. Und alles Minderwertige müsse zerstört werden."

„Sind keine braven Christenmenschen", meinte Anne.

„Nein, ganz sicher nicht", stimmte Sophie Scholl zu.

„Deshalb haben sie sich mit ihrem Führer ja auch über das Christentum erhoben. Verehren diesen falschen Führer und dieses gottlose Gesindel. Und das im Land von Goethe und Schiller."

„Und Luther", bemerkte Emma.

„Selbst der ist mir noch lieber als diese Untermenschen, die sich selbst Herrenmenschen nennen."

Anne verstand nur die Hälfte. „Und ihr habt versucht, den zu töten?"

„Nein, wie kommst du denn darauf?", fragte die Frau am anderen Ende der Zelle.

„Aber. Irgendwas müsst ihr ja gemacht haben?"

„Wir haben Flugblätter gedruckt. Den Leuten gesagt, was da in Polen geschieht. Und dass sie jetzt handeln müssen, zumal sich in Stalingrad gerade das Kriegsglück gedreht hat."

„Was, mehr nich'? Un' dafür gibt's Urteil un' Hinrichtung am selben Tag?"

„Tja. So ist das eben hier. Die haben sogar eigens den Roland Freisler als Richter aus Berlin kommen lassen. Nur, damit wir auch schön in einem Schauprozess verurteilt werden können. Die wollten uns mürbe machen. Uns brechen. Aber wir haben uns nicht brechen lassen. Nein! Wir haben das System vorgeführt." Ein Lächeln umspielte die Lippen der zum Tode Verurteilten.

„Wie kann man da so ruhig bleiben, bei so einem Urteil?", fragte Emma.

„Indem man an Gott glaubt", erklärte ihr Sophie Scholl. „Und indem man glaubt, dass alles gut wird. Dass wir uns alle auf der anderen Seite wiedersehen und dort die Gerechten einen Platz haben."

„Un' deshalb macht ihr das? Weil Gott das will?"

„Nein", sagte Sophie Scholl. „Weil wir das selbst so wollen. Wenn wir beginnen, unser Gewissen zu verleugnen – wer sind wir dann noch? Was bleibt dann noch? Da kannst du 100 Jahre alt werden und hast dein Leben dennoch vergeudet."

„Wie alt bist du?", fragte Anne.

„21", sagte Sophie, die sichtbar gegen den Drang ankämpfte, zu weinen.

„Und ihr, was habt ihr verbrochen?"

Emma zuckte mit den Schultern. „Ich habe vielleicht ein paar Flugblätter zu viel von der Weißen Rose gelesen." Sophie lächelte. „Und du?", fragte sie Anne.

„War Piratin. Hab' 'ne Menge Blut vergossen. Aber keine Tötungsfabriken nich' gehabt."

„Eine Piratin?", fragte Sophie interessiert. „Wie kann das sein in dieser Welt?"

„Is' kompliziert. Sollt' auch hingerichtet werden, weißt de? Aber ging nich', weil ich schwanger bin."

Sophie ließ einen Seufzer los. „Ich glaube, das ist denen da draußen herzlich egal. In Polen vergasen die schließlich auch Kinder."

„Was, Kinder auch?", fragte Anne.

„Ja. Die wollen, dass alle Juden sterben. Alle."

Anne musterte die junge Frau genauer. Sie war nicht besonders groß, ihr leicht verknautschtes Gesicht ließ sie nicht wie eine Schönheit wirken. Hässlich war sie aber auch nicht. Vor allem aber wirkte sie sehr mädchenhaft, gar nicht wie eine Kriegerin, also wie Jeanne d'Arc oder Ulrike Meinhof. Eher wie jemand aus gutem Hause, den man vor der bösen Welt beschützen wollte.

„Weißt de, Süßherz. Hab' viele Kämpfer gesehen. Un' du siehst so gar nich' wie eine aus."

„Sondern?"

„Na, normal. So ganz normal eben. Wie ein Mädchen von nebenan."

„Und genau das will ich auch sein", sagte Sophie. „Die Mädels von nebenan müssen sich rühren. Müssen sagen: Jetzt ist Schluss. Nicht die Soldaten, nicht die Generäle. Sondern die ganz normalen Menschen, die sonntags in die Kirche gehen und die nicht im Krieg sterben wollen."

„Un' dann?", wollte Anne wissen. „Was soll nach den Faschidings kommen?"

Sophie schaute sie interessiert an. „Es wundert mich, dass jemand so Ungebildetes wie du solche Fragen stellt."

„Überraschung, Schätzchen. Mein Dad is' Anwalt. Nur weil ich 'ne Piratin bin, heißt das nee nich', dass ich von nix 'ne Ahnung nich' hab'."

„Nun denn. Unser Ziel ist es, eine deutsche Föderation aufzubauen."

„Eine Bundesrepublik", sprang Emma helfend ein.

„Zum Beispiel", sagte Sophie. „Und die sollte dann Teil eines vereinten Europas sein."

„Einer Europäischen Union", kommentierte Emma.

„Wenn es zu so etwas jemals kommt und man Deutschland noch mitmachen lässt, nach unseren Sünden und Verbrechen", sagte Sophie Scholl.

„Also is' dein Land im Krieg un' du willst, dass es verliert?", fragte Anne.

„Niemand will, dass sein Land verliert", antwortete Sophie. „Mein Verlobter ist immerhin auch Soldat. Aber ich will, dass diese Parteiclique verliert. Mittlerweile ist ohnehin klar, dass wir verlieren werden. Die Berichte meines Verlobten und der anderen deuten darauf hin."

„Also ist alles besser als das hier?"

„Möglich. Stalin ist auch ein Verbrecher, der sollte hier auch nicht regieren. Am besten wäre, uns retten die Amerikaner. Ihr", sagte sie und schaute dabei flehentlich zu Anne. „Aber das werde ich nicht mehr erleben."

„Bereust du denn gar nicht, dich in Gefahr gebracht zu haben?", wollte Emma wissen.

„Ich soll bereuen, meine Seele gerettet zu haben?", fragte Sophie. „Niemals!"

Anne war sprachlos. „Müsstest du nich' verzweifelt sein oder so was? Wenigstens wütend?"

Sophie blockte ab. „Nein. Sie werden verlieren. Sie sind schon tot und wissen es noch nicht. Dann sehen wir uns wieder. Und dann wird abgerechnet. Die Amerikaner werden kommen."

Plötzlich nahmen die drei Bewegung auf dem Gang wahr. Anne und Emma zogen sich hastig ein wenig in die Ecke zurück, falls hier jemand in die Zelle kommen wollte. Schließlich kamen die Schritte näher. Es klopfte.

„Frau Scholl? Besuch für Sie. Ihre Eltern." Sophie stand auf und bemühte sich um eine steife Körperhaltung. Das würde kein leichter Gang für sie werden. Mit wenigen Schritten hatte sie die Tür erreicht, die hinter ihr wieder ins Schloss fiel.

Anne schaute Emma fragend an.

„Stimmt das? Kommen die Amerikaner?"

„All das kommt. Die amerikanischen Soldaten, die Bundesrepublik Deutschland, die Europäische Union. Das wird es alles geben", sagte Emma. „Und das hat die Weiße Rose in ihren Flugblättern schon 1942 gefordert."

„Dann haben sie was erreicht?"

Emma zögerte. Sie wusste, dass die meisten Flugblätter einfach an die Behörden weitergegeben worden waren. Erst der Tod der Geschwister Scholl und Christoph Probsts am 22. Februar 1943 sowie der anderen Mitglieder der Weißen Rose später machte ihren Widerstand bekannt. Das sechste und letzte Flugblatt, bei dessen Verteilung an der Münchner Uni die beiden Scholl-Geschwister verhaftet worden waren, sollte später von britischen Bombern tausendfach über Berlin abgeworfen werden.

„Am Ende schon, ja."

„Und ohne die Amerikaner?"

„Das will ich mir gar nicht vorstellen", sagte Emma beklommen. „Es ist die Ursünde von uns Deutschen. Das schlimmste Verbrechen, das jemals Menschen begangen haben."

Anne wurde wieder sehr nachdenklich und still.

„Stimmt das? Millionen Menschen? Einfach so vergast?", fragte Anne.

„Es waren am Ende sechs Millionen Juden etwa", sagte Emma. „Und Schwule, Lesben, Behinderte, politische Gefangene, die kamen alle auch in die Lager."

„Die sieht so ganz normal aus. Sophie, mein ich", sagte Anne. „Das versteh' ich nee nich'."

„Sie war auch anfangs selbst Nationalsozialistin."

„Was?", fragte Anne entsetzt.

„Eine Faschistin."

„Un' warum is' se das nee nich' mehr?"

„Keine Ahnung, frag sie." Das hatte Anne vor.

*

Es dauerte eine Weile, bis sich die Tür wieder öffnete und Sophie eintrat, tränenüberströmt.

Anne stand instinktiv auf und nahm die junge Frau in den Arm.

„Hey, alles in Ordnung?"

„Ja", schluchzte Sophie. „Meine Eltern. Es war – meine Mutter hat mir sogar ein Brödle gemacht. Das sind Plätzchen. Die hat sie mir immer gemacht, wenn ich mich beruhigen sollte", sagte sie und schluchzte noch lauter.

„Ich habe ihr gesagt, wir sehen uns wieder, wenn sie nachkommt. Ich hoffe nur, das ist nicht allzu schnell. Sie werden auch verfolgt werden."

„Sag mal, stimmt das, dass du auch mal so 'ne Faschidings warst?"

Sophie zuckte zusammen. „Du meinst, ob ich eine Nationalsozialistin war? Ja. Mein Bruder war in der Hitler-Jugend, ich war beim Bund Deutscher Mädels."

„Die Jugendorganisationen der Nazis", klärte Emma Anne auf.

„Wir hatten beide ein paar Kinder unter unserem Kommando", erinnerte sich Sophie. „Aber dann haben wir gemerkt, dass dieses System nur schöner Schein war. Und dass dahinter ein System des Unrechts und der Barbarei steckt."

„Un' meinst de nich', dass Gott das bestrafen wird?"

„Vielleicht", sagte die junge Frau. „Aber seit ich weiß, was wirklich geschieht, habe ich gegen dieses System gekämpft. Ich bedaure nur, dass ich nicht noch mehr und nicht schon früher etwas getan habe. Aber schaut euch nur um. Wie wenige etwas tun. Dann liegt es eben an uns."

Anne musste mit den Tränen kämpfen.

„Weißt de, ich war sicher keine Gute. Wollte Abenteuer, was erleben."

„Und genau darum ging es auch beim BDM. Abenteuer, sich selbst beweisen, sich stählen."

„Aye, das klingt alles erst mal ganz toll. Und dann merkst de, dass se dich nur ausgenutzt ham."

„Was hast du dann gemacht?", fragte Sophie

„Na ja, hab' den Vater meines Kindes baumeln sehen. Dann kam die Kaiserin un' hat mich gerettet. Weiß auch noch nich', was ich jetz' machen soll."

„Tu etwas, das Wert hat", sagte Sophie Scholl. „Etwas, was dir eine Würde gibt, die dir keiner mehr nehmen kann. Keine Nazis, kein Richter Freisler und nicht mal das Fallbeil."

Emma kämpfte mit den Tränen. „Danke", sagte sie nur.

„Wofür?"

„Dein Opfer wird nicht umsonst sein", platzte es aus Emma raus.

Anne schaute sie irritiert an. „Ey, Kaiserin. Willst de wirklich sagen, wer wir sind?"

„Dass ihr nicht von hier seid, habe ich gleich bemerkt. Ich mag hier vielleicht nicht die Schönste sein, aber sicherlich die Schlaueste", sagte Sophie Scholl mit unverkennbarem Stolz. „Und Piratinnen gibt es seit 200 Jahren nicht mehr. Sag mir, Anne. Ist dein Nachname etwa ..."

„Bonny", sagte Anne schließlich.

Sophie lächelte wissend. „Das dachte ich mir. Und du?", sie fragte nun Emma.

„Ich bin nicht so berühmt wie ihr beide."

„Bin ich berühmt?", fragte Sophie.

„Du wirst es sein, zu meiner Zeit. Verdammt. Ich habe mein Abitur auf dem Geschwister-Scholl-Gymnasium gemacht. In der Bundesrepublik Deutschland. Die Teil der Europäischen Union ist."

Nun rannen erneut Tränen über die Wangen von Sophie Scholl. „Das heißt: Wir gewinnen am Ende? Die Nazis sind besiegt?"

„Ja."

„Und es gibt ein Deutschland danach?"

„Auch das gibt es. Wir werden sogar einmal stolz darauf sein, wie offen wir mit unseren Verbrechen von damals umgehen. Und Vorreiter der Menschenrechte sein. Und das dank euch", sagte Emma.

Wieder hörten sie Trubel auf dem Flur. Diesmal allerdings kündete der keinen weiteren Besuch an. Es wurde Zeit.

„Es ist so ein herrlicher Tag, und ich soll sterben", sagte Sophie, als sie sich aufraffte.

„Der Herr Kriminalkommissar Mohr bittet um ein Gespräch", bellte die kühl und distanziert wirkende Stimme jenseits der Tür.

Als sich Sophie umdrehte, waren ihre Gäste wieder weg. Noch immer mit den Tränen kämpfend, griff sie nach ihrem Plätzchen in der Jackentasche. Das würde sie nun doch nicht mehr essen.

*

Emma und Anne waren wieder in einem weißen Raum. Diesmal gab es keinen schmückenden Traum, stattdessen schritt eine dunkelhaarige, bärtige Gestalt auf sie zu. Die beiden erkannten sofort, dass es Jesus war.

„Jetz' is' es soweit", sagte Anne.

„Aye", bestätigte Emma.

Anne deutete ein Lächeln an.

„Emma, Anne", sagte Jesus und breitete seine Arme aus.

„Sollen wir uns jetz' hinknien oder was jetz'?", fragte Anne.

„Keine Ahnung", sagte Emma, die einfach stehenblieb.

„Ihr beiden wundervollen Frauen. Habt ihr euch entschieden?"

Emma nickte. „Ich werde mein Kind nicht abtreiben. Niemals."

Jesus lächelte. „Das war nicht die Frage."

Emma war irritiert. „Sondern?"

„Sondern, ob du bereit bist, für dein Leben Verantwortung zu übernehmen", erklärte ihr Jesus. „Und das bist du." Nun wandte er sich an Anne.

„Und du, Anne Bonny. Seeräuberin, deren Legende größer ist, als es ihre Piratenkarriere in Wirklichkeit war."

„Wie meint er das?", fragte Emma.

„Na ja", sagte Anne. „Also das mit den vielen Überfällen ... Du musst wissen, Kaiserin, ..."

„Sie haben größtenteils ein paar Fischer überfallen", sagte Jesus.

„Wenn nicht zwei Frauen an Bord gewesen wären, hättest du von ihrem Kapitän noch nie etwas gehört. Und die meiste Zeit an Bord waren sie sogar Piratenjäger, also auf der anderen Seite."

„Aye, aber so was wollte ich nie nich'!"

„Nein, du nicht, das stimmt", bestätigte Jesus. „Du und Mary Read, ihr zwei wolltet immer mehr, wolltet Größeres."

„Aye."

„Hast du jetzt endlich begriffen, wie du groß werden kannst?", fragte Jesus.

„Aye. Also. Du, Jesus. Du kennst doch die Geschichte un' so. Ich will zurück, also nich' nach Jamaika. Sondern zu meinem Dad."

„Und nicht mehr auf Kaperfahrt gehen?"

„Nein. Also doch. Einmal will ich noch was klauen. Un' zwar den Engländern was. Aber diesmal kein Schiff oder Fracht", sagte Anne. „Is' doch auch in deinem Interesse, oder?"

Jesus lächelte wissend. „Du wirst nicht mehr in deine Zelle zurückkehren."

„Aber", sagte Emma nun. „Ich hatte gehofft, du kommst mit mir. Ins 21. Jahrhundert."

„Kaiserin", antwortete Anne. „Du hast mich zu 'nem andern Menschen gemacht. Das vergesse ich dir nie. Aber ich muss was regeln. Was Großes. Was Wichtiges. Etwas, wo ich mein Leben lang drum kämpfen muss."

„Du willst also immer noch die Heldin spielen", stichelte Emma.

„Aye. Deshalb kann ich nee nich' bei dir bleiben. Aber das wusstest du doch schon."

„Ja, wusste ich. Nur. Ich hab' mich an dich gewöhnt. Wer vermöbelt denn jetzt Martin, wenn du nicht mehr da bist?", fragte Emma halb flehend.

„Kakerlake? Och, das kriegst du auch gut allein hin."

„Und mein Kind? Ich hätte die Idee schön gefunden, wenn unsere Kinder zusammen spielen", sagte Emma.

„Hey", setzte Anne an. „Mein Kind hat zwei Piraten als Eltern. Das erste, was es mit deinem Kind macht, ist: es klaut ihm den Lutscher."

Die beiden mussten lachen, obwohl Emma nun die Tränen über die Wange liefen und auch Anne mit den Tränen zu kämpfen hatte.

„Dann ist das jetzt der Abschied?", fragte Emma.

„Ja", sagte Anne und drückte Emma an sich. „Leb wohl, Kaiserin. Und vergiss mich nicht."

Emma schloss die Augen. Als sie sie wieder öffnete, war sie wieder in ihrer Wohnung in Essen. Sie war allein.

EPILOG

Emma fragte sich noch, ob das alles ein böser Traum gewesen war, als sie sich an ihren Laptop setzte und ihre E-Mails kontrollierte. Eine etwas ältere E-Mail war da, noch ungeöffnet. Sie hatte das vor lauter Stress in den vergangenen Tagen schlicht vergessen. „China Exhibiton" stand im Betreff, der Absender war twelve@charleston.com. Sie öffnete die Mail. Es war Englisch, erkannte sie. Übersetzt stand dort:

Sehr geehrte Frau Koslowski,

Ihre kleine Filmreihe hat einiges Aufsehen erregt, auch in South Carolina. Mein Name ist Emma Richardson und ich benötige Ihre Fachexpertise zu einer Bildersammlung aus dem späten 18. Jahrhundert. In Anbetracht des Videos, das Sie mit „der Roten Anne" im Folkwang-Museum gedreht haben, glaube ich, dass Sie über ein spezielles Wissen zu dieser Bilderserie verfügen, bei der die Familie noch nicht entschieden hat, sie erstmals auszustellen. Bitte treffen Sie mich doch auf unserem Familienstammsitz in Charleston, die Anreise- und Unterbringungskosten übernehmen wir sehr gerne.

Ihre Emma Richardson

Emma hatte keine Ahnung, was es mit dieser Bilderreihe auf sich haben sollte. Aber die Erstveröffentlichung möglicherweise bedeutender Kunstwerke, das wäre eine große Sache. Und wenn sie dazu etwa den Katalog schreiben oder überhaupt nur an diesem Projekt mitarbeiten würde, dann hätte sie urplötzlich einen Namen in der Kunstszene. Damit hätte sie dann auch alle Perspektiven in dieser für die meisten so brotlosen Welt. Kam diese Einladung einem Wunder gleich?

Oder war es nur ein billiger Trick?

Allerdings hatten sie gerade die Schlüsselbegriffe 18. Jahrhundert und Charleston hellhörig gemacht. Und wenn es nun mit Anne Bonny irgendwie zusammenhing?

Emma überschlug schnell im Kopf, wann sie einen Flug in die Staaten einrichten konnte. Im Dezember nicht, so viel war sicher. Immerhin hatte sie noch Klausuren zu schreiben.

Aber in ein paar Wochen wäre diese Phase vorbei. Da hatte sie eigentlich als Kellnerin arbeiten wollen. Und die alte Emma hätte von einem solchen Angebot auch die Finger gelassen. Doch nicht die neue Emma. Also sagte sie zu.

*

Als sich Emma einige Wochen später auf den Weg über den Atlantik machte, blühte ihre Fantasie regelrecht auf. Was nur konnte dort auf sie warten? Sie hatte vieles hin- und herüberlegt und auch hin- und hergeschrieben. Aber Emma Richardson hatte sich sehr bedeckt gehalten, was die Motive anging und auch, warum Emma Koslowski aus Essen, die nicht einmal ein abgeschlossenes Studium hatte, nun prädestiniert sein sollte, diese, der Weltöffentlichkeit unbekannten Gemälde zu sichten. „Sie werden es verstehen, wenn Sie hier sind", hatte die ominöse Mrs. Richardson geschrieben.

Als sie im Flugzeug über die britischen Inseln flog, erhaschte sie einen Blick auf das verschneite Irland. Dort unten im Süden lag Cork, wusste sie. Dort ganz in der Nähe war Anne geboren und dann später mit dem Schiff nach South Carolina gefahren. Welche Ironie, dass sie nun fast den gleichen Weg zurücklegte, nur eben nicht per Schiff, sondern ein paar Etagen weiter oben. Und im Gegensatz zu Anne, die sich hart am Wind wohlfühlte, durchlitt Emma bei jeder kleinen Turbulenz Todesängste. Außerdem musste sie in New York noch umsteigen, es war also nicht die exakt gleiche Route.

Am Flughafen in Charleston angekommen, war Emma erst einmal überrascht von den warmen Temperaturen, obwohl es Winter war und South Carolina auf der Nordhalbkugel lag. Ein Fahrer erwartete sie gleich am Airport und fuhr mit ihr durch die Stadt. Wie sie schnell entdeckte, war Mike nicht nur gut am Steuer, sondern auch gut in Geschichte. Und so erzählte er ihr auf seiner Route, die sicherlich nicht die kürzestmögliche war, über die spektakuläre Geschichte der Stadt Charleston, die mit ihren 134.000 Einwohnern etwa so groß war wie Herne. Emma fiel sofort die Kolonialarchitektur und das Südstaaten-flair auf, das von Charleston ausging.

„1776 gab es hier eine der ersten Schlachten im Unabhängigkeits-krieg, die die USA gewinnen konnten", erzählte ihr Mike. „Die Legende will es, dass Palmen die Kanonenkugeln der Briten abgefedert haben. Palmen übrigens, die von einer Urahnin der Familie gepflanzt wurden, zu der ich Sie jetzt bringe."

Emma hörte nur mit einem Ohr hin. „Und hier ist das Fort Sumter. Dort hat der Bürgerkrieg 1861 begonnen. Hier, in Charleston. Es hält sich das Gerücht, die Frauen in der Familie hätten sich, als Männer verkleidet, unter diesen ersten Angreifern befunden. Und die Männer arbeiteten in der Werft an der Hunley – dem ersten U-Boot der Weltgeschichte. Hier in Charleston."

Emma ließ das alles auf sich einprasseln. Vermutlich würde ihr Mike gleich noch erzählen, dass eine Frau aus der Familie den Charleston-Tanz erfunden hatte.

Stattdessen erzählte er ihr, dass Charleston heute noch durch eine besonders hohe Kriminalitätsrate hervorsteche und zu den gefährlichsten Städten der USA zähle. Das konnte sich Emma bei diesem Idyll allerdings kaum vorstellen.

„Keine Panik, bei uns sind Sie sicher. Die Familie kümmert sich um alles", hatte Mike gesagt.

Dann waren sie endlich vor dem Anwesen angekommen, das wie ein Miniaturschloss in der Landschaft thronte. Als Emma ausstieg, wartete schon eine Frau mittleren Alters auf sie, deren rote Haare offensichtlich gefärbt waren. Zum Glück, dachte Emma. Rote Haare mit grau, das sah einfach nicht aus, fand sie.

„Hi, Miss Koslowski?", begrüßte sie die Frau. „Ich bin Emma Richardson. Aber nennen Sie mich Twelve."

„Twelve? Ein ungewöhnlicher Spitzname", sagte die jüngere Emma.

„Ist eine Familientradition. Wir haben da so ein paar verrückte Gewohnheiten. Für eine Europäerin wie Sie müssen die USA ja sowieso verrückt wirken und die Südstaaten erst recht." Da hatte Twelve nicht ganz unrecht, dachte Emma, sagte aber nichts.

„Sie sind bestimmt müde und möchten sich erst einmal zurückziehen. Hatten Sie denn einen guten Flug?"

„Ja, hatte ich. Und ja, ich bin auch müde. Aber ich bin viel zu neugierig, um schlafen zu können", sagte Emma.

„Könnte ich zumindest schon einmal einen kurzen Blick auf die Bilder werfen?"

Twelve entfaltete ein strahlendes Lächeln. „Sie kommen gleich zur Sache. In Ordnung. Deutsche sind ja bekanntlich etwas rüde."

Emma zog die Augenbrauen hoch. „Dann haben Sie noch keine Polen kennengelernt."

Twelve begann zu lachen, und zwar ein tiefes Lachen von drei Rumfässern, das Emma nur allzu bekannt vorkam, ebenso wie die Erscheinung von Twelve. Was ihre Vermutung nur noch weiter bestätigte, bei wessen Familie sie hier war.

„Lassen Sie mich Sie erst einmal in den Eingangsbereich bringen", sagte Twelve. Emma folgte ihr in eine große Halle. Links und rechts an den Wänden des Flurs hingen teils lebensgroße Porträts. Emma schaute sich die Bilder genauer an. Ihr Blick blieb bei einer Soldatin hängen, die eine Konföderierten-Uniform trug. Emma VI. Stevens stand auf dem kleinen Schild darunter.

„Ah ja, Nummer sechs. Sie kämpfte damals für die Freiheit an vorderster Front. Verstehen Sie das nicht falsch, ihr Europäer seid da immer so empfindlich. Es ging ihr nicht um Sklaven, sondern um Unabhängigkeit. Das war ihr immer wichtig."

Emma schaute weiter und erkannte Emma III. O'Reilly, die mit einem Gewehr gezeichnet wurde. „Das war der Unabhängigkeitskrieg", erklärte Twelve knapp.

Schließlich blieb Emma vor einem weiteren Bild stehen, das eine Krankenschwester im Zweiten Weltkrieg in Bamberg zeigte. Emma X. Smith.

„Ich nehme an, Sie sind dann Emma XII., deshalb Twelve?", fragte Emma ihre Gastgeberin.

„Richtig", sagte Twelve. „Wir sind eine Frauendynastie. Deshalb geben wir nicht den Nachnamen weiter, sondern den Vornamen jeweils an unsere älteste Tochter. Und wie ich sehe, tragen Sie denselben Vornamen.

Das war Emma allerdings auch schon aufgefallen. Oh Anne, was hast du dir denn nur dabei gedacht?

„Wer war Emma I.?", wollte die deutsche Emma wissen.

„Wir wissen es nicht", sagte Twelve. „Die Zählung fängt bei II. an."

„Und wer war die Mutter von Two?"

„Tja", sagte Twelve, „sie hieß jedenfalls nicht Emma, so viel ist klar".

Schnelleren Schrittes ließen sie die Ahnengalerie hinter sich und kamen in einen kleineren Raum, in dem fünf Bilder aufgereiht standen, ins Dunkel des Schattens getaucht.

„Wir müssen mit dem Licht etwas vorsichtig sein. Aber für Sie schalte ich es natürlich gern ein", sagte Twelve.

Als sich die Dunkelheit wie ein Schleier von den Bildern hob, drohte Emma für einen Moment absolute Sprachlosigkeit. Denn was sie da sah, war nahezu umwerfend. Und ohne, dass sie es hätte kommen sehen, flossen ihr ganze Gebirgsflüsse über die Wangen. „Oh Anne, du Verrückte", sagte sie nur. Und immer wieder „Du Verrückte".

„Erkennen Sie jetzt, warum ich nur Sie mit dieser Arbeit betrauen konnte?", fragte Twelve.

Emma nickte.

„Die Serie heißt ‚Die Kaiserin von China'", klärte sie Twelve auf.

„Natürlich tut sie das", kommentierte Emma. Wie auch sonst. Immerhin war eine Figur in einem roten Kimono mit goldenen Drachen auf allen fünf Bildern zu sehen.

Das erste zeigte eine Zelle mit einer weißen Wand. Auf der linken Seite stand ein Regal voller Bücher, auf dem Bett hockte eine Frau mit Haaren, die ihr über die Schulter reichten. Der Ausdruck war deutlich gezeichnet von Trauer und Emma erkannte natürlich auch das kleine Fenster neben dem Regal, durch das Licht einfloss. Hauptfigur aber war die „Kaiserin von China", die dem Betrachter den Rücken zugewandt hatte, deren blonde Locken aber wallend auf den roten Kimono fielen.

„Wir haben uns immer gefragt, warum die Kaiserin blond ist. Welche Chinesen sind denn blond?", kommentierte Twelve.

Noch ein Detail fiel Emma an dem Bild auf. Im vorderen Bereich stand ein Tisch und auf dem lagen vier Kräuter. Petersilie, Salbei, Rosmarin und Thymian, erkannte Emma.

„Was diese Kräuter symbolisieren, das haben wir nie verstanden. Außer, dass sie in diesem Song vorkommen."

„Scarborough Fair", sagte Emma. Sie wusste, dass diese Kräuter eine Symbolkraft hatten. Petersilie stand demnach für Milde, Salbei für Kraft, Rosmarin für Treue und Liebe, und Thymian stand für Mut – alles Eigenschaften, die dem getrennten Paar zugeschrieben werden, um das es im Lied geht.

„Oh Anne", sagte Emma wieder.

Sie suchte nach dem Künstler, konnte aber nur eine römische Drei als Signatur erkennen. Und daneben eine arabische Eins als Nummernzeichen.

„Die Künstlerin dürfte wohl Emma III. gewesen sein", bestätigte Twelve Emmas Verdacht.

„Wissen Sie, wer die Frau auf der Pritsche ist?" Emma nickte. „Ja, aber das ist gegen die Gesetze der Physik und nicht zu erklären."

„Jetzt bin ich neugierig", sagte Twelve.

„Es gab einmal eine Terroristin in Deutschland namens Ulrike Meinhof. Sie starb 1976 in einer Zelle, ganz ähnlich wie diese."

„Das kann wohl unmöglich das Motiv sein, das Bild ist von 1780."

Emma nickte. „Natürlich ist das nicht möglich. Und doch ist das Bild sehr ungewöhnlich. Diese Darstellung von Frauen, die Hosen tragen, ist für diese Epoche nahezu revolutionär."

Emma schaute auf das nächste Bild. Es zeigte einen mittelalterlichen Kerker mit runden Wänden. Licht fiel nur durch einen schmalen Schlitz in den Raum. Draußen erkannte Emma dennoch einen dunkelblauen Himmel, blutrote Ziegeldächer und dazu eine weiße Wolke, die schräg kreuzt. So als ergäbe das Ganze die französische Nationalflagge. Also die moderne Trikolore, nicht die von 1780.

Darunter erkannte sie eine gebrochene Frau, die sich eine Tunika angezogen hatte. Einer ihrer Füße war mit einer Eisenkette an der Wand festgemacht. Wieder war die Kaiserin von China dabei, diesmal hielt sie allerdings einen Dolch in der Hand.

„Und dieses Bild. Wir wissen nicht: Will sie eigentlich die Frau umbringen? Oder von ihren Qualen erlösen?", fragte Twelve.

Emma schwieg zu dieser Interpretation. Vor allem das Farbspiel fiel ihr in diesem Bild auf. War das erste Bild noch recht realitätsnah, wirkte dieses von der Farbkomposition doch eher wie ein van-Gogh-Gemälde mit kräftigen, aber nicht fotorealistischen Farben, sodass die Trikolore noch etwas besser zur Geltung kam. Auch das war für 1780 völlig ungewöhnlich.

Das dritte Bild nun zeigte einen Farbkontrast zum zweiten. Denn hier war die Szenerie in ein helleres Licht getaucht. Auch erkannte Emma Sand auf dem Boden der – wieder einmal – Gefängniszelle. Diesmal konnte man die Kaiserin im Profil erkennen, und nicht nur das:

Sie trug einen Heiligenschein. Auf der linken Seite, ihr gegenüber, waren zwei Frauen. Eine, etwas dunkler als die andere, hatte ebenfalls einen Heiligenschein. Die andere, aufrecht Stehende, hatte einen irren Blick und keinen Heiligenschein. Arme Perpetua, dachte Emma, war mit der Motivauswahl aber ganz zufrieden. Die Kaiserin von China offenbarte derweil ein Profil, das dem von Emma überraschenderweise nicht ganz unähnlich war. Im Hintergrund erkannte Emma noch eine Arena und sogar einen Löwen, der dort seine Runden zog. Mit Schaudern dachte Emma zurück an ihr Gespräch mit der heiligen Felicitas und diese Abscheu, die sie gegenüber deren Herrin empfunden hatte.

„Allein schon, dass die Heiligenscheine vertauscht wurden, ist schon spektakulär und aus katholischer Sicht ketzerisch", sagte Emma.

Das vierte Bild nun zeigte wieder eine nackte und kalte Zelle mit einem großen Fenster und einem kleinen, das in die Tür eingebaut war. An eine Ecke gelehnt sah sie eine junge Frau mit etwas kürzeren Haaren als Ulrike Meinhof. In einer Hand hielt sie ein Plätzchen, in der anderen eine einzelne, weiße Rose. Durch das kleine Fenster erkannte Emma die schwarze SS-Uniform, darunter fiel der rote Kimono der Kaiserin mit den goldenen Drachen am Rand. Wenn sie es nicht besser wüsste, dachte Emma, dann zeichnete sich hier die schwarz-rot-goldene bundesdeutsche Flagge ab. Begeistert war sie von der stolzen Haltung der Frau, die in der Zelle saß.

„Wir haben gerätselt, was diese weiße Rose bedeuten kann. Wir haben nur eine Widerstandsbewegung in Deutschland im Zweiten Weltkrieg gefunden. Aber das kann ja mit unserem Bild nichts zu tun haben", sagte Twelve.

Emma schüttelte mit dem Kopf. Diese fließenden Farben und das Lichtspiel waren beeindruckend.

Und schließlich war da das fünfte Bild, von dem Emma wusste, dass es eigentlich das erste hätte sein müssen. Es zeigte zwei Frauen von vorne. Zum einen wieder die Emma-Kaiserin, die nun vollkommen eindeutig porträtiert war.

Und auf der anderen Seite in der von Ratten und Stroh verdreckten Zelle hockte eine zweigeteilte Frau auf einem Stuhl. Wie in einem surrealistischen Kunstwerk waren eine alte und eine junge Version dieser Frau zusammengelegt, links alt, rechts jung. Die Junge hatte wallendes, rotes Haar, Sommersprossen und trug Männerkleidung. Die Alte trug ein wallendes Kleid, hatte ihre weißen Haare hochgesteckt und sichtbare Falten. Trotzdem hatte sie sich für ihr Alter gut gehalten, dachte Emma.

Beide Annes hatten gerade eine Stickerei beendet. Emma erkannte die Betsy-Ross-Flagge – und diesmal war es eine wirkliche Flagge. Sie hatte dreizehn rot-weiße Streifen für die dreizehn ursprünglichen Kolonien, die sich unabhängig erklärt hatten. Und dazu kamen dreizehn kreisförmig angeordnete Sterne auf blau im Feld links oben. Nur, dass es zwölf waren, erkannte Emma nun. Und die Sterne waren nicht weiß, sondern gelb. Emma lachte laut.

„Was ist?", fragte Twelve.

„Na, sehen Sie sich die Flagge an. Das ist nicht die Betsy-Ross-Flagge. Sondern das ist die EU-Flagge oben links in der Ecke."

„Sind Sie sicher?"

„Natürlich. Die Sterne sind goldgelb und einer zu wenig." Aber das war noch nicht das Auffälligste an dem Bild.

Durch das kleine Fenster im Hintergrund erblickte Emma ein Piratenschiff mit einem gehissten Jolly Roger. „Dieses Bild zeigt Anne Bonny", sagte sie schließlich. „Die Piratin, die Ihre Vorfahrin ist. Aber damit sage ich Ihnen bestimmt nichts Neues."

„Nein", sagte Twelve. „Und ich bin mir nun sicher, dass die Bilder bei Ihnen in den richtigen Händen sind. Aber ich frage mich, wie diese Rothaarige auf Ihre Videos kommt."

„Tja, das zu erklären, würde tatsächlich einige Tage dauern."

„Und vor allem frage ich mich, wie Sie, Miss Koslowski, auf ein 240 Jahre altes Gemälde kommen."

Emma lächelte. „Na ja", sagte sie. „Ich bin Emma I. Ich bin die Kaiserin."

NACHWORT

Was wurde wirklich aus Anne Bonny? Abseits dieses Romans ist das eine nach wie vor nicht geklärte Frage. Die Faktenlage ist dünn, wie überhaupt alles, was Anne Bonny betrifft. Tatsächlich dient als einzige Quelle eine Enzyklopädie über die Piraten in der Karibik, die möglicherweise Daniel Defoe („Robinson Crusoe") unter Pseudonym veröffentlichte. Wo aber nur eine Quelle da ist, ist die Wahrheit immer besonders dehnbar. Diese Unschärfe habe ich ganz schamlos verwendet, um daraus meine vielleicht ganz eigene Anne Bonny zu kreieren.

Geboren wurde Anne demnach als Anne McCormac bei Cork in Irland, als Tochter eines Juristen und seiner Magd. Trotzdem wurde sie von ihrem Vater wohl nicht wie ein Bastard behandelt – und das, obwohl ihre gewalttätigen Neigungen schon in der Pubertät ausgeprägt gewesen sein sollen. Ich benutze da den Konjunktiv, denn bei einer so dünnen Quellenlage kann auch viel Seemannsgarn den Weg in die Berichte gefunden haben.

Auch die weiteren Stationen wie der Umzug nach Carolina, die überstürzte Hochzeit mit James Bonny und das Durchbrennen mit Calico Jack gehören zu ihrer mehr oder weniger offiziellen Vita. Aber vieles bleibt vage. Was zum Beispiel geschah mit Anne Bonny nach ihrer Verurteilung? Während Mary Read im Kindbett starb, herrscht zu Anne das große Schweigen. Theorien gibt es so einige. Sie könnte wie Mary Read im Kindbett gestorben sein. Vielleicht hat sie sich auch davon gemacht und ist als Piratin – oder besser gesagt als scheinbar männlicher Pirat – noch einmal losgesegelt. Derzeit beliebt ist die Theorie, ihr wohlhabender Vater habe seinen Einfluss geltend gemacht und sie nach South Carolina geholt, wo sie dann unter die Plantagenbesitzerinnen gegangen ist. Doch auch das ist nicht gesichert.

Ulrike Meinhof, als nächste historische Figur in diesem Buch, ist ungleich besser dokumentiert. Geboren in Oldenburg, arbeitete sie zunächst als Journalistin und schloss sich der Roten Armee Fraktion an, erst einmal inoffiziell. Doch als am 14. Mai 1970 bei der Befreiung von Andreas Baader schieflief, was nur schieflaufen konnte, änderte sie ihre Rolle vom inoffiziellen Mitglied zum Gesicht und zur Öffentlichkeits-Beauftragten der RAF. Sie war diejenige, die die Statements verfasst hatte, sprachlich konnte sie schlagartig von intellektueller Eloquenz ins Vulgäre springen. Schnell wurde die RAF auch die Baader-Meinhof-Gruppe genannt, wobei Ulrike Meinhof wohl nicht ganz so viel zu sagen hatte bei der RAF, wie man damals glaubte und eher Gudrun Ensslin neben Baader die Strippen zog. Auch um die Meinhof ranken sich Legenden. Eine davon ist, sie sei im Gefängnis umgebracht worden. Ganz ausschließen kann man derartige Verschwörungs-theorien natürlich nie, allerdings gibt es auch natürlichere Erklärungen für den Selbstmord. Dass sie am Muttertag gestorben ist, stimmt. Es stimmt auch, dass sie den Kontakt zu den Kindern verloren hatte. Außerdem gab Gudrun Ensslin später an, in jener Nacht aus der Zelle von Meinhof noch Musik gehört zu haben.

Ein Wort noch zum Lied Scarborough Fair. Das ist tatsächlich eines der ältesten überlieferten britischen Volkslieder und stammt wohl aus der Renaissance.

Zu Jeanne d'Arc ist eigentlich alles schon hunderttausendfach geschrieben. Von einer Bauerntochter vom Lande durfte man im Mittelalter eigentlich keine großartige Eloquenz erwarten. Doch weit gefehlt: Jeanne muss über ein erstaunliches Auftreten verfügt haben. Ihre – angeblich durch Gott beeinflusste – Mission, die Engländer im Hundertjährigen Krieg zurückzudrängen, startete mit einer Audienz beim König. Und der muss begeistert von Jeanne gewesen sein. Das wäre ihr wohl kaum gelungen, wenn sie wie ein Waschweib gesprochen hätte. Auch die englischen Prozessbeobachter äußerten sich überrascht von der hohen Eloquenz von Jeanne d'Arc.

Und dann ist da noch die Sache mit den Hosen. Die Engländer betonten, sie sei nicht dazu gezwungen worden, sie anzuziehen. Es hieß auch, Jeanne habe unter dem Eindruck der drohenden Todesstrafe widerrufen und sei doch arg verängstigt gewesen. Folter habe es nicht gegeben. Doch auch hier gilt wieder: Die Quellen sind überschaubar, und die Autoren dieser Quellen waren äußerst parteiisch. Heiliggesprochen wurde Jeanne d'Arc tatsächlich 1920, seliggesprochen 1909.

Apropos Heilige: Bei den Heiligen Perpetua und Felicitas sagt die katholische Kirche ziemlich eindeutig, was geschehen ist. Perpetua, Bürgerin aus dem wiedergegründeten römischen Karthago, und ihre Sklavin Felicitas hatten sich als Katechumenen auf die Taufe vorbereitet – das war damals noch wesentlich aufwendiger als bei unseren heutigen Babytaufen. Da die Christen damals im Römischen Reich verfolgt und getötet wurden, Perpetua aber zur Oberschicht gehörte, baute man ihr wohl diverse goldene Brücken. Nur nahm sie die nicht an, und damit auch ihre Sklavin nicht. Das würde man heute wohl vollkommen anders bewerten als 200 nach Christus, als Sklaverei einfach „dazugehörte".

Schließlich bleibt noch Sophie Scholl. Tatsächlich wurde sie noch am selben Tag hingerichtet, an dem sie verurteilt wurde. Die Nazis hatten eigens Richter Roland Freisler auf den Fall angesetzt. Wobei das Wort Richter eigentlich euphemistisch ist. Er kam, beleidigte und beschimpfte die Angeklagten in einer Tour. Dann sprach er ein Urteil, das er schon vor der Verhandlung gefällt hatte. Wer sich ihm entgegenstellte? Ausgerechnet diejenige war es, die gar nicht von

Anfang an bei der Weißen Rose dabei war, die aber von allen wohl die meiste Energie und die größte Entschlossenheit im Gerichtssaal bewies. Der Tag ihres Todes markiert auf makabre Weise den größten Triumph von Sophie Scholl. Denn sie wehrte sich, klagte den schimpfenden Freisler selbst an und drehte rhetorisch den Spieß um. Die Geschichte mit dem Keks hat ihre Schwester einmal in einem Interview erzählt.

Die Flugblätter selbst hatten übrigens kaum einen Effekt: Die meisten wurden von Bürgern an die Polizei zurückgegeben und die Weiße Rose wäre wohl in der Versenkung verschwunden, wenn die Alliierten nicht eines ihrer Flugblätter über Berlin hätten abregnen lassen.

Ein letztes Wort noch zur Piraterie allgemein: Es gibt sie immer noch. Und sie ist keinesfalls so romantisch, wie das diverse Filme und Karnevalskostüme oder Kinderspielzeuge nahelegen. Die Erben der Republik der Piraten – über die hat Anne Bonny ja im Buch schon genug gesagt und über die Absetzung von Edward „Blackbeard" Teach – findet man heute in Somalia. Entermesser wurden zu halbautomatischen Gewehren, Fregatten und Schaluppen zu Schlauchbooten. Sonst hat sich eigentlich nicht viel geändert, auch in Sachen Brutalität nicht. Da taugt Anne Bonny sicherlich nicht zum Vorbild. Aber ab und wann ist es nicht verkehrt, auch ein bisschen Anne zu sein.

Schließlich möchte ich mich noch bei ein paar Menschen bedanken. Angefangen natürlich bei meinem Verleger Alexander Broicher, dafür, dass er an die Kaiserin geglaubt hat und ihr sogar einen Gastauftritt in seiner Anthologie „Tage wie diese" gegeben hat in „Die Kaiserin der Atemmasken". Dann möchte ich Mo Tapprogge für ein geniales Cover danken, wie auch meiner Lektorin Eva-Maria Kempe. Außerdem möchte ich mich bei so manchem eher stilleren Helferlein bedanken, die einem jungen Autoren ohne Plan vom Buchgeschäft ein bisschen Mut gemacht haben wie Rosi Häring oder Sonja Klug, aber auch Anja Ohmer von der Universität Koblenz-Landau. Last but not least sind da meine ersten Leserinnen überhaupt, meine Mutter Ina Kapp und meine

Großmutter Gisela Piorko, die das Werden der Kaiserin von Anfang an begleitet haben, mit allen pubertären Problemen, die damit einhergehen. Schließlich möchte ich mich noch bei so ziemlichen allen Freunden und Verwandten bedanken, deren Namen jetzt nur deshalb nicht erwähnt werden, weil es einfach zu viele wären.

Pforzheim, Juni 2020.

Zum Autor

Sebastian Kapp wurde 1987 in Nettetal-Breyell (Niederrhein) geboren und arbeitet als Redakteur bei den Badischen Neuesten Nachrichten. Aufgewachsen in Ratingen und Düsseldorf, zog es ihn über diverse Stationen in Deutschland erst zum Kulturwirt-Studium an die Universität Duisburg-Essen und dann zum Master-Studium in Europäischer Ethnologie nach Bamberg. Schließlich volontierte er bei der Augsburger Allgemeinen beziehungsweise der Günter-Holland-Journalistenschule, ehe er nach Pforzheim wechselte. Heute lebt er teils in Pforzheim und teils in Landau in der Pfalz. „Die Kaiserin von Essen" ist sein Debüt-Roman, allerdings ist bereits eine Kurzgeschichte mit den Figuren Emma Koslowski und Anne Bonny unter „Die Kaiserin der Atemmasken" in der Anthologie „Tage wie diese" erschienen, ebenfalls im fineBooks-Verlag.